I0681915

TESTEUR
de CONTENU

un roman
de Michael Atamanov

Wishing you safe travels on your fantasy journey,

Michael Atamanov

Le Sombre herboriste Volume 1
Série LitRPG

Magic Dome Books

Testeur de Contenu
Le Sombre Herboriste, Volume 1
Copyright © M. Atamanov 2017
Illustration de couverture © V. Manyukhin 2019
Copyright traduction française © O. Vielles 2019
Éditeur : Matthieu Buisine
Publié par Magic Dome Books, 2019
ISBN : 978-80-7619-104-4
Tous droits réservés

Ce livre est une œuvre de fiction dans son intégralité.

Toute ressemblance avec des personnes ou événements existants est purement fortuite.

Table des Matières :

Testeur de Contenu

« ALORS, AVEZ-VOUS DEJA JOUE à Boundless Realm ? » me demanda le recruteur, entamant l'entretien par la question tant redoutée.

Dans l'offre d'emploi, l'une des conditions à remplir était sans équivoque : « Ne doit jamais avoir joué à ce jeu. » Si j'avais répondu « oui », il y a fort à parier que cela aurait entrainé immédiatement la fin de la rencontre.

« Et avez-vous déjà joué à un autre jeu en ligne connu, hum... Timothy ? » demanda-t-il, découvrant enfin mon nom sur l'écran qui lui faisait face. Sa longue journée touchait probablement à sa fin. Il était très certainement fatigué.

« Oui bien sûr. Je suis un gamer, pardon un joueur, depuis près de six ans, maintenant. J'ai pas mal pratiqué *Kingdoms of Sword and Magic*. »

« Un Gamer… » marmonna-t-il avec une moue de dédain. Cet argot ne semblait pas être trop à son goût. Il fronça les sourcils, perplexe. « Et ça se passait comment dans le jeu de notre concurrent ? Avez-vous accompli quoi que ce soit de notable, Timothy ? »

Devais-je lui dire la vérité ? Où était-ce une erreur de trop en dire à un parfait étranger ? Malgré mes réticences, je décidais de me lancer :

« Ces cinq dernières années, ce fut ma seule source de revenus. Je n'ai certes pas gagné assez pour m'offrir un yacht ou une villa sur une île tropicale, mais c'était largement assez pour vivre simplement et financer mes études. »

« "Certes pas assez pour un yacht", c'est à dire ? » s'enquit-il. Contre toute attente, il se mit à glousser. « Les meilleurs joueurs de *Boundless Realm* gagnent assez pour s'offrir un croiseur. Mais à ma connaissance, dans KSM, retirer de l'argent virtuel était contraire au règlement… Pouvez-vous m'en dire plus, Timothy ? »

Biiiiip. Mauvaise réponse. Probablement. J'avais perdu une occasion de me taire. Était-ce la fin ? Allais-je être congédié ? Finalement non, il n'insista pas. À l'inverse, il posa même une question radicalement différente :

« Alors pourquoi avoir abandonné KSM ? Et sans me laisser le temps de répondre, il continua. Bon, je crois qu'on peut zapper la question. C'est évident. Le nombre de joueurs actifs a drastiquement chuté. De plus en plus de gens l'ont abandonné au profit de *Boundless Realm*. Après tout, c'est plus ludique et largement plus réaliste. L'argent a dû tout simplement s'évaporer. »

Je me contentais d'acquiescer en silence, n'ayant rien de plus à ajouter. Auparavant, notre clan pouvait réunir de cinq à sept-mille joueurs pour lancer des raids JcJ en territoire ennemi ou terrasser des boss surpuissants. Mais cette époque était révolue. Pas plus tard qu'hier, réunir quinze joueurs pour prendre d'assaut un château adverse relevait de la performance. Et en plus on avait dans le groupe, trois noobs inscrits depuis à peine une semaine. Mais on avait... quand même conquis le château ! Le seul défenseur survivant du camp adverse semblait être soulagé de se délester d'un tel fardeau. Il nous avait souhaité bonne chance et avait même tenté de nous revendre son compte vu qu'il s'apprêtait à partir pour rejoindre *Boundless Realm*.

Ce fut l'une des raisons qui me poussèrent à quitter ce bateau à la dérive avant que la compétition ne le coule définitivement. La grosse catastrophe : tout l'argent investi dans le jeu disparaissait aussi.... À vrai dire, j'avais hérité de l'appartement familial après la mort de mes parents, mais sa vente m'avait servi à rembourser les frais médicaux de ma sœur. Il m'était resté tout de même une somme plus que décente, que j'avais décidé d'investir dans une propriété virtuelle non loin d'une capitale de *Kingdom*. À l'époque, *Kingdoms of Sword and Magic* était en plein essor. C'était un excellent investissement.

Qui aurait pu prévoir que, deux semaines après mon investissement, une entreprise jusqu'alors totalement méconnue, Boundless Realms, allait ouvrir ses propres serveurs ? Et qui aurait misé sur le fait que l'entreprise prendrait une telle ampleur et gagnerait autant d'argent en l'espace de trois ans, attirant des centaines de millions de joueurs du monde entier dans leur univers d'un réalisme à couper le souffle ? À ce moment-là, la valeur de ma propriété virtuelle dans *Kingdoms* avait dégringolé, tant et si bien que le temps consacré à la bâtir ne se justifiait plus.

L'employé des RH examina mon CV quelques minutes, puis leva les yeux vers moi pour m'annoncer, le sourire aux lèvres :

« Paladin humain niveau trois cent dix, archer elfe noir niveau deux cent soixante-dix, mage demi-elfe niveau cent quatre-vingt-dix… Pas mal, pas mal du tout. Au fait, Timothy, savez-vous que, dans *Boundless Realm*, un joueur est limité à un seul personnage, et qu'on ne peut ni le modifier ni le supprimer ? C'est le meilleur moyen de veiller à ce que nos joueurs s'approprient et se familiarisent avec leur personnage tel que nous le souhaitons. De cette façon, l'univers du jeu devient leur réalité. »

Je me contentais d'acquiescer en silence. Comment aurais-je pu l'ignorer… ? Cela avait été ma plus grande source d'inquiétude lorsque j'avais vu pour la première fois une offre d'emploi : testeur de trames dans le jeu en ligne *Boundless Realm*. Le hic, c'est que *j'avais* déjà essayé de jouer à *Boundless Realm*. Mais cela faisait déjà plus de trois ans. À l'époque, le jeu était encore en bêta ouverte et avait l'air « mal fini » à mon goût. Il n'y avait ni tutoriel, ni guide de jeu, ni conseil in-game. Dans la zone où j'avais commencé, tout était un peu trop grossier, trop inabouti. Ni « horizons captivants et radieux » ni « couchers de soleil envoûtants et réalistes, » contrairement à ce qu'affirment leurs trailers actuels. À l'époque, *Boundless Realm* n'avait rien de tout cela.

Et puis ma partie n'avait duré que sept minutes. J'avais créé un barbare niveau un muni d'une hache à deux mains, façon mister T et en quittant ma zone de départ, à proximité du village, j'avais dû affronter une horde de chauves-souris vampires d'un niveau avoisinant les soixante-dix. Une seconde plus tard, j'étais mort. Et en plus on m'imposait de patienter une heure avant de pouvoir respawner. J'avais alors agoni d'injures ce jeu déséquilibré et mal foutu avant de le désinstaller. Mais là, j'espérais très très fort que cette brève expérience ne nuirait pas à ma candidature de « testeur de trames dans un jeu vidéo, » formulation officielle de l'offre d'emploi à laquelle je postulais.

« Que dire, Timothy ? Vous avez une solide expérience dans le domaine du jeu vidéo, aucun déséquilibre physique ou psychique. Rien ne s'oppose à ce que nous vous engagions au sein de notre entreprise, » déclara l'homme qui me sourit encore et me tendit une tablette sur laquelle s'affichait un questionnaire. Il m'invita à prendre place dans la petite salle attenante, remplir le questionnaire, puis attendre le début de la réunion préparatoire.

Je pénétrais dans la pièce, sortis mon portable et, mimant un selfie devant le poster d'un dragon bleu des mers, j'envoyais un message :

« J'ai réussi l'entretien. »

Aussi sec, mon téléphone vibra faiblement. Réponse :

« Pas trop vite, ils t'ont offert quoi ? Je vais me renseigner dans les forums. »

Ensuite, je m'assis et je me mis à cocher des cases sur la tablette. Le questionnaire abordait des tas de sujets concernant ma santé, ma vie de famille, mon casier judiciaire et mes mauvaises habitudes de vie. La seconde moitié du questionnaire changeait radicalement de ton et servait visiblement à définir le personnage le plus en adéquation avec ma personnalité.

Non loin de moi, d'autres candidats martelaient leurs tablettes. La plupart d'entre eux, hommes et femmes, avaient plus ou moins le même âge que moi, à l'exception d'une poignée de personnes plus âgées, dont quelques séniors. Il me fallut peu de temps pour me faire une idée générale de l'ambiance professionnelle qui m'attendait. J'y voyais des étudiants expulsés de l'université pour absentéisme ou probablement recalés aux examens, des employés de bureau licenciés, des courtiers sur la mauvaise pente, des no-life aux abois et des retraités plus ou moins désespérés qui tentaient leur chance ici, faute de mieux... Globalement, j'étais entouré de paumés qui n'avaient pas su se faire une place dans le monde réel. La classe.

Je ne me considérais pas moi-même comme un paumé, mais il fallait admettre que j'étais naturellement assorti au groupe. J'avais déjà vingt-deux ans, mais j'étais sans emploi, sans petite amie, sans argent, et sans maison à moi. La totale. Du coup, il n'était pas facile de différencier leurs profils du mien à première vue.

Bon, je n'étais pas totalement stupide. J'étais diplômé en chimie fondamentale. Sauf que ça sert assez peu... J'étais capable de tenir une conversation, je n'étais pas particulièrement moche, et j'étais assez doué en sport. En outre, j'avais bien eu plusieurs occasions de flirter avec la gent féminine, mais étrangement, toutes mes copines avaient fini par me larguer pour un autre. Manque de temps disaient-elles. Souvent elles s'évaporaient quand elles découvraient que je m'occupais de ma sœur handicapée. Plus exactement paraplégique. C'est dommage, mais jamais je n'aurais accepté de troquer ma sœur préférée – et unique - contre une relation.

Ma sœur Valéria avait onze ans au moment de l'accident. Mon père conduisait une voiture volante qui percuta de plein fouet celle d'un voleur en fuite. Le choc et la chute consécutive sur trente mètres tuèrent ma mère et mon père sur le coup. Ma sœur, elle, perdit l'usage de ses deux jambes, tout en étant couverte de lacérations et fracturée de partout ! L'enquête des forces de l'ordre déclara mon père non responsable du crash mais ce n'était pas vraiment un réconfort. Il m'avait fallu vendre notre appartement en centre-ville pour rembourser les traitements de Val et couvrir d'autres dépenses. J'avais tout dépensé ou presque pour lui offrir les meilleurs traitements. Pour qu'elle ait une chance de remarcher grâce à des implants. Mais c'était expérimental et non couvert par l'assurance… et cela n'avait pas marché.

Pour le bien de ma sœur, j'avais fait une croix sur mes parents, mais aussi mes amis, les psychologues, et le reste du monde. Le plus dur à encaisser, ce fut juste après l'accident. Valeria souffrait de douleurs chroniques, au point de perdre toute raison de vivre. À plusieurs reprises, elle m'avait supplié de lui administrer des somnifères pour qu'elle ne se réveille pas. Je fis mon possible pour lui donner une raison de vivre et la dissuader. Jour après jour elle retrouva goût à la vie. Nous avions tenté différentes approches pour lui remonter le moral, mais les balades étaient ce qu'il y avait de plus efficace. Nous résidions à côté d'un grand parc où il faisait toujours bon se promener. Hélas, peu après, nous fûmes contraints de quitter le centre de la métropole, faute de moyens, pour nous installer en périphérie. Très vite, Val rechigna à poursuivre nos promenades. Ma sœur ne supportait plus les moqueries et les railleries des enfants du voisinage. Ils la traitaient d'infirme, allant même jusqu'à lui lancer des pierres. La coupe était pleine.

Puis elle trouva un nouveau moyen de s'évader. Les MMORPG virtuels étaient un sas de décompression où elle pouvait à nouveau contempler la beauté des paysages. Ce nouveau passe-temps n'était en revanche pas très lucratif. À vrai dire, c'était plutôt l'inverse. La situation s'empira les derniers mois, quand l'univers du jeu que nous avions choisi des années auparavant, *Kingdoms of Sword and Magic*, manifesta les premiers signes de déclin... Donc soit j'acceptais un des rare emploi dans mon domaine et je laissais ma sœur seule toute la journée soit je m'arrangeais pour rester avec elle. Elle n'avait déjà pas tellement de relations sociales vu qu'elle suivait les cours à la maison et que les grandes vacances arrivaient.

Je secouais la tête pour chasser les idées noires, et me replongeais dans mon questionnaire. Répondant aux questions sans difficulté, je m'arrêtais au tout dernier point : « Moyen de paiement désiré ». Deux options s'offraient à moi : le revenu mensuel fixe ou la possibilité de retirer l'argent virtuel pour l'échanger contre de l'argent réel. Dans *Boundless Realm*, à l'instar de tous les MMO, on était seulement autorisé à verser de l'argent à l'entreprise. On pouvait placer de l'argent réel dans le jeu, mais il n'y avait aucun moyen de le récupérer. Seuls les employés de la corporation échappaient à la règle. Ils avaient le droit de retirer l'argent virtuel du jeu en lieu et place d'un vrai salaire, s'ils avaient choisi l'option.

Pour ma part, cette option était ce qui m'avait incité à travailler pour *Boundless Realm*. Soyons honnêtes, aucune entreprise en bonne santé n'était prête à offrir un salaire régulier aux minables présents dans la même salle que moi ce jour-là. Et là ils arrivaient avec un moyen légal de convertir l'argent virtuel en argent réel... On ne sait jamais. Mon personnage pourrait s'enrichir dans le jeu, par exemple. Ce qui remédierait une bonne fois pour toutes à mes ennuis financiers dans la vie réelle. Cela dit, ma sœur et moi étions tout à fait conscients que pour un gagnant, des milliers de personnes allaient droit dans le mur et verseraient sang, sueur et larmes pour un travail qui, en définitive, serait moins rentable que le SMIC. Mais nous avions fait ce choix en toute conscience et d'un commun accord.

La femme d'âge mûr assise à mes côtés, joufflue, avec ses airs de comptable sur le retour, me donna un coup de coude. Elle voulait qu'on lui explique « charisme » et, chuchotant bruyamment, interrogeait tous ses voisins sur le sens de ce terme. Je n'entendis pas la réponse du type assis en face d'elle, mais il semblait se contenir pour garder son sérieux. Le visage de la femme devint clairement cramoisi, et elle se mit à marteler sa tablette à la vitesse d'une imprimante tout en dissimulant ce qu'elle écrivait de la main gauche. Je secouais la tête. Eh bien, si le calibre de la compétition était de cet ordre-là... Je cochais résolument l'option « Retirer l'argent virtuel ».

Bon, choix validé. Plus de retour en arrière possible. Je m'efforçais tout de même de dissiper le sentiment rampant de terreur qui me venait quand je pensais à mon fort vide compte en banque. Et pas seulement parce que j'étais fauché. J'avais aussi contracté un emprunt dont les intérêts s'accumulaient au fil du temps. Si je ne remboursais pas dans les semaines à venir, la banque bloquerait ma carte. Par-dessus le marché, ma sœur et moi n'avions pas payé le loyer depuis trois mois. Notre propriétaire nous menaçait déjà d'expulsion. Il serait extrêmement dur de nous dépêtrer de cette situation sans un salaire fixe.

Mais je décidais de relever le défi, comme le jour où j'avais acquis une propriété virtuelle dans *Kingdoms of Sword and Magic*. Mais cette fois, l'enjeu n'était pas un appartement à deux chambres dans un quartier chic, mais tout ce qu'il nous restait, à ma sœur et moi.

« Allez. Bienvenue à tous ! » Un homme, teint basané, cheveux foncés et bouclés, élégamment vêtu, se dirigea tout à coup vers la petite estrade. « Je m'appelle Alexandro Lavrius. Je suis le directeur des Opérations Spéciales pour la corporation *Boundless Realm*. Et vous avez été sélectionnés pour travailler sous ma direction en tant que testeurs de trames pour un jeu vidéo. Il a un souci, ce micro ? »

Le microphone émettait un couinement irritant qui résonnait dans mes oreilles. La jeune assistante du directeur, l'air effrayé, accouru prestement sur la scène pour ajuster le microphone attaché au col d'Alexandro. Le directeur toisa sa subordonnée, les yeux pleins de futures remontrances, et poursuivit :

« Bon, voilà qui est réglé. Tout d'abord, une courte présentation. Le jeu virtuel *Boundless Realm* que vous allez explorer est très vaste. Contrairement à ce que son nom indique, il n'est pas infini, mais sa superficie est tout de même gigantesque. Comme il l'est plus que notre Terre, autant dire que vous pourrez voyager et partir en quête de nouveaux sites intéressants de façon quasi illimitée. Pour l'heure, *Boundless Realm* accueille pas moins de deux cent quarante millions de joueurs, et en gagne entre deux et trois millions par mois. Notre corporation aurait pu se reposer sur ses lauriers et se contenter d'engranger les profits. En fait non. Notre système de gestion met sans cesse au point des projets novateurs, toujours plus grandioses, et le développement du jeu est toujours en plein essor. Cependant, le service de planification a signalé un risque sur le moyen terme, et le comité de direction confirme l'existence d'une réelle menace.

Deux obstacles majeurs en ressortent. Premièrement, malgré la myriade de peuples différents dans *Boundless Realm* et la singularité de leurs caractéristiques, soixante-dix-huit pour cent des joueurs préfèrent incarner des humains. C'est clairement déséquilibré. Et vu que dix-sept pour cent d'entre eux jouent différents types d'elfes et demi-elfes, contre trois pour cent de nains, on identifie clairement le nœud du problème. Ceux qui choisissent les peuples restants, et il en existe plus d'une centaine, représentent seulement deux pour cent des joueurs.

Les raisons d'une telle disparité sont nombreuses. Déjà, les nouveaux joueurs potentiels n'ont quasiment aucun exemple positif de joueurs qui ont choisi les peuples les plus impopulaires. Et cela s'explique par le fait que les forums du jeu foisonnent de guides sur les paladins humains, les archers elfes sylvains, les mages elfes noirs et les assassins demi-elfes. Il n'est pas surprenant que les nouveaux joueurs redoutent de s'engager dans une voie incertaine. Comme ils sont limités à un seul personnage, ils refusent de s'y risquer. La conséquence regrettable est que les nouveaux joueurs ont tendance à créer des paladins humains, des archers elfes ou des nécromanciens elfes noirs, alors que notre univers en regorge déjà. Les utilisateurs existants perdent, à juste titre, le sentiment d'être singuliers et leur intérêt pour le jeu car, jour après jour, ils croisent des copies parfaites d'eux-mêmes.

Le second problème se situe au niveau du choix des résidences. Face à nos joueurs s'étend un royaume à perte de vue, un *Boundless Realm*, qui peut même s'agrandir au besoin. En outre, la carte actuelle est à peine exploitée : quatre-vingt-dix pour cent des joueurs résident en périphérie immédiate de l'une des quelques mégalopoles de la carte. Les raisons d'une telle surpopulation sont nombreuses, mais celles qui président sont intrinsèquement économiques. En ville, les ressources sont accessibles, l'argent circule, il y a des banques où les joueurs peuvent stocker leurs biens en toute sécurité. C'est pourquoi, malgré le coût plus élevé des biens immobiliers et des ressources sur place, les joueurs continuent d'affluer en nombre vers ces villes pour y élire domicile. Des millions de sites sublimes, créés par des artistes talentueux, avec une profusion de missions uniques et d'habitants, restent inexploités. En outre, nous constatons une insatisfaction croissante parmi les joueurs, car "il n'y a plus rien à découvrir et c'est saoulant à la longue."

Où je veux en venir ? Vous l'aurez sans doute compris, aucun d'entre vous ne pourra choisir des personnages humains ou elfes, et aucun n'incarnera un énième chevalier ou un énième archer. Par ailleurs, vous débuterez la partie en des contrées éloignées et hostiles, et accéder aux zones surpeuplées s'avèrera très, très problématique. D'ailleurs, notre entreprise condamnera sévèrement de tels comportements. Vous aurez tous un départ alternatif dans le jeu, de sorte qu'affronter des périls et obstacles sera fort probable, et non fortuit. Nos groupes témoins ont prouvé que les défis à surmonter créent un point d'ancrage qui retient les joueurs plus longtemps dans l'univers du jeu. Nous espérons à terme que tous les néophytes feront leurs premières armes dans ce type de zone, ainsi l'une de nos missions sera de vérifier si votre personnage est capable de survivre et d'évoluer en milieu hostile.

Votre groupe fait partie de ceux qui ont été sélectionnés ces dernières semaines pour tester de nouvelles combinaisons de peuples et de classes atypiques, encaissant coups et blessures au passage. Mais il va aussi falloir créer des guides accrocheurs qui décrivent de façon convaincante les vertus de vos peuples, classes et professions si singuliers. Que les choses soient claires : rares sont ceux qui passeront la période d'essai et seront engagés comme permanents. Notre corporation est en quête de personnalités et de trames qui susciteront l'engouement parmi les joueurs actuels et en devenir. Cela dit, même si vous ratez la période d'essai, vous engrangerez une expérience précieuse dans le domaine du jeu vidéo, et c'est l'occasion de jouer en immersion dans *Boundless Realm* en profitant des technologies dernier cri.

À présent, vous allez recevoir vos cartes d'affectation de personnages, automatiquement sélectionnées par le système en fonction des résultats du test d'aujourd'hui. Puis vous aurez le temps de poser vos questions à mon assistante. Suite à cela, rendez-vous au service RH avant la fermeture des bureaux pour signer vos contrats et vous atteler dès demain à la tâche. »

« On peut commencer à jouer dès aujourd'hui ? » interrogea un garçon au visage pâle et joufflu, parsemé d'acné juvénile.

Alexandro Lavrius leva les yeux derrière nous pour regarder l'horloge murale, posa discrètement une question à sa jeune assistante, et répondit :

« Vous pourrez commencer après la signature du contrat. Gardez aussi à l'esprit qu'en ce moment, il est seize heures dans *Boundless Realm* et que la nuit tombe à vingt et une heures. Après cette réunion, vous irez au service RH, on vous montrera votre station de travail et on vous expliquera le fonctionnement de la capsule de réalité virtuelle. Il vous faudra ensuite créer un personnage, commencer les missions d'entraînement puis explorer le monde principal... Il vous restera peu de temps pour vous trouver un abri où passer la nuit. La nuit dans *Boundless Realm*, en-dehors des villes et lieux sécurisés, est rude et hostile. Vous avez de fortes chances de finir dans l'estomac d'une créature. Auquel cas vous perdrez une partie de vos points d'expérience et vous aurez une heure pour respawner. Mais si vous voulez prendre ce risque et vous mettre directement dans le bain, je n'y vois pas d'inconvénient. Si vous survivez à la première nuit, l'expérience sera bénéfique pour vous et pour votre carrière de testeur. »

Herboriste gobelin ??? J'examinais la carte que je venais de recevoir, perplexe. Je m'emparais alors de mon smartphone pour me renseigner sur les Gobelins dans *Boundless Realm*. Le premier lien me récompensait de la description qui suit, extraite d'un forum :

« *Les Gobelins sont de viles créatures qui aiment jouer des tours, saccagent les potagers et attaquent les aventuriers esseulés. Heureusement les Gobelins sont si frêles qu'un noob saura en venir à bout. On trouve parfois des villages entiers de Gobelins. Ils sont une source d'expérience non négligeable et un moyen facile pour les néophytes de faire du level up. Étrangement, les développeurs ont rendu ce PNJ jouable. J'ai du mal à imaginer un joueur assez idiot pour choisir un détritu verdâtre, avec ses malus ultra restrictifs en intelligence et en force, au point qu'il peut d'ores et déjà renoncer à devenir un mage ou un guerrier digne de ce nom. D'un point de vue purement théorique, je peux imaginer un joueur Gobelin se spécialisant pour être archer ou arbalétrier en raison de ses bonus en agilité et en perception, mais je n'ai jamais rencontré de joueur assez fêlé pour relever le défi, étant donné que tous les types d'elfes jouissent de bonus plus puissant. Et puis, ces merdasses vertes souffrent d'un sérieux malus d'affinités avec les humains. Du coup il peut renoncer à aller dans les zones par défaut du jeu.* »

Sachant que ce texte était accessible à tout joueur aspirant à jouer Gobelin, pourquoi les développeurs de *Boundless Realm* ne comprenaient-ils pas cette réticence généralisée ?!

L'auteur de ce texte avait pour pseudo : le Bûcheron infesté. D'après son compte sur le forum, il jouait Druide humain niveau deux cent quatre. Je consultais par curiosité les sept liens suivants dans le moteur de recherche, mais j'obtenais partout des résultats tout aussi détestables. J'avisais ma sœur par message du personnage que l'on m'imposait, puis je continuais à compulser les guides sur les Gobelins et l'herboristerie.

Mon attention fut détournée par un bruit étrange non loin de moi. Je levais la tête. Alors que le directeur était parti depuis belle lurette, la dame aux airs de vieille comptable, celle qui se renseignait sur le charisme, se querellait avec l'assistante.

« Un souci avec le personnage que l'on vous a affecté ? » interrogeait l'employée d'un ton calme, presque monotone.

« Vous voulez rire ?! Une danseuse dryade ! J'ai lu dans les forums que les dryades sont nues ! Un peu de jugeote, voyons ! Moi qui pensais postuler comme employée de bureau... Je peux admettre que votre planning a des failles, mais de là à travailler comme strip-teaseuse... ! »

L'assistante du directeur était déjà à bout depuis l'incident du microphone, et une pointe d'agacement transparaissait dans sa voix :

« Le système a établi que cette combinaison de peuple et de classe serait optimale pour vous. Si cela vous déplaît, je suis dans le regret de vous annoncer que votre période d'essai s'achève là et que vous serez la première à quitter le groupe... »

Le visage du garçon qui lui avait expliqué plus tôt le sens de charisme s'éclaira d'un sourire goguenard. Si le système en était arrivé à cette drôle de conclusion, c'est qu'il avait dû l'induire en erreur. Oh le petit vilain... L'assistante tendit la main avec insistance, prête à reprendre la carte de personnage des mains de la dame mais, à cet instant, une voix de femme jeune retentit dans les rangs du fond :

« Attendez ! Je peux échanger mon personnage avec le sien ? » Une jolie fille aux longs cheveux châtains foncés tressés jusqu'à la ceinture se leva pour s'acheminer vers l'estrade. « J'ai fait des recherches préliminaires sur les dryades. Même si leurs slots d'équipements sont réservés aux bagues et bracelets, le bonus de leur peuple compense le reste. En plus, la classe des danseuses a l'air d'être faite pour les dryades. Après tout elle ont un bonus en attractivité, en charme, et à la réaction de tout individu du sexe opposé. »

L'assistante confirma :

« Tout à fait. C'est un sérieux atout, et ce personnage peut cumuler pas mal de points d'expérience. Et puis la voie de la dryade danseuse est on ne peut plus atypique. Il n'existe aucun guide à ce sujet, et si vous êtes capable de faire évoluer ce genre de personnage, vous passerez la période d'essai haut la main. »

La femme aux allures de comptable grimaça et marmonna, dépitée :

« Bon, on vous a refilé quoi comme cochonnerie… On peut difficilement faire pire que la danseuse exotique. » Elle arracha la carte épaisse des mains de la fille et lut. « Oh oui, oui, oui ! Un Gnome banquier ! Le rêve de toute ma vie ! »

La femme d'âge mûr fut à deux doigts d'embrasser la jolie fille qui avait troqué sa carte contre la sienne. Puis j'entendis les gens s'écrier autour de moi :

« Quelqu'un veut échanger un Troll cannibale ? »

« J'échange mon Hobgoblin roublard contre n'importe quelle autre classe ! »

« Quelqu'un veut un Orque astrologue ? Je l'échange contre un personnage de mêlée ! »

Sans attendre la fin de cette foire aux monstres, je me levais pour gagner le service RH. Mon Gobelin herboriste n'était peut-être pas si mal, finalement. J'étais satisfait du sort qui m'était réservé.

Si je tentais tant bien que mal de dissimuler mon ressenti, j'étais bluffé par l'opulence et le luxe que dégageait l'entreprise *Boundless Realm*. Elle possédait un immense gratte-ciel qui semblait également s'étendre en une multitude d'étages en sous-sol. Alors que l'ascenseur descendait, je remarquais que des étages ne correspondaient à aucun bouton sur le panneau. Mais je les voyais à travers les vitres transparentes des portes de l'ascenseur. Une légion de gardes armés jusqu'aux dents, avec gilet pare-balles et masques à gaz, faisait le piquet. Arthur, l'aimable technicien chargé de me déposer à ma station de travail, m'expliqua que ces étages souterrains étaient impénétrables pour de simples mortels tels que nous. Qu'ils hébergeaient le saint des saints de la corporation : les serveurs du jeu. Et qu'il était plus dur d'y entrer que de s'infiltrer dans une chambre forte remplie d'or. Ces étages techniques étaient truffés d'une pléthore de systèmes de sécurité et saturés d'un gaz toxique pour dissuader tout criminel de tenter une intrusion.

Sans faire halte nous passâmes devant la rampe du parking souterrain. Il débordait de voitures luxueuses et bolides volants. Les portes de l'ascenseur s'ouvrirent à l'étage des testeurs et de l'IT, le département informatique. Une vaste salle qui s'étendait à perte de vue, aux multiples passerelles le long desquelles étaient alignées de petites cabines d'aspect identique. Arpentant

~ Testeur de Contenu ~

l'une de ces longues plates-formes, Arthur et moi nous stationnâmes devant une porte translucide. Je regardais fixement l'inscription dessus : « 4-16A. »

« Quatrième étage, côté A, cabine seize. C'est ici ton lieu de travail. Entre, prends tes marques et retire ta veste, » expliqua-t-il, pointant du doigt une chaise et un portemanteau mural sans pour autant entrer. « Chaque cabine est équipée d'un bureau rétractable et d'un réfrigérateur intégré pour stocker tes repas et grignoter avant le travail. Tu trouveras des w.c. toutes les cinquante cabines, et tout au bout de chaque passerelle, des salles de douche. Mais chaque rangée comporte trois cents cabines, donc ne compte pas trop sur la disponibilité des douches, surtout en soirée vers la fin d'un quart. Allez, bonne chance ! »

Alors qu'Arthur prononçait la dernière phrase, son regard se détourna de moi et s'orienta vers une jeune femme fort avenante ... - Bon, autant le dire, absolument renversante avec son abondante chevelure rousse - qui passait devant ma cabine, l'air sûre d'elle. Elle portait une longue robe vert émeraude, des talons aiguilles et un chapeau à large bord. Ses doigts aux bagues serties de gemmes étincelaient dans ma direction et captivaient mon regard. Elle ne s'arrêta pas pour regarder Arthur. Elle ne semblait pas non plus me remarquer. Elle parcourut encore une quinzaine de mètres, puis fit halte devant une porte standard, semblable à la mienne. Sa clé électronique émit un bip, puis la fille mystérieuse s'engouffra dans sa cabine.

« Qui est-ce ? » chuchotais-je au technicien, raide comme un piquet.

Arthur revint brusquement à la réalité, en frissonnant.

« Elle ? Qu'est-ce que j'en sais ? Elle travaille ici. Elle arrive le soir et repart dans la matinée. Elle doit jouer un personnage nocturne. Visiblement c'est une joueuse talentueuse qui gagne bien. Une fois, j'ai vu sa place de parking au sous-sol. Elle conduit une voiture de sport luxueuse. Je ne connais même pas la marque. Je ne pourrais pas me le payer même avec toute une vie d'économies. Mais le personnage qu'elle joue, j'en sais rien. On n'a pas accès à vos avatars, on installe l'équipement, c'est tout. Pourtant, d'habitude, les joueurs de haut niveau disposent de bureaux personnels dans les étages supérieurs du bâtiment, mais elle trouve sans doute plus confortable de descendre directement depuis sa place de parking. Bref. Déshabille-toi, que je prenne tes mesures pour ta combinaison et ton casque à capteurs. »

Juste après que la porte se soit refermée derrière Arthur, je sortis mon téléphone pour dire à ma sœur que j'étais prêt.

« *Ouvre la console et donne-moi le numéro de la capsule de réalité virtuelle et de la session de jeu. Je vais tenter de me connecter.* »

Je saisis une commande technique au clavier et fit un cliché avec la caméra de mon téléphone.

« *Attends cinq minutes pour qu'on commence en même temps.* »

J'enfilais la combinaison hérissée d'électrodes avant de prendre place dans la capsule de réalité virtuelle. Consultant le minuteur sur le petit écran, je patientais cinq minutes, puis refermais le couvercle de la capsule de réalité virtuelle, me déconnectant de la réalité. L'écran s'éclaira sous mes yeux...

Dégâts subis : 2757 (Morsure de chauve-souris maudite)
Vous êtes mort

Bon sang, c'était quoi ça ?! Ce message avait surgi dès le chargement de l'écran ! L'image se dissipa peu à peu, et tout s'obscurcit autour de moi. Une minute s'écoula, puis une autre, et peut-être une autre encore. Rien ne se passait. Comment ça ? Pas d'interface de jeu, pas de fenêtre de menu, le noir complet, partout. De toute évidence, il y avait un souci. Les chauves-souris ! Bien sûr ! C'était ma toute dernière vision lors de ma brève partie en tant que barbare. En gros, on me sortirait de ma capsule et j'allais être licencié pour avoir menti à l'entretien.

Le monde autour de moi reparut subitement, et la fenêtre de création de personnage s'afficha à l'écran. Ouah, c'était moins une. Donc, qu'avais-je là ? Un herboriste Gobelin, niveau un. Je ne pouvais modifier ni le peuple ni la classe.

Nom du personnage : Amra.

Encore une fois, j'étais ruisselant de sueur froide. Lors de la création de mon barbare, le premier nom qui me vint à l'esprit fut « Conan », en hommage au célèbre barbare de la télé, mais c'était déjà pris. Puis, j'avais cherché un autre nom qu'utilisait le célèbre héros, « Amra », et celui-là était dispo. Autant que je sache, les règles du jeu avaient changé ces trois dernières années et, dorénavant, tous les personnages devaient avoir des noms composés en deux parties : « Tony Cœurnoir », « Félix Faufile_Serpent », « Ellie Trop_Belle_LV. » Ce genre de choses. Mais mon pseudo à moi était unique, et en plus, ne faisait que quatre lettres...

Un noob au nom unique ? Cela m'aiderait sans doute à camoufler mon affiliation à l'entreprise. Je n'étais pas non plus opposé au principe. Il était tellement agréable de se sentir unique ! Bon, c'était le moment de gérer mon apparence et mes stats.

Un visage vert m'observait. Il était constitué d'une grande paire d'yeux et d'oreilles aux dimensions démesurées. Le système me conseillait de faire mumuse avec les paramètres, de transformer mon Gobelin standard pour le personnaliser et l'adapter à mes goûts, mais je décidais de remettre cela à plus tard. L'aide de jeu m'expliqua que l'apparence de mon personnage serait librement modifiable dès la fin du niveau dix, donc je pouvais l'ignorer. Quelque chose d'autre me turlupinait : Alexandro Lavrius nous avait avertis : il restait peu de temps avant la tombée de la nuit, il n'y avait donc pas une seconde à perdre.

En premier lieu, je voulais voir les bonus et malus du peuple Gobelin. Hélas, Bûcheron infesté n'avait pas exagéré au sujet des malus :

50 % de malus à l'acquisition d'Intelligence

50 % de malus à l'acquisition de Force

20 de malus d'affinité avec les peuples suivants :
Humains, Elfes, Nains, Gnomes, Dragons

20 % de malus au gain d'expérience

La pilule des malus était très dure à avaler. Ce qui me contrariait le plus, c'était le malus au gain d'expérience. Les caractéristiques négatives du peuple Gobelin étaient à peine compensées par les bonus, soit :

30 % de bonus à l'acquisition d'Agilité

30 % de bonus à l'acquisition de Perception

+20 de bonus d'affinité avec les peuples suivants :
Gobelins, Orcs, Kobolds, Ogres, Géants

+30 de bonus à la réaction des créatures sylvaines et des marécages lors d'une rencontre

30 % de bonus à la vitesse de déplacement dans les zones sylvaines et marécageuses

Enfin, j'abordais les stats principales de mon Gobelin aux grandes esgourdes. Chaque personnage dans *Boundless Realm*, qu'il soit PNJ ou réel, n'avait que six statistiques principales : Force, Agilité, Intelligence, Constitution, Perception et Charisme. Globalement, c'était assez basique et limpide. La Force régissait les dégâts que l'on pouvait infliger avec des armes de poing et le poids maximum de charge. L'Agilité était importante pour les armes à distance et l'esquive. L'Intelligence permettait de déceler les propriétés des objets et définissait la quantité de mana disponible pour un enchantement, ainsi que l'efficacité des sorts. La Constitution influait sur le nombre de points de vie et d'endurance. Et la Perception correspondait aux sens de la vue, de l'odorat et de l'ouïe d'un personnage, et augmentait les chances de dénicher des objets cachés. Enfin, le Charisme : une stat affectant les affinités qu'éprouvent les personnages alentour à votre égard.

Il y avait différents moyens d'augmenter les stats de base : affecter un certain nombre de nouveaux points de stat à chaque niveau, accroître les stats en faisant évoluer le niveau des compétences primaires, ou les augmenter avec des objets magiques.

Nom	Amra
Peuple	Gobelin
Classe	Herboriste
Expérience	0 sur 100
Niveau du personnage	1
Points de vie	15/15
Points d'endurance	15/15
Statistiques	
Force (F)	2
Agilité (A)	2
Intelligence (I)	2
Constitution (C)	2
Perception (P)	2

Charisme (Ch)	2
Points à affecter	3
Compétences primaires (2 sur 4)	
Herboristerie (P A)	1
Marchandage (Ch I)	1
Compétences secondaires (0 sur 4)	

Les développeurs avaient attribué à mon personnage deux compétences primaires par défaut : Herboristerie et Marchandage. Et si la première ne me laissait pas l'ombre d'un doute (il était clairement difficile d'imaginer un herboriste mal instruit au sujet des plantes), le Marchandage me laissait quelque peu perplexe. Il m'était impossible de supprimer le Marchandage des compétences. Partant de là, les développeurs me voyaient comme un frêle gobelin gambadant dans les bois, cueillant des plantes pour les revendre aux marchands locaux. Donc il me fallait la compétence Marchandage pour empêcher les marchands ambulants peu scrupuleux de me rouler dans la farine. L'intelligence de mon personnage équivalant celle d'un tabouret, je me serai fait escroquer tout mon argent sans compétence en négociation. J'étais un peu dérouté par les lettres entre parenthèses après les compétences, mais je compris vite qu'il s'agissait des statistiques octroyées au personnage à mesure qu'il les utilisait.

Trois points de stat disponibles, ça paraissait léger ! Après avoir réglé les paramètres et consulté les détails, je m'aperçus que les points de vie et d'endurance ne dépendaient que de la constitution. Très bien, j'allais placer un des points disponibles là-dedans. Mon total de points de vie grimpa à 21, l'endurance à 20.

Et puis je m'arrêtais sur l'agilité. D'après le guide du Bûcheron infesté et de ce que je déduisais des bonus de mon peuple, l'agilité serait le facteur de réussite clé de mon personnage aux grandes esgourdes. J'y affectais deux points, ce qui la rehaussa à quatre. C'était plié. Quoique... Au tout dernier moment, juste avant de lancer la partie, je me dis qu'il était intolérable que l'intelligence de mon Gobelin soit si faible. Dans la description, il était clairement dit qu'un niveau d'intelligence inférieur à trois briderait ma capacité à m'exprimer correctement ou à comprendre les autres. Ça voulait dire qu'en l'état, je ne pourrai pas dialoguer avec d'autres joueurs et PNJ ou comprendre les missions et les aides de jeu. J'abaissais mon charisme au minimum (déjà que ce n'était pas un beau gosse, ça devenait carrément une monstruosité) et transférais ce point vers l'intelligence.

Là c'était vraiment fini. J'étais prêt à me lancer !

La galère orque

L A PEUR. LE FROID. LA DOULEUR. LA FAIM. Mon corps lessivé me picotait et me lançait. Malgré la douleur et la fatigue, je percevais un vacarme assourdissant. Alors que j'aurais préféré les ignorer et m'échapper dans une douce rêverie, les bruits s'intensifiaient. Je percevais le cliquetis des armes, des rugissements, des hurlements d'agonie. Je respirais l'odeur du sang fraîchement versé. M'efforçant d'ouvrir les paupières, je m'aperçus que j'étais allongé sur un sol jonché de paille dans une cabine obscure. Je tentais de me déplacer, mais ma cheville gauche était solidement attachée à une lourde manille en métal, elle-même fixée à une chaîne liée à un fer fiché dans le mur. J'étais donc prisonnier ?

À la lisière de mon champ de vision, je vis un grand orc en armure de cuir accourir en brandissant un sabre recourbé. Et deux secondes plus tard, son corps ensanglanté s'écrouler à terre. Le tueur d'orc, un humain en armure, s'avança vers le corps gisant au sol et, prudemment, acheva l'orc, faisant glisser une courte lance à travers le torse.

« Visiblement, c'est le dernier ! » hurla-t-il à quelqu'un au loin qui lui répondit d'une voix grinçante :

« Parfait ! » Libère les prisonniers et transporte-les sur notre vaisseau ! Cette galère orque va bientôt se fracasser contre les falaises! »

J'allais être libéré ! À peine eussé-je le temps de souffler que l'immense soldat tourna les talons pour m'examiner, afficha une mine dégoûtée et me transperça avec sa lance !

L'obscurité revint. Je gisais là, totalement éberlué, peinant à comprendre ce qui venait de se produire. Cet homme venait de me tuer, disons plutôt de m'infliger de sérieuses blessures, alors qu'il était censé me secourir ! Pourquoi ?

Une voix intérieure me souffla que tout ceci était prévisible. Déjà, les gobelins avaient un malus de -20 à la réaction des humains, et en plus, j'étais dépourvu de tout charisme. C'était donc la réaction à prévoir devant un humain, un elfe ou un nain.

La douleur se raviva, et j'ouvris les yeux. Je voyais le monde en rouge et noir. Comme avant, j'étais étendu sur de la vieille paille moisie, cette fois-ci trempée d'un sang épais et foncé. Mon sang.

~ Testeur de Contenu ~

+1 PV de la Régénération

La blessure à l'estomac infligée par la lance était presque guérie, mais ma jauge de vie, 3 sur 21, clignotait dangereusement. À vrai dire, j'ignorais que les Gobelins pouvaient *régénérer* leurs points de vie. Pourquoi n'était-ce nulle part dans les guides ? La régénération était peut-être un ajout récent pour rendre ce peuple plus jouable. N'empêche que... je souffrais le martyre avec ma blessure à l'estomac ! Et avouons-le, mourir était fort déplaisant, même dans un jeu.

Ce que j'aurais pu faire par la suite, je l'ignore, car un rat me fonça dessus sans crier gare en se faufilant sous les barreaux de bois de la cellule.

Rat niveau 1

La petite créature suivait la piste grâce à son flair, l'air inquisiteur, envoûtée par les exhalaisons enivrantes du sang. Je bougeais à peine pour replier la jambe droite et le rat fit volte-face sans pour autant détaler. Il prit plutôt le temps de m'observer. En plus, il semblait éprouver un intérêt grandissant pour mes propriétés gustatives. Si j'avais été en parfaite santé, tuer ce genre de créature aurait été à ma portée. Dans le cas présent, il ne me restait plus que trois malheureux points de vie... Il allait me dévorer tout cru !

Visiblement, la créature tira la même conclusion que moi et fonça dans ma direction. La suite, ni moi ni le rat n'aurions pu l'anticiper :

Dégâts infligés : 10 (Morsure vampirique)
Points de vie restaurés : +5 PV

Gain d'expérience : 8 XP
Objet obtenu : Viande de rat (aliment)

Réussite débloquée : Goûteur (1/1000)
Capacité de peuple débloquée : Le goût du sang (octroie +1 % à tous les dégâts infligés par créature unique tuée avec Morsure vampirique. Bonus actuel : 1 %)

Paramètre débloqué : Étancher la soif (10/15)

Je m'assis quelques secondes, me délectant de l'infâme sang de rat, digérant les événements dans tous les sens du terme. Étais-je un vampire ? J'ouvris le menu de mon personnage pour en avoir le cœur net, et la réponse ne laissait planer aucun doute :

Peuple : Gobelin vampire

Heureusement, on pouvait cacher le second terme du peuple en cochant la case d'une rubrique spéciale intitulée « Masquer pour les autres joueurs. » Je lus la description du peuple vampire, remerciant le ciel et les développeurs d'avoir permis cette dissimulation :

-50 de pénalité à la réaction de tout peuple vivant si révélé
Pénalité : Cible légitime à abattre pour les joueurs et PNJ de peuples vivants si révélé

Pénalité : Ne peut pas cacher sa véritable nature dans l'état Soif de sang

Pénalité : Mort instantanée si frappé par la lumière du jour

J'étais dans de beaux draps... Dorénavant, ma priorité serait de préserver ce secret. Tout ceci n'était pas non plus dépourvu d'avantages. Au niveau un, par exemple, un vampire pouvait obtenir +1 en Régénération de PV par minute et un type d'attaque bonus (et pour une fois, ce n'était pas spécifique à la main droite ou gauche) :

Morsure vampirique

Coût : 10 PE (points d'endurance)

Dégâts : (1-6) * Force

Points de vie de l'attaquant restaurés égaux à 50 % des dégâts infligés

En attaquant des cibles endormies, inconscientes ou paralysées, les chances de succès sont de 100 %, et l'attaquant peut choisir un effet : (Mort instantanée/Sommeil profond durant 6 heures/Infection par vampirisme)

Je relus la description de l'attaque. Ça voulait dire que je pouvais tuer n'importe quelle créature, tous niveaux confondus ? Il suffisait qu'elle dorme, et là, même les personnages de niveau 100 étaient cuits. Quelle intarissable source de level-up ! Et je pouvais tout aussi bien le faire sur des joueurs que sur des PNJ... Un instant ! Je me ravisais. Si j'utilisais cette capacité ne serait-ce qu'une seule fois à l'encontre d'un joueur, mon secret serait révélé. Je serais traqué le restant de mes jours, tué sans relâche, juste parce que c'était admis par le règlement. Et à chaque décès, je souffrirais physiquement et mes points d'expérience chuteraient. Il me fallait donc garder le secret du vampirisme.

« Qui est là ? Je t'entends ! » retentit une voix de l'extérieur de ma cellule, matérialisant mes pires craintes.

Je sursautais et essuyais mes lèvres du revers de la main. J'avais besoin de tout sauf d'un étranger qui verrait du sang sur mon visage.

« Le rat moi taper. Lui attaquer. Paf-vlan moi taper, » répondis-je.

Sérieux ?! Ce n'était pas ce que je voulais dire, mais seules ces phrases bancales et hachées sortaient de la bouche de mon personnage. Tout compte fait, trois points en intelligence, c'était insuffisant. Je frémis en imaginant la manière dont mon personnage se serait exprimé avec une stat inférieure.

« Un rat ? Oui je l'ai vu. Il m'a observé un long moment puis a déguerpi. Tu as compris comment dégager ton bras de la chaîne ? Je n'ai pas assez de force. »

Mission reçue : S'enfuir de la galère des marchands d'esclaves
Classe de mission : Requise, entraînement
Récompense : 80 XP, accès au monde principal du jeu

« Chaîne moi sais pas. Moi mal. Homme blesser avec lance. »

De l'autre côté du mur, j'entendis le gloussement étrange de l'autre joueur.

« Je n'ose même pas imaginer ton niveau de charisme s'ils ont décidé de te tuer plutôt que de te libérer. Mais je suis surpris que tu ne sois pas mort. Tous les soldats sont de niveau vingt-cinq, ils ont les moyens de t'envoyer respawner d'un seul coup. Les soldats ne m'ont juste pas remarqué. Dès que le massacre a commencé dans la réserve, j'ai utilisé ma compétence Furtivité et j'ai même réussi à l'augmenter au niveau deux avant leur départ. Mais je n'ai pas vraiment réfléchi. Ils m'auraient peut-être libéré avec les autres prisonniers. Ou ils auraient pu m'envoyer spawner. Dans ces conditions, je n'aurais pas eu à me dépatouiller de cette chaîne. J'aurais été transporté au point de spawn, sain et sauf. »

Le sang se glaça dans mes veines. Le lieu de respawn dont il parlait n'était pas visible de mon point de vue. Et si le seul moyen de libérer des personnages à l'aspect aussi pathétique que le mien consistait à mourir pour revenir ? Non impossible ! Il devait y avoir d'autres moyens raisonnables de s'en sortir. J'examinais la courte chaîne rouillée d'un demi-mètre de long qui me retenait le bras. Dans un premier temps, je tentais de la fracasser.

Votre personnage n'a pas assez de Force pour effectuer cette action

Force requise pour briser la chaîne : 7

Bon, visiblement, je n'avais pas assez de force. Et si je brisais l'entrave au niveau du poignet ?

Votre personnage n'a pas assez d'Agilité pour effectuer cette action

Agilité requise pour briser la chaîne : 7

Encore un fail. J'observais attentivement ma main gauche.

J'avais le poignet fin. Ma main était aussi fine, mais j'avais un pouce protubérant sur le côté qui m'empêchait de m'extraire des menottes. Et si... L'idée de ronger mon propre pouce paraissait tout à fait barbare, mais je ne la chassais pas d'emblée. J'avais la Régénération, et le pouce finirait par repousser bien assez tôt. Un vrai Gobelin est-il au-dessus de cela ? Non, décidais-je. Pas du tout.

J'arrachais ma propre chair de mes dents. La douleur était intense et mes points de vie dégringolèrent vite. Je dus même me résoudre à manger de la viande de rat sur le pouce pour restaurer un peu de ma santé. Mais mon idée avait fonctionné ! J'extirpais ma main ensanglantée des fers rouillés. Libéré, délivré ! Le sang cessa instantanément de couler, me laissant avec tout juste deux points de vie sur un total de vingt et un. Mais quelle importance ? La Régénération restaurerait mes points de vie à fond de train, jusqu'au max. Mais à cet instant, un débuff apparut...

Votre main gauche est blessée
Au cours des deux prochains jours, vous ne pourrez plus manier d'arme avec la main gauche, nager ni grimper sur des falaises ou des arbres.
Toute autre action effectuée avec la main gauche fera l'objet d'un malus de 30 %

Je n'avais obtenu aucun point d'expérience en ôtant ma chaîne. Soit les développeurs désapprouvaient la méthode, soit la mission n'était pas encore achevée.

« C'était quoi ? » s'enquit mon acolyte de derrière les murs.

« Moi retire chaîne. À ton tour. »

Je me levais enfin pour aller voir dans la cellule voisine. Et le type assis là était un véritable monstre ! Mi-humain mi-poisson bleu, d'énormes yeux globuleux, étendu sur le sol crasseux et inspirant des bouffées d'air avec avidité.

Trong le plongeur
Naïade
Plongeur niveau un

« T'es plutôt laid, Amra ! » s'exclama l'homme-poisson. Sa réaction était la même que celle de l'autre homme à l'égard de mon apparence.

Nous nous esclaffâmes ensemble, puis il répondit à la question que j'étais sur le point de lui poser :

« En créant mon personnage, je n'avais pas d'idée de pseudo. Je me suis dit que le second mot devait révéler ma profession. Je suis donc M. Plongeur, une Naïade classée plongeur. Aucune importance. J'aimerais que tu m'expliques comment tu as retiré cette chaîne. »

Je m'efforçais d'expliquer en des termes simples ma méthode ainsi que le débuff de deux jours que j'avais subi en retour. Le poisson secoua la tête.

« Ouh là... Ce n'est pas mon truc. Je dois pouvoir plonger et nager sous l'eau. Mais ce serait impossible avec une main gauche cassée. Il est plus facile pour moi de mourir et de ressusciter dans une heure, totalement libre et sans débuffs ou morceaux de corps mutilés. Qu'en dis-tu : Je continue de chercher le moyen de me libérer, mais si rien de sensé ne me vient à l'esprit, tu n'as qu'à me tuer pour que je respawn. J'ai besoin d'une heure de pause, de toute façon. Pour répondre à mes mails, et régler des petites affaires. Va où tu veux, mange, fais un tour, ensuite on pourra faire équipe. On dirait que faire cavalier seul est bien trop difficile. Ça te branche ? »

Au début, sa proposition me mit mal à l'aise. Trong le plongeur évoquait sa propre mort avec une sérénité déconcertante. Comme si la douleur qu'il allait ressentir n'avait que peu d'importance pour lui. Puis je réalisais que c'était un joueur lambda, sans capsule de réalité virtuelle. Il était installé chez lui, face à son écran ou un casque rivé sur le crâne, cherchant un moyen de sortir d'une zone d'entraînement ennuyeuse pour rejoindre, au plus vite et par tous les moyens, le vaste monde du jeu. Cela en disait long, car un joueur qui comme moi ressentirait les sensations de son personnage chercherait n'importe quel autre moyen de se libérer.

« Bon. D'accord. Je marche là, aller voir, » dis-je, répondant à la naïade enchaînée, et avançant le long de la coursive noyée dans l'ombre.

Il était temps d'aller voir l'interface. En premier lieu, j'appelais la carte des lieux, lui appliquais un effet de transparence, et la plaçais dans le coin supérieur droit. La carte, d'ailleurs, me localisait dans la soute d'une galère d'esclavagistes. Trong le plongeur, situé derrière moi, figurait sous la forme d'un triangle jaune, tandis que devant moi, dans la pénombre, trois points rouges étaient à l'affût. Je me référais à la légende des couleurs, et le rouge (logique) indiquait un ennemi. Le jaune représentait les PNJ et les joueurs dont les affinités à notre égard étaient neutres.

Je progressais prudemment, à pas lents. Ça sentait le sang

frais, mais les cadavres de soldats répandus ici et là n'avaient pas disparu, comme cela se produisait au bout d'un moment dans la plupart des jeux. Je sentis quelque chose avec mon pied, et un contenant en verre roula au sol.

Fiole vide
Sert à stocker des élixirs alchimiques

Je ramassais le récipient. Ça pourrait me servir. Mon regard s'arrêta dessus, cherchant le moyen de zoomer dessus. Quelques secondes plus tard, un message apparut :

Voulez-vous prendre Alchimie (I A) comme compétence primaire ?

J'étais quelque peu dérouté. Était-ce si facile de s'octroyer une compétence ? Ni formation, ni mission, ni parchemin hors de prix ? L'alchimie... Ce pourrait être un sérieux avantage. Je cueillerais plantes et racines à foison grâce à mon métier, et je m'épargnerais la vente des matières premières à prix modique. Je pourrais préparer des élixirs supérieurs ou exceptionnels à base de plantes. Ce serait probablement plus rentable que de mélanger des plantes de base. Je choisis l'option « Oui. »

Vous avez pris Alchimie comme compétence primaire
Niveau de compétence : 1
Compétences primaires choisies : 3 sur 4

Avec beaucoup de retard, je pris conscience des répercussions de ce choix. Je venais de remplir l'un des deux slots de compétences restants sans avoir sérieusement examiné la question. Pire encore, ça améliorait l'intelligence, une stat que le peuple Gobelin augmentait 50 % plus lentement que la normale ! C'était considérable. Totalement inconsidéré, pour ne pas dit débile !!!

Plutôt que l'alchimie, j'aurais dû choisir une compétence privilégiant l'agilité et la perception, les points forts du Gobelin. Si je hissais le niveau de ce type de compétences à, disons, cent, j'obtiendrais 130 points d'agilité (100*1,3) plus 65 points de perception (50*1,3). Le cumul final aurait été de 195 points de stat en bonus ! Mais avec un niveau d'alchimie de niveau cent, vu le malus de 50 % au gain d'intelligence, je n'obtiendrais que 50 (100*0,5) points d'intelligence et 65 (50*1,3) points d'Agilité, totalisant 115 au lieu des 195 points que mon perso aurait pu avoir, si j'avais fait preuve de jugeote.

Honteux, j'étais à deux doigts de fracasser cette fiole de malheur contre le mur, mais je m'efforçais de rester calme et je l'emportais avec moi. J'ignore où les objets allaient dans la logique du jeu — j'avais pour seul équipement un pagne sale — ce qui ne m'empêchait pas de stocker des objets dans mon inventaire. Quoi qu'il en soit, je n'avais que huit slots. C'était limite. Il me faudrait un sac pour stocker mes affaires.

À quelques pas de là, je trouvais un autre contenant du même type, puis quatre autres. Une bataille avait dû faire rage il y a peu, comme en témoignait les taches de sang séché et les profondes entailles dans la table en bois. Les combattants avaient sans doute recours à des potions alchimiques de force ou de soin. Les six récipients identiques, heureusement, n'occupaient qu'un seul slot sur les huit disponibles dans mon inventaire.

Je m'approchais dangereusement des points rouges sur la carte. Toujours pas d'ennemi en vue, mais je redoublais de prudence à mesure de ma progression. Et, à ce moment précis, un autre message apparut :

Voulez-vous prendre Furtivité (A C) comme compétence primaire ?

Cette fois-ci je prenais le temps de la réflexion. D'un côté, la Furtivité améliorerait mon agilité, chose utile. En même temps, mes quatre slots de compétences primaires seraient remplis avant même de commencer la partie... Ce choix n'était sans doute pas le plus judicieux pour faire évoluer mon personnage sur le long terme. D'ailleurs... il me fallait garder à l'esprit que j'étais un vampire. Les mécaniques du jeu ne permettaient pas de dissimuler mes compétences primaires. De façon logique, on se fie souvent à sa première intuition quand on rencontre un personnage pour la première fois, n'est-ce pas ? Mais si ma compétence de Furtivité était visible de tous, cela soulèverait des questions non sollicitées. J'étais censé être un Herboriste gobelin pacifique, après tout.

Avec une once de regret, je refusais la Furtivité comme compétence primaire, mais je l'affectais en tant que secondaire. Si les compétences secondaires n'amélioraient pas les points de stats, la capacité de se déplacer discrètement s'avérait utile pour un vampire nyctalope. Et surtout, les compétences secondaires n'étaient pas visibles des autres joueurs.

Vous avez pris Furtivité comme compétence secondaire

Niveau de compétence : 1

Basculer en mode Furtivité était d'une simplicité enfantine. En revanche, mon personnage se déplaçait beaucoup plus lentement. N'étant pas pressé, je continuais à avancer de cette façon le plus longtemps possible. Comme je gardais un œil sur mes stats, j'avais bien repéré le moment où, subitement, la jauge de Furtivité vide avait commencé à se remplir doucement. Regardez-moi cette petite jauge ! Je risquais de me faire repérer si je ne redoublais pas de vigilance en marchant. Précautionneusement, je cheminais dans la cale obscure.

Rat niveau 1

Je l'avais vu tout en étant invisible.

Compétence Furtivité améliorée au niveau 2 !

Au comble du bonheur, je lus le message puis trébuchai sur une petite marche que je n'avais pas remarquée, m'étalant à plat ventre sur le sol. Et là, le rat me repéra. L'animal agressif se rua sur moi à bonds de géant ou presque, alors que je n'avais pas d'arme !

Dégâts subis : 4 (Morsure de rat)
Niveau de santé : 6/21

Plus que deux morsures avant que ne sonne le glas ! J'assénais deux coups au rat. Un de la main gauche, un de la main droite.

~ Testeur de Contenu ~

Pas un seul dégât ! Échec.

Dégâts subis : 4 (Morsure de rat)
Niveau de santé : 2/21

Ne comptant plus sur la faiblesse de mes coups, j'étais bien décidé à le mordre.

Dégâts infligés : 8 (Morsure vampirique)
Points de vie restaurés : +4 PV
Niveau de santé : 6/21

Haaa ! Extase sublime ! Le minuscule rat ne faisait pas le poids face à une terrifiante créature nocturrrrrrrrrne ! Il va les sentir, mes crocs... Saint Gygax, aidez-moi ! La morsure suivante, me priva de nouveau de 4 PV, puis vint mon tour...

Points d'endurance insuffisants pour utiliser la compétence Morsure vampirique

Vraiment pas le moment pour être à court d'endurance ! Il allait me dévorer tout cru ! Dépité, je tentais de cogner encore ce rat, à mains nues.

Dégâts infligés : 2 (Coup)
Gain d'expérience : 8 XP
Objet obtenu : Viande de rat (aliment)

Je rejetais la suggestion importune de choisir Combat au poing

(F C) comme compétence primaire. Je m'assis plutôt sur le sol humide recouvert de paille, exténué. Ma jauge de points de vie clignotait de façon alarmante à 2/21 PV, alors que mon endurance n'était qu'à 1/20. Grmf... Il me fallait être honnête, surtout avec moi-même : si mon Gobelin aux grandes esgourdes avait tiré son épingle du jeu face au rat, cela relevait du miracle. Je n'avais pas intérêt à chercher des noises à quiconque, clairement. Alors, avant d'affronter d'autres rats, je devais me mettre en condition. Déjà, restaurer ma santé et mon endurance, et idéalement, dégoter une arme, quelle qu'elle soit.

Je restais assis dix minutes, à respirer. Durant ce temps, mon endurance grimpa jusqu'à dix, tandis que ma santé, grâce à la régénération et à la viande, s'était totalement restaurée. Me remettant en route, je ne tardais pas à découvrir un couteau abandonné au sol.

Couteau de cuisine rouillé
*Dégâts : (1-4) * Force*

C'était bien plus efficace que de cogner à mains nues avec (1-2) * Force ! À peine eus-je ramassé le couteau que le système me suggéra Dague (F A) comme compétence primaire. Je bougonnais. Cessez de me faire miroiter des choses alors que je n'y ai même pas réfléchi ! Si l'agilité était la stat primaire de cette compétence, j'aurais pu l'envisager, mais la force avec un malus de 50 %... Non merci. L'alchimie, avec un malus d'intelligence, c'était déjà le pompon ! Je ne voulais pas non plus choisir Dague en compétence secondaire.

N'empêche qu'il était plus facile d'éradiquer des rats au

couteau de cuisine. Je subirais une morsure de 4 PV, je riposterais à 6 PV de dégâts au coup de couteau puis j'achèverais la créature avec Morsure vampirique. Mon endurance était toujours en berne, il me fallait donc attendre. Et si un autre rat que j'avais déjà repéré me faisait face, il était grand temps de retrouver Trong le plongeur.

L'homme-poisson était assis dans la même posture qu'auparavant, enchaîné au mur par les entraves métalliques. J'appelais Trong par son nom à plusieurs reprises, mais il mit quelques minutes à recouvrer ses esprits avant de répondre :

« Désolé, j'étais afk. Dès que tu auras fini tes affaires, tue-moi comme convenu. Je file faire les courses et je mange. Attends-moi au respawn dans une heure, d'accord ? On continuera ensemble ! »

J'élevais la dague au-dessus de la poitrine de la naïade et l'enfonçais profondément entre ses côtes. Même si l'attaque n'était pas ratée, avec 8 PV de dégâts, la jauge de santé de Trong n'avait chuté que d'un quart de points. L'enflure ! Ses points de santé étaient une fois et demie plus élevés que ceux de mon Gobelin aux grandes zoreilles ! Il me fallait le frapper, sans relâche. Au bout du quatrième coup, la jauge de santé de Trong clignotait en zone critique... Je m'interrompis, demandant à l'homme-poisson s'il fallait l'achever ou pas. Aucune réponse. Le joueur avait quitté son écran. C'est donc moi qui décidais !

J'avais lu ça sur les forums. J'étais tombé sur des articles qui conseillaient, pour les professions assassin ou voleur, de prendre la compétence Voile qui permettait de supprimer ou de modifier des journaux et ainsi dissimuler ses actes criminels à la vue des victimes, de réduire la durée du flag Criminel et, avec le temps, de l'effacer. Pile ce qu'il me fallait ! Je tentais de modifier le dernier message au sujet du coup de couteau.

Voulez-vous prendre Voile (I A) comme compétence primaire ?

Non, ça ne valait pas le coup de prendre Voile comme compétence primaire. Je ne voyais pas de raison à ce que mon innocent Gobelin herboriste révèle son côté sombre. Mais comme compétence secondaire, la capacité était utile !

Vous avez pris Voile comme compétence secondaire
Niveau de compétence : 1
Durée de l'effet : 1 minute, utilise 5 PE

Je cliquais sur l'icône Voile. À partir de là, je disposais d'une minute au total pour agir en secret :

Dégâts infligés : 6 (Morsure vampirique)
Points de vie restaurés : +3 PV
Gain d'expérience : 80 XP

Niveau deux !

Réussite débloquée : Goûteur (2/1000)

Réussite débloquée : Assassin de joueur (1)

Capacité de peuple débloquée : Vision nocturne (dure 12 heures, coûte 15 PE)

Capacité de peuple améliorée : Le goût du sang (octroie +1 % à tous les dégâts infligés par créature unique tuée avec Morsure vampirique. Bonus actuel : 2 %)

Attention !
Votre personnage reçoit le flag Criminel ! Au cours des huit prochaines heures, vous serez officiellement une cible à abattre !

Le cadavre de Trong le plongeur se mit à pâlir, jusqu'à devenir translucide. Non, je n'avais pas agi sans réfléchir. Cette fois, j'avais élaboré une vraie stratégie. J'avais trouvé une cible pour faire évoluer ma capacité fort avantageuse, Le goût du sang, et j'en profitais. Les naïades étaient un peuple rarissime, après tout. N'était-ce pas l'occasion ou jamais d'en ajouter une à ma liste d'espèces uniques mordues ? Mais je n'étais pas le seul à avoir accès aux logs du jeu. Comment Trong le plongeur réagirait-il en découvrant le récap de sa mort, révélant qu'un vampire l'avait tué ? Je devais faire en sorte de préserver le secret.

Qu'allais-je faire avec le log ? Je parvins à ouvrir le message que Trong le plongeur verrait dans cinquante secondes pour le modifier :

Dégâts subis : 6 (Morsure vampirique par le joueur Amra)
Vous êtes mort

Je ne le supprimais pas intégralement, même si cette possibilité m'était offerte. Je le modifiais plutôt en substituant « Morsure vampirique » par « Coup de couteau rouillé ».

Beaucoup mieux !

Compétence Voile améliorée au niveau 2 !

Pas mal, pas mal du tout ! Je reprenais ma vie en main ! Il ne me restait qu'à affecter les points de stat obtenus grâce au level-up, et vivre de nouvelles aventures ! D'ailleurs... étrangement, deux points sur cinq avaient été automatiquement dépensés. Ma force avait atteint trois, et ma constitution quatre. Étrange...

Épluchant les guides, je réalisais que c'était une spécificité du peuple vampire : qu'on le veuille ou non, la force et la constitution évoluaient à chaque niveau. Il me fallait l'accepter sans broncher. On ne pouvait rien y faire. Il ne me restait plus que trois points de stat.

Je décidais d'en placer deux directement dans le charisme. Je n'avais pas envie d'être victime d'un délit de sale gueule à chaque rencontre ! Et mon dernier point de stat, après mûre réflexion, je l'ai affecté à l'intelligence. Il était grand temps de surpasser le QI d'un tabouret !

Le dernier rat ne me posa aucune difficulté, succombant au bout de deux coups de poignard — une preuve concrète que mon personnage avait gagné en force. Après avoir ramassé un morceau de viande de rat, j'avançais jusqu'à ce qui semblait être le fond de cette cale, là où une cage d'escalier menait au pont supérieur. La première marche franchie, la carte se mit à jour pour afficher le pont principal, celui où prenait place les rameurs.

Ce niveau-là empestait. Ça sentait le moisi, les cadavres en putréfaction et le sang caillé, un bouquet de senteurs qui manqua de me faire chanceler. Mon Gobelin dut se couvrir le nez avec sa main gauche infirme. Ok, je vois le genre. Si *Boundless Realm* était salué pour son hyperréalisme, tous ces détails gores étaient-ils nécessaires ? Et quand on y pense, comment les créateurs avaient-ils procédé pour reproduire la puanteur de ce lieu maudit ? Même la légère brise ne pouvait dissiper la pestilence qui s'infiltrait à travers le pont.

Recouvrant un peu mes esprits, j'observais les environs. Tout semblait indiquer que ce lieu avait été le théâtre d'un récent massacre : sang séché par terre, bancs des rameurs brisés et pourfendus, morceaux de chaîne, et guenilles sales. Il n'y avait aucun cadavre. Ils avaient déjà disparu du monde. Puis, sur la carte, derrière les marqueurs d'une poignée de rats éloignés, un triangle jaune. Un joueur ?! Je m'avançais discrètement pour le lorgner, ou plus exactement, la lorgner :

Valerianna Prestepas
Nymphe sylvestre
Dompteuse niveau 2

Ma sœur ! Je l'avais reconnue d'entrée de jeu. Valeria employait toujours le même pseudo pour son personnage principal, dans tous les jeux. Je restais toutefois à bonne distance. Ma sœur et moi avions décidé d'un commun accord de garder notre lien secret et de prétendre que nos personnages venaient de se rencontrer. Alors j'avançais en rampant, contemplant ma jauge de Furtivité en train de se remplir.

Pendant ce temps, la gracieuse nymphe à la longue chevelure bleue-verte était affairée à exterminer du rat. Ses méthodes étaient tout à fait singulières : se tenant à distance de la vermine, elle en dominait un avec un sort de commandement pour qu'il se retourne contre ses congénères. Je lus la description des compétences primaires de Valerianna :

Domptage d'animaux niveau 2
Magie de l'eau niveau 1

Soudain, la nymphe se figea et tourna brusquement les talons.

« Qui es-tu ? » s'enquit-elle d'un air plus curieux, voire menaçant, qu'étonné.

J'avais trahi ma présence d'une façon ou d'une autre, et j'étais découvert. Rester planqué n'aurait eu aucun sens, alors je fis un pas en avant.

« T'es un criminel ! Dégage ! » La nymphe effrayée joignit ses paumes et les plaça devant elle. En les séparant, une petite flamme vacillante apparut en leurs creux.

« Pas vouloir de mal à toi. » Je m'empressais de la rassurer, maudissant en mon for intérieur le parler médiocre de mon personnage. « Début partie pour moi. Chaîne retirer de main. Puis autre joueur poisson demander aide. Moi lui tuer. Et lui ressusciter sans chaîne. Seul moyen, dit-il. Lui pas savoir retirer chaîne. »

La nymphe, ou plutôt la très svelte jeune femme en courte cape verte, ne put contenir un sourire.

« T'es rigolo, gobelin. Mais tu n'es visiblement pas futé. Tu es en train de me dire qu'à vous deux, vous n'aviez pas assez de force, d'agilité, d'intelligence ou de perception pour atteindre sept ? Vous auriez pu coopérer ! »

J'étais pétrifié de surprise et de honte. L'idée de faire équipe pour tirer sur la chaîne de Trong-le-plongeur fixée au mur ne nous avait pas traversé l'esprit. Le crétinisme de mon Gobelin n'avait tout de même pas déteint sur moi, si ? C'était pourtant si évident ! Valerianna réfléchit quelques secondes puis, une pointe d'inquiétude dans la voix, dit :

« Je crois avoir compris ce qui s'est passé entre vous. Tu sembles décrire un escroc JcJ typique. Tu as tué un joueur à sa demande, et te voilà Criminel durant une heure. Il savait que ce serait facile de te tuer, mais il ne voulait pas être tagué Criminel pour si peu. Tu ne perdrais pas grand-chose en mourant, et lui n'obtiendrait qu'une centaine de points d'expérience. C'est pour cela qu'il t'a laissé une chance d'améliorer ton niveau sur des rats et des quêtes d'entraînement, de leveler un peu, pour te tuer après. Je parie qu'il t'a demandé de l'attendre, pour faire équipe par la suite. J'ai tort ? »

J'approuvais la théorie de ma sœur d'un hochement de tête.

« Tu vois, ce personnage doit être un spécialiste du JcJ. Il a sans doute une tendance pour la stat de combat. La force par exemple, et il se prépare à utiliser une arme de mêlée. Je parie aussi qu'il a une constitution de haut niveau, ce qui lui octroie de nombreux points de vie. Vu que tu es niveau trois, il gagnera trois-cents points d'expérience en te tuant, et non cent. Ce qui est loin d'être négligeable en début de partie, et plus que suffisant pour qu'il accède au niveau quatre. D'ailleurs, certains peuples et classes *pexent* en tuant des joueurs ou grâce à des bonus et quêtes spéciales. Clairement, ton acolyte va te tuer. Comme ça, une fois dans le monde principal, il aura un bon niveau sans que sa réputation en ait souffert.

Valeria venait sans doute de retirer son casque de réalité virtuelle, d'ouvrir le forum de *Boundless Realm* à l'écran pour le consulter. En gros, le plan de Trong le plongeur consistant à le tuer n'était qu'un piège. Il laissait sa proie faire ses premières armes pour la rendre plus savoureuse. Il comptait sûrement me tuer dès son retour. Bon… voilà voilà, je me faisais faire la leçon par ma sœur de quatorze ans. Un bon début s'il en est ! C'est officiel, je suis un noob. Mon égo venait de se faire torpiller et c'est pas un Sparadrap qui allait suffire.

« Sans indiscrétion, de quel peuple fait-il partie ? » demanda la nymphe, envoyant un autre rat sur la horde de vermines.

« Naïade, plongeur, » répondis-je, et ma sœur se pétrifia d'admiration.

Alors qu'elle restait figée, le rat sous ses ordres continuait d'en découdre avec ses anciens congénères. Je fus surpris de voir le corps de la nymphe statufiée chatoyer d'une multitude de couleurs. Ce devait être une amélioration de compétence. Je consultais ses stats visibles. Exact ! La compétence *Domptage d'animaux* de Valeria était dorénavant niveau 3. Entretemps, ma sœur était revenue dans le jeu.

« Pour info, les naïades plongeurs sont une variante des guerriers humains ou des nains berserkers. Ils reçoivent dix points de vie bonus pour chaque point de constitution, le double de points d'endurance en effectuant différentes attaques combo, ainsi qu'un bonus supplémentaire en force. »

« Je m'enfuir ? » demandais-je, mais la nymphe secoua la tête et me demanda dans combien de temps la naïade allait respawner.

Je consultais le temps qui s'affichait, et lui répondit qu'il lui restait quarante minutes.

« Ne t'enfuis pas, gobelin. S'il t'attaque vraiment, je t'aiderai. Je n'aime pas les PK et les escrocs. Mais je ne m'impliquerais que s'il t'attaque en premier. Pour l'heure, je vais accroître ma compétence en magie de l'eau jusqu'au niveau deux, puis mon intelligence augmentera grâce à mes bonus de compétence primaire. Cela me donnera dix-sept points.»

Sa réponse ne percuta pas immédiatement. Valerianna était déjà niveau deux, et avait déjà dix-sept en intelligence. Mais comment ?! Pour ma part, aucune de mes stats n'était supérieure à quatre, que ce soit mon agilité, de mon intelligence ou ma constitution.

La nymphe expliqua sur un ton enthousiaste :

« Mon peuple a un bonus en charisme et en intelligence, et j'ai perfectionné l'intelligence de mon personnage par-dessus tout. Mes deux compétences primaires prédéfinies améliorent également l'intelligence. J'ai simplement ôté les menottes de mes poignets, car j'avais directement compris le fonctionnement du système de verrouillage. »

Après ses mots, la nymphe appela un autre rat à ses ordres, et je remarquais que l'animal avait légèrement grossi, faisant monter son niveau en affrontant ses propres congénères. Suite à cela, Valerianna, enjoignant à son familier de s'asseoir et d'attendre les ordres, décocha une flèche de glace bleue sur un rat hostile éloigné, à peine visible, le tuant sur le coup. Elle remporta le même succès avec deux rats qui passaient par là.

Encore une fois, la nymphe se mit à scintiller de plein de couleurs. Sa compétence en magie de l'eau était dorénavant niveau deux.

« Cool ! Encore une cinquantaine de points d'expérience, et je serai niveau trois ! » s'esclaffa la nymphe réjouie. « Amra, j'ai besoin de faire une petite pause pour restaurer ma mana. Ensuite, je pourrai tirer jusqu'à neuf flèches de glace, chacune infligeant environ quarante dégâts. Quel que soit le niveau de constitution de ton ami Naïade, il n'y survivra pas. Mais il est important de ne pas le laisser s'approcher. Je n'ai que onze PV, il pourrait me tuer d'un simple crachat. Au fait, pourquoi n'en profites-tu pas pour faire du levelling ? Il reste encore quelques rats. Charge-t'en. »

J'acquiesçais docilement, et m'avançais. À vrai dire, mes pensées étaient bien loin des rats alors que je m'exécutais. J'étais obnubilé par l'attaque imminente de Trong le plongeur. Valerianna avait promis d'intervenir si la naïade attaquait. Malgré tout, l'homme-poisson m'infligera un ou deux coups auxquels il me faudra survivre. Et si le personnage était vraiment un spécialiste JcJ ou même un futur PK professionnel, bourré de modificateurs de dégâts, alors... Combien de dégâts pourrait-il infliger en un coup ? Sûrement pas moins que la nymphe et sa magie, surtout que ma sœur parlait de quarante points de vie par flèche de glace. Si la référence était quarante PV, comment survivre à une telle attaque avec vingt-sept malheureux PV ?! Pouvais-je envisager l'esquive ? Ce pourrait être ma porte de sortie.

Quand le rat niveau 1 le plus proche se rua sur moi, je bondis en arrière et sur le côté au lieu de le frapper.

Voulez-vous prendre Esquive (A P) comme compétence

primaire ?

Cette compétence améliorait l'agilité et la perception, mes points forts ! Pile-poil ce qu'il me fallait ! J'acceptais sur-le-champ.

Vous avez pris Esquive comme compétence primaire
Niveau de compétence : 1
Compétences primaires choisies : 4 sur 4
Vous pourrez choisir une cinquième compétence primaire au niveau 10.

Ayant déjà tué le rat (cette saloperie avait réussi à me mordre une fois, mais ça ne voulait rien dire. La régénération guérirait toutes les blessures, après tout), je remarquais que ma compétence Esquive avait monté mon agilité au niveau cinq et légèrement accru ma perception.

De plus, des quatre compétences primaires, seule l'Esquive avait été activée. Les autres étaient grisées, inactives, et n'avaient visiblement aucun impact sur mes stats. Était-ce parce que je ne les avais toujours pas utilisées ? Cela restait à démontrer.

Je m'emparais d'une fiole vide dans mon inventaire puis la remplis du sang du cadavre.

Sang de rat (ingrédient alchimique)

La compétence Alchimie se mit en surbrillance. Mon intelligence et mon agilité augmentèrent aussitôt, jute un peu. Voilà comment ça fonctionnait ! Pour activer une compétence primaire et faire en sorte qu'elle augmente les stats, il fallait l'utiliser au moins une fois ! Qu'y avait-il d'autre au statut « inactif ? » L'Herboristerie et le Marchandage. Il me faudrait patienter pour utiliser l'Herboristerie. Nous étions à bord d'une galère. Impossible de trouver des plantes sur un bateau. En revanche, pour le Marchandage, c'était enfantin. Je retrouvais ma sœur pour marchander la fiole remplie de sang de rat.

Valerianna se tortilla d'écœurement et, bien sûr, déclina la proposition. Mais nul besoin de conclure cette vente. Après avoir constaté avec satisfaction que le Marchandage avait déjà été activé, augmentant mon charisme d'un point entier et rehaussant faiblement mon intelligence, je déversais le sang au sol comme je n'avais pas de bouchon.

Je passais dix minutes à esquiver la vermine subsistante afin de faire grimper au plus vite ma compétence Esquive jusqu'au niveau trois. Criblé de morsures et fort satisfait de mes performances, je rejoignais ma sœur.

« Hé l'andouille, t'as encore du chemin avant d'être niveau trois ? » questionna la nymphe d'un air las, assise sur le banc du rameur, tout en admirant ses ongles manucurés.

« Trois cent quarante expérience. Veut cinq cents, » rapportais-je.

Ma sœur se renfrogna, l'air contrarié.

« Augmente ton intelligence à cinq, au moins. J'ai dû mal à te comprendre. On verra plus tard. Pour l'instant, écoute bien, grandes esgourdes. Il nous faut rejoindre le pont supérieur de la galère. J'ai trouvé un descriptif des lieux dans les guides. La mer se déchaîne là-haut. Les vagues risquent de s'engouffrer dans les brèches du bateau. Si ton agilité est trop faible, tu seras balayé par-dessus bord, tu perdras de l'expérience, et il te faudra attendre une heure au lieu de respawn. Sauf si tu sais nager, Amra ? »

« Pas savoir. Agilité suffit. »

« Vraiment ? « Bon, très bien. J'ai un sort de respiration aquatique, donc je vais plonger tout en bas. Ton ami Naïade est une créature marine, donc aucune chance qu'il se noie. Mais toi, il te faut abaisser le canot avec un bossoir et affronter le vent et les vagues pour atteindre le rivage en ramant. C'est une quête secondaire avec cent points d'expérience à la clé. Alors, quand tu atteindras le rivage, cette quête sera validée au même titre que la mission d'entraînement principal, avec encore cent points d'expérience gagnés. Donc, sitôt le pied posé sur la côte, tu seras niveau trois. Mais une fois sur place, ne tire pas au flanc. Empresse-toi plutôt de courir le plus vite possible sur la côte, ou t'exercer au combat. Ton ami va sûrement t'attaquer, donc reste sur tes gardes. T'as compris ? Allez, on monte. Tu dois abaisser le canot sans mon aide, pour *pexer* un maximum. Sinon tu n'atteindras pas le niveau trois, et tu ne seras pas de taille à affronter la naïade. »

Ma sœur était rusée comme un renard. Une fois sur le pont supérieur, j'ai pu éviter de me faire directement balayer par les vagues grâce à sa mise en garde. Je m'emparais d'une corde tendue dès que je me déplaçais pour m'aider à rester debout sur le bateau, lorsqu'une déferlante me projeta de l'autre côté du pont. La galère orque heurta la falaise et se coinça entre les rochers. D'immenses vagues roulaient par-dessus bord, fauchant au passage toutes sortes de détritus, barils, morceaux de rames et matériaux divers.

Quant au canot, miraculeusement intact dans ce chaos, je le repérais sur la proue de l'épave. Pour y accéder, il fallait courir sur le pont glissant et incliné, baigné par l'écume des lames qui se brisaient sans relâche.

« Rendez-vous sur le rivage ! » Ma sœur était parvenue à crier avant qu'une vague ne l'aspire jusqu'aux tréfonds.

Le rat de niveau 2 qui avait été sous les ordres de ma sœur passa devant moi à la nage. Le lien étant rompu avec sa maîtresse, il était maintenant hostile envers moi. Mais le rat ne s'intéressait pas à moi. Il agitait ses pattes, désespéré, s'efforçant de lutter contre les éléments déchaînés. Dès le reflux de la vague, je m'élançais par-dessus le pont incliné en direction du canot.

Contrôle d'agilité réussi
Gain d'expérience : 8 XP

Je me jetais droit devant avant que le prochain rouleau ne déferle sur l'épave déchiquetée. Je parvins juste à franchir le vide puis à m'agripper au flanc du canot encore protégé par quelques toiles goudronnées.

Mission reçue : Utiliser le canot
Classe de mission : Facultative, entraînement
Récompense : 80 XP, petit sac

Le canot était fixé à un fouillis de cordes aboutissant à un bossoir installé sur le flanc du bateau. Il fallait actionner la manivelle afin de lancer la fragile chaloupe. Alors que je faisais tourner le mécanisme, j'oubliais totalement que j'étais dans un jeu. Mes sensations étaient extrêmement réalistes. La tempête, le vent, le crissement des cordes ultra-tendues, les vagues écumantes, le vent froid et l'odeur des algues s'unissaient en un tout très fidèle à la réalité. Ma main gauche blessée me brûlait jusqu'à l'os dans la mer salée. De toutes mes forces, je tentais de faire tourner le cabestan avec ma main valide, et enfin, le bateau fut mis à l'eau.

« Tiens donc, te voilà, Gobelin ! » La voix satisfaite de Trong le plongeur retentit derrière moi.

Je me retournais. La naïade, arborant un large sourire, s'assit sur la paroi latérale de la galère.

« Le temps est juste idéal pour moi ! J'adore les mers houleuses. Allez, prends le canot, moi je vais nager sous l'eau. Rendez-vous sur terre. »

À ces mots, l'homme-poisson sauta agilement par-dessus bord. La naïade tenait un trident entre ses mains, mais rien n'indiquait sa provenance. Tout à coup, voilà qu'il détenait une arme. Mauvaise nouvelle !

Je relâchais la corde et m'accrochais à la rame. Zut ! Impossible de ramer de la main gauche, je décrochais la rame de son anneau et la saisit à deux mains. C'était plus facile ainsi. Je perdais progressivement des points d'endurance en pagayant, mais je ne m'inquiétais pas trop. Il m'en restait plein en réserve. Contournant les roches déchiquetées émergeant de l'eau, je naviguais jusqu'au lagon. Au-delà des récifs tenant place de brise-lames naturels, la mer retrouvait son calme. Quelques minutes plus tard, je rejoignais une étendue sablonneuse qui se rétrécissait en une fine bande qui s'avançait dans l'océan. Ma sœur, visible au loin, m'attendait déjà sur la côte. J'avais à peine posé le pied sur le sable mouillé que mon corps s'illumina :

Mission accomplie : Utiliser le canot
Gain d'expérience : 80 XP

Mission accomplie : S'enfuir de la galère des marchands d'esclaves
Gain d'expérience : 80 XP

Niveau trois !

Capacité de peuple débloquée : Apathie des morts-vivants (dure 3 heures, coûte 20 PE)

Alors, où était le sac qu'on m'avait promis ? Regardant sous le banc de canotage, je trouvais un sac de toile avec une bandoulière.

Petit sac : slots d'inventaire +10

Le temps que Trong atteigne le rivage, j'affectais les nouveaux points de stats. La force et la constitution grimpaient par défaut. Des trois points restants, j'en plaçais un autre dans la constitution, et deux dans l'agilité. Je me retrouvais avec 39 points de vie.

Sitôt les stats distribuées, Trong émergea des eaux salées sur la bande sablonneuse et se fraya un chemin jusqu'à la côte. Son corps émettait aussi un halo coloré. La naïade était également passée niveau trois. L'homme-poisson décocha un sourire malicieux, arborant plusieurs rangées de dents acérées comme des aiguilles, puis déploya subitement ses nageoires dorsales rouges et brillantes et brailla, estomaqué par la présence de l'autre joueur non loin de moi.

« Hé ! C'est mon trophée, » cria Trong, pointant son trident dans ma direction. « Je le cornaque depuis le début de la partie ! »

La nymphe laissa la perfide naïade sans réponse mais, entre ses mains, la flamme vive et bleue d'un sort en cours apparut.

« Entendu, on partage le gâteau, » suggéra Trong, et là, ma sœur attaqua.

La flèche de glace qui jaillit de ses mains dépassa la distance qui les séparait, et retomba en une grêle de fragments sur les écailles de la naïade, provoquant une baisse rapide de ses points de vie. Malédiction ! Ce sort à quarante points de dégâts n'avait réduit les points de vie que d'un tiers. Combien de points de vie pouvait-il avoir ?

« Ça t'en bouche un coin, nymphe ? » ria l'homme-poisson. « Je suis résistant par essence à la magie de l'eau ! »

À ces mots, Trong le plongeur se saisit de son trident comme s'il s'apprêtait à embrocher un saumon et se jeta sur ma sœur pour faire échouer le prochain sort. Et moi, sans trop y réfléchir, je fondis dans sa direction. La naïade était à mi-chemin lorsqu'un crabe de niveau 1 émergea des eaux en rampant sur le sable et se mit en travers de son chemin.

La naïade, freinée dans son élan, détruisit l'obstacle inopiné d'un coup de trident. Mais cette seconde de délai me suffit pour le rattraper et le poignarder dans le dos.

Dégâts infligés : 9 (11 avec coup Couteau de cuisine rouillé — armure 2)

La jauge de vie de Trong le plongeur baissa, mais rien d'extraordinaire : à peine dix pour cent. Pfff, j'aurais mieux fait de prendre la compétence dague. J'aurais pu infliger un coup critique en le poignardant dans le dos. Là, sans doute plus étonné par mon audace que par les dégâts que je lui avais fait subir, Trong se tourna vers moi.

« Alors comme ça, Amra, tu te mets à attaquer dans le dos ! Tu ne peux plus t'enfuir nulle part ! »

Une autre flèche de glace s'envola jusqu'au dos de l'homme-poisson, faisant dégringoler les points de vie à quarante pour cent. Sa jauge de vie passa du vert au jaune, et Trong le plongeur fit un rictus de douleur :

« Ce n'est rien, je survivrai à une autre attaque de glace, et puis je raflerai deux jolis trophées, toi et la nymphe ! Soixante points d'expérience qui me suffiront à passer le niveau cinq ! »

À ces mots, la naïade bondit brusquement en avant et me poignarda le thorax de son trident. J'essayais d'esquiver l'attaque, mais en vain. L'enflure ! La douleur était infernale !!!

Dégâts subis : 34 (coup de Trident du joueur Trong le Plongeur)
Niveau de santé : 5/39

La douleur était telle que j'avais perdu l'occasion de riposter. La naïade bondit pour se mettre hors d'atteinte, de sorte qu'il m'était impossible de le poignarder. Mais heureusement, ma sœur n'hésita pas un instant à envoyer une autre stalactite enchantée dans le dos de mon attaquant. La vie de Trong le plongeur clignotait en rouge, mais l'homme-poisson esquissa un sourire inquiétant :

« Ha ! J'ai survécu ! Ah, tu vas mourir et je vais récupérer tous mes points de vie dès que j'aurai gagné un niveau ! » Sur ces mots, Trong sauta dans ma direction et tenta de me transpercer de son trident.

D'un salto arrière, j'esquivais avec brio les pointes acérées. Cela eut pour effet de faire dégringoler mes points d'endurance mais il était déséquilibré par son mouvement. Puisqu'il était très proche de moi et de taille égale, je portais un coup brusque à sa gorge finement écaillée.

Dégâts infligés : 16 (18 avec coup de Couteau de cuisine rouillé — armure 2)

Gain d'expérience : 120 XP

Compétence Esquive améliorée au niveau 4 !

Voulez-vous prendre Acrobatie (A F) comme compétence secondaire ?

C'était donc ça ! En tentant d'esquiver la mort certaine qui planait au-dessus de ma poitrine, j'avais non seulement utilisé l'Esquive, mais aussi l'Acrobatie ! Que dire ? C'était une compétence utile à ma survie. Il me la fallait. Plus loin, la nymphe s'éclaira comme un projecteur, car elle passait niveau quatre.

Après ces détails techniques, j'observais les alentours. Le corps de Trong le plongeur gisait dans les bas-fonds, émettant une pâle lueur. Je me penchais au-dessus de lui pour ramasser le trident, mais mes doigts traversèrent directement l'objet. Sans doute parce que les lois du jeu ne considéraient pas que l'arme avait été « droppée », donc elle restait dans son inventaire. Dommage. Penché au-dessus de mon ennemi vaincu, j'essayais de le regarder. Je n'avais pas eu à fouiller son cadavre. La fenêtre des trophées s'ouvrit. Mon butin se constituait de trois pièces d'argent, deux fioles vides et une avec un bouchon, remplie d'un liquide bleu pâle.

Niveau d'intelligence insuffisant pour identifier l'objet

Bien, je verrai plus tard ou je montrerai cela à ma sœur. J'allais à la rencontre de Valerianna. La Nymphe sylvestre était en rogne :

« Tous mes familiers meurent trop vite, les rats comme les crabes. La reine des dompteuses. Je ne suis pas fichue de garder le contrôle de mes bêtes ! En plus, j'ai le flag rouge du criminel au-dessus de la tête. Comme j'ai attaqué la naïade par anticipation, j'ai commis un crime. Maintenant, mon personnage ne pourra pas partir de l'univers durant huit heures, même si je quitte le jeu. D'ailleurs, tu as vu la carte ? »

Je secouais la tête, puis regardais la carte suivant le conseil de ma sœur. Il y avait juste un minuscule cercle éclairé, affichant la zone découverte : la côte, nous deux, et une immense masse noire représentant le territoire inconnu. J'augmentais l'échelle, mais aucun autre marqueur ne s'afficha sur la carte. Notre petit cercle rapetissait de plus en plus, jusqu'à ne former plus qu'un point. Les mots qui s'affichaient n'indiquaient rien d'autre que :

Coordonnées ??????????
Région ????????

« Tu vois, » la nymphe acquiesça devant la mine déconfite se dessinant sur mon visage verdâtre. « On est au milieu de nulle part, et le seul lieu de respawn se trouve sur l'épave de la galère, et je n'ai franchement pas envie d'y remettre les pieds. Hélas, le temps sera nuageux aujourd'hui et l'obscurité gagne du terrain. La nuit tombera avant qu'on ait le temps d'agir. Bientôt, le simple fait d'être là sera dangereux. Mieux vaut ne pas traîner sur le rivage. On doit partir d'ici. Avec un peu de chance, on pourrait trouver d'autres lieux de respawn. Ce serait déjà moins craignos de mourir. On ne serait plus obligés de s'évader une nouvelle fois de cette galère infecte. »

J'approuvais Valerianna et je me remis en route, la Nymphe sylvestre sur mes talons. Nous longeâmes la plage sablonneuse jusqu'à des buissons qui projetaient les premières ombres de la forêt, lorsqu'un message apparut sous nos yeux :

Félicitations, vous avez accompli la mission d'entraînement !
*Bienvenue dans **Boundless Realm** !*

Survie nocturne

« **À** TOI DE VOIR mon petit tout vert à grandes oreilles. Ensemble on reste ou on se sépare ? »

Ma sœur continuait à jouer un rôle consistant à faire croire aux potentiels témoins que nous ne nous connaissions pas et que notre rencontre était fortuite. Très concentrée ! Elle incarnait son rôle à la perfection. Pour une ado de quatorze ans, c'était inespéré. Je plussoyai :

« Ensemble bien. Nous deux ensemble cette nuit, pas mourir, » répondis-je à la Nymphe sylvestre dont le visage s'éclaira.

« Parfait ! Moi, honnêtement, j'ai peur du noir. C'est stupide, surtout dans un jeu vidéo, mais c'est plus fort que moi. C'est le moment idéal pour découvrir comment se compléter l'un l'autre. Je vais prendre Cartographie comme compétence primaire... »

Une plante ! Ce que je ressentis à ce moment, c'était probablement la même chose qu'un joueur de casino raflant le jackpot. J'oubliais tout ce qui existait sur Terre, fonçant jusqu'à un arbuste discret aux larges feuilles lobées et aux baies rouge verdâtre encore immatures. Ma compétence Herboristerie s'activa enfin, augmentant ma perception jusqu'à cinq et mon agilité jusqu'à douze.

Contrairement aux autres arbustes et arbres alentours, la plante s'éclairait en vert lorsque je l'approchais, signe d'une interaction possible. J'arrachais une poignée de baies encore vertes.

Groseille des marais (ingrédient alchimique)
Gain d'expérience : 4 XP

Ma jauge d'Herboristerie gagna dix pour cent. Cool ! Plus que huit grappes de baies avant d'être niveau deux ! Mais juste après avoir arraché une grappe, le buisson cessa d'émettre sa lueur verdâtre. Je ne pouvais plus cueillir de baies. Il me fallait partir en quête d'autres plantes exploitables.

« Reste concentré sur ta tâche, espèce d'andouille ! » réprimanda ma sœur, contrariée que je me sois laissé distraire par un malheureux fruit sur un arbuste.

Ne m'estimant pas fautif, je tentais de me défendre :

« Plante, moi prendre-prendre. Connaissance monte flèche. Bon pour voir nuit. Si huit herbes trouvées, sens à moi meilleurs. »

Mon champ visuel était sensiblement accru car ma perception

était passée à cinq, ce qui augmentait également mes chances de survie nocturne dans cette forêt grouillante et hostile. Ainsi, ma priorité était de développer ma compétence Herboristerie au niveau deux et d'accroître par la même occasion ma perception et mon champ visuel.

Malgré mon explication vaseuse, Valerianna saisit parfaitement la teneur de mes propos :

« Entendu, Amra. Amasse tes herbes et augmente ta perception. C'est utile pour nous deux. J'ai pris Cartographie comme compétence primaire. Encore une qui améliore l'intelligence. Ça élargit le rayon de visibilité sur la carte et si ça se trouve on trouvera plein de lieux utiles. Mais la visibilité distante ne doit pas être notre seul objectif, on doit aussi éviter que les prédateurs nous pistent. C'est pourquoi je prends la compétence secondaire Furtivité. Avec le bonus du peuple des nymphes et ses -50 % de rayon d'aggro on devrait s'en sortir. Tu as aussi opté pour la Furtivité. Je l'ai vu dès notre première rencontre. Aussi, ton agilité sera supérieure à la mienne, je ne m'en fais pas trop pour toi. Veille à désactiver dans les paramètres du jeu le halo de couleurs qui se déclenche quand tu level up. Après tout, quel intérêt d'être à couvert si, au moment critique, tu clignotes comme une guirlande dès qu'une compétence monte d'un niveau ? »

C'était un conseil très concret. J'ouvris les paramètres pour désactiver tout effet de halo coloré dans la fenêtre des effets visuels. Toutes ces petites loupiotes multicolores étaient certes jolies, mais elles étaient totalement inadaptées pour marcher à pas de loup la nuit dans les bois.

Surtout, je n'avais pas oublié un autre outil à ma disposition :

la compétence vision nocturne acquise en tant que vampire niveau 2. Je n'en dis rien, mais je l'activais à la nuit tombée au prix de 15 points d'endurance. Les couleurs du monde se contrastèrent, et je repérais aisément une silhouette brillante au loin. Très probablement une créature sylvestre.

« Vu ennemi. Ici. Crâne au-dessus, » murmurais-je à la nymphe, qui commenta tout aussi discrètement :

« Le niveau d'une bête surmontée d'un crâne rouge est supérieur à vingt, mieux vaut garder ses distances. Et si le crâne est noir, l'écart de niveaux est supérieur à cinquante et là c'est la fin des haricots. »

Le crâne était rouge. Même si l'on aurait pu s'attendre à pire, nous contournâmes l'ennemi en décrivant un grand arc de cercle. En progressant, je constatais avec une surprise non dissimulée la vitesse à laquelle ma jauge de Furtivité se remplissait. Plus que trois malheureux points avant que la compétence passe niveau trois. J'avais même l'intention de rester là et de poireauter quelques minutes, mais ma sœur me traîna vers l'avant :

« Crois-moi, Amra, ce n'est pas le seul monstre de cette forêt. Et si à chaque fois on doit les contourner de cette façon, on n'ira nulle part. Dans une minute, d'après les règles de *Boundless Realm*, la nuit tombera et ça pullulera de mobs dangereux. »

Je consultais l'horloge. Plus que quelques secondes avant vingt-et-une heures. Peu de temps après, des messages surgirent à l'écran :

La nuit n'est pas propice aux promenades en-dehors de la ville

Mission reçue : Survie nocturne

Classe de mission : Ponctuelle, personnelle
Récompense : 160 XP, +2 points de stats

Mission bonus reçue : Trouver un abri
Classe de mission : Facultative
Récompense : 80 XP, une pièce d'équipement aléatoire

Devant ma sœur pétrifiée, je me dis qu'elle était en train de recevoir les mêmes messages que moi. La nymphe se tourna vers moi et murmura :

« Si je réussis les deux missions, je *pexerai* assez pour passer niveau cinq. Pour l'heure, pas un mot. On avancera en mode Furtivité le restant de la nuit en silence. Les prédateurs nocturnes ont rarement besoin de nous voir pour nous repérer. Ils se servent de leur ouïe pour nous traquer. »

✳ ✳ ✳

Les créateurs de *Boundless Realm* avaient reproduit avec brio l'ambiance d'une forêt marécageuse bien flippante. Partout autour, je pouvais entendre les hurlements et les rugissements des prédateurs. Parfois j'entendais des chuintements au-dessus de ma tête puis des rires malfaisants, et chaque fois mon cœur se pétrifiait de terreur. À plusieurs reprises, à la lisière de mon champ de vision, je devinais des silhouettes spectrales évanescentes. Toutes étaient surmontées d'un crâne rouge. Ma sœur et moi devions sans cesse obliquer en marchant ou nous tapir au milieu des racines noueuses d'arbres séculaires, à l'affût du moindre danger.

Les monstres pullulaient. C'est seulement par miracle que nous passâmes entre les mailles du filet. Tremblants de peur, nous redoutions que nos bruits de pas, notre respiration voire nos battements de cœur nous trahissent. Une fois, Valerianna écrasa une branche sèche qui craqua et je manquai de me faire dessus.

Mais j'avais eu la présence d'esprit d'amasser des plantes en chemin : groseille des marais, mûre des marais et prêle des marais. Quand mon Herboristerie était passée niveau deux, la variété de plantes et de baies précieuses que je trouvais s'était immédiatement étoffée. Aux alentours du niveau trois, le muguet amer, la bruyère commune, l'armoise amère et le trèfle sauvage étaient devenus banals. Je me réjouissais d'avoir trouvé un sac, car sinon j'aurais manqué de place dans l'inventaire pour stocker toutes ces plantes.

Un moment donné, la Nymphe sylvestre m'effleura l'épaule pour me désigner du doigt une tache noire menaçante au loin. Un danger ? La réalité s'avéra toute autre. Ma sœur insista pour partir dans la direction de cette chose. Je compris vite ses intentions. Sur la carte locale apparut un marqueur comportant trois anneaux gris entrelacés. Comme l'indiquait l'aide interactive, ce symbole représentait un lieu de respawn.

Tapis derrière un arbre touffu tapissé de lichen, nous échappions à la vue d'un loup gigantesque, de la taille d'un gros éléphanteau, qui croisait notre chemin. La voie dégagée, nous nous ruâmes jusqu'au marqueur sur la carte. En nous approchant, je sentis la terre trembler sous nos pieds. Une présence naturelle émanait de cet endroit. Le cœur de l'anomalie était un immense bloc de roche creusé par l'érosion, au sommet d'une petite colline. Le bloc était recouvert de runes altérées par le temps, dans une langue inconnue.

« On peut discuter ici sans crainte, » m'assura ma sœur. « Les PNJ n'approchent pas les lieux de respawn. Le système du jeu le leur interdit. C'est pourquoi les seules menaces dans ce genre d'endroit sont les joueurs réels. Les personnages malveillants s'emploient souvent à provoquer leurs victimes pour qu'elles les agressent ou les soumettent à la tentation du vol pour leur faire porter le flag Criminel. Ensuite, elles peuvent tuer leur proie sans aucune sanction et attendent au même lieu de respawn pour les tuer sans relâche, et *pexer* un max tout en récupérant les drops. Mais c'est pas ton genre, Amra ? Je peux quitter le jeu ici ? C'est un lieu sûr, ma survie est assurée cette nuit. J'aimerais bien sûr finir la quête secondaire, mais là mes paupières sont lourdes. »

« Nymphe, dors. Amra pas vilain. Pas méchant gobelin, » dis-je pour rassurer ma sœur, bien que contrarié qu'elle me quitte temporairement.

De son point de vue, je pouvais aisément comprendre. Il était minuit passé, et même avec ses quatorze ans, elle aurait déjà dû être au lit depuis un moment. D'habitude, je la bordais entre vingt-et-une et vingt-deux heures, donc elle avait quelque peu différé son heure du coucher. La petite nymphe s'assit sur un affleurement de pierre chaude et ferma les yeux. Je l'appelai sans aucune réaction de sa part. Ma sœur s'était déconnectée.

Que faire ? Pouvais-je me contenter d'avoir fini la mission primaire et m'endormir là-dessus ? Une voix intérieure me soufflait de ne pas y céder. Plus je jouerais longtemps, après tout, plus mon employeur serait ravi. Quel genre de testeur étais-je si je m'accommodais du minimum syndical pour ensuite tirer au flanc ? Il ne restait plus que soixante-dix points d'expérience pour passer niveau quatre, et la cueillette de plantes forestières m'y aiderait.

Et puis, quand on y pense, où pouvais-je aller dans le monde réel une fois sorti de ma capsule de réalité virtuelle ? Il faisait nuit noire. Le métro et les trolleybus n'étaient pas en service, et il serait difficile de convaincre un taxi de conduire dans la périphérie mal famée de la mégapole. La police elle-même évitait ce genre d'endroits la nuit. C'était décidé. Je continuerai à jouer en solo, même s'il fallait redoubler de prudence.

Voulez-vous vraiment changer votre lieu de respawn ?

Clairement oui. J'étais absolument certain de ne pas vouloir reprendre le jeu dans cette galère orque à perpète si d'aventure un monstre me dévorait. Je soupirais, cheminant hardiment dans la nuit obscure. Trois minutes plus tard, je tombais déjà sur un sentier relativement bien battu. Il était représenté par une fine ligne rouge sur la carte.

La présence d'une piste signifiait que quelqu'un avait fauché la végétation pour se frayer un chemin. Mais où aller : à droite ou à gauche ? Pour une raison étrange, j'avais du mal à trancher. Les deux aboutissaient à une forêt dense et périlleuse. Valait-il mieux jouer mon destin à pile ou face ?

Je m'emparais d'une pièce d'argent heptagonale dans mon inventaire. Elle était trouée en son centre, de façon à pouvoir l'enfiler sur une ficelle et la porter en collier. Bon, si la pièce tombait du côté de la tour fortifiée, j'irais à droite. Si elle tombait du côté... c'était quoi, sérieusement ? La pièce était vieille et usée, et l'image à peine visible. Sans doute un dragon, ou alors un poulpe. Qu'importe. Si la bête épouvantable tombait, j'irais à gauche. Je lançais la pièce et la rattrapais élégamment en plein vol. Je desserrais les doigts. Sur la face visible figurait le dragon ou le poulpe.

À ce moment-là, je remarquai sur la carte interactive un point rouge suspect près de moi. Bien trop près. Il y avait un monstre dans les parages. Je fis volte-face, terrifié, et à un pas de moi, j'aperçus le loup colossal dont nous nous étions cachés, ma sœur et moi.

Loup sylvestre aguerri niveau 27

Le crâne rouge au-dessus de la tête du prédateur des bois confirmait que vingt niveaux nous séparaient. Malchance putride ! Voilà tout ce que je récoltais en m'aventurant sans ma sœur. Au moins, le respawn était à proximité. Il n'y avait absolument aucune raison de courir. Encore moins de l'affronter...

Test de réaction réussi pour Loup sylvestre aguerri
Gain d'expérience : 20 XP

Le marqueur du loup sur la carte passa subitement du rouge au jaune. C'était à mon avis dû au bonus du peuple Gobelin avec +30 de réaction de la part de toutes créatures sylvestres et des marécages. Je n'aurais jamais imaginé que cela puisse m'être utile un jour. Étrangement, le loup aguerri, plutôt que de s'éloigner, m'observa avec curiosité tout en reniflant. Que me voulait-il ?

Je déboutonnais ma musette pour y prendre de la viande de rat. Les dents carnassières du loup manquèrent de m'arracher les doigts. Un rictus me déforma le visage quelques secondes. Le loup déglutit la nourriture, remua de la queue tel un chien, et me scruta de plus belle en écarquillant ses yeux jaunes. Je déclinais la compétence secondaire Empathie animale (Ch I) avant de nourrir le loup des deux morceaux de viande de rat en ma possession.

« C'est fini. Plus manger, » dis-je au prédateur en lui montrant mes mains vides.

Incrédule, le loup renifla autour de moi, fouissant avec son museau inquisiteur pour vérifier que je ne lui faisais pas un coup fourré. Une fois cela fait, le carnassier se détourna enfin de moi et battit en retraite. Le marqueur de l'animal sur la carte passa au vert. Amical. Bon, je vois...

« Attends ! Maison gobelin habite où ? Loup le sait ? » m'enquis-je à voix haute.

L'idée qu'un animal puisse me comprendre paraissait insensée. En même temps, ce n'était pas pire que de ronger mon propre pouce, une technique qui avait fait ses preuves. Le loup se tourna vers moi, me scruta un long moment sans ciller puis, sans crier gare, s'allongea à plat ventre.

ERREUR SYSTÈME ! Vous ne pouvez pas passer de la classe Herboriste à Dresseur de loup

Voulez-vous prendre Dresseur (A Ch) comme compétence secondaire ?

Je refusai cette proposition alléchante avant d'enfourcher l'animal. Le loup se leva alors puis, inquiet, partit se réfugier dans les buissons. Je dus éviter les branches pour ne pas m'égratigner le visage. Un amas entier de points rouges s'affichait sur la carte. Et justement, ils étaient sur notre route.

Test de réaction réussi pour Loup sylvestre aguerri
Gain d'expérience : 20 XP

Test de réaction réussi pour Louve (femelle) sylvestre aguerrie
Gain d'expérience : 16 XP

Test de réaction réussi pour Loup sylvestre aguerri
Gain d'expérience : 20 XP

Niveau quatre !

*Capacité de peuple débloquée : Détection de vie (dure 3 heures, rayon de détection : Perception * 2 m, coût 20 PE)*

À peine eus-je le temps de me ressaisir après cette avalanche de messages que le loup aguerri se mit à galoper à fond de train, franchit un ruisseau peu profond et s'arrêta sans crier gare devant une palissade longue et sombre. Prenant le temps de l'observer, j'identifiais une palissade trois fois plus haute que moi, densément recouverte de lierre épineux enchevêtré et constituée de pieux érodés plantés directement dans la terre. C'était une bonne construction. Les architectes n'avaient rien laissé au hasard. Le loup s'abaissa pour me signifier que la chevauchée touchait à sa fin.

Dès que je bondis sur la terre ferme, le prédateur disparut silencieusement dans les bois, et je me retrouvais seul face à la palissade. Je sillonnais le périmètre, pestant à voix basse contre la densité de la végétation. L'affreux lierre et les plantes grimpantes souples proliféraient, hérissées d'épines acérées et longues de dix centimètres. Je gagnais bientôt un portail de bois. L'une des portes était dégondée et reposait au sol, tandis que l'autre menaçait de s'écrouler. Chacune portait les profondes entailles des griffes d'un prédateur titanesque. Les fissures du bois avaient foncé au fil du temps. Quelle qu'en soit la cause, elle était ancienne.

Je franchis prudemment la porte et aperçus un fortin sombre et élevé. Il avait été bâti avec d'immenses pieux d'environ un mètre de diamètre. Il m'était difficile d'attribuer un peuple à cette construction, mais c'était plus une forteresse qu'un simple habitat. Les murs étaient incroyablement épais et dotés de meurtrières si étroites que même un chat aurait eu du mal à s'y faufiler. Et même si le bâtiment semblait m'accueillir, porte ouverte, je ne me précipitais pas à l'intérieur.

En premier lieu, j'invoquais ma capacité Détection de vie, marchant en cercle autour de l'ouverture en bois. La voie était libre. Pas de créatures à l'intérieur. Je montais alors sur le porche puis pénétrais dans le bâtiment. Une fois à l'intérieur, je vis un lourd madrier susceptible de bloquer la porte. Je le mis à sa place.

Mission accomplie : Trouver un abri
Gain d'expérience : 80 XP

C'était une pièce sombre, avec comme seule source d'éclairage les étroites meurtrières. Le bâtiment comportait une petite entrée, un escalier menant au premier étage et une autre pièce devant moi, sans doute une ancienne cuisine d'après la table immense et le foyer en pierres cimentées. Je montais l'escalier massif, gravissant péniblement les hautes marches. Les propriétaires d'origine devaient dormir là. Il y avait un lit bas sur tréteaux recouvert de vieilles peaux fétides, un tabouret, une petite table et une boîte vide. Au milieu de la pièce, une énorme tâche sombre, des guenilles souillées et une multitude d'ossements décharnés. J'étais secoué de terreur et de dégoût. C'est comme si le précédent hôte de ce bâtiment s'était fait dévorer sur place, sans que la haute palanque ou les portes épaisses n'aient pu l'en protéger.

Non loin de cette scène sanglante, près du lit en peau, trônait une paire de bottes de cuir intactes dont la pointure avoisinait les cents. Si j'avais eu envie d'enfiler mes deux jambes à l'intérieur d'une seule botte, celle-ci me serait presque arrivée à la taille. J'en déduisis qu'il s'agissait de « la pièce d'équipement aléatoire » promise en récompense de la quête. Oui, les développeurs du jeu avaient, eux aussi, de l'humour. Bien qu'un sens de l'humour très singulier...

Sous mes yeux apparut une image jaune et transparente : une assiette ornée d'une cuillère et d'un couteau disposés en croix. Mon fort zoreilleux Gobelin, si j'ose dire, devait crier famine. J'ouvris une fiche d'informations plus approfondies sur mon personnage. La jauge de faim était passée en dessous de vingt-cinq pour cent. L'aide m'indiquait qu'il ne me restait plus que six heures avant de subir un malus. Pire encore, outre la faim, la Soif de sang me menaçait. Ma jauge *Étancher la soif* n'était qu'à 5/15. Cinq heures avant la fin, ça risquait d'être un gros souci. Et même en assouvissant mon appétit avec ma récolte nocturne de baies, je refusais catégoriquement de devenir un vampire assoiffé de sang, incapable de se contenir.

Ce serait ma mission. Avant l'aube, il me faudrait manger de la viande, crue par-dessus le marché. Autrement dit, je devais chasser la nuit. Mais alors, quelle victime choisir s'il n'y avait rien d'autre que les mobs que j'avais aperçus toute la nuit ? D'un point de vue purement technique, avais-je le moindre espoir de tuer quoi que ce soit ? Pas avec un couteau de cuisine aussi médiocre, si ? J'avais besoin d'une arme dépendant de ma statistique principale, l'agilité. Comme l'Arc. Mais l'Arc était une compétence à deux mains, et ma main gauche toujours blessée ne supporterait pas de porter une arme un jour et demi de plus. Il me fallait une arme à une main, indexée sur l'agilité. Ça existait forcément !

Comme il n'était pas évident de dénicher ce genre d'information au sein de l'interface de *Boundless Realm*, je choisis de « Quitter la partie » dans le menu du jeu. J'ouvris la capsule de réalité virtuelle, en sortis, et me débarrassai aussitôt du casque et de la combi. Assis en sous-vêtements sur une chaise, mon premier réflexe fut de prendre le portable pour appeler ma sœur et lui parler de l'abri. Valeria ne répondit qu'au bout d'un certain temps.

« *Tim, il est une heure du mat. Je suis couchée depuis longtemps. Tu veux quoi ?* »

Je lui parlai du fortin et du lieu où finir la quête secondaire, lui précisant l'itinéraire, mais sa voix ne débordait pas d'enthousiasme.

« Cent points d'expérience, ça ne mérite pas de sacrifier mon sommeil et mes points d'expérience. Ce serait comme avancer à tâtons dans le noir sans toi. Je finirais dévorée par les loups ou autres, et j'échouerais à la quête secondaire et à la principale. Enfin bon, je vais régler mon réveil tôt, à cinq heures du matin. Si les pires mobs dorment à cette heure-là, je te rejoindrai dans ta maison pour finir la quête secondaire. N'oublie pas de m'envoyer un message privé in-game, sinon on risque de te demander comment j'ai su pour l'abri. Au fait, tu rentres quand à la maison ? »

Pas avant la matinée lui répondis-je, quand les transports publics seraient en service, puis je raccrochais. Écumant le forum de *Boundless Realm*, je me mis à décortiquer les avis de joueurs experts en matière d'armement. Il existait une tripotée d'armes à une main avec l'agilité pour stat principale : arbalètes à une main, couteau à lancer, fléchettes, projectiles pointus en tous genres, bolas et tant d'autres.

La sarbacane projetant des aiguilles et des épines me faisait de l'œil. Le guide précisait que je pouvais appliquer sur les épines des poisons aux effets délétères : désorienter, réduction de stats voire paralysie. Les sarbacanes dépendaient de la compétence Armes exotiques (A P) et l'entraînement ouvrait la voie aux lassos et aux filets qui, par contre, se maniaient à deux mains.

En voilà une bonne idée ! C'était tout bon. Le manteau de lierre enveloppant la palissade non loin de mon abri regorgeait d'épines. Et la prêle, à la tige creuse, proliférait aux abords des marécages. Sans plus attendre je m'engouffrais dans la capsule de réalité virtuelle, fin prêt. Je trouvai un tube d'environ un mètre et le sectionnai aussitôt. Je le nettoyai à l'aide d'une fine branche, ravi du résultat :

Sarbacane artisanale (arme)

La récolte d'épines s'avéra plus ardue. Les récupérer sur le lierre grimpant n'était pas une partie de plaisir. Il me fallut du temps pour extraire vingt épines en les travaillant au couteau et remplir un slot de mon inventaire. Je regagnais le bâtiment, découpais de la peau dans les vieilles peaux en les cousant à l'aide d'une longue aiguille.

Munition de Sarbacane artisanale
*Dégâts : (1-3) * Agilité*

Enfin, comme premier test, je soufflai d'un coup sec et une épine se ficha profondément dans les boiseries du mur d'un bruit sourd.

Voulez-vous prendre Armes exotiques (A P) comme compétence secondaire ?

Alors ?! C'était bon. J'avais choisi ma dernière compétence. Il me faudrait patienter jusqu'au niveau dix pour avoir le droit d'en choisir une autre. Je m'entraînai sur des cibles plantées dans le mur, et le résultat fut à la hauteur de mes attentes. Enfin une arme digne de ce nom pour mon Gobelin aux grandes esgourdes.
Une fois niveau quatre, si une partie de mes points de stat avait été affectée par défaut à la force et à la constitution, il m'en

restait encore en réserve. J'affectai un point à l'intelligence, l'agilité et la perception. La fiche du personnage montrait à ce stade qu'avec une compétence Armes exotiques niveau un, les modificateurs de l'agilité (14,15) et Le goût du sang (1,02), je pouvais dorénavant infliger entre 28 et 57 dégâts. J'étais la terreur des ténèbres ! Gare à vous !

Comme il était déjà trois heures du matin passé, je choisis de ne pas perdre de temps à préparer de puissants poisons ou autres breuvages. Sans recette, sans équipement adapté et sans une Alchimie bien levelée, les chances de réussite étaient maigres. Il fallait me contenter d'épines basiques sans poison pour mon arme.

Ce n'était rien qu'un canard. Un canard lambda, tout gris, avec de petites taches colorées et une spécificité : il faisait la taille d'un gros dindon. L'oiseau était assoupi sur une île au milieu des marécages.

Canard des marais niveau onze

Les mots étaient inscrits en rouge, indiquant un ennemi plutôt redoutable. En même temps, c'était la première fois que je voyais une créature sans l'icône du crâne dans cette zone. Ce canard de niveau onze devait être l'un des résidents les plus faibles de toute la région. Moi excepté, bien sûr. Étendu dans les buissons près de l'eau, à sept mètres de ma victime potentielle, je ne pus me résoudre à l'attaquer. S'approcher du canard pour le tuer avec Morsure vampirique ne marcherait pas. La boue épaisse et fangeuse aux abords de la côte m'empêchait de traverser à pas de loup.

Compétence Furtivité améliorée au niveau 6 !

Après ce message satisfaisant, je décidai d'attaquer. Je levai mon arme très doucement, le ciblai puis soufflai d'un coup sec ! L'épine atterrit en plein dans le mille, droit dans le cou du canard.

Dégâts infligés : 31 (48 dégâts missile - 17 armure)

Sa jauge de vie chuta un chouia, sept ou huit pour cent. Bon sang ! Il avait plus de points de vie que trois Trong le plongeur réunis ! Maintenant j'étais grillé ! L'oiseau se réveilla, fit volte-face dans ma direction en une seconde, et battit bruyamment des ailes tout en cancanant, indigné par son réveil brutal. Je me levai d'un bond et rechargeai le tube d'une autre épine.

Dégâts infligés : 12 (29 dégâts missile - 17 armure)

Pas de bol. J'avais infligé le minimum de dégâts possible. En retour, le canard se tut, s'adonna à un étrange acte de déglutition avant de me cracher dessus ! Je lui échappai de justesse en bondissant.

Compétence Acrobatie améliorée au niveau 2 !

Pile à l'endroit d'où je venais de partir, les galets du littoral se mirent à produire un chuintement inquiétant avant de se dissoudre dans l'acide. Hé, c'est abusé ! Avais-je affaire à un vrai canard ou un alien de film d'horreur ? Les deux tirs suivants échouèrent. L'oiseau décolla abruptement et se mit à tournoyer au-dessus de moi tout en cancanant toute sa colère, crachant du ciel ses jets d'acide à intervalles réguliers. Le minuscule point étant hors d'atteinte, je décidai de ne pas gaspiller mes munitions. D'un autre côté, je bondissais sans effort pour esquiver les crachats du canard.

Compétence Esquive améliorée au niveau 5 !

Impeccable ! Timing parfait ! Quel plaisir de voir cette compétence ô combien utile évoluer d'elle-même ! L'amélioration concomitante de l'agilité, qui s'accompagnait d'une augmentation des dégâts et de la visée, était plus grisante encore. Après avoir mis en joue ma cible en mouvement, je tentais un nouveau tir.

*Coup critique : 126 (63*2 dégâts missile - armure ignorée)*

Compétence Armes exotiques au niveau 2 !

L'épine se planta en plein dans l'œil du canard. La jauge de vie de mon ennemi fléchit de moitié. L'oiseau était aussi borgne de l'œil gauche. Le canard exécuta à tire-d'aile quelques sauts périlleux maladroits puis cracha plusieurs fois de façon erratique car il m'avait visiblement perdu de vue. Mais il parvint à me relocaliser, modifia sa tactique et s'approcha pour m'affronter au corps à corps. Je fis volte-face en esquivant les coups de bec dirigés à mon encontre. Je lui tirai dessus tandis qu'il prenait de la hauteur, sans succès. Tel un cerf-volant en plein vol, le canard des marécages se retourna et fondit sur moi. Sauf que là, je m'y attendais :

Dégâts infligés : 42 (59 dégâts missile - 17 armure)

Je dus me contorsionner de plus belle pour esquiver le coup. Blessé au thorax, l'oiseau fut alors incapable de modifier sa trajectoire et s'écrasa lamentablement sur les galets secs qui trainaient à la lisière des marécages. Quand il fut à terre, je lui assénai un nouveau coup.

Dégâts infligés : 30 (47 dégâts missile - 17 armure)

L'oiseau, battant des ailes et se redressant tant bien que mal, s'abattit sur moi tandis que je faufilai du côté de son œil gauche et borgne. Le canard s'arrêta net, je n'étais plus dans sa ligne de mire.

Dégâts infligés : 51 (68 dégâts missile - 17 armure)

La jauge de vie du canard était dans le rouge et je n'étais presque plus visible. Il ne lui restait plus que quelques points de vie. Je contournai l'oiseau en arc de cercle du côté de son œil aveugle et lui infligeai une morsure.

Dégâts infligés : 23 (Morsure vampirique)

Gain d'expérience : 504 XP
*Objets obtenus : Viande de canard * 3 (aliment), Munition de sarbacane artisanale * 6*

Niveau cinq !

Réussite débloquée : Goûteur (3/1000)

Capacité de peuple débloquée : 10 % de résistance au poison
Capacité de peuple améliorée : Le goût du sang (octroie +1 % à tous les dégâts infligés par créature unique tuée avec Morsure vampirique. Bonus actuel : 3 %)

Joli ! Vaincre le canard m'avait permis de *pexer* autant de points que tout ce que j'avais cumulé jusqu'alors ! En plus, ma Soif de sang était pleinement étanchée (15/15). En parlant de soif... Je m'emparai du récipient alchimique vide pour le remplir du sang de l'oiseau. Me dirigeant vers un arbre proche, je l'écorçai au couteau pour en extraire une forme de bouchon pour ma fiole.

Sang de canard (ingrédient alchimique)

La lumière commençait à poindre. D'ici une heure, le soleil léthal se lèverait. Mais je ne m'empressai pas de trouver un abri. Il me fallait encore sept ou huit plantes utiles pour améliorer ma compétence Herboristerie. Le bâtiment étant à proximité, je pris mon temps pour cueillir des plantes.

Compétence Herboristerie améliorée au niveau 3 !

Voilà qui était suffisant. Je m'empressai de regagner le fortin de bois. Quatre minute avant le lever du jour, je me ruai sur le porche... mais la porte était verrouillée de l'intérieur ! La carte m'informait aimablement que la joueuse Valerianna Prestepas se trouvait dans le bâtiment. Ma sœur ! Elle était finalement venue !

Je tambourinai à la porte qui ne s'ouvrit pas. Val était partie se coucher ou quoi ? Si elle n'ouvrait pas d'ici trois minutes, je subirais la mort la plus stupide qu'un vampire ait connue dans toute l'histoire du jeu. Non pas à l'issue d'un combat épique contre un paladin, mais sur le seuil de sa propre maison fermée à double tour par sa sœur chérie ! C'est ce qu'on appelait un coup du destin ! En plus, le lieu de respawn trônait sur une dalle de pierre exposée, me condamnant à une mort certaine au point du jour...

J'envoyai un message privé à Valerianna lui intimant de m'ouvrir sur-le-champ, mais je n'y comptais plus trop. Autour de la maison, il n'existait aucun abri pour me protéger des rayons du soleil. Mon seul espoir était d'entrer dans le bâtiment. La panique me submergea durant la dernière minute. Quinze secondes. Dix...

J'entendis le lourd madrier que l'on retirait de la porte.

Neuf. Huit. Sept. Six. La porte s'entrebâilla de quelques centimètres.

« C'est quoi ce boucan, Amra ? » interrogea la nymphe sylvestre, bâillant d'ennui dans l'embrasure.

J'enfonçai la porte, la bousculant d'un geste fluide pour

passer, puis je me précipitai dans les escaliers. Le vestibule était bien trop lumineux. Les rayons du soleil finiraient par percer à travers les fenêtres. Cinq. Quatre. Trois. Deux secondes avant le lever du jour, je m'élançai sur le lit pour m'enfouir sous les peaux de bêtes entassées. Enfin !

Mission accomplie : Survie nocturne
Gain d'expérience : 160 XP
Récompense : +2 points de stats

Niveau six !

Nombre de points de Soif de sang accru : 15/20

« Désolé, je file. Une urgence. Des affaires à régler IRL, » lançai-je à la nymphe en état de confusion totale avant de partir sans prendre la peine d'affecter les points de stat accumulés.

Le casque et la combinaison de capteurs retirés, je m'assis par terre, épuisé. Mes mains tremblaient encore et mon cœur battait la chamade. Le jeu atteignait un tel niveau de réalisme que je m'étais réellement stressé, comme si le soleil avait pu me torturer, pas juste me priver de quelques centaines de points d'expérience. Sur le coup, l'insignifiance d'une mort virtuelle ne m'avait pas effleuré l'esprit. Après tout, cette perte d'expérience n'était pas irréversible. Non, je voulais survivre en gardant intacte chacune des cellules de mon corps.

Je me calmais un peu, puis j'enfilais mes habits avant de sortir de la cabine. Un besoin pressant d'aller aux toilettes. Je me précipitais tout au fond du long couloir jusqu'aux W.C. les plus proches. Sur tout l'étage, seules deux portes avaient la lampe rouge, la mienne et celle de la femme en robe verte rencontrée plus tôt. Les trois-cents autres portes, ainsi que toutes celles du couloir opposé, affichaient du vert : uniquement des salles vacantes. En gros, il n'y avait que moi et elle ici. J'entendis alors un bruit d'eau provenant d'une salle de douche fermée. De si bon matin, sur cet étage sans âme qui vive, quelqu'un prenait sa douche.

Le corps et l'esprit rafraîchis, je me dirigeais vers la machine à café. J'avais les paupières lourdes. Un remontant s'imposait. Ici, au fond de l'étage des testeurs de *Boundless Realm,* il y avait une salle de repos avec des tables, des canapés, une télévision murale alors éteinte et des distributeurs à snacks et à eau. Tenant une tasse de café brulante, je longeais la rangée de distributeurs pour consulter les sélections. Je cherchais un sachet de boules au chocolat pour ma sœur. Elle en raffolait. Je tentai un paiement par carte, mais le message attendu s'afficha. « Transaction rejetée. Fonds insuffisants. » Je dus faire mes fonds de poche. L'argent liquide avait pratiquement disparu de la circulation ces dernières années mais les distributeurs acceptaient toujours la mitraille. Après avoir repêché toute ma monnaie, j'insérais quelques sous dans la fente. Evidemment, le manque de bol continuait... Le sachet s'était coincé dans un machin qui bloquait le truc de la machine.

« Ouah ! Je ne m'attendais pas à voir quelqu'un si tôt ! » cria une voix féminine dans mon dos, d'un ton plus interloqué qu'autre chose

Je tournai les talons en bondissant de surprise. Pas de doute, c'était la femme de la veille. Sauf que je me souvenais d'elle, de sa robe vert émeraude, de son chapeau et de ses cheveux roux flamboyant. Cette fois-ci, elle se tenait devant moi, les mains chargées de shampoings et de lotions, enveloppée d'une simple serviette de bain et avec un turban en position précaire

« Pardon, je ne voulais pas vous effrayer, » répondis-je, mais la femme s'esclaffa en retour :

« Vous ?! M'effrayer ?! Il en faut beaucoup pour m'effrayer. À vrai dire, depuis six mois j'ai toujours travaillé seule la nuit à cet étage ». Elle se tortilla un peu. « Et comme je ne m'attendais pas à croiser qui que ce soit, je suis sortie comme ça, » se justifia-t-elle en désignant la serviette.

« Ne craignez rien. Je ne vais pas déranger. J'allais repartir. Je viens de finir "Survie nocturne". Ça doit vous dire quelque chose. Une quête de noobs. »

« Oh oui, » sourit la femme mystère. « C'est moi qui l'ai conçue il y a deux ans. C'était le seul moyen que j'avais trouvé pour que les gens s'aventurent la nuit en-dehors des villes. Alors, vous vous en êtes sorti ? »

« Oui mais j'ai bien galéré, » répondis-je en secouant les mains.

« Bien joué. Plein de joueurs relèvent le défi mais peu survivent jusqu'au matin. Les créatures nocturnes ont leurs proies de prédilection, » dit-elle en passant sa langue sur ses lèvres comme si elle se préparait à faire un bon repas. Qu'est-ce que je dois comprendre ? C'est une prédatrice ? Ou bien elle sous-entend qu'elle a un appétit vorace pour les imprudents ?

C'était peut-être vraiment le cas. Aucun moyen de savoir quel personnage elle incarnait. Remarquant un changement d'attitude de ma part, elle ajouta :

« Vos yeux se sont arrondis comme des billes, à croire que vous avez vu un monstre. Croyez-moi, je ne mange personne. » La femme braqua les yeux sur le sachet coincé et me confia sa brassée de produits cosmétiques. « Tenez ça ! »

Sans un mot, j'empoignai la montagne de bouteilles et de tubes. Elle s'avança jusqu'au distributeur puis tendit la main. Le distributeur se mit en marche. Au niveau supérieur, une spirale tournoya, poussant la barre qu'elle avait sélectionné. Incroyable ! Plutôt qu'un billet ou une carte bancaire, elle avait une puce d'identification ! Mais aucun tatouage de puce visible. C'était forcément implanté directement.

La barre tomba à la verticale au-dessus du sachet piégé et ils tombèrent ensemble dans le tiroir.

« Tu vois, je ne mords pas, » sourit-elle, ses touffes de cheveux humides, fins et bouclés ondulèrent délicieusement lorsqu'elle se redressa. « Et oublie donc les courbettes avec moi. Je ne suis pas bien plus vieille que toi. Je m'appelle Kira, d'ailleurs. »

« Timothy, » me présentais-je en lui rendant les produits.

Elle les reprit dans ses bras, s'arrêta pour dire quelque chose, puis... sa serviette s'écroula à terre. Instant gênant. Ses bras étaient chargés de sorte qu'elle ne pouvait pas récupérer la serviette ou se couvrir le corps. Avant de lui laisser le temps de tout balancer par terre, je me précipitais pour ramasser la serviette tout en détournant le regard. Totalement. Enfin presque. Promis juré.

« Kira, permets-moi. Je vais t'aider ! » À ces mots, je

l'enveloppais dans la serviette relativement maladroitement tout en concentrant mon regard sur cette superbe machine à café.

Même si cela ne dura qu'un instant et que je ne la touchais pas réellement, la simple proximité de la chaleur du corps chaud après la douche me procurait des sensations folles. Alors on se calme mon grand ! Elle continua par une bise fort chaste sur la joue pour me remercier pendant que je remettais mon regard dans l'axe. Après je ne me faisais même pas des idées. Les rêves ne sont que des rêves en ce bas monde. Kira et moi-même sommes clairement issus de deux mondes qui se côtoient mais ne se voient pas.

« Merci Timothy. À un de ces quatre, qui sait. Garde la barre. Je ne mange pas de chocolat. »

Kira regagna sa cabine pour se rhabiller. Je restai debout un moment, la regardant s'éloigner. Je conservai l'image persistante, comme figée dans le temps, de ses courbes affolantes. Bon, maintenant que je savais où et quand Kira travaillait, provoquer une rencontre serait un jeu d'enfant. Quoi ? Non je ne me fais pas des idées !

Une heure plus tard, je fis cliqueter mon porte-clefs contre la porte de la location. Je ne sonnai pas à la porte pour éviter de réveiller Val, mais ma sœur ne dormait pas et elle vint à ma rencontre en fauteuil.

« C'était quoi ce délire, tu m'expliques ? Tu m'as broyé le pied, t'es entré dans le bâtiment comme une furie, on aurait dit qu'il y avait une horde de démons à tes trousses ! »

Aucune raison de lui mentir : je lui dévoilais en détail la face sombre de mon personnage. La réaction de Valeria fut inattendue :

« T'as pas réfléchi, frérot ? T'aurais mieux fait de me mordre au respawn, puis appliquer Voile dans mon journal pour effacer tes traces ! À ce faible niveau, une petite perte d'expérience est anecdotique, et tu ne vas pas trouver d'autre Nymphe sylvestre de sitôt pour valider ta réussite Goûteur ! »

Je protestai : je ne l'aurais tuée sous aucun prétexte. Mais à ces mots, Val secoua la tête en signe de récrimination.

« C'est toi qui gères. Bon allez, Timothy, prends ton petit déjeuner. Tout est chaud. Et repose-toi avant le prochain quart. Moi je vais me documenter sur les vampires dans *Boundless Realm* et définir une progression optimale pour ton personnage. »

Oui chef, à vos ordres chef !

Meute grise

MA SŒUR me réveilla.

« Debout, Tim ! Tu oses dormir, tire-au-flanc, feignasse ?! »

Je m'efforçai de maintenir les paupières ouvertes pour regarder l'heure. Seize heures trente.

« Pourquoi me lever si tôt ? Dans *Boundless Realm*, il ne fait nuit qu'à vingt-et-une heures, et j'ai besoin d'une heure pour me préparer. T'aurais dû me réveiller vers vingt heures, » rétorquais-je. À vrai dire j'étais presque totalement reposé, je me plaignais juste pour la mettre en rogne, et ma sœur l'avait compris.

Je posai les pieds au sol et recherchai mes chaussettes éternellement égarées. Valeria fit rouler sa chaise plus près de moi et ouvrit un tiroir de commode.

« J'ai balancé tes chaussettes au sale. Prends une paire propre. Au fait, la propriétaire est passée aujourd'hui. Elle a pas mal insisté sur nos trois mois de retard de loyer. D'ailleurs, j'ai vendu nos personnages de *Kingdoms of Sword and Magic* aujourd'hui pour cinq cent quatre-vingts crédits. Techniquement, on peut payer un mois et demi de loyer avec ça.

« Verse-lui un mois pour l'instant. On a besoin d'argent pour vivre, après tout. Je lui envoie ça aujourd'hui, histoire qu'elle nous lâche. C'était une bonne idée, Val. T'as déniché des infos sur les vampires dans *Boundless Realm* ? »

Ma sœur eut l'air abattue, roula jusqu'au bureau d'ordinateur et s'empara d'une feuille manuscrite à l'écriture soignée.

« Voilà tout ce que j'ai trouvé. Il fut un temps, les vampires étaient légion dans *Boundless Realm*. PNJ et personnages joueurs. Les tout premiers mois du jeu, le mode "développement de colonies" était très en vogue. Les gens naviguaient par bateau vers des contrées inexplorées, y bâtissaient des forteresses puis les défendaient becs et ongles, ripostant aux attaques incessantes de légions d'impurs et de morts-vivants. C'était un genre de tower-defense grandeur nature. Puis l'équipe marketing de *Boundless Realm* a misé le développement du jeu sur une stratégie qui faisait appel à la fierté des joueurs. Ils ont réussi à attirer des millions de personnes en un temps record.

Je me souvins des publicités qui passaient sur les bandeaux il y a trois ans: "L'humanité est au bord de l'extinction. Votre épée pourrait la sauver." »

« Oui, je m'en souviens. Justement, quand j'ai voulu jouer à *Boundless Realm*, c'est ce genre de teasers qui m'a attiré," confirmais-je.

« Hum, bon. Eh bien, à l'époque, les vampires étaient une menace sérieuse, et de nombreuses quêtes consistaient à les détruire. Les humains paladins de tous bords, par exemple, devaient tuer au moins un vampire pour accomplir une quête d'initiation. Mais ce que les développeurs de l'époque n'avaient pas prévu, c'est l'affluence et la pénurie de vampires à un moment donné. Les joueurs vampires étaient traqués et ne pouvaient plus jouer car ils étaient tués systématiquement avant d'avoir eu le temps de quitter le lieu de respawn. Des hordes de joueurs, par centaines voire par milliers, se rassemblaient au respawn d'un vampire donné, tous dans l'espoir de le tuer. Il y eut tant de plaintes que les développeurs bannirent le vampire comme personnage et proposèrent aux vampires existants de changer de peuple. J'ai trouvé une interview de l'an dernier avec l'un des directeurs de la corporation *Boundless Realm*. Il annonçait qu'il ne restait officiellement que quatorze PJ vampires qui faisaient tout pour rester incognitos, conscients du sort qui leur était réservé s'ils étaient démasqués. »

« Et les PNJ vampires ? » clarifiais-je en enfilant mes vêtements.

« Il y en a toujours, mais ils sont plus rares et discrets. Ils sont hyper durs à dénicher. C'est pour ça que les missions de vampires n'ont pas totalement disparu. Mais elles ne sont plus obligatoires et la récompense est bien plus alléchante. Quant aux PNJ, difficile de dire combien ils sont. D'après les mécaniques du jeu, un PNJ mort l'est pour toujours, et donc découvrir et tuer un vampire PNJ serait irréversible. »

Tout devint clair. J'avais fait le bon choix en dissimulant ma nature ténébreuse. Mais j'avais sérieusement sous-estimé l'ampleur du phénomène.

Aussi étrange que cela puisse paraître, ma petite sœur était le cerveau des opérations de notre alliance. Pour moi, les jeux n'étaient qu'un passe-temps ludique et un moyen de gagner de l'argent. Mais ma sœur, elle, consacrait toute sa vie au virtuel : en compulsant les guides, elle avait découvert que les systèmes de magie et de crafting étaient une source de joie intarissable. Elle adorait aussi résoudre toutes les énigmes qu'elle croisait, et les élucidait généralement pour nous deux. Elle adorait trouver la voie la plus optimale qui soit pour faire évoluer nos personnages et définir pour eux le meilleur comportement à adopter. Il était probable qu'elle voyait la vie réelle comme une sorte de réalité virtuelle avec de bons graphismes mais une intrigue atrocement fade.

Il fut un temps, j'avais stimulé son intérêt pour le jeu vidéo afin d'éviter qu'elle ne sombre dans les abymes du désespoir. Je restais en retrait en lui laissant carte blanche pour toutes les décisions importantes. La confiance que j'avais en elle l'aidait à retrouver le moral. Elle surmontait les obstacles et m'apportait les solutions sur un plateau avec le plus grand zèle. Parfois ses méthodes me semblaient être passablement douteuses, mais Valeria avait toujours raison au final. Et là, plus que jamais, en gravissant les marches de granit du gratte-ciel de *Boundless Realm*, un conseil de ma sœur me hantait l'esprit : « Tu peux déjà améliorer l'agilité et la perception avec tes compétences. La force, l'intelligence et la constitution comptent, mais elles sont secondaires pour ton personnage donc, aussi flippant que ça puisse paraître, ignore-les. Tous tes nouveaux points de stat doivent être affectés au charisme. »

Je montais les escaliers, franchissais la porte pivotante installée à l'entrée de ce hall immense et fis halte devant un tourniquet. J'appliquais contre le lecteur la carte pucée attribuée la veille, mais une lampe rouge s'alluma et un bip grave retentit. Refusé ?! Je retentais le coup, sans plus de succès. On ne me laissait pas aller au travail ? Mais pourquoi ?! Je me dirigeais vers le box de la sécurité pour leur expliquer que mon badge ne fonctionnait pas. L'agent de sécurité, d'allure normale pour un videur : strict et baraqué, s'empara de ma carte plastifiée et saisit le numéro dans le terminal.

« Votre badge est bloqué. L'accès à votre capsule de réalité virtuelle aussi. Votre personnage est banni. M. Lavrius vous demande instamment de venir à son bureau dès votre arrivée. »

Mon cœur s'arrêta subitement. Je n'avais pas raté ma période d'essai, quand même ?! Bordel de merdouille, moi qui avais tant de projets dans *Boundless Realm*, me voilà recalé au tout premier jour ! L'esprit en proie aux idées noires, je montais au quarante-quatrième étage où siégeait le département des projets spéciaux. Le bureau d'Alexandro Lavrius se remarquait de loin. Des personnes allaient et venaient, bourdonnant autour de la porte. Parmi eux, des testeurs qui avaient rempli les questionnaires avec moi la veille.

Les portes du bureau du directeur s'ouvrirent, et la comptable d'âge mûr, celle-là même qui avait refusé la dryade, se mit à cavaler dans le couloir, les larmes aux yeux. Elle toisa du regard ceux qui étaient réunis, puis lâcha :

« Je savais que ce travail n'était pas fait pour moi hier, aujourd'hui c'est une certitude. Heureusement que je n'ai pas perdu trop de temps ici. »

La porte du bureau du directeur s'ouvrit, et un jeune homme corpulent avec des lunettes en sortit. Si mes souvenirs étaient bons, c'était lui qui proposait d'échanger un astrologue troll contre n'importe quoi.

« Quelqu'un a réussi à se dégager de ses chaînes ? Je n'ai pas trouvé ! J'ai passé la journée à avoir mal avec ces entraves aux bras jusqu'à ce qu'on me fasse sortir de la capsule. »

« Mais tu joues troll. T'as la meilleure Régénération de tous les peuples. T'aurais pu te grignoter la main, et une heure plus tard, tu faisais peau neuve, » lui suggérai-je, excédant de plus belle l'empâté qui répondit :

« J'étais censé le savoir, que les trolls avaient Régénération ? »

Je me gardais de lui répliquer que n'importe quel joueur aurait dû le savoir, même un noob. Sérieusement, comment comptait-il jouer troll s'il n'avait pas pris la peine de s'informer sur les spécificités de ce peuple ?! De toute évidence, l'entreprise était en train de faire le tri et de mettre à la porte les bons à rien comme lui. Mais moi, que faisais-je ici ? Au-dessus de la porte du directeur, la pancarte « Ouvert » s'éclaira, mais parmi la foule, personne n'eut le cran d'y entrer. Quant à moi, ignorant la file d'attente, j'entrais puis refermais la porte derrière moi.

Alexandro Lavrius était assis à un bureau massif et démodé. Sa gigantesque baie vitrée offrait une vue incroyable dominant la cité.

« Vous vouliez me voir, M. le directeur ? » m'enquis-je, m'efforçant de ne laisser transparaître aucun signe de timidité dans la voix.

L'homme fit pivoter son fauteuil, me scruta un long moment avec un regard attentif, studieux, puis lança un regard inquisiteur à son assistante. Pour lui faire gagner du temps, elle tendit à son patron un dossier, et murmura de façon à peine audible : « C'est lui, le vampire dont on parlait » La compréhension éclaira le visage du directeur. Il me désigna une chaise, puis ouvrit le dossier comportant mon profil :

« Alors, Timothy. Lors de votre entretien, vous nous avez menti de manière éhontée…. Vous disiez n'avoir jamais joué à *Boundless Realm*… »

Vu que la conversation prenait une tournure détestable, je me risquais à interrompre mon patron. De toute façon, je n'avais plus rien à perdre à ce stade.

« C'est faux, M. le directeur. Je ne vous ai pas menti. Lors de l'entretien, je ne me souvenais pas y avoir joué. J'étais loin de m'imaginer, trois ans et demi auparavant, que l'abomination rudimentaire et buggée que j'ai incarnée quelques minutes, à un stade de développement aussi précoce, avait un quelconque rapport avec le *Boundless Realm* d'aujourd'hui. Le produit a tellement évolué depuis que ça ne m'a pas effleuré l'esprit un seul instant. D'ailleurs, j'ai écrit exactement la même chose sur les réseaux sociaux ainsi que sur le canal vidéo que j'ai créé aujourd'hui dans le but de promouvoir le peuple gobelin.

« Attendez. Vraiment ? » Alexandro Lavrius alluma son ordinateur et entama des recherches. « Moui, en effet. La voici, une toute nouvelle chaîne. Pas d'abonnés, et une seule vidéo de cinq minutes. Pas grand-chose. »

« Pour l'instant, j'ai juste annoncé à mes futurs abonnés que je quittais KSM au bout de six ans pour un nouvel univers de jeu bien plus ludique. J'ai décrit ma première tentative infructueuse, dans les moindres détails. Après tout, il fallait bien que je justifie le fait que mon pseudo n'ait qu'un seul nom. J'ai pensé que ce serait une bonne idée. Pour éviter que mes futurs spectateurs me soupçonnent de travailler pour l'entreprise… »

« Eh bien, sage décision, Timothy, » interrompit le directeur. « Il y a des centaines de millions de joueurs qui voient d'un mauvais œil les joueurs affiliés. Certains tentent de les soudoyer ou de les acheter étant donné qu'ils ont la possibilité de retirer de l'argent virtuel dans le monde réel. D'autres se plaignent car nos employés levelent up trop vite et les accusent d'avoir recours à des méthodes déloyales : des quêtes uniques qui leur seraient inaccessibles ou des trésors cachés. Certains s'imaginent même qu'ils pourraient modifier leurs statistiques à volonté. Un ramassis d'inepties, évidemment. Enfin bon, bref, il est en effet bien plus sage de ne pas faire état de votre affiliation à la corporation. »

Le directeur observa un silence et me fixa du regard. Je me saisis de l'occasion pour poursuivre mon histoire :

« Donc, vu les caractéristiques du peuple vampire, il me sera parfois difficile de jouer pendant la journée. Mais je me suis dit que je pouvais exploiter mes journées en montant des vidéos intéressantes que je diffuserai ensuite sur la chaîne. Je n'ai passé qu'un seul jour, disons plutôt nuit, dans ce jeu. Néanmoins, je ne manque pas de matière : ma méthode clairement pas commune pour me libérer des chaînes, la manière dont je suis monté sur le pont de la galère. Comment je suis sorti, comment j'ai pu tuer monsieur PK Trong-le-Plongeur, mon aventure périlleuse et nocturne dans les bois, les loups familiers, comment j'ai construit une arme adaptée à mon peuple et j'ai dépecé un canard cracheur de venin. Si je monte bien les séquences, ça devrait intéresser les *viewers* potentiels. » débitais-je d'un seul trait.

Alexandro Lavrius retourna pensivement mon dossier entre ses mains puis le mit de côté, mais pas sur la pile des autres documents. Je me sentis soulagé. Mon licenciement semblait être remis en question pour l'instant.

« Bon, Timothy, vos explications m'ont convaincu au plus haut point. Je vais invalider le blocage de votre personnage et ordonner la restitution de votre badge. J'attends de vous des contenus de qualité sur le peuple Gobelin d'ici demain. Mais soyez conscient de certaines choses. Premièrement, les spectateurs ne s'intéresseront pas aux scénarios exclusivement nocturnes. D'ailleurs, vous pourriez éveiller les soupçons en étant actif uniquement la nuit. Pour ne pas dévoiler le pot aux roses, votre personnage doit aussi s'affairer en journée. »

« Mais comment, si le soleil me réduit en cendres sur-le-champ ? »

« Qui dit journée ne dit pas forcément soleil. Dans notre jeu, les jours sont parfois nuageux, brumeux et pluvieux. Exploitez cela du mieux que vous le pouvez. La seconde chose à avoir en tête est que, comparé à d'autres joueurs, il vous faudra bien plus de temps pour *leveler*. Les joueurs qui optent pour des voies conventionnelles et savamment étudiées passent souvent niveau onze dès la fin du premier jour, et au second ils sont déjà au niveau seize. Donc, vous pourrez beau promouvoir ce chemin alternatif autant que vous le voudrez, les noobs se focaliseront en priorité sur la vitesse à laquelle votre personnage évolue. Ne l'oubliez pas. Après tout, les gens préfèrent l'immédiateté. J'espère que vous avez réfléchi à la façon dont votre herboriste va progresser, d'autant que vous ne pourrez pas cueillir de plantes lorsqu'il fera beau, comme n'importe quel joueur. »

J'acquiesçais sèchement, n'ayant aucune intention de révéler à mon patron toute ma stratégie de développement.

« Alors tant mieux. Au fait, j'ai oublié de vous dire que notre corporation rémunère régulièrement ceux qui font preuve d'originalité ou qui décèlent des bugs qui nous ont échappé. Vous avez déjà gagné deux récompenses de ce type : l'une pour la façon originale de vous dégager de vos menottes, et l'autre pour l'erreur de changement de profession. Cela vous rapporte deux cents crédits au total. Nous pouvons vous régler par virement ou vous donner deux cents pièces virtuelles. »

« Un virement sera parfait, » répondis-je, ma voix pétillante d'excitation. Je dus me répéter.

Quel timing parfait ! J'avais besoin de renflouer mon compte avant de me faire bloquer ma carte bancaire. C'était un pur miracle !

« Bon, vous recevrez l'argent d'ici ce soir. Des questions sur ce travail ?

« Oui, M. le directeur. Je n'ai pas trouvé de réponse à ma question dans les forums : si un joueur me tue par haine des Gobelins ou pour toute autre raison non imputée aux vampires, mais qu'il a dans son journal une quête pour tuer un vampire, sa quête sera-t-elle validée ? »

« Euh... » répondit le directeur en réfléchissant à la question.

« Il semble totalement illogique que le secret du vampirisme puisse être découvert aussi facilement. Autant que je le sache, pour accomplir une quête relative à l'exécution d'un vampire, il faut d'abord avoir démasqué le vampire en question. Sinon, il suffirait de massacrer tous les habitants d'un même village pour réussir les quêtes consistant à trouver un mort-vivant dans ce lieu. Allez, au travail. Mon assistante soumettra votre question à nos développeurs. »

J'avais tout juste fini de monter la vidéo vers vingt heures. Certes, ça m'avait donné du fil à retordre, mais je peux dire sans excès d'humilité que le rendu était à la hauteur. Dans la vidéo de quinze minutes, j'avais mis en place avec brio – enfin je crois - une atmosphère funeste sur la galère orque le tout dans une mer déchaînée. Une bataille épique avec la naïade, ainsi qu'un périple nocturne dans de sinistres futaies. Tout cela étant doublé avec mes propres commentaires au second degré. Il ne manquait plus qu'une chemise hawaïenne jaune. J'attirais l'attention sur mes erreurs et les occasions manquées sans toutefois être trop précis. Par exemple, je pouvais dire sans détour : « mon monstre aux grandes oreilles est un taiseux et n'a pas inventé le fil à couper le beurre. » mais j'évitais de rentrer dans les détails du développement et évidemment je ne parlais pas de Valeria. Une fois la vidéo publiée, j'étais prêt à reprendre la partie.

Je jetais un œil sur la feuille de stat de mon personnage avant d'inaugurer ma seconde journée :

~ Testeur de Contenu ~

Nom	Amra
Peuple	Gobelin vampire
Classe	Herboriste
Expérience	1280 sur 1800
Niveau	6
Points de vie	57/57
Points d'endurance	45/45
Statistiques	
Force (F)	7(7)
Agilité (A)	8 (17,1)
Intelligence (I)	5 (5,8)
Constitution (C)	9(9)
Perception (P)	3 (10.2)
Charisme (Ch)	8(9)
Points à affecter	2
Compétences primaires (4 sur 4)	
Herboristerie (P A)	3
Marchandage (Ch I)	1
Alchimie (I A)	1
Esquive (A P)	5
Compétences secondaires (4 sur 4)	
Furtivité	6
Voile	2
Acrobatie	2
Armes exotiques	2

Quoi que dise le directeur sur la lenteur de ma progression, j'étais fier de mon Amra aux grandes esgourdes ! J'aimais aussi son apparence. Ma sœur lui avait tiré le portrait dans la journée : un Gobelin vert assez risible et minable, qu'aucun joueur ne pouvait associer au vampirisme ou au danger. Je l'avais déjà chargé dans le jeu et confirmé le changement de *skin* de mon personnage. Sur les conseils de ma sœur, j'affectais deux points de stat au charisme.

Et là, ma seconde nuit dans le jeu commença. Plus exactement, la nuit était sur le point de tomber. Juste après avoir refermé la capsule de réalité virtuelle, je me retrouvais blotti sur le lit, dans le fortin, sous une pile de peaux lourdes et puantes. Je sortis légèrement la tête pour observer les alentours. Le soleil déclinait déjà sous l'horizon. À travers les meurtrières, j'apercevais juste les nuages s'illuminant de rose. Allez, je n'avais plus à craindre les rayons ardents du soleil. Je pouvais jouer. Par où commencer ?

La première chose que je vis fut l'absence de tache rouge sombre au centre de la pièce, et des traces de serpillère au sol. Ma sœur avait le don de m'épater. Ensuite, je remarquais que mon gobelin avait faim et, surtout, soif de sang. J'ouvris mon inventaire et nourris mon troglodyte de viande de canard jusqu'à satiété. Il était grand temps de boire le sang que j'avais conservé la nuit dernière, avant de m'atteler au reste. Que... ? Perplexe, j'examinais la fiole de sang de canard. Le liquide qu'elle contenait avait coagulé et viré au marron foncé.

Sang avarié (périmé)

Sérieux ! Je regardais, anxieux, ma jauge Étancher la soif. Elle clignotait d'un rouge menaçant, à 1/20 ! Il ne me restait plus qu'une heure pour boire du sang, avant de perdre mes moyens ! C'était le moment ou jamais d'aller chasser !

Sur la carte, non loin de mon bâtiment, je vis le marqueur de Valerianna Prestepas. Des points rouges gravitaient autour de la Nymphe sylvestre. Ma sœur était-elle en plein combat ? Je devais lui prêter main-forte !

Mais le nuage de points l'accompagnait toujours, à pas comptés, en direction du bâtiment et se trouvait maintenant à proximité de la palissade. Je regardais par la fenêtre. À côté de ma sœur, trois immenses crapauds marron bondissaient.

Crapaud verruqueux de niveau 7

La nymphe ne redoutant pas les bêtes, ce devaient être les nouveaux familiers de la dompteuse. Je sortis jusqu'à la véranda. Les crapauds se figèrent brusquement puis, après un ordre de Valerianna qui m'échappa, leurs marqueurs passèrent du rouge au vert sur la carte. Tout devint clair. Ma sœur était en train de leur dire que j'étais un allié.

« Salutations, vermisseau. Oh, tu t'es ravalé la façade à ce que je vois. Comme ça les montres n'auront plus peur de toi ? Je me moque. Ta nouvelle frimousse sympathique te va bien, c'est tout mignon. Pourquoi n'es-tu pas venu ici dans la journée ? J'ai fini par m'ennuyer ferme. J'ai fait le tour des lieux. Tu es prêt à partir ? »

Ma sœur, autant le préciser, jouait un rôle que nous avions

convenu d'avance. Le plan consistait à décider à pile ou face si l'on restait dans l'abri quelques jours de plus. Mais là, je n'avais pas de temps pour ça ! Je devais trouver une victime et lui sucer le sang, et tout de suite ! J'approuvais son plan en tentant de dissimuler mon empressement.

« Où on va ? » lui demandai-je, avec un air d'incompréhension totale. « Maison être. Sécurité. Moi veux ici, pour voir jeu. »

Techniquement, mon intelligence médiocre avait assez évolué pour ne plus m'exprimer dans un langage aussi déstructuré, mais ma sœur et moi avions convenu que la façon de parler d'Amra lui donnait une singularité voire un certain charme. Et surtout, les autres me prendraient pour une créature idiote et primitive. Il est parfois utile de se montrer plus débile qu'on ne l'est.

« Mais que faire ici ? On est au milieu de nulle part. Des bois et des marécages à perte de vue. Bon, d'accord, il y a deux villages non loin d'ici. L'un se situe à sept kilomètres d'ici. C'est Rocbourg, un village humain. J'y suis allée aujourd'hui. Ils m'ont accueillie avec une certaine réserve, mais j'ai pu franchir le portail. Il n'y avait pas beaucoup d'activités, apparemment. Je n'ai vu que vingt bâtiments. Et ils n'ont même pas de forgeron attitré. Mais ils ont un guérisseur qui achète les plantes, ça pourrait t'intéresser. Il y a aussi un village gobelin au sud-est, mais je n'y suis pas allée. Des gardes en mode agressifs m'ont attaquée, une soixantaine et je me suis fait dégommer. »

Mission reçue : Socialisation 1/3

Entrer en contact avec les habitants du village humain

Entrer en contact avec les habitants du village gobelin

Classe de mission : Chaîne, groupe

Récompense : 800 XP

« Hé ! » Ma sœur se tut, soit à cause de la nouvelle quête ou alors parce qu'elle venait d'apercevoir un loup sombre et imposant au niveau des portes délabrées de notre palissade. « Encore lui ! Ce loup m'a fait suer toute la journée ! Ce matin, il a mangé tous mes familiers. Et puis, dans la journée, il a récidivé. Mais je ne peux rien y faire. Il est bien plus grand que moi, et il voyage avec trois autres bêtes comme lui. C'est pénible d'améliorer Dompteuse quand on trouve partout des monstres comme lui ! Pour chaque familier mort, je perds deux points de compétence ! »

Même si ma sœur était niveau neuf depuis aujourd'hui, elle n'était pas à la hauteur d'un loup sylvestre aguerri de niveau vingt-sept. La conséquence de tout cela, c'est que le prédateur à fourrure grise bouffait les monstres envoûtés par Valerianna. Et il convient de préciser que le loup figurait en vert sur ma carte, autrement dit il était amical. Amical ? Autant tenter un truc. Droit dans la gueule du loup ! Je sortis, allant à la rencontre du prédateur toujours assis au niveau du portail et hésitant encore à pénétrer dans notre enceinte.

« Faim ? Allez toi viande ! » Je lançai le dernier morceau de viande de canard.

Mais le loup remua de la queue avec envie devant la viande, sans la toucher, et repartit. Puis la *louve sylvestre aguerrie* de niveau 22 trotta dans ma direction. Je remarquai immédiatement son ventre bombé et ses mamelles gonflées. Tout portait à croire que la louve était au dernier stade de sa grossesse et était bientôt prête à mettre bas. Elle engloutit rapidement le morceau de viande puis me dévisagea d'un air impatient. Les deux autres *loups sylvestres aguerris* de niveau 27 surgirent des bois en pavanant et se placèrent derrière elle, et maintenant, quatre bêtes avides avaient le regard braqué sur moi.

Mission reçue : Nourrir la meute
Classe de mission : Rare, individuelle
Récompense : Variable

Bah dis donc ! Une quête rare avec une récompense variable indexée sur ma façon d'accomplir la mission. Très intrigant. Alors comme ça, la mission consistait à nourrir quatre gueules affamées.

« Nymphe, où trouvé crapaud ? » demandai-je à Valerianna qui se tenait sur le ponton, prête à se réfugier dans le bâtiment d'un instant à l'autre.

« Pas loin d'ici. Je t'ajoute une balise sur la carte. Vas-y, chasse ! Mais les crapauds sont peureux. Ils plongent dans l'eau directement. »

La joueuse Valerianna Prestepas vous vend : Carte locale
Prix : gratuit

Naturellement, j'acceptais l'offre et ouvris ma carte mise à jour. Imaginez ça ! Ma sœur avait été très occupée aujourd'hui : elle avait tout ratissé dans un périmètre d'un kilomètre autour du fortin, sans oublier les routes dans les deux directions. Le village humain de Rocbourg, à sept kilomètres de mon emplacement actuel, était aussi révélé, mais la nymphe ne s'était pas aventurée en contrebas du chemin. Dans l'autre direction, la zone découverte le long de la route s'arrêtait brusquement à quatre kilomètres d'ici. À cet endroit, elle avait glissé un commentaire. « Danger !!! » Je m'intéressais aussi aux autres remarques que ma sœur avait disséminées sur la carte : « Caverne, non explorée, » « Champ de fleurs, » « Repaire, odeur infecte, » « Nervure cuivrée dans la roche, » et enfin « Marécages avec crapauds niveau 7-12. »

Après avoir placé une balise sur les marécages, une flèche directionnelle s'afficha, suivie de la distance : huit cent trente mètres. M'approchant du loup qui avait développé une affinité à mon égard, je le regardais droit dans les yeux et lui dis à voix haute :

« Ça crapaud, mord pas. Ailleurs, plein plein pareil. Te montrer, amène loups. Tu peux manger tous. Nous en route. »

Le loup me regarda d'un air entendu et se coucha. Je montai sur le dos du prédateur et pointai du doigt la direction, puis m'écriais avec ferveur :

« Avant toute ! Chasse meute ! »

Les quatre loups se levèrent en flèche et foncèrent dans la direction que je leur montrais. J'étais quelque peu inquiet pour la louve, mais elle marchait d'un pas rythmé et assuré. Je reçus un message privé de ma sœur :

« Hé, comment t'as fait ? »

Je ne répondis pas, car j'ignorais moi-même comment j'avais pu communiquer avec des loups. Une minute plus tard, la meute était en lisière du vaste marécage, et je leur ordonnai de s'arrêter. Je sautai pour descendre du loup et hurlai sur les prédateurs, de sorte que ma voix domine les coassements assourdissants provenant des marécages.

« Loups, restez près galets. Je tire, appâtez vers moi. Menez ici crapauds. Ensemble, vous mordez. »

Telles des ombres grises silencieuses, les quatre bêtes se séparèrent et se cachèrent dans les buissons à proximité. Je m'approchais à pas de loup, chargeant mon arme. Je n'eus pas à m'avancer de beaucoup avant d'apercevoir ma première cible cachée derrière les bosquets :

Crapaud verruqueux de niveau 9

L'immense crapaud faisait la taille d'un doberman adulte. Il coassait avec insouciance en faisant des bulles sur chacune de ses bajoues. Il ne m'avait pas vu, jusqu'à ce que je le canarde :

Dégâts infligés : 53 (59 dégâts missile - 6 armure)

Un seul tir avait ôté un tiers des points de vie sur la jauge de l'amphibien gonflé aux hormones. Si le crapaud avait été plus malin, il n'aurait pas osé se battre avec moi, malgré son niveau. Mais dans le jeu et IRL, les amphibiens ne brillaient pas par leur intelligence. Je fis une roulade latérale. Quand le crapaud acheva son saut, il atterrit en un éclaboussement retentissant là où je me tenais l'instant d'avant. Il déploya sa longue langue collante, mais l'ayant anticipée, je parvins sans mal à me retourner et je courus hors de sa portée. D'un autre bond il atterrit à l'endroit d'où j'étais parti et sa langue collante assena un nouveau coup dans le vide. En théorie j'aurais pu m'occuper de ce type d'ennemi peu mobile et prévisible, mais c'était selon moi une perte de temps :

« Attaquez ! Attrapez, mordez ! »

~ Testeur de Contenu ~

Les loups surgirent simultanément de tous côtés et déchiquetèrent leur proie.

Gain d'expérience : 58 XP

Au total, ça représentait un maigre gain vu que c'était divisé par cinq. Mais là n'était pas l'essentiel. J'étais plus intéressé par son butin. Sans porter attention aux terribles grognements et aux crocs de la louve carnassière, je cheminais jusqu'au trophée, tenant ma fiole toute prête, et la remplis de sang avant que les loups n'aient fini d'engloutir leur proie :

Sang de crapaud (ingrédient alchimique)

Réussite débloquée : Goûteur (4/1000)

Je bus immédiatement le sang recueilli, remarquant que la jauge Étancher la soif était passée à 4/20. Rien de fou. Soit j'étais supposé boire le sang à même la victime, soit le crapaud était un donneur médiocre pour moi. Remarquant que mes alliés loups ne m'avaient laissé aucun reste, je partis en quête d'un autre crapaud.

Je savais par expérience que les crapauds en dessous de neuf paniquaient et piquaient une tête dès qu'on les touchait, emportant sur leur corps mes munitions. Je me concentrais donc sur des spécimens plus imposants.

Crapaud verruqueux de niveau 12

Je n'attirais pas la bête vers les loups. J'étais trop avide pour partager des points d'expérience cette fois-ci. Heureusement, le niveau élevé de mon ennemi avait peu d'effet sur ses facultés intellectuelles. Le comportement de ce crapaud était tout aussi prévisible que celui de ses congénères. Par ailleurs, je m'étais rendu compte que je sortais vite de la ligne de mire du crapaud en restant mobile. C'était, comme on dit, mon jour de chance. Je n'eus pas de peine à décocher des fléchettes sur le crapaud pour ensuite l'achever avec Morsure vampirique.

Gain d'expérience : 640 XP

Objets obtenus : Viande de crapaud* 5 (aliment), Peau de crapaud, Munition de sarbacane artisanale* 9

Niveau sept !

Capacité de peuple améliorée : Le goût du sang (octroie +1 % à tous les dégâts infligés par créature unique tuée avec Morsure vampirique. Bonus actuel : 4 %)

Capacité de peuple débloquée : 10 % de résistance au poison

Parfait ! Et comme ma Soif de sang était étanchée à 20/20 et que ma compétence Armes exotiques était passé niveau trois dans la foulée, j'avais toutes les raisons de jubiler ! Après avoir rappelé mes compagnons, je leur montrai le cadavre du crapaud. Deux secondes plus tard, il n'en restait plus rien. La louve repue eut un haut-le-cœur puis s'approcha de moi, léchant affectueusement ma joue de sa langue ensanglantée.

Mission accomplie : Nourrir la meute

Les quatre loups figuraient dorénavant en vert sur la carte. J'espérais obtenir quelques autres « petits bonus » de quête rare, mais rien ne se produisit. Hormis le fait que l'un des loups s'abaissa une nouvelle fois pour m'offrir une chevauchée. La chasse ne touchait pas déjà à sa fin, si ? Quel dommage si c'était le cas, moi qui commençais à y prendre goût. Mais à mesure que les secondes s'écoulaient, la nervosité des loups s'intensifiait, et leur anxiété déteignait sur moi. À peine eus-je le temps d'enfourcher le prédateur au pelage gris qu'il déguerpit en trombe, les oreilles plaquées sur la tête, craignant quelque chose qui m'échappait. Les autres loups le talonnaient.

« Amra, n'oublie pas que la nuit va tomber. »

Sitôt que le message de ma sœur s'afficha, un violent fracas retentit derrière moi, dans les marécages, entre le rire ou le coassement. Terrorisé, je me retournai. À l'endroit même où les loups venaient de déchiqueter le premier batracien se tenait une créature majestueuse :

Patriarche ouaouaron fétide niveau 42

La source d'inquiétude de mes alliés carnassiers m'apparut clairement. J'étais désormais sur la même longueur d'onde qu'eux, et ne pouvais décamper assez vite des marécages. Je refusais de mourir. Une minute plus tard, les loups me déposaient à proximité des portes croulantes de ma barricade. Je sautai à terre et tapotai affectueusement le dos de ma monture éreintée, haletante. Et il faut avouer qu'il était difficile de le distinguer de ses congénères. Avant, je le reconnaissais à son marqueur sur la carte, mais à présent, ils étaient tous d'un vert identique. J'essayais d'insérer ma propre remarque sur la carte, sous le nom du loup. C'était assez simple à faire. Le nom que je lui attribuais apparut au-dessus de sa tête quasi instantanément : « Akella ».

« Nomme aussi les autres ! » suggérait la nymphe qui gardait ses distances, et je suivis son conseil.

À côté d'Akella apparurent Croc blanc et Lobo, tandis que la femelle sans nom fut nommée Blanca. Étonnamment, les loups avaient clairement perçu ce changement, car ils se mirent à échanger des regards étonnés.

« Hé l'andouille, les loups sont jaunes pour moi maintenant. Ils ne sont plus agressifs ! » s'écria la nymphe, surprise. « Et ce sont tous de très beaux loups, à croire qu'ils ont été triés sur le volet. Quand je les surpasserai, je les prendrai peut-être comme familiers. »

Comme pour faire écho à ses mots, un hurlement maléfique, à glacer le sang, retentit, suivi d'un concert de jappements. Les loups redressèrent tous l'oreille à l'unisson puis, scrutant l'obscurité, le pelage hérissé, montrèrent les crocs.

Mission reçue : Protéger la meute

Classe de mission : Rare, groupe

Condition requise : Blanca doit survivre à la nuit

Récompense : 800 XP

Condition facultative : Tous les membres de la meute doivent survivre

Récompense : Variable

Un frisson me secoua de la tête aux pieds. La chose qui avançait des ténèbres, quelle qu'elle fût, avait semé un vent de panique parmi les loups. Et ils me transmettaient leur peur. Je regardai la porte écroulée, bon, je pouvais toujours la soulever et la remettre sur ses gonds.

Votre personnage n'a pas assez de Force pour effectuer cette action
Force minimale requise de 200 pour soulever cette porte

Votre personnage n'a pas assez d'Agilité pour effectuer cette action
Agilité minimum requise de 200 pour placer la porte sur ses gonds

Bon, en fin de compte, il m'était impossible de réparer le portail pour me protéger des bêtes nocturnes. Mais si la périphérie défensive externe ne m'était d'aucun secours, ne valait-il pas mieux convaincre les loups de se cacher dans le bâtiment ?

« Akella, rentre maison. Prendre amis. Porte se verrouille. »

Je n'eus pas à insister longtemps pour convaincre les prédateurs. L'un après l'autre, les loups avancèrent vers le porche et se mirent à gratter sur la marche. Ma sœur entra dans la maison, puis je laissais passer les loups avant d'entrer à mon tour, refermant derrière moi la porte robuste avec la lourde bûche. Valerianna Prestepas fit une remarque, debout sur la toute dernière marche, lorgnant les bêtes grises, tremblante de peur :

« Qu'ils restent au rez-de-chaussée. J'ai puisé de l'eau dans un seau en écorce de bouleau. Il est en bas. Qu'ils s'abreuvent s'ils le veulent. Mais qu'ils ne montent pas à l'étage... »

La fin de sa phrase fut étouffée par un grognement spectral qui retentit dans la cour. Les loups aguerris, gémissant tels de petits chiots apeurés, détalèrent depuis la porte d'entrée pour se blottir dans un coin de la cuisine. Prudemment, je jetais un coup d'œil à travers la meurtrière. À l'intérieur de la barrière, de petites créatures bossues sur quatre pattes, longues et efflanquées, rôdaient. Leurs yeux se mirent à flamboyer dans l'obscurité, d'un vif rouge rubis.

Warg niveau 54

Si j'étais déjà sur le qui-vive depuis les bruits que j'avais entendus plus tôt, là je n'envisageais même plus de quitter le bâtiment. Je me souvenais que mon inventaire contenait toujours un grand nombre de plantes variées aux propriétés jusqu'alors inconnues. En outre, il était plus que temps d'améliorer mon Alchimie. J'avais trop longtemps négligé cette compétence. Tout compte fait, être piégé ici n'était pas qu'une perte de temps.

« Amra, il est temps pour moi de quitter le jeu. » Selon toute vraisemblance, ma sœur avait juste entraperçu les monstres dans la cour et n'était pas trop motivée pour les approcher non plus. « Et que dis-tu si, demain, nous allions au village gobelin ? Après tout, ils ne vont pas tirer à vue quand tu arriveras, et tu peux leur dire que je suis, je ne sais pas, ton alliée. N'oublions pas la quête Socialisation. »

Demain matin ? Ma sœur n'avait tout de même pas oublié, si ?

Comment pouvais-je aller où que ce soit si le moindre rayon de lumière pouvait me tuer ? Comme pour répondre à ma question muette, Valerianna ajouta :

« Le vent apportera des nuages bien gris dans le coin. Le ciel sera tout moutonneux, comme une fourrure. Demain, chape de plomb et pluie toute la journée. »

Voilà ce qu'elle mijotait ! Le temps exécrable changeait vraiment la donne ! C'était parfait ! Il me fallait être actif en journée dès que l'opportunité se présentait afin que personne ne soupçonne mon gobelin d'être un vampire et un jour pluvieux était une excellente opportunité d'aller dehors !

« D'accord. Amra ici, protègera nymphe. Je dire à demain. Partir village gobelins. »

Socialisation

L A NYMPHE S'ASSIT par terre, jambes croisées, et se figea — ma sœur avait quitté la partie. Trente secondes plus tard, le corps de Valerianna commença à se dissiper puis, peu après, disparut totalement. Ses trois familiers batraciens s'évaporèrent avec elle. Ah, voilà à quoi ça ressemble de l'autre côté du rideau ! Un personnage sans malus d'agression et sans flag Criminel disparait sans laisser de trace, devenant invisible aux yeux des autres habitants de *Boundless Realm*. La fenêtre d'aide que j'ouvris expliquait qu'agresser un PNJ prolongeait de dix minutes le délai de disparition de son personnage, agresser un joueur existant sans flag Criminel (par exemple un duel légitime ou une bagarre dans une taverne) augmentait ce délai à trente minutes, voler quelqu'un l'étendait à deux heures, et tuer un joueur le faisait durer huit heures.

Hein? Ce genre d'information s'avérait utile pour la suite. Nous Gobelins, sommes un peuple faible et couard. Une déconnexion bien minutée était dans certains cas le meilleur moyen de s'enfuir. Quelle importance si des joueurs en JcJ hurlaient leur rage et me reprochaient d'employer « des pratiques déloyales » ? Comme si un combat entre un guerrier de haut niveau et un noob pacifique, condamné au respwawn éternel, était basé sur une quelconque forme de justice...

Avant de quitter le jeu, ma sœur m'avait avisé de nuages en approche. Déjà, j'apercevais des éclairs à l'horizon et j'entendais des coups de tonnerre. Mais là, au-dessus de mon abri, le ciel était encore clément. L'éclairage de la lune était plus que suffisant pour ne pas se cogner dans les murs de la salle semi-obscure, mais pour des travaux plus minutieux, des bougies ou des lampes s'imposaient. N'ayant rien de tel, j'essayai autre chose : J'activai la vision nocturne puis m'attelai à ma tâche. Je plaçai mes fioles vides sur la table dans la salle à l'étage, puisant de l'eau propre dans une petite soucoupe en terre cuite dénichée dans la cuisine, et j'étalai un torchon trouvé parmi les peaux sur le lit. Puis j'accrochai des gerbes de plantes à faire sécher dans la pièce, ainsi que des couronnes de fleurs, des ronds de sorcière et des grappes de baies. La pièce exhalait des senteurs agréables, un mélange de fleurs sauvages et, bizarrement, de miel. On se serait cru dans un laboratoire d'alchimie ou la demeure d'un guérisseur.

Hop, c'est parti ! Je savais déjà que consommer une Groseille des marais restaurait un point de vie. Le jus que j'avais pressé à base de ces baies avait les mêmes propriétés. Je remplis une fiole de trois grappes de baies.

Gain d'expérience : 4 XP
Vous avez créé un Élixir mineur de guérison (restaure +3 PV)
Nouvelle recette ajoutée au journal

J'étais capable de jauger les propriétés les potions alchimiques les plus élémentaires malgré ma faible intelligence, ce qui facilitait le travail. Les potions qui ne restauraient que trois points de vie étaient médiocres, mais j'avais de quoi être fier car c'était le premier élixir que j'avais concocté tout seul. Après la Groseille des marais, je tentai de préparer une potion à base de Prêle des marais.

Gain d'expérience : 4 XP
Vous avez créé un Poison botanique léger (ôte 3 PV)
Nouvelle recette ajoutée au journal

Au fil de mes expériences, je remplissais rapidement toutes mes fioles. Il était temps d'essayer des recettes plus élaborées en mélangeant les élixirs. J'avalai l'une des mixtures inutiles pour libérer un contenant et je mélangeai le poison botanique léger et l'élixir de confusion léger tout juste préparé à base de champignons bruns visqueux.

Gain d'expérience : 8 XP
Vous avez créé un breuvage inconnu (potion)

Niveau d'intelligence insuffisant pour identifier l'objet

~ Testeur de Contenu ~

Compétence Alchimie améliorée au niveau 2 !

Prenant la fiole dans mes mains, je regardais la substance blanche opaque. Je savais que, par le passé, on avait eu pour habitude de décrire le goût d'une nouvelle substance, aussi bien chez les alchimistes reculés du Moyen-âge que les chimistes instruits jusqu'au milieu du dix-neuvième siècle, qui les répertoriaient dans leurs registres de laboratoire aux côtés des autres propriétés physiquement observables. Cet usage avait coûté la vie à l'inventeur du cyanure d'hydrogène, Wilhelm Scheele, ainsi que celle de nombreux autres scientifiques. Mais contrairement à eux, la mort n'était pas grave me concernant. Et j'avais une certaine Résistance aux poisons. Hop ! Je vidai la fiole d'une traite puis je me mis à chanceler, et manquai de tomber.

Dégâts subis : 5 (poison)
Votre personnage est paralysé durant 0,5 secondes

Selon toute vraisemblance, j'avais créé un poison léger qui m'affectait d'une paralysie temporaire. Pas mal, pas mal du tout. Puis l'éclairage de la pièce s'assombrit sans raison apparente. Je me tournai vers la fenêtre et sursautai. À travers la meurtrière, un immense œil jaune m'observait !

Cyclope de niveau 48

Quelle était la taille de ce monstre ? Il me scrutait par une fenêtre du 1er étage ! Je me saisis de mon arme et, alternant quelques termes convenables et une kyrielle de jurons, je promis au monstre de lui faire subir ce qu'Ulysse avait déjà fait et de créer une nouvelle espèce de géants sans yeux s'il ne détournait pas le regard. Le cyclope poussa un soupir de dépit et s'éloigna de la fenêtre. D'après la carte, huit différents types de créatures rôdaient aux alentours de mon abri. Que pouvaient-ils bien chercher ici ?! Est-ce qu'une andouille avait recouvert le fort de miel ?

J'écartai ces pensées invasives pour reprendre mes expériences. Ma compétence en Alchimie évoluait. Il était temps de vérifier si mon niveau allait me permettre de préparer des potions plus puissantes. Je retentai de presser des Groseilles des marais dans une fiole et d'en observer les effets :

Élixir mineur de guérison (restaure +4 PV)

Bingo ! Je jubilai. Certes, l'efficacité de la potion avait augmenté d'un seul PV, mais ce n'était que le début ! Je devais me tourner vers l'avenir : à mesure que ma compétence alchimique se développait, mes potions gagnaient en puissance. Elles seraient plus efficaces en guérison, en restauration d'endurance et mes poisons légers infligeaient dorénavant une paralysie d'une demi-seconde. Je me fendis d'un sourire jusqu'aux oreilles. Car... au fait, qu'avais-je dit des propriétés de Morsure vampirique, déjà ?

En attaquant des cibles endormies, inconscientes ou paralysées, les chances de succès sont de 100 %, et l'attaquant peut choisir un effet : (Mort instantanée/Sommeil profond durant 6 heures/Infection par vampirisme)

C'était clairement abusé, mais c'était à moi de bien en profiter ! Quelques secondes de paralysie me suffiraient attraper un victime et la mordre. Bientôt, je serai capable de fabriquer des potions spécialisées dans ce domaine. Tremblez, mobs ! dis-je avec une voix d'outre-tombe. Le gracile petit Gobelin venait de découvrir une voie qui, avec le temps, terroriserait tout *Boundless Realm* !

Des bruits étranges venant d'en bas me détournèrent des expériences alchimiques. Les loups grondaient et tentaient de repousser un ennemi que je ne pouvais voir. J'entendis des grincements et des craquements. Je ramassai ma sarbacane et dévalai les escaliers. Akella, Lobo et Croc blanc restaient devant la porte bloquée, pelage hérissé, tous crocs dehors. Lobo griffait le sol et la porte de l'intérieur. Que se passait-il ? Avaient-ils envie d'aller dehors pour se battre ? D'après la carte, il n'y avait pas moins d'une dizaine d'ennemis dans les parages, mais aucun devant la porte.

Mon attention fut captée par des bruits d'aspiration inexpliqués depuis la cuisine et une odeur de sang mêlé à quelque chose que j'identifiais mal. Je regardai prudemment dans cette direction. Blanca léchait un tube rouge flexible en poussant un grognement de consternation. Après l'avoir avalé, la louve abaissa le museau et lécha un minuscule bébé aveugle pour le nettoyer. J'avançai d'un pas pour observer le louveteau, mais Blanca montra les crocs et son marqueur passa du vert au jaune sur la carte. Je reculai :

« Amra comprendre. Pas venir là. »

Je montai à l'étage et choisis l'option du menu « Quitter la partie. » Après avoir ouvert le haut de la capsule de réalité virtuelle, je n'en sortis même pas. Je tendis juste la main pour prendre le portable sur la table et appeler ma sœur.

« Je sais que tu dors. Mais Blanca est en train de mettre bas. Elle pourrait avoir besoin d'aide. »

« T'as perdu la tête, Tim ? C'est une louve. Elle n'a pas besoin de sage-femme. Elle se débrouille seule. Même si... Allez, je me connecte de suite. Je n'ai jamais vu un animal PNJ mettre bas. »

Il était trois heures du matin passé. J'avais une faim de loup. Non pas que la jauge de faim de mon Amra-aux-grandes-oreilles soit faible. J'avais faim IRL. Me dégageant de la capsule, je retirai le filet de capteurs qui inondait mon corps d'impulsions électroniques. Je sortis le sac de sandwichs et une bouteille d'eau minérale préparés par ma sœur. Une fois rempli, je baissai les yeux sur la rangée de cabines. Tout comme hier, il y avait deux lampes rouges allumées et des vertes à perte de vue. Seuls Kira et moi étions sur place. À mon arrivée, après l'entretien avec le directeur, c'était tout l'inverse. Toutes les portes des cabines étaient éclairées en rouge car pratiquement aucune n'était libre.

Au moment de rejoindre la partie, ma sœur avait déjà pris place auprès de la louve et, étrangement, Blanca ne la repoussait pas. Se retournant vers moi Valerianna Prestepas fit une remarque atterrante :

« Blanca a peur de toi, monte à l'étage et tiens-toi à l'écart. Aussi, on va rencontrer ceux de ton espèce dans la matinée. Tu comptes y aller nu sous un simple pagne ? Les autres Gobelins vont moquer de toi ! Prends une peau dans le lit pour te confectionner une veste en fourrure ou un pantalon, au moins. »

J'acquiesçai et courus à l'étage. Debout, tandis que je regardais pensivement les vieilles peaux puantes sur le lit, ma sœur apparut et prit une paire de peaux amples qu'elle apporta dans la cuisine, pour son usage personnel. Je dus me contenter du reste. Il ne fut pas difficile de fabriquer une veste en fourrure pour mon Gobelin. Je découpai simplement un morceau rectangulaire dans la peau ainsi que des emmanchures.

Le pantalon exigea toutefois plus de travail. Au début, j'avais longuement tenté de tracer un patron sur l'envers de la peau. Ensuite, en l'absence de fil et d'aiguilles de qualité, il me fallut percer de petits trous au couteau et attacher les bords à la sueur de mon front car le fil se cassait sans cesse. Quand j'eus achevé cette tâche, la lumière extérieure s'intensifiait. C'était une matinée pluvieuse et couverte, ce qui n'empêcha pas la quête de se terminer.

Mission accomplie : Protéger la meute
Récompense : 800 XP
Condition facultative remplie : Chercher la récompense auprès de Blanca

Niveau huit !
Capacité de peuple améliorée : 15 % de résistance au poison

Quand j'arrivais en bas des escaliers, les loups étaient à moitié assoupis, l'air calme. En me voyant, ils sursautèrent, renâclèrent et braquèrent leurs regards écarquillés. Puis Croc blanc s'allongea sur le dos et se roula au sol. Ce comportement devait signifier un truc comme « LMAO » ou plus probablement « pfffffffff ».

« Amra, je ne doute pas de tes compétences d'herboriste mais, pour être tout à fait franche, tu n'es pas un couturier né, » commenta ma sœur devant ma dégaine, en un rire à peine contenu.

Me drapant dans ma dignité à défaut de meilleurs vêtements, je me dirigeai vers Blanca. La louve était toujours allongée dans le coin de la cuisine. Non loin de son doux pelage, quatre minuscules louveteaux s'assoupirent sans tarder.

« Blanca m'a déjà donné le noir, le deuxième à droite. Choisis-en un autre ! » m'avertit Valerianna Prestepas.

J'hésitais, il n'y avait pas d'urgence. Déjà, que ferais-je d'un louveteau ? Un jeune loup sylvestre serait très avantageux pour la nymphe. C'était une dompteuse après tout, et il lui fallait un familier pour faire du level up. Mais quelle utilité me concernant ? De plus, je ressentais en mon for intérieur que Blanca ne souhaitait pas me céder l'un de ses petits. Et puis, si je revendiquais une récompense pour avoir protégé la meute, Blanca m'aurait donné l'un de ses bébés sans broncher, mais au fond d'elle elle s'y opposait. Troisièmement, de quelle autre façon pouvais-je comprendre la récompense de quête « variable » ? Ils auraient pu écrire directement : « Récompense : un louveteau. »

« Amra ne prendre pas enfant de maman. Blanca garde louveteaux. »

ERREUR CRITIQUE !

Boundless Realm *client va maintenant redémarrer*

~ Testeur de Contenu ~

Veuillez nous excuser de ce désagrément

L'univers se dissipait. Les lignes d'un terminal défilèrent sous mes yeux. Vingt secondes s'écoulèrent et l'image reparut à l'écran. Que s'était-il passé ? J'étais à côté de Blanca. La quête était déjà finie. Aucun point d'expérience n'avait été ajouté, mais les marqueurs de tous les loups sur la carte avaient basculé du vert au bleu. La fenêtre d'aide m'indiqua que cette couleur correspondait aux alliés ou aux membres d'un même clan.

Aussi, l'image des couverts entrecroisés sur une assiette s'afficha. Mon troglodyte aux grandes esgourdes était encore affamé et il était temps de retourner chasser. C'était le matin : les pires ennemis étaient partis. Je sortis par la porte d'entrée. La porte et l'enceinte autour portaient des traces de griffures récentes du côté extérieur. Les indésirables de la nuit dernière avaient dû tenter d'entrer. Certaines marques de griffes étaient très en hauteur, et je frémis rien qu'en imaginant le colosse qui les avait laissées. Mais la porte avait tenu, et c'est ce qui comptait.

« Meute, chasse crapaud ! » m'écriais-je avec ferveur, et les loups s'empressèrent jusqu'à la sortie. Seule Blanca demeura aux côtés de sa portée.

Enfourchant Akella comme à mon habitude, je me préparais déjà à donner l'ordre de sortir.

« Amra, à ton avis, je peux t'accompagner ? » demanda timidement la nymphe, et j'acquiesçai.

Lobo s'abaissa sur le ventre et la Nymphe sylvestre grimpa sur lui. Je sifflai un coup franc et la meute partit en flèche. Une minute plus tard, nous étions de retour dans notre zone de chasse. La pluie tombait. La visibilité avait sensiblement faibli, et les amphibiens coassant étaient bien plus nombreux que la nuit précédente. Après avoir sommé aux loups de se cacher, je partis en quête d'une victime.

Il devint vite clair que l'on ne pouvait puller que des crapauds de niveau onze ou douze. Tous les autres, y compris les grenouilles de niveau dix, se carapataient. Pas terrible, pas terrible du tout. En gros, plus mon personnage allait *leveler*, plus les marécages deviendraient une zone de chasse inutile. Quoi qu'il en soit, je me repus vite et j'assouvis même ma Soif de sang. Mais les loups, de niveau vingt-sept, n'arrivaient pas à satiété.

Dans notre quête aux crapauds géants, nous nous enfoncions bien plus que la dernière fois. Et là, ma sœur pointa du doigt un promontoire lointain, à peine perceptible à travers le rideau de pluie. Je distinguais mal ce dont il s'agissait, mais il me sembla voir quelque chose bouger.

« Grandes esgourdes, ce lieu apparaît sur la carte sous la forme d'un point d'interrogation. Zone inconnue. C'est forcément intéressant. On devrait aller voir ça de plus près... »

Mission reçue : La curiosité et le chat
Classe de mission : unique, groupe, limitée dans le temps
Description. Inspecter l'île mystérieuse dans les marécages d'ici 2 jours, 23 heures et 59 minutes
Récompense : 8000 XP

Huit-mille points d'expériences !!! Mon personnage n'avait que 2976 points d'expérience au total et cette seule quête m'offrait une récompense aussi généreuse ! Rien qu'avec ça, je passerais niveau treize ! La nymphe était en état d'allégresse :

« Dix mille points d'expérience !!! La classe ! Je passerais niveau quatorze ! Mais l'intitulé de la mission ne me rassure pas. Après tout, tout le monde sait que ça peut mal tourner si on est un peu trop curieux.

Nous longions la lisière des marécages pour trouver un autre accès à l'île. Ni la nymphe ni moi n'étions de taille à affronter ce qui devait trainer dans l'eau. Aussi, même si je ne pus obtenir d'informations à cette distance, les monstres que l'on apercevait étaient tout sauf rassurants. On aurait dit des serpents à bras multiples, peut-être des hydres.

« Allez l'andouille. Ne perdons pas de temps. Sortons de cette bouillasse et allons au village gobelin. »

Les prédateurs nous raccompagnèrent jusqu'à l'abri, et Valerianna Prestepas nourrit une Blanca affamée avec de la viande de crapaud. Puis je suggérais d'y aller avec les loups, mais ma sœur me coupa brusquement la parole :

« Si on fait ça, on perdra les loups. Ils se feraient tirer à vue par les archers gobelins. On ferait mieux de s'y rendre à pied, histoire que tes congénères te voient et t'identifient comme l'un des leurs. Ce n'est pas si loin d'ici. On y sera dans environ une heure. Et tu pourras cueillir des plantes utiles en chemin. Il y a une flore très diversifiée aux abords la route. »

La nymphe bâillait en parlant. Ma petite sœur avait clairement mal dormi la nuit dernière et luttait contre la fatigue. Ses trois crapauds bondissaient docilement derrière elle, attendant patiemment que je prenne le temps d'arracher des fleurs sauvages ou champêtres. La flore était riche, et ma compétence Herboristerie avait *level up* à quatre. Alors que nous nous approchions de l'endroit où, la veille, les archers gobelins tapis dans les buissons avaient canardé la nymphe, une voix stridente s'écria :

« Halte-là ! Pas un pas de plus ! »

Je m'arrêtai sagement, et fis signe à ma sœur de m'imiter. De derrière le tronc d'un arbre majestueux surgit un grand Gobelin à la peau jaune-brune, un carquois chargé de longues flèches sur le dos.

Archer Gobelin niveau 48

Bon sang, quelle tête affreuse ! Il avait plein de petites dents acérées et inégales, la peau plissée et deux immenses yeux jaunes. L'œil droit était abîmé comme s'il avait été mordu, et l'œil gauche pendait. Le nez était recouvert de balafres. Il me rappela un chien qu'on faisait combattre. Mais l'épouvantable Gobelin ne se souciait pas de moi.

« Une mavka ! Pas encore ! On en a tué une hier, et en voilà une nouvelle. »

Vu la façon dont le Gobelin au regard dur préparait ses flèches, la Nymphe pouvait s'attendre à mourir et à respawn. Je m'interposai sans attendre :

« Arrêtez ! Ce n'est pas une ennemie des Gobelins ! La

Nymphe est mon alliée ! »

Test de réaction réussi pour l'archer Gobelin
Gain d'expérience : 40 XP

« Les mavkas sont dangereuses. Elles attirent d'honnêtes Gobelins au fin fond des bois puis les attaquent au moment opportun pour les dévorer. » marmonna le vétéran balafré tout en abaissant son arme.

J'en profitais pour me présenter, puis lui expliquais que nous étions à la recherche d'un village gobelin et que nos intentions étaient strictement pacifiques. La sentinelle réfléchit en se frottant le nez et pointa du doigt quelque chose au lointain :

« Eh bah, vous y êtes. Notre village est là. Tysh se trouve juste après le virage. Une fois sur place, n'oubliez pas de vous présenter avant toute chose à notre chef Ugruem. Il convient de lui montrer le respect qui lui est dû, pour ne pas l'offenser. Après ça, vous rendrez visite à Kaiak. C'est lui qui distribue les missions au village. Et gardez toujours un œil sur la mavka. Il serait fâcheux qu'un terrible malentendu se produise ! »

Une fois à bonne distance de l'archer, la Nymphe voulut s'enquérir de l'objet de notre discussion. Je m'arrêtai, surpris.

« Nymphe entendait pourtant. Toi juste à côté ! »

« Oui, je vous ai entendus, mais je ne parle pas le gobelin ! »

Tiens tiens ! Ainsi donc, Amra n'avait aucun mal à s'exprimer dans sa langue maternelle. Je résumais pour ma sœur l'objet de la discussion et, par la même occasion, je l'interrogeais sur le sens du surnom de « mavka ».

« Eh bien, à leurs yeux, je suis une "mavka". Une "roussalka" des bois. Une légende d'Europe de l'Est. La mavka est l'esprit des bois qui détourne les voyageurs de leur chemin pour les égarer au milieu de nulle part, où ils disparaissent pour toujours. Les dev ont dû récupérer des légendes slaves pour construire le background de cette communauté de Gobelins. »

Je demandai à la Nymphe sylvestre s'il y avait du vrai dans ce que l'autre mocheté avait raconté ou si ce n'était qu'un tissu de mensonges. Mon Amra eut bien du mal à formuler une phrase aussi complexe dans son langage approximatif. La nymphe éclata d'un rire mystérieux.

« Ça t'a peut-être échappé, mais je suis carnivore donc je mange de la viande crue. Peut-être que certaines mavkas utilisent vraiment des enchantements pour attirer les voyageurs isolés au fond des bois. Mais les nymphes n'ont ni crocs ni griffes pour déchiqueter leurs proies. Que les mavkas tuent leurs victimes à distance avec des sorts, lâchent sur eux des prédateurs des bois ou les guident jusqu'à des congénères plus puissants, les kikimoras ou les leshies, importe peu. Cela dit, il existe un autre conte populaire, une pure invention, selon lequel une roussalka des bois accorderait trois vœux. Il n'y a rien de vrai dans le jeu à ce niveau là. »

Nous nous tûmes, laissant cette conversation en suspens, car enfin nous atteignions la première ligne de fortifications : des rangées de piquets inclinés, plantés dans la terre. Les dépouilles suspendues de monstres à moitié putréfiés décoraient les pieux les moins moisis. Derrière cette première ligne défensive s'étendait une large fosse excavée, remplie d'eau stagnante. L'odeur de décomposition émanant de cette fosse était si pestilentielle que je dus boucher mon nez un peu trop sensible.

La nymphe se couvrit également le nez et émit au sujet de toutes ces fortifications :

« On dirait que les bêtes sont nombreuses à vouloir entrer dans ce village. Mais peu atteignent le mur et celles qui y parviennent sont criblées de flèches lancées depuis ces deux tours de garde, là-bas. »

Il était ainsi très difficile d'accéder au village de Tysh. Il y avait une colline escarpée, une rangée de pieux, puis un fossé rempli d'eau et, d'autre part, un immense ravin ne laissant à l'ennemi qu'une seule voie d'accès : en passant par la route, devant des tours défensives qui chacune pouvaient accueillir une douzaine de guetteurs. Et justement, nous cheminions entre ces deux tours. Ma sœur me désigna une rangée de pointes de métal gigantesques saillant d'un mètre au-dessus du portail.

À l'entrée du village, dix énormes Gobelins équarrissaient la dépouille d'une énorme créature géante pour sa viande. Je remarquais que la peau de la bête était criblée d'une multitude de flèches et de fléchettes. Je surpris des bribes de leur conversation : la bête avait tenté d'abattre le portail mais les gardes du village l'avaient réduit en bouillie. Si mon physique n'inquiétait pas les résidents, la présence de la Nymphe sylvestre ne provoquait que stupeur et sidération. Pour autant, personne n'essaya de l'arrêter.

« Je veux voir Ugruem, » fis-je à l'un des dépeceurs gobelins.

Test de réaction réussi pour le Gobelin patriarche
Gain d'expérience : 80 XP

« Tu l'as devant toi, petit. Que veux-tu ? » interrogea le gobelin corpulent, se tournant dans ma direction. Vêtu d'un tablier de cuir, maculé de sang de la tête aux pieds, il tenait un couperet à la main.

J'aurais alors mis la mienne à couper qu'une seconde plus tôt un crâne noir avait flotté au-dessus de sa tête, ce qui équivalait à cinquante niveaux d'écart. Son identité s'afficha :

Ugruem le dépeceur
Gobelin patriarche niveau 87

Niveau quatre-vingt-sept ! M'efforçant de dissimuler ma surprise, je lui contais mon évasion de la galère des marchands d'esclaves et mes deux nuits passées dans un vieux bâtiment. Pour une raison qui m'échappait, vers la fin de mon histoire, le visage de tous mes auditeurs gobelins reflétait une inquiétude visible, voire de la peur.

« Toi et la makva étiez cachés dans la maison du mort ? » demanda Ugruem, précisant qu'il parlait du fortin de bois entouré d'une palissade dont les portes avaient été arrachées de leurs gonds.

Je le lui confirmai, sans comprendre en quoi mon récit fut étrange. Les Gobelins en demeuraient abasourdis, et une cacophonie de voix agitées s'éleva. Ugruem fit taire la foule avant d'ajouter :

« Mon garçon, ce lieu est maléfique, maudit. La maison fut bâtie il y a huit ans par des Ogres. Ils ont aussi dressé la palissade, creusé un puits ainsi qu'une réserve pour conserver la viande fraîche. Ils étaient chasseurs. On comptait cinq ou six géants. Ils avaient beau avoir l'air féroces, ils vivaient en paix avec leur voisinage. Ils commerçaient avec nous et les humains. Mais un jour ils disparurent. Leur cour était un bain de sang. Depuis ce jour, tout individu qui tenta de trouver refuge dans leur ancienne cabane de chasse subit le même sort. D'abord mon père Uguzh. Il s'était querellé avec ses frères, il avait donc décidé d'emménager dans cette maison. Il a tenu plus longtemps que quiconque : onze jours entiers. Mais au douzième matin, on ne trouva rien d'autre que des taches de sang sur le porche. Et depuis, Humains, Gobelins et autres espèces ont défilé dans cette maison maudite. Mais tous ont connu un terrible trépas en l'espace de quelques jours. Notre chaman Kaiak pense qu'un sortilège ancestral jeté aux ogres d'antan subsiste en ces lieux.

Mission reçue : La vieille maison hantée
Description : Comprendre les raisons des morts suspectes en série
Classe de mission : Réputation
Récompense : renforcement des liens avec le village de Tysh

« Je rêve ou le lourdaud t'a refilé une quête ? » susurra ma sœur avec un rictus glacial, puis elle me demanda de défendre sa cause étant donné que les Gobelins du village se montraient toujours hostiles à son égard.

Les Gobelins s'attroupèrent en nombre autour de nous. L'immense foule grossissait. Puis Ugruem s'essuya les paumes ensanglantées sur son tablier de cuir sale, héla une femme Gobelin énorme, presque sphérique, à la peau verte, aux bras musclés et aux jambes comme des piliers. Après avoir pointé son gros doigt dans ma direction, le chef local déclara sans détour à la femme :

Accueille-le donc chez toi, Tamina. Il est faible et gringalet. Il ne prendra pas beaucoup de place. »

Test de réaction échoué pour Tamina la féroce

La femme, ses deux puissants bras étendus sur les flancs, refusa la requête d'Ugruem en poussant des cris perçants et désagréables :

« Ugruem, t'as mangé trop de champignons ? Où veux-tu qu'il dorme ?! J'ai onze marmots. Déjà qu'on est trop à l'étroit chez moi ! Et toi tu voudrais que j'en héberge un autre ? »

Osait-elle s'opposer au chef local ? Lorsque je lus la fiche perso de la dondon explosive, mes yeux sortirent de leurs orbites :

Tamina la féroce
Guerrière gobelin niveau 78

Pour moi, elle était dotée d'un crâne noir. Si elle décidait d'en découdre avec moi, la mort m'attendait au tournant. Même si Ugruem la surpassait, il ne cherchait pas le conflit alors il annula sa requête.

« Bon, Amra. Fais le tour du village et demande aux villageois s'ils peuvent t'offrir le gîte. Quant à celle qui t'accompagne, il n'y a pas de place pour une mavka au village de Tysh. Ces créatures sont rusées et dangereuses. Jamais je n'ai voulu m'en approcher. Pas plus tard qu'hier, une mavka a failli franchir notre enceinte. Les archers l'ont touchée dans le mille. »

Je réalisai qu'il était question de ma sœur, canardée la veille depuis les buissons.

« Ugruem, il s'agit de la même mavka qu'hier. Elle n'avait nullement l'intention de vous nuire. Elle était juste en quête de nouveaux lieux pour nous deux. Autant dire qu'il est inutile de tuer Valerianna Prestepas. C'est une immortelle. Chercher le conflit avec elle est une mauvaise idée. Et même si elle n'en est qu'à ses débuts avec son niveau dix, elle n'était qu'au niveau un hier. D'ici une semaine, la mavka deviendra plus puissante que la plupart des résidents de Tysh, et d'ici quelques mois, elle surclassera tous les gens du coin, y compris toi. Alors, sage Ugruem, dis-moi : est-il raisonnable de s'opposer à une mavka immortelle ? Il lui suffirait de revenir à la vie. Préfères-tu provoquer son courroux, qu'elle considère le peuple de Tysh comme de la viande ? N'est-il pas plus sage d'en faire une alliée et une défenseuse de Tysh qui prêtera main-forte au peuple Gobelins ? Valerianna Prestepas ne revendique que le droit de circuler pacifiquement dans Tysh, de communiquer avec les Gobelins et d'acheter ce que bon lui semble. »

Pour une fois heureusement que je pouvais parler gobelin !

Compétence Marchandage améliorée au niveau 2 !

Marchandage ? J'avais du mal à saisir en quoi cette compétence avait un rapport avec la négociation que j'entretenais avec Ugruem mais, d'après les algorithmes du jeu, j'étais dans une opération de Marchandage avec le chef de clan. Je vérifiai ma fiche personnage. En effet ! En développant mon Marchandage, mon charisme avait aussi gagné un point, chose utile dans ce type de situation.

Assis, Ugruem observa un silence méditatif comme avant,

faisant rouler nerveusement son tablier ensanglanté de ses puissantes mains. J'avais toutes les raisons de penser que le Gobelin caressait le secret espoir de tordre le cou à la féroce mavka. Mais mon argument sur l'invincibilité de la Nymphe sylvestre avait fini par convaincre Ugruem. Il l'envisageait sérieusement. Peut-être n'était-il pas habitué à se remuer les méninges. On aurait même dit que cela l'affectait, car le visage du patriarche était contorsionné par la nervosité.

Tandis que le chef de clan s'adonnait à une intense réflexion en repoussant la foule attroupée autour de lui, un ancêtre gobelin fit irruption, vêtu d'une cape ornée de petits crânes de rats et autres rongeurs et d'un collier de champignons secs, un bâton recourbé à la main. Le vieillard avait une démarche amusante, le pas légèrement sautillant. Son visage était sillonné de rides, mais face à lui, les Gobelins courbèrent la tête en signe de respect. Avant même qu'il ne prenne la parole, je pensai être en présence du chaman local :

Kaiak Patteblaireau
Gobelin chaman niveau 56

Test de réaction réussi pour le Gobelin chaman
Gain d'expérience : 50 XP

Le chaman eut une attitude singulière : il se prosterna quasiment à terre, d'abord devant la Nymphe sylvestre puis devant moi. Il prononça ensuite, avec un respect appuyé :

« C'est avec un grand honneur que nous accueillons deux immortels au village de Tysh. La mavka sylvestre reçoit un droit de passage, de parole et de marchandage. En échange, elle doit nous faire la promesse qu'elle s'abstiendra de consommer de la chair de Gobelin. Ainsi toi, vert frère, tu pourras aussi élire domicile ici même, à Tysh.

Mission accomplie : Socialisation 1/3
Récompense : 800 XP

Niveau neuf !
Capacité de peuple améliorée : 15 % de résistance au froid

Quoi ? Avions-nous accompli la première mission de la chaîne ? Alors que je n'avais toujours pas mis le pied au village humain de Rocbourg !? En même temps... c'était une mission de groupe, et Valerianna s'y était rendue sans moi. C'était le festival. Je m'inclinai bien bas face au chaman, lui témoignant toute ma gratitude pour l'honneur qu'il nous accordait. Je le rassurai ensuite sur le fait que Valerianna Prestepas ne mangeait pas de Gobelins et que les résidents de Tysh n'avaient rien à craindre. À ce moment, je reçus un message privé de Valerianna Prestepas :

« *Dis l'andouille, t'as réussi à les convaincre ! Tous les Gobelins sur ma carte sont passés au jaune. Toute hostilité a disparu.* »

Sur ce, les gobelins attroupés retournèrent peu à peu à leurs affaires. Plus personne ne prêta attention à la mavka. Le chaman ajusta sa cape, rabattit un capuchon sur son crâne dégarni, s'apprêtant visiblement à lever le camp. Qu'allions-nous faire maintenant, ma sœur et moi ? Traîner dans l'enceinte de Tysh ? Comme pour répondre à ma question non verbale, Kaiak Patteblaireau proposa :

« Discute avec les résidents. Je parie qu'ils ne refuseront pas d'offrir le gîte à un Gobelin. Quelqu'un pourrait peut-être même accepter d'accueillir la mavka. Ensuite, passez tous les deux à ma hutte. J'ai une proposition à vous faire. Une kyrielle de missions que seul un immortel saura relever ! »

Mission reçue : Trouver un gîte pour dormir au village de Tysh
Classe de mission : Normale
Récompense : 160 XP

La nymphe et moi étions livrés à nous-mêmes, et les Gobelins traçaient leurs routes. Tout se déroulait globalement comme dans n'importe quel jeu. On se présentait aux habitants, on faisait connaissance et on obtenait une nouvelle quête… Mais j'étais hanté par l'idée qu'il y avait quelque chose d'anormal. Tout bien réfléchi, quel était l'intérêt d'avoir un petit lit médiocre dans une maison déjà comble ? Après tout, j'avais un fortin spacieux rien qu'à moi. Même si des troupes s'y aventuraient de temps à autre pour tuer des PNJ, ma sœur et moi étions des personnages joueurs bien réels, et nos trépas n'avaient rien de fatal. Autant en profiter pour explorer les lieux. Avec un peu de chance cela aiderait à accomplir la quête de la Maison maudite.

J'avais la sourde impression que nous nous étions éloignés des sentiers battus durant nos premiers jours dans *Boundless Realm*. Nous étions censés suivre les chemins et passer dans l'un de ces villages pour récupérer des quêtes. Dans un tel cas, les quêtes consistant à rencontrer des habitants et à trouver un abri prenaient tout leur sens. Le fortin abandonné était un refuge caché dans les bois, et la quête de la maison maudite aurait dû se déclencher ultérieurement. Mais à cause de ma rencontre aléatoire avec les loups, j'avais découvert le fortin avant les villages de base.

Cette situation me convenait parfaitement. J'avais mon propre laboratoire d'alchimie pour me livrer à des expériences sans être dérangé, ainsi qu'une meute de loups sylvestres pour monter la garde. Il me faudrait bien sûr rénover les lieux et observer certaines mesures de sécurité. Dans un premier temps, replacer les portes pour tenir les intrus à l'écart. Mais là-bas, j'étais le maître de mon propre domaine et je pouvais faire ce que je voulais, quand je le voulais. Ici à Tysh, j'ignorais comment agir la nuit sous la centaine de regards inquisiteurs.

« Bon alors, grandes esgourdes, on trace notre route ou on se fait offrir le gîte chez des villageois ? » Valerianna s'impatientait, mécontente de mon hésitation.

« Amra pas vouloir Tysh. Maison où Blanca. Amra dire chaman "pas rester".

La nymphe se tut un long moment, puis approuva :

« Moi non plus je n'aime pas l'idée de vivre ici, au village gobelin. Tout le monde ici me voit d'abord comme une bête dangereuse. Hé dis l'andouille, on a notre maison à nous, il nous faut la retaper. Je vais prendre la compétence primaire Ingénieur et mettre au point des structures défensives pour notre abri. Toi tu dois t'atteler à entraîner tes loups. Qu'ils passent au moins niveau quarante. Qu'ils arrêtent de se faire dessus devant n'importe quelle bestiole nocturne ! Il faut encore nettoyer le sol après ce qui s'est passé la nuit dernière... »

La nuit
des miracles

LA CONVERSATION TOURNAIT en rond. Le chaman Kaiak Patteblaireau était contrarié par notre refus de nous installer à Tysh et s'efforçait de comprendre pourquoi nous ne voulions pas prêter main-forte aux villageois. Nous lui fîmes part de notre souhait d'aider les Gobelins du village et que ceux-ci nous confient une mission. Le chaman, ravi de notre bonne volonté, nous donna pour mission de trouver un gîte au village. Comme un serpent qui se mord la queue...

Ma sœur et moi alimentions cette conversation stérile avec le PNJ, car nous avions tous deux remarqué que notre affinité avec le chaman se renforçait progressivement. En refusant de nous installer au village, son estime chutait de 10 %. Mais dès que nous lui proposions notre aide, celle-ci grimpait de 15 %. Parallèlement à l'estime croissante du chaman, c'est celle du village tout entier qui évoluait. Quand sur la carte le chaman passa au bleu, totalisant +80, un nouveau message s'afficha :

Mission reçue : Socialisation 2/3
Atteindre le palier amical (estime moyenne de +50) au village de Tysh
Atteindre le palier amical (estime moyenne de +50) au village de Rocbourg
Classe de mission : Chaîne, groupe
Récompense : 3200 XP

La nymphe et moi échangeâmes un regard, et Valerianna Prestepas secoua la tête :

« Pas maintenant. J'ai très peu dormi la nuit dernière avec la mise bas de Blanca, je suis dans le coltar. Fais-la en solo cette quête, petit vert. De toute façon, avec ton bonus de peuple initial, les Gobelins ont +20 d'estime pour toi. Ce sera bien plus facile pour toi de monter leur estime. J'ai consulté la carte. Il n'y a que six PNJ clés dans tout le village : le chef de clan Ugruem, les deux gardes marqués d'un crâne noir au portail, le chaman aux pattes de blaireau, la dondon et un autre Gobelin à l'autre bout du village. Tu pourras même ignorer les autres. Bon allez, je déconnecte. Quand j'aurai récupéré, j'irai à Rocbourg. Je vais tenter d'obtenir une mission pour rendre la visite profitable. »

La Nymphe s'assit par terre aux côtés du vieux chaman gobelin et se volatilisa en un clin d'œil. Un message apparut quelques minutes plus tard :

« *Au fait, j'ai découvert ta nouvelle chaîne de vidéos sur le site. Je t'envoie une vidéo de la mise bas de la louve PNJ. Réalise un bon montage et publie. Ce genre de scènes est rare. Les spectateurs seront conquis.* »

En toute honnêteté, mes paupières devenaient lourdes, j'allais à mon tour faire une pause. Ainsi, poursuivant avec Kaiak Patteblaireau, je fis tourner notre échange en boucle quatre fois d'affilée et, la cinquième fois, un message d'erreur s'imposa :

ERREUR SYSTÈME !

La variable d'estime du PNJ $FF0076-AF5780 est supérieure à la valeur autorisée

Code erreur #LOC/ER-002056

Ce message a été transmis à l'équipe de support technique de *Boundless Realm*

Veuillez nous excuser du désagrément.

Alexandro Lavrius ne nous avait-il pas incités à relever les bugs ? D'humeur enjouée, je suivis l'exemple de ma sœur, quittant la partie à mon tour. Je consacrais alors une heure à réaliser le montage et le doublage de la vidéo. Tous les moments marquants de ma seconde session de jeu étaient condensés en quinze minutes. Quand j'eus terminé, je quittai le bâtiment. Alors que j'approchais des portes pivotantes dans le hall, prêt à lever le camp, un numéro inconnu m'appela sur mon téléphone.

« Bonjour, Timothy ! C'est Jane, l'assistante d'Alexandro Lavrius. Ne quittez pas le bâtiment, M. Lavrius vous donne rendez-vous à son bureau au quarante-quatrième étage. »

~ Testeur de Contenu ~

Que voulait le directeur cette fois-ci ? Je montai dans l'ascenseur, retournant la question dans tous les sens, échafaudant les pires hypothèses. Mais la réalité s'avéra plus déroutante encore. Dans son bureau, je vis mon patron visionner sur son écran une vidéo de la mise bas de Blanca.

« Salutations. Lisez ceci et signez, » annonça-t-il sans prendre la peine de me saluer tout en me tendant une liasse de feuilles imprimées. Il me désigna le fauteuil invité près du mur en continuant d'examiner ma vidéo en ligne.

Le document qu'il m'avait transmis titrait : « ChangeLog pour le patch 15.48 de *Boundless Realm*. » Égaré dans une infinité de conjectures, ne comprenant pas pourquoi l'on m'avait donné ces papiers, je m'installai dans le fauteuil pour éplucher le document.

« … Délai de relance du sort Sphère glacée accru de 12,7 secondes… Difficulté moyenne des coffres de mithril accrue de 70 %… Portée maximale de communication pour l'envoi de messages in-game accrue de 10 kilomètres… Quand un joueur caméléon disparaît graduellement, il n'a plus le droit de choisir "organe génital" comme dernière partie à disparaître… Dégâts infligés par tout type d'éventail réduits de 20 %… »

Quel était l'intérêt de tout cela ? Je consultais la liste des modifications ultérieures jusqu'à ce que l'une d'elles me foudroie sur place :

« *L'attaque spéciale Morsure vampirique n'a plus d'effet sur les cibles paralysées ou inconscientes.* »

Était-ce possible ? Moi qui avais imaginé tant de projets reposant sur cette capacité ! Devinant par ma réaction que j'avais trouvé la section qui me concernait, le directeur des opérations spéciales réagit :

« Vos abonnés ne l'ont pas compris, car ils n'ont pas toutes les cartes en main mais pour moi le lien s'est fait naturellement. Avec l'Herboristerie et l'Alchimie, vous pouvez préparer des sorts de paralysie puis tuer n'importe quel ennemi avec Morsure vampirique. À cet effet, j'ai demandé à ce que les mécaniques du jeu soient corrigées sur ce point-là et le service de gestion a validé. On ne peut pas laisser un tel déséquilibre qui permet aux vampires de tuer n'importe quelle créature sans limites de niveau. Veuillez signer à la fin du document que vous avez pris connaissance des modifications ultérieures et que vous renoncez à toute poursuite contre la corporation *Boundless Realm*. »

Bien qu'à contrecœur, je pris le stylo doré sur la table du directeur pour y apposer ma signature, car je savais qu'un refus de ma part aboutirait à mon licenciement immédiat. Jane, qui arriva pile à ce moment, me désigna un espace vide au bas de la page et m'intima de le signer et de le dater, puis ramassa les papiers.

« C'est pour le service juridique, » expliqua la fille. « Il y a eu des précédents. Des joueurs de base ont intenté des procès à la corporation *Boundless Realm*, estimant que les mécaniques du jeu modifiées portaient préjudice à leur intérêt ou à la propriété virtuelle dans laquelle ils avaient investi de l'argent réel. Mais vous, Timohty, vous êtes un employé, certes encore en période d'essai, donc ces règles de compensation ne vous concernent pas. »

« Allons, Jane. Inutile d'effrayer ce garçon, » l'interrompit Alexandro Lavrius. « Timothy fait ses preuves en tant que testeur, et tout travail mérite récompense. Nous avons décidé d'ignorer le fait que le PNJ chaman, par exemple, vous tienne en haute estime parce qu'une faille dans l'algorithme du jeu a été abusivement exploitée. Et Jane a obtenu des développeurs la réponse à votre question. Si votre Gobelin se fait tuer par hasard, aucune des quêtes en cours impliquant le meurtre d'un vampire ne sera validée, et le secret de votre vampirisme sera conservé. Mais tout de même, soyez un peu plus discret, évitez d'exhiber votre seconde nature. »

« Qu'insinuez-vous par "exhiber", » demandai-je sans comprendre.

Le directeur désigna l'écran sur lequel s'affichait une capture de ma vidéo.

« Pour vos spectateurs, inventez une explication un tant soit peu plausible pour expliquer le fait que votre Gobelin ait la Vision nocturne. »

Je me statufiai l'espace de quelques secondes, bouche bée, avant de lâcher avec un rictus de satisfaction :

« Le muguet ! Ses fruits, si on les consomme, octroient temporairement le même effet ! »

« Excellent choix ! » Alexandro Lavrius opina du chef en signe d'approbation. « Moi, j'avais une autre suggestion : lorsque l'on génère son personnage, on peut choisir une sous-branche de peuple. Il y a six options. Les Gobelins nocturnes ont la vision nocturne. Mais je préfère votre idée qui explique pourquoi Amra voit normalement durant la journée. Veillez à préciser dans les commentaires de votre vidéo que vous utilisez du muguet avant que les joueurs ne vous harcèlent de questions gênantes. »

Le directeur saisit une sorte de commande et l'écran afficha les statistiques détaillées de mon Amra ainsi qu'une liste des objets de son inventaire et les quêtes en cours. Mes yeux roulèrent jusqu'à mon front. Sidérant ! J'étais loin de me douter qu'il pouvait accéder à autant de détails sur mon personnage. Tout bien pesé, était-ce si étonnant ? Il fallait bien que les développeurs exercent un certain contrôle sur la situation. Alexandro Lavrius décolla ses yeux de l'écran et se tourna vers moi :

« Allez cueillir un peu plus de muguet. Ensuite, l'air de rien, montrez le contenu de votre inventaire et commentez cela dans votre style moderne et caustique. Quand même, dans l'ensemble, c'est bien joué. Votre imagination sera un atout pour l'avenir. Votre inventivité face aux énigmes est fort prometteuse. Par ailleurs, vous êtes verni Timothy et ça, c'est essentiel dans votre profession. Obtenir une quête unique en tout début de partie est inouï. Par ailleurs, la corporation n'a pas eu à intervenir à un seul instant. Votre personnage a découvert seul un lieu aléatoire très rare. Mais il y a un bémol : pour réussir la quête de *La curiosité et le chat*, il vous faut un personnage bien équipé avec un niveau largement supérieur à celui de votre herboriste. Il y a une heure de cela, j'en ai débattu avec nos spécialistes. Certains vous estiment capable de réussir cette mission en l'état, mais non sans difficultés. Si vous réalisez ce tour de force, considérez votre période d'essai comme validée. Enfin, pour faire monter les enchères, la récompense de cette quête établie par les développeurs est inestimable, et il me tarde de découvrir si vous saurez en tirer parti. »

* * *

« Debout, Tim ! Au travail ! » Valeria était enjouée et avait visiblement consacré pas mal de son temps à se pomponner devant la glace.

Je souris à ma sœur, m'efforçant de dissimuler les regrets qui me tenaillaient. Valeria avait de l'allure du haut de ses quatorze ans. Elle avait des cheveux châtains bouclés retombant en petites boucles au niveau de la taille, des traits du visage bien dessinés, d'immenses yeux marron rieurs, un sourire ravageur et deux rangées de dents blanches immaculées. Si elle avait vécu une autre vie, les garçons seraient tombés comme des mouches. S'il n'y avait pas eu l'accident...

« Tu es sublime » admis-je.

Je me suis bien reposée, j'ai pris le temps de me peigner et de me préparer » dit Val en riant de bon cœur. « Je n'ai toujours pas joué aujourd'hui. Je voulais d'abord qu'on parle de nos projets. »

« As-tu trouvé quelque chose d'intéressant ? » demandai-je, et ma sœur acquiesça d'un air satisfait.

Pendant que je me rasais devant la glace, Valeria me fit le récit de ses trouvailles. Ces derniers jours, elle avait reçu six messages privés de la part de joueurs de *Boundless Realm,* avec toujours le même objet. Pour des raisons différentes, ils voulaient tous que ma sœur leur vende sa carte. Les uns promettaient de l'épauler dans certaines missions, d'autres offraient du leveling rapide sur des mobs locaux, l'un d'eux voulait voir Blanca et les louveteaux de ses propres yeux. Certains joueurs offraient simplement de l'argent en échange de la carte. Il faut avouer que les montants étaient dérisoires : entre trente et cent pièces.

« Naturellement, ce qui a piqué ma curiosité, c'est ce gain de popularité si étrange et si soudain, et le fait que tous convoitent ma carte. Méfiante, j'ai écumé les forums et, regarde un peu le résultat » fit ma sœur en me désignant l'écran.

C'était des messages archivés du forum de *Boundless Realm* :

« Offre cinq mille pièces pour toute invitation dans un groupe engagé dans la quête de La curiosité et le chat. »

« Avance six mille pièces pour un groupe qui participe à La curiosité et le chat. Quel que soit le butin, vous pourrez garder l'argent. »

« Cinq mille pour les coordonnées d'un lieu relatif à La curiosité et le chat. Trente mille de plus si le butin est à la hauteur. Pas d'arnaque, offre réglo. »

Mes yeux jaillirent de leurs orbites. Trois mille pièces virtuelles, c'était trois mille crédits IRL. Le prix d'une voiture électrique de milieu de gamme, ou une année de loyer dans le studio que ma sœur et moi occupions alors. Je saisis « récompense La curiosité et le chat » dans le moteur de recherche du site sans obtenir de réponse.

« Te fatigue pas, frérot. J'ai fait le tour des questions sur cette mission, et je n'ai rien de probant. Ceci dit, certains joueurs doivent détenir des infos intéressantes parce qu'ils offrent des sommes exorbitantes ne serait-ce que pour y participer. Et regarde les personnages de ces expéditeurs : niveau cent-cinquante, cent-trente, et même cent quatre-vingts ! Il y a forcément un objet utile, même pour un gros bill. Si tu veux mon avis, évite de dévoiler tes coordonnées à qui que ce soit ou de vendre ta carte des lieux explorés. Si un précieux artefact se trouve sur place, les joueurs de haut niveau t'arracheront le trophée des mains. On peut envisager de coopérer avec des joueurs sans histoire dans la quête *La curiosité et le chat*, mais il nous faut avant tout connaître la nature de la récompense avant de vendre des billets. Peut-être sera-t-il plus sage de garder le trésor pour nous. »

Me creusant les méninges, je consultai ensuite le nombre de vues du fichier vidéo publié plus tôt : plus de trois mille vues en un jour ! Pas mal ! Il s'agissait de la vidéo où j'avais déclenché *La curiosité et le chat*, tous les spectateurs étaient au parfum. Qu'insinuait le directeur par une « récompense inestimable » à la clé ?

« Bon Val. Je pars au travail. Je t'appellerai une fois là-bas et tu me brieferas sur la météo. Toi, file à Rocbourg et achève la deuxième partie de la chaîne de Socialisation. Pendant ce temps-là, je vais faire de même au village gobelin. »

Valeria opina du chef, fit rouler son fauteuil jusqu'à son bureau et ramassa son casque de réalité virtuelle. Je me dirigeai vers ma sœur et glissai ma main à travers son épaisse chevelure.

« Val, quand on aura les moyens, je t'offrirai une vraie capsule de réalité virtuelle comme celle du bâtiment de *Boundless Realm*. L'immersion y est totale ! »

Ma sœur me tapota fraternellement l'épaule en retour :

« Quel incurable romantique tu fais, Tim ! Les capsules bas de gamme actuelles coûtent six mille crédits, et les meilleurs modèles, au moins cinquante mille. Concentre-toi sur le remboursement de nos dettes. »

« J'y arriverai ! Ce matin, j'ai obtenu mes quatre-cents

premiers crédits pour avoir repéré des bogues in-game. J'ai déjà reçu un appel de la banque qui prolonge d'un an la durée de mon prêt. Quant à la capsule de réalité virtuelle, je ne blaguais pas un seul instant. Val, un jour je te paierai le modèle dernier cri, et alors tu pourras vivre dans un monde virtuel en totale immersion ! »

« Temps couvert mais le soleil perce les nuages par endroits. Tu peux jouer, mais sois prudent. »

Après avoir remercié ma sœur, je me dévêtis avant d'entamer ma troisième session de jeu. À peine le capot de la capsule de réalité virtuelle s'était-il abaissé que, sous mes yeux, un texte sur fond noir afficha la fameuse mise à jour du jeu, suivie d'une longue liste de modifications. Je le parcourus avant de confirmer avoir pris connaissance des modifications de règles. En ouvrant les yeux, je me retrouvais dans la maison de l'ancêtre chaman gobelin. Kaiak Patteblaireau se tenait là, confectionnant un objet à partir de plumes, de résine et de brindilles.

« Bonsoir, sage chaman ! » annonçai-je. Je ne pensais pas avoir employé un ton intimidant, mais l'ancêtre Gobelin trembla de peur et son ouvrage lui échappa des mains.

« Ah, Amra ! Ne me fais pas des frayeurs pareilles ! » Le Gobelin s'inclina et lorgna d'un air contrarié l'étrange objet brisé, puis braqua son regard en direction de la porte toujours verrouillée de l'intérieur. Il se redressa en grommelant. « J'ai eu ouï-dire que les immortels réapparaissent à l'endroit même où ils disparaissent, mais c'est la première fois que j'en suis témoin. As-tu parlé aux villageois afin qu'ils t'offrent un gîte pour la nuit ? »

Encore la même rengaine ?! Moi qui espérais que les développeurs aient corrigé ce bogue... L'attitude à adopter me vint soudainement à l'esprit :

« Justement, je viens vous en toucher un mot, sage chaman. Votre maison est assez spacieuse pour accueillir un autre lit. Je n'y séjournerai qu'à de rares occasions. Le reste du temps, je vivrai ailleurs. Je n'ai pas l'intention de prendre de la place, ni de manger toutes les réserves, ni de vous mettre à la porte. Puis-je passer la nuit ici, Kaiak Patteblaireau ? »

Test de réaction réussi pour le Gobelin chaman
Gain d'expérience : 50 XP

« Que peut-on refuser à un Gobelin jeune et fringant tel que toi ? Séjourne chez moi aussi longtemps que tu le désires ! »

Mission accomplie : Trouver un gîte pour dormir au village de Tysh
Récompense : 160 XP

Tout compte fait, ce n'était pas sorcier de finir cette quête. Preuve que l'estime de Kaiak Patteblaireau plafonnait à +100. Avant d'aller faire un tour dehors, je remerciai le chaman du gîte qu'il m'offrait. La nuit n'était pas encore tombée, les villageois n'étaient pas encore rentrés dans leurs pénates. Le moment idéal pour socialiser.

Je me souvins des dires de ma sœur : seuls six PNJ clés influençaient l'estime moyenne des villageois. C'étaient les interlocuteurs à privilégier. J'avais alors +100 d'affinité avec le chaman Kaiak Patteblaireau, +25 avec le chef de tribu Ugruem, +20 avec l'immense Tamina la féroce et +20 avec les trois autres Gobelins clés du village. Cela me faisait une moyenne de +34, exactement l'estime qu'affichaient les villageois basiques de Tysh.

D'après la carte, l'un de ces Gobelins de haut rang se trouvait à deux pas d'ici. Son icône de crâne noir me l'indiquait. Que dire ? Il était idéal pour poursuivre ma quête de Socialisation.

Tarek GrandPied
Guerrier gobelin niveau 77

Le Gobelin était assis sur un banc non loin d'un petit feu, brassant le contenu d'une marmite avec un bâton. Dans celle-ci, une substance épaisse et noire frémissait. Les pieds de Tarek étaient disproportionnés et grosses comme des bûches. Cela m'évoqua immédiatement les gigantesques bottes stockées dans le coffre de la maison maudite, du sur-mesure pour les pieds nus de Tarek. Je m'arrêtai à deux pas du PNJ clé, m'efforçant de comprendre ce qu'il fabriquait. Sa préparation ne ressemblait à aucun repas comestible. L'odeur émanant de la marmite était putride et repoussante.

Dans la même ruelle, une gobeline bien verte fit irruption, et je réalisai pour la première fois que les Gobelins pouvaient être beaux. Sous un modeste tablier bleu se dessinait une belle silhouette. Ses cheveux rouge cuivre étaient rehaussés par une sublime coiffure et ses oreilles saillaient en une pointe raffinée. Ma sœur m'avait confié la veille avoir passé quarante minutes pour créer ma sale trombine. J'imagine que les développeurs et les créateurs à l'origine de pareille beauté n'y avaient pas consacré moins de temps. Impossible que cette PNJ soit issue d'une génération aléatoire. Elle se démarquait trop franchement des autres faciès ingrats des villageois de Tysh. Néanmoins, les caractéristiques de la jeune fille étaient des plus classiques.

Villageoise gobelin de niveau 22

« As-tu apporté la résine ? » demanda Tarek GrandPied à la villageoise qui s'approchait.

« Père, je n'ai trouvé qu'un morceau, aux abords de la route. Je ne me suis pas enfoncée dans les bois sans votre permission. »

La fille remit à son père un morceau de sève d'arbre doré que le Gobelin aux grands pieds flanqua dans la marmite.

« C'est trop peu. Je ne peux pas colmater toutes les brèches du bateau avec ça, » grommela Tarek, dépité.

Si ça, ce n'était pas un début de mission, je n'avais jamais joué à un jeu vidéo de ma vie ! Après avoir avancé de quelques pas en direction du feu, je déclarai :

« En tant que père, vous avez de quoi être fier ! Votre fille est un pur joyau parmi les Gobelins ! Tarek GrandPied, puis-je connaître le nom de cette charmante créature ? »

Surpris, le Gobelin parcheminé entrouvrit la bouche et resta figé ainsi. Sa fille répondit à sa place :

« Vos paroles me vont droit au cœur, Amra. Je m'appelle Taisha, Rutilante pour les intimes. »

« Ce surnom vient-il de votre sublime chevelure ? » hasardai-je, ce que la fille confirma d'un hochement de tête. « Rutilante, j'ai surpris la conversation avec votre père. Comme je compte explorer les bois alentour, je propose d'aller vous chercher de la résine. Combien vous en faut-il ? »

« Cinq fois plus que ce que Taisha vient d'apporter, » fit Tarek GrandPied, se mêlant enfin à la conversation.

Mission reçue : Recueillir de la résine d'arbre pour Tarek GrandPied

Classe de mission : Normale

Récompense : 80 XP

La mission s'adressait visiblement aux noobs. Cinq minutes me suffirent pour partir récolter la quantité requise et la rapporter. Taisha s'étant éclipsée, je poursuivis la conversation avec son père. Une fois la quête de la résine menée à bien, je m'assis non loin de l'âtre, contemplant la mixture visqueuse qui bouillonnait dans la marmite.

C'est alors que Tarek partit au fond de la cour chercher une petite embarcation à fond plat que nous colmatâmes ensemble. Encore une petite quête pour accroître son estime à mon égard. Je remarquai avec satisfaction que mon degré d'affinité avec le père de Taisha s'intensifiait progressivement. Lorsque je dépassai 60, Tarek GrandPied déclara de but en blanc :

« Amra, vous êtes un chic type, mais gare à vous si vous tentez de courtiser ma fille ! » aboya-t-il d'un ton intimidant, en rupture avec son intonation précédente. Mais je ne me laissai guère impressionner :

« Pourquoi pas, Tarek ? Votre fille est exquise. Je n'avais jamais vu de demoiselle Gobelin aussi belle de toute ma vie. »

Le père de Taisha fronça le sourcil, consterné :

« Regardez-vous un peu, Amra. Vous êtes gringalet. Même les enfants de Tysh sont plus costauds que vous. Et puis vous êtes pauvre et mal fagoté. Vous n'avez pas les épaules pour protéger ma fille, encore moins lui assurer un bel avenir ! Les plus illustres prétendants du village la convoitent. Les garçons du village voisin de Tyrym accourent pour contempler ma sylphide. Un va-nu-pieds comme vous n'a pas la moindre chance ! »

Mission reçue : Gagner le respect de Tarek GrandPied

Classe de mission : Personnel, réputation

Conditions requises : Tarek GrandPied doit avoir une estime de vous de +100

Donner à Tarek GrandPied le trophée d'une créature de niveau 50 ou supérieur

Payer trois-cents pièces à Tarek GrandPied

Tous les slots d'équipement doivent être remplis d'articles vestimentaires

Récompense : 4000 XP, bonus permanent de +50 de l'estime de Taisha à votre égard

En lisant les conditions de cette mission atypique, je reçus un message de ma sœur :

« *Je suis tombée sur Trong le Plongeur non loin de Rocbourg. Ses intentions sont tout sauf pacifiques. Dès qu'il m'a vue, il m'a insultée puis m'a menacée avec son arme. Croc blanc et moi, on l'a envoyé respawn.* »

Après un instant de panique, je me mis à ruminer. Sur plusieurs milliers de kilomètres à la ronde, il n'y avait rien d'autre que des contrées inconnues. Comment la naïade avait-elle réussi à nous trouver ? Nous étions déjà loin de la côte. Il n'aurait pas pu... Je cliquai sur « Quitter la partie » pour passer un coup de fil à ma sœur.

« Val, on a été négligents : dans nos vidéos, j'ai parlé des villages de Tysh et de Rocbourg ! Il y a forcément un moyen de localiser un lieu à partir du nom. Au moins retrouver le continent et la province ! »

« Minute, frérot. Je vérifie. »

Mais j'avais déjà ma réponse. En saisissant la recherche « Rocbourg Tysh » dans le navigateur, j'obtenais comme premier résultat :

« *Rocbourg. Petit village humain de la province de Lars, dans le continent du Sud. Situé à trois cent soixante-dix kilomètres au nord-est de la ville la plus proche, Weiden. Une centaine de résidents, niveau 40 à 70. Ils proposent une poignée de quêtes standards pour consolider sa réputation au village.* »

Les informations sur Rocbourg avaient été ajoutées il y a un an dans la *database* communautaire de *Boundless Realm* par un certain Garret Foudbière, un demi-elfe de niveau deux cent vingt. Quant à Tysh, je n'avais rien trouvé dans la base, mais ça ne changeait plus rien. Le fait que les joueurs puissent localiser Rocbourg était suffisant.

Je lançai une recherche statistique. Hier encore ni Rocbourg ni Tysh n'attiraient les foules. Ce jour-là, cette combinaison de mots avait été recherchée par cent dix-sept personnes.

Il était probable que certains de ces joueurs, grâce à des portails en ville et des parchemins de téléportation, filaient déjà à fond de train vers la province de Lars et la ville de Weiden et de là, au nord-est. Si ma sœur et moi ne réagissions pas vite, les joueurs les plus chevronnés retrouveraient l'emplacement secret de la mission unique et rafleraient la récompense mystère de la quête *La curiosité et le chat*.

Quand ma sœur me rappela, j'avais déjà mené mon enquête sur Rocbourg alors je fis sans hésiter :

« Lâche tout et file au fortin. Je te rejoins bientôt. On partira ensemble dans les marécages pour réfléchir à la façon de finir cette quête. »

« Où pensez-vous aller comme ça, minus ? » demanda le propriétaire du bateau, quelque peu décontenancé. « On doit vérifier que le bateau n'a pas de fuite. Il y a une rivière non loin d'ici pour le mouiller. »

Visiblement, c'était la prochaine quête pour faire évoluer mon degré d'affinité avec le père de Taisha, mais ça tombait très mal ! Il restait moins d'une heure avant l'aube, et patauger dans les marécages en pleine nuit serait une entreprise bien trop périlleuse. Cela dit… un bateau permettrait de contourner par voie d'eau. Il me restait à convaincre Tarek de tirer le bateau jusque-là, car à moi seul je manquais de force.

« Tarek, vous n'allez tout de même pas faire un test de navigation dans ce ruisselet infect ? Vous seriez la risée des voisins ? Autant le poser sur la flaque au milieu du village ! Pour le mettre à l'épreuve, il vous faut un grand plan d'eau. Là où il y a des vagues, pour tester les rames aussi. »

Le Gobelin palpa son crâne dégarni, se creusant les méninges pour trouver le lieu idéal à proximité du village de Tysh.

« On pourrait faire l'essai dans le lac marécageux, près de la maison maudite. C'est parfait ! Allons-y ! » suggérai-je.

« Un lac ? Ce n'est rien d'autre qu'un marécage putride. En plus c'est assez loin, et il commence à faire sombre dehors. »

« Comment ? » Je feignis la surprise pour le mettre au défi. « Vous avez peur du noir, Tarek ? Alors que d'un seul pied gauche vous pourriez tuer les crapauds ! »

« Ce ne sont pas les crapauds qui m'inquiètent. C'est le cadet de mes soucis, » rétorqua le Gobelin ratatiné, d'un air pensif. « C'est un bain de boue épaisse et opaque grouillant de sangsues frétillantes. C'est insupportable de s'embourber dedans pieds nus. Et quand on s'éloigne du rivage, les créatures sont plus redoutables que de vulgaires grenouilles... »

Mais quand j'avais une idée en tête, j'étais intarissable :

« J'ai une paire de bottes de cuir gigantesques. Pile-poil la taille de vos grands pieds. Elles sont pour vous si vous tirez le bateau jusqu'au lac et que vous effrayez les plus gros crapauds qui se mettent en travers de mon chemin. Quant aux prédateurs du fond, pas de panique. Je naviguerai seul et je vous dirai si tout fonctionne. Ils ne pourront pas me tuer, je suis immortel. Et s'il arrive quoi que ce soit à l'embarcation à fond plat, je vous vous dédommagerai de dix pièces et vous pourrez garder les bottes quoiqu'il se passe. »

Compétence Marchandage améliorée au niveau 3 !

Mission reçue : Tester le bateau de Tarek GrandPied
Classe de mission : Normale

~ Testeur de Contenu ~

Récompense : 160 XP, +15 sur l'estime de Tarek GrandPied à votre égard

« Si vous faites couler le bateau, vous me devrez quinze pièces, » bougonna le Gobelin, un peu dubitatif. Puis il souleva le bateau à fond plat sur ses épaules comme s'il était léger comme une plume, et se mit en route. « Amra, allez me chercher les rames et mon bâton. Et que ça saute ! »

Tarek fonça jusqu'à la maison maudite, prenant un raccourci en coupant à travers le virage. Je peinais à suivre le Gobelin. Nous gravissions une côte escarpée et cheminions sur un terrain visqueux et fangeux, mais lui gardait le rythme comme sur du bitume. Une demi-heure plus tard, nous avions déjà gagné le fortin où j'allai chercher les bottes au pas de course. Je ne vis la meute grise nulle part, juste Blanca nourrissant ses petits dans la cuisine, et la Nymphe Valerianna confectionnant des bougies à base de cire et de fil.

« Gobelin tire bateau. Nymphe aide traverser marécage nuit. »

Ma sœur comprit sans poser de questions et se redressa, prête à partir. Dans la cour, une surprise nous attendait. Tarek GrandPied avait mis le bateau de côté et portant le lourd portail à bout de bras, tentait de le replacer. J'accourus pour lui venir en aide, suivi par Valerianna. Hélas ce fut un échec — Tarek avait assez de force pour soulever le portail, mais même en s'y mettant à trois, notre agilité était insuffisante pour la replacer sur ses charnières. Le père de Taisha, pestant comme un charretier, reposa le portail à terre. Mais la vue des bottes lui remonta le moral et il me fit plein de remerciements.

« Chouettes chaussures ! Je n'en ai jamais eu, des comme ça !
Quand mes voisins vont voir ça ! »

Quelques minutes plus tard, nous avions déjà atteint la rive du
marécage. La nuit était tombée et des créatures, amas de crânes
rouges sur la carte, rôdaient. Je vis au loin le monstre qui, la veille,
avait terrorisé la Meute grise :

Patriarche croacroaceur fétide niveau 42

« La créature verte à grosse tête nous empêche d'avancer. Je
m'en charge, » décréta le père de Taisha, brandissant hardiment
son bâton avant que je ne m'interpose.

Ce serait dommage de ne pas profiter d'un bon gain
d'expérience en le laissant tuer ces monstres de niveau 40 ou
supérieur ! C'était le moment ou jamais. J'exposai mon plan de
chasse au vieux Gobelin qui ne s'opposa pas à ce que je récupère
la viande des batraciens en guise de trophées. La Nymphe et le
guerrier gobelin terrés dans les buissons, je me saisis de ma
sarbacane et sortit pour attirer le patriarche croacroaceur fétide
hors des marécages.

Dégâts infligés : 3 (Dégâts missile 58 - 55 armure)

Bourrinitude foireuse ! Cette créature avait la peau
étonnamment épaisse, absorbant la plupart de mes dégâts !
L'énorme patriarche verdâtre, stupéfait, fit volte-face.

Dégâts infligés : 0 (Dégâts missile 34 - 55 armure)

Compétence Esquive améliorée au niveau 6 !

Mon Amra demi-portion fit face à l'ennemi, mais j'eu à peine le temps de réagir qu'un crachat acide me frôla en émettant un bourdonnement. Un nuage noir d'apparence toxique explosa à l'impact. Après quoi le croacroaceur bondit en avant. Je sentis même la terre trembler quand son corps imposant s'écrasa à l'endroit même où je m'étais tenu une seconde plus tôt.

Une flèche de glace se planta dans le museau de l'énorme grenouille. Ma sœur prenait part au combat, mais la Magie de l'eau n'était pas efficace face à un amphibien. La jauge de vie du croacroaceur ne fléchit même pas. Une seconde plus tard, Tarek GrandPied accourut et, faisant pivoter son bâton pointu en un mouvement circulaire, amputa deux tiers des points de vie du croacroaceur d'un seul coup. Son coup suivant décervela le monstre et répandit un peu partout de la glaire collante (super !).

Gain d'expérience : 15 520 XP

Niveau dix !
Niveau onze !
Niveau douze !
Niveau treize !
Niveau quatorze !
Niveau quinze !
Capacité de peuple améliorée : 30 % de résistance au poison
Capacité de peuple améliorée : 30 % de résistance au froid

Oh, bon sang ! Je m'écroulai au sol, trop fébrile pour tenir debout. D'intenses frissons me parcoururent l'échine. Six niveaux d'un seul coup ! Trente points de stats pour mon personnage ! Plus grisant qu'un orgasme !

« Si tu ne t'étais pas roulé dans la fange comme un possédé, t'aurais pu piéger l'autre croacroaceur, » ma sœur m'enguirlandait, et elle avait bien raison.

Ce trop-plein d'énergie était inopiné, brutal. Pendant un temps, j'avais bel et bien perdu le contrôle de mon personnage. Tarek GrandPied, témoin de mes convulsions, cracha sa honte, rassembla à la hâte, méthodiquement, tous les objets de valeur pillés sur le cadavre puis repartit au village de Tysh. Et malgré la colonie de monstres batraciens qui régnait en ces lieux, la Nymphe et moi n'étions pas de taille à leur faire la peau sans l'aide du vieux Gobelin.

Le bateau flottant alors en eaux peu profondes, je m'assis, me drapant dans une peau de grenouille et m'efforçant de rester immobile. Pendant ce temps-là, Valerianna Prestepas, agenouillée dans la boue froide, recueillait des branches humides et des bouquets de joncs alentour pour camoufler le bateau et les rames.

Faute de pouvoir aider ma sœur, je me lançai dans la distribution de points de stat. Ma force et ma constitution obtenaient six points par défaut. Quant aux dix-huit points restants, il me fallait prendre le temps de la réflexion. Une augmentation ciblée du charisme serait bénéfique pour améliorer mes relations et débloquer des scénarios inédits pour mon Amra. C'était fondamental puisque les intrigues atypiques attireraient les spectateurs et l'intérêt de mon supérieur.

En même temps, j'étais fort contrarié, la vulnérabilité de mon personnage face aux mobs trop puissants me stressait en permanence. Mes dégâts étaient si médiocres que les défenses adverses les absorbaient totalement. Pour y remédier, un sérieux boost à l'agilité s'imposait. Jaugeant minutieusement tous ces paramètres, j'affectai onze points au charisme et sept à l'agilité.

En outre, en passant niveau dix, mon Gobelin avait désormais la possibilité de choisir une compétence primaire et une secondaire. Je déplaçai immédiatement la Furtivité (A C) des compétences secondaires vers les primaires. Mes abonnés savaient déjà qu'Amra se déplaçait souvent dans le noir, et je l'avais justifié par le fait que c'était l'une de mes compétences secondaires.

Vous avez pris Furtivité comme compétence primaire
Niveau de compétence : 6
Compétences primaires choisies : 5 sur 5

Mon agilité grimpa de quasiment huit points en un instant. Les dix-huit points de vie en plus n'étaient pas non plus de refus. Quant au choix des deux compétences secondaires, je pris mon temps. Chamanisme, Crochetage, Diplomatie, Commandement, Déplacement furtif, Pêche, Artisan du cuir, Agriculture, Armure légère, Empathie animale, des centaines d'autres compétences existaient dans ce jeu... La myriade d'options me donnait le tournis, alors je choisis de me laisser le temps.

« Moi j'ai pris Illusion, » retentit la voix de ma sœur, noyée dans les branchages. « Je vais prendre la forme d'une grenouille et jeter un sort d'illusion autour du camouflage afin de lui donner l'apparence d'un petit monticule. Ce sera la cachette idéale. J'aurais dû le faire dès le début... Ouah ! Grossière erreur ! Les gros crapauds détectent les enchantements ! Amra, cours ! Achève la mission pour compenser ma perte d'expérience !!! »

Je sentis une propulsion s'exercer sur mon bateau, suivie d'un bruit d'écrabouillement bref et distant. Mon petit bateau fut alors ballotté par une grosse vague. J'entendis les glapissements de la Nymphe et, non loin du point vert sur la carte, la présence d'un crâne rouge. Tout s'arrêta soudainement. Le statut en ligne à côté de l'avatar de Valerianna Prestepas prit la forme d'un cercle gris. Joueur mort...

Il était vingt-trois heures trente. Croulant sous le poids de l'amas de branches humides, mon bateau à fond plat se mettait à s'enfoncer. Le liquide noir menaçait de passer par-dessus bord. Très prudemment, en veillant à ce que les rames ne craquent pas ou ne clapotent pas, et que l'eau fangeuse ne l'inonde pas par les flancs, je fis faire un demi-tour à mon embarcation surchargée. Lentement je me dirigeais vers le marqueur lointain de la mission unique qui figurait sur la carte.

Ramer ainsi dans les marécages purulents ne m'affolait pas le moins du monde. Mais la traversée fut très longue et peu agréable. Je louvoyais entre les crânes rouges sur la carte, évitant tant bien que mal les essaims de monstres. Il me fallait redoubler de calme et de prudence en naviguant afin que la faune locale prenne pour un monticule naturel les branchages qui voguaient sur l'eau des marécages.

~ Testeur de Contenu ~

Compétence Furtivité améliorée au niveau 7 !

Mon bateau entrait dans le champ visuel d'une nuée de marqueurs rouges. Ma jauge de Furtivité, même après le niveau sept, continuait de se remplir en moins de deux et, quelques minutes plus tard, le niveau huit approchait. Quel genre de créature guettait là en plein milieu du lac caché dans les marécages ? Bien que mû par une irrépressible envie d'écarter les branchages gênants pour épier, l'intitulé de ma quête sonnait comme un avertissement. Je naviguais sans hâte, à raison d'un à deux coups de pagaie par minute. La traversée était certes lente, mais aucun des monstres alentour ne remarqua mon bateau escamoté.

Compétence Furtivité améliorée au niveau 8 !

Devant moi sur la carte j'aperçus une petite île remplie d'un tissage serré de crânes rouges et noirs. Mais je m'en fichais totalement. Au beau milieu de cette concentration de montres trônait un triangle doré ! Forcément l'objectif de mon aventure! J'ouvris le menu d'aide et lus la description.

Un marqueur triangle doré indique une créature unique dans Boundless Realm. *En règle générale, ces créatures sont intelligentes, et l'on peut obtenir de nombreuses missions rares avec des récompenses très originales à la clé si on les trouve et que l'on coopère avec elles.*

Comme indiqué sur la carte, l'accès direct à l'île était barré par un étroit banc de sable et des tertres de-ci de-là. Sur l'île les bêtes menaçantes étaient légion. Il me fallut lentement contourner l'obstacle en faisant un arc de cercle. Quand mon embarcation lestée s'approcha de l'île, il était cinq heures du matin. Depuis longtemps j'avais compris que ma progression ne serait qu'un aller simple car il m'était impossible de regagner mon refuge avant le lever du jour. Et le lendemain matin, hélas, un soleil radieux s'annonçait. Malgré la présence de branchages, je devinais le ciel rosissant progressivement à l'est.

Très lentement, je m'approchais du rivage infesté de funestes abominations. J'ignorais quelle distance parcourir pour réussir cette quête unique...

Un bruit sourd retentit. La coque de mon bateau avait heurté quelque chose et s'était immobilisée. À peine sept mètres me séparaient du monstre le plus proche. Mais la mission n'était toujours pas achevée.

Compétence Furtivité améliorée au niveau 9 !

Que faire pour toucher la récompense ? Peut-être fallait-il au moins voir et reconnaître la créature unique. J'écartai prudemment les branches afin d'élargir mon champ visuel. Je vis d'abord le monstre et l'examinai attentivement :

Wyverne des marécages niveau 51
C'était un lézard noir aux crocs acérés de trois mètres de haut, enroulé sur lui-même, les ailes repliées sur le dos. C'est plus tard, en levant les yeux, que je LA vis vraiment : une immense femelle

serpent ailée, couleur vert malachite :

Kayervina, Mère des serpents ailés (créature unique)

La Mère des serpents était formidable. Son long corps souple d'une trentaine de mètres était recouvert d'écailles en perpétuel mouvement qui tantôt s'enroulaient en s'entrecroisant, tantôt retombaient en anneaux comme si elles exécutaient une danse éternelle. Le crâne pointu du reptilien était serti de deux yeux fixes blanchâtres, fendus de deux pupilles noires verticales. Ses deux paires de pattes griffues étaient semblables à celles d'un lézard. Sur son dos reposait une paire d'ailes gigantesques recouvertes de membranes rouge vif ! Je fis quelques captures d'écran pour immortaliser cette funeste beauté.

Mais la mission n'était toujours pas terminée. Pourquoi ?

J'envoyai un message privé à Valerianna Prestepas. La nymphe était censée avoir *respawn* depuis un moment et le marqueur vert à côté de son nom semblait indiquer qu'elle jouait en ce moment même. Mais je n'attendis pas trop longtemps qu'elle me réponde. Ma sœur s'était sans doute assoupie sans quitter le jeu. Il me fallait réfléchir en solo.

Bon, je venais d'atteindre l'île emblématique. Elle était visiblement peuplée d'une flopée de wyvernes de niveaux quarante à soixante-dix et d'un serpent géant ailé, Kayervina. Ma mission : finir la quête unique et décrocher la récompense. Compte à rebours : quarante minutes. Suite à cela, l'aube poindrait et mon vampire Gobelin serait en danger de mort lorsque les rayons ardents du soleil perceraient les branches entassées au-dessus de moi.

« Désolée, je dormais. J'ai fait des recherches sur des missions de ce type. La créature unique doit te voir. Même si elle t'attaque et te tue, la mission sera accomplie. »

Ouah ! Autrement dit, il me suffisait d'attirer l'attention de Kayervina par tous les moyens. Je savais clairement ce qu'il me restait à faire : résister aux assauts des autres wyvernes avant que la mère des serpents ne me repère !

J'observai la wyverne la plus proche. Elle dormait, roulée en boule au sommet d'une colline tapissée de verdure. Je réalisai que je détenais un moyen très efficace pour attirer l'attention de tous les habitants de l'île. Sept mètres me séparaient du cou du serpent ailé. Par ailleurs, ma cible était niveau cinquante et un, j'avais donc intérêt à lui soustraire un trophée pour la mission de Tarek GrandPied.

Ouvrant mon inventaire et déplaçant la fenêtre pour éviter toute gêne visuelle, j'entrepris de déblayer les branchages et de me frayer un chemin. Je poussai un profond soupir, préparant mon corps à l'action. À l'attaque ! De toutes mes forces, je m'élançai sur la wyverne endormie et, avec mes griffes, je m'abreuvai au cou du serpent.

Gain d'expérience : 4080 XP

Capacité de peuple améliorée : Le goût du sang (octroie +1 % à tous les dégâts infligés par créature unique tuée avec Morsure vampirique. Bonus actuel : 5 %)

Réussite débloquée : Goûteur (5/1000)

~ Testeur de Contenu ~

Niveau seize !

Capacité de peuple améliorée : Résistance au poison +35 %

Telle une horde de corbeaux effarouchés, les serpents ailés décollèrent à l'unisson, battant des ailes en un grondement assourdissant. Trop tard. Ils m'avaient repéré. Mon Gobelin n'avait plus que quelques secondes à vivre. Mais pourquoi un gain d'expérience si médiocre ?! L'expérience cumulée en groupe pour avoir tué le croacroaceur de niveau 42 m'avait permis de *leveler* six fois, alors en tuant solo une wyverne de niveau 51 j'en espérais dix de plus...

Mission accomplie : La curiosité et le chat
Récompense : 8000 XP

Niveau dix-sept !

Réputation accrue
Valeur actuelle : 1

Capacité de peuple améliorée : Résistance au froid +35 %

C'était tout ?! Je n'avais gagné qu'un seul niveau pour la quête unique, et même pas de butin ? À la va-vite, sans regarder, je remplis mon sac des trophées récupérés sur la wyverne, quand tout à coup, IL m'apparut. À l'endroit même où la mère des serpents s'était assise trônait un étrange objet d'un jaune éclatant :

Œuf de Wyverne (objet unique)

Mes jambes se ruèrent vers l'artefact avant même que mon esprit n'en saisisse la nature. C'était donc ça, la récompense inestimable ! J'esquivai sans réfléchir, laissant une Wyverne s'écraser au sol. D'une roulade avant, j'esquivai les jets de poison corrosif d'autres serpents enragés.

Compétence Esquive améliorée au niveau 7 !

Compétence Acrobatie améliorée au niveau 5 !

Je bondis en avant, glissant sur le sol humide et argileux, laissant l'un de ces corps squameux me survoler. Je sautai par-dessus une longue queue balayant le sol sous les pieds. J'échappai à plusieurs mâchoires claquant juste sous mon nez, je sautai et un coup d'aile manqua de me frôler le sommet du crâne. Je trébuchai sur une chose remuante et sautai les bras tendus vers l'avant. Enfin ! Sans perdre une seconde, j'ajoutai ce trésor inestimable à mon inventaire et, au moment où je relevai la tête, la mère serpent me cracha un jet toxique en plein visage.

Vous êtes mort
3015 XP perdus
Vous allez ressusciter dans 59 minutes, 58 secondes au dernier lieu défini.

Faire d'un œuf tout un plat

EN RESSORTANT de la capsule de réalité virtuelle, je me sentais groggy, las et chancelant. Mes bras et mes jambes tremblaient, les épaules me faisaient atrocement souffrir. J'avais juste passé les six dernières heures à pagayer sur un bateau déglingué alourdi par les branchages avec une paire de rames mal taillées. C'est probablement ce que devaient ressentir des esclaves sur les trirèmes grecques après une longue journée en mer. Regagnant la capsule de réalité virtuelle que je venais de quitter, je m'aperçus que l'habitacle était trempé de sueur. Heureusement, les modèles de capsules modernes étaient équipés d'une fonction d'auto-nettoyage que j'enclenchai. Mon corps tout entier luisait de transpiration, même mes cheveux étaient détrempés de la racine aux pointes. Je jetai par-dessus mon épaule une serviette rapportée de chez moi et me précipitai dans les douches. Ce n'était pas encore le matin dans *Boundless Realm* et je voulais me laver avant Kira qui terminait d'habitude sa session de jeu peu après l'aube.

« Bonjour Timothy ! » La voix de la femme retentit derrière moi à l'instant même où je sortis.

Le peignoir, la serviette et la brassée de produits cosmétiques qu'elle portait m'indiquaient qu'elle partait aussi se doucher. Je la saluai poliment puis je fis halte pour qu'elle passe la première. Mais Kira s'arrêta à ma hauteur et, esquissant un sourire malicieux, voulut savoir :

« Je t'ai vraiment effrayé à ce point-là avant-hier, Timothy ? Je suis à la limite de croire que tu m'évites. Pour être franche, après notre première rencontre, j'imaginais que tu allais te creuser pour trouver une raison de me revoir. Je le craignais même un peu et j'avais préparé tout un paquet de vacheries pour casser le dragouilleur foireux pour lequel je te prenais. Mais hier tu n'as pas quitté ta cabine de la matinée et aujourd'hui tu t'es empressé de finir tôt, comme pour ne pas me croiser. Franchement, en tant que femme, ça m'a quand pas franchement fait plaisir de me faire totalement néantiser.

À ce moment-là, je ne savais même pas quoi répondre à Kira. Allais-je nier et prétendre que je n'avais jamais voulu l'ignorer ? Cela aurait été un mensonge. Aujourd'hui, j'étais parti un peu plus tôt justement à cause de ça. Kira pouffa de rire :

« Timothy, tu es tellement drôle quand tu es gêné ! Regarde-toi, sérieusement. Tu rougis. Mais tu n'as pas de quoi. T'as un corps bien fichu et tout musclé. Tu fais du sport? »

« J'ai fait de la gymnastique artistique. J'ai même participé à des tournois quand j'avais encore la forme, » admis-je honnêtement.

J'avais quitté le club d'athlétisme quand Val et moi avions déménagé en périphérie de la mégapole. Je n'avais ni les moyens ni le temps d'entretenir mon physique. Ces derniers temps, j'avais eu de plus en plus de mal à aller au stade mais mon corps n'avait pas encore totalement perdu la bataille contre la couenne. Elle s'approcha, tendit la main et la passa le long de mon épaule. Puis elle contempla ses doigts moites de sueur.

« J'adore regarder jeune corps après l'effort ! » ajouta Kira en riant de nouveau, à l'affût de mes réactions, puis elle redevint sérieuse brusquement et changea de sujet. « On dirait un étalon juste à la fin d'une course. Ton corps n'est pas censé réagir ainsi aux événements du jeu. Timothy, ta capsule de réalité virtuelle est mal réglée ? Des soucis de santé ? Dans tous les cas, on n'aurait jamais dû te laisser jouer dans ces conditions ! »

Par crainte d'être licencié, je m'empressai de dissiper les doutes de Kira en répondant le plus honnêtement possible :

« Je vais très bien. C'est juste qu'il m'a fallu rusher une quête avant quelqu'un d'autre. J'ai pagayé des heures sur un bateau. D'où la transpiration... »

Kira m'observa, incrédule, puis annonça pensivement :

« Tu titilles ma curiosité. Une quête nocturne, accessible à un joueur arrivé depuis trois jours, où il faut ramer... Franchement, moi qui croyais connaître toutes les missions de noobs. Mais là clairement il n'y a rien de ce type qui me revienne.

« Une quête unique, *La curiosité et le chat*, » précisai-je. Ses yeux s'écarquillèrent. « J'ai terminé la mission il y a trois minutes. Mais peu après, une gigantesque femelle serpent ailée du nom de Kayervina m'a one-shoté. »

Subitement, Kira afficha un air anormalement sérieux et fronça les sourcils.

« C'est très très étrange. En admettant que tu dises la vérité. Pourquoi perds-tu ton temps avec moi, gros béta ?! Si c'est une quête unique, profites-en pour te faire de l'argent ! Timothy, as-tu idée du nombre de joueurs dans Boundless Realm qui seraient prêts à vendre leur mère pour dénicher une créature unique et augmenter leur réputation in-game ?! Et puis, qui dit mission unique dit un bon gros loot. Si tu n'es pas de taille à affronter le monstre rare ou mettre la main sur le trésor, essaye au moins de vendre ta carte des lieux. C'est ce que je fais systématiquement. Promis juré. C'est garanti Timothy, si tu fais une bonne pub sur les forums, ton personnage roulera sera couvert d'or d'ici ce soir ! »

Tout à coup, la douche passa au second plan. Je remerciai la joueuse expérimenté pour ses précieux conseils et m'engouffrai précipitamment dans mon clapier personnel. Je détenais des captures d'écran de qualité supérieure d'un rarissime serpent ailé de trente mètres et une vidéo de moi en train d'accomplir la quête *La curiosité et le chat*. J'avais aussi des clichés de l'œuf de wyverne pris à bonne distance. Si je monte bien la vidéo en enlevant l'attaque sur wyverne endormie et le morceau où je ramassai l'œuf unique puis que je rajoute le commentaire qui va bien, je devrais péter les compteurs.

Je consacrais une demi-heure à la réalisation d'un vidéo de ma troisième session de travail. Une vidéo du village gobelin de Tysh avec la belle Taisha et son vautour de père, mon épopée épique (enfin je crois) en six chapitres avec la chasse aux croacroacs, une présentation détaillée de la traversée nocturne, la découverte du le serpent ailé Kayervina et la tentative « foireuse » de subtiliser l'œuf unique. La séquence se concluait sur une scène assez pathétique lorsque, assailli par la mère serpent, je trépassai lamentablement en one-shot. Pour conclure, j'annonçai d'une voix dépitée : « C'était peut-être un peu ambitieux pour un semi noob : mon personnage n'était pas encore capable de poutrer Kayervina. Mais si un HL est prêt à se mesurer à un reptile long de trente mètres, il peut toujours télécharger ma carte locale qui indique où vit Kayervina et le spot de son œuf, moyennant cent pièces. »

Je choisis mes mots avec soin afin qu'aucun acheteur ne me traître de menteur. Eh oui, j'étais en train de vendre une carte avec un marqueur indiquant où *se trouvait* l'œuf de wyverne. Personne ne pourrait se plaindre s'il n'était plus sur place, n'est-ce pas ?

Mon téléphone sonna, m'extirpant en sursaut d'un rêve mouvementé où j'échappai à des nuées de serpents assis sur des œufs volants. En un effort surhumain, j'ouvris les yeux pour regarder l'heure. Neuf heures trente du matin. Et pour cause, après mon quart de nuit, je ne m'étais couché qu'à huit heures. C'était Jane à l'appareil.

« Bonjour Timothy, ! » lança-t-elle. Malgré la politesse de ses mots, l'intonation de Jane ne véhiculait pas une once de gentillesse. Elle semblait surtout exprimer un agacement mal dissimulé. « M. Lavrius veut vous voir tout de suite dans son bureau. Quand pouvez-vous venir ? »

« Trajet compris, j'en ai pour une heure. C'est urgent ? »

« Je l'ignore, Timothy. Mais votre patron est d'une humeur massacrante depuis ce matin. Il avait un rendez-vous, mais avant de partir il était tellement hors de lui qu'il en grinçait des dents. Et je l'ai entendu prononcer votre nom à plusieurs reprises en pestant. Je ne l'avais pas vu aussi furieux depuis une éternité. À votre place, Timothy, je ne le ferais pas attendre. »

En raccrochant, Jane me laissa dans un état d'intense confusion. Pourquoi le directeur voulait-il me parler, et surtout, pourquoi était-ce si urgent ? En quoi avais-je fauté ? Je bâillai pour chasser la fatigue et observai les alentours. Ma petite sœur était assise avec son casque de réalité virtuelle et, à en croire ses gesticulations dans ses gants munis de capteurs, elle était en train d'escalader ou de ramper à travers une végétation dense. Je touchai l'épaule de Valeria qui fut parcourue d'un frisson avant d'ôter son casque.

« Val, j'ai rendez-vous en urgence au bureau, mais je n'en sais pas plus. Je voulais juste te tenir au courant, que tu ne t'inquiètes pas. »

« Ça a peut-être un lien avec l'effervescence qui anime l'île des wyvernes, » hasarda-t-elle. Les oreilles dressées, je lui demandai de m'en dire plus.

Pendant que je m'habillais et me préparais un café fort, ma sœur fit pivoter la chaise dans ma direction puis m'expliqua, en des termes ampoulés, ce qui se jouait à ce moment-là dans le jeu. Elle avait remarqué vers huit heures du matin une activité inhabituelle dans notre région du monde jusqu'alors paisible et sans âme. Le *chat* local s'était subitement rempli de joueurs qui cherchaient à former des alliances pour assaillir l'île des wyvernes dans les marécages. Dans le *chat* en question, elle avait qu'un joueur avait enchanté bon nombre de parchemins de portail à Rocbourg pour les revendre dans la ville limitrophe de Weiden, à mille pièces l'unité. Si les acheteurs de parchemins s'indignaient de ces tarifs excessifs, la plupart avaient devancé tous les joueurs qui voyageaient à pied sur des montures normales.

Vers huit heures et demie, un groupe de trente joueurs impatients a formé un raid et atteint l'île en poussant droit à travers par les marais avec une stratégie classique Tank/DPS/Healer, mais ils sont tous parti directement au spawn car ils avaient sous-estimé la force de la mère des serpents volants. Le niveau du serpent unique avait été estimé à cent : dans la zone les mobs avaient un niveau qui s'échelonnait entre quarante et soixante-dix... et leurs stratégies reposaient sur ce pronostic. De la même façon, Kayervina avait pulvérisé un groupe complet de Tanks en un souffle puis écrabouillé à coups de queue les tireurs et toute l'artillerie lourde quelques secondes plus tard. Le *chat* regorgeait de commentaires grinçants : les lieux de respawn des guerriers trépassés étaient -dans le meilleur des cas- dans la cité de Weiden, parfois encore plus lointains vu que tout le monde était mort...

Suite aux tribulations du premier groupe, un second raid se forma et dut surmonter des difficultés d'un tout autre genre. À Rocbourg, on vit arriver une bande de PK spécialisés dans l'assassinat d'autres joueurs. Ils avaient investi dans les parchemins de portail. Le village fut traversé par des rodeurs des voleurs et des assassins en mode Furtif qui zigouillaient à tour de bras les joueurs qui faisaient leurs derniers achats avant de partir en raid. On aurait même aperçu des membres du clan des *Fiers-à-bras* et du clan des *Rebuts & Déchets Associés*, abhorrés des autres joueurs en raison de leurs penchants pathologiques à tuer sans raison, juste pour le plaisir. La plupart d'entre eux se cachaient en ce moment même chez des villageois PNJ pour discuter de la suite de leurs plans. On racontait que le nain au visage de pierre Headshot_pour_tous, niveau deux-cent-cinquante, rôdait à Weiden. Il était l'un des principaux tanks des *Cerbères*, l'un des dix plus puissants clans de tout le continent Sud. Des guerriers d'aussi haut niveau n'auraient pas été un si gros problème s'il n'y avait pas eu des dizaines de joueurs à les soutenir, et l'on pouvait s'attendre à ce qu'une escouade de *Cerbères* surentraînés débarque à Rocbourg.

« J'ai renvoyé la Meute grise, histoire d'éviter qu'ils subissent les attaques d'un joueur nerveux. Je suis à proximité des marécages. Je vois des flashs de lumière sur l'île des wyvernes. Une bataille d'envergure fait rage à grand renfort d'enchantements, mais impossible de dire qui prend le plus de coups. Je suis trop loin. »

« Reçu, Val. Je te laisse. Je file au travail. »

Deux heures que j'étais assis sur un petit banc du quarante-quatrième étage, admirant le panorama sur la métropole. Vue d'en haut, la ville apparaissait comme un modèle de propreté et d'ordre : quadrillage vert émeraude, lac bleu où voguaient des dizaines de plaisanciers et même des files de voitures électriques filant à toute vitesse sur les autoroutes. Au milieu de cette verdure et du bitume dominaient les cristaux à facettes de gratte-ciels hébergeant les plus importantes corporations planétaires. Entre ces colosses, des voitures volantes et des quadricoptères filaient comme autant de mouches bourdonnantes. Des drones de police patrouillaient et passaient devant les fenêtres à intervalles réguliers. Tout le centre-ville de la mégapole respirait la richesse, la confiance en l'avenir.

Poussant un profond soupir, je jetai un énième œil à la porte du bureau du directeur des opérations spéciales. Alexandro Lavrius n'était toujours pas rentré de son rendez-vous, et son assistante Jane ignorait l'heure de son retour. Mon angoisse s'intensifiait au fil des minutes. Un événement exceptionnel avait dû se produire pour que les grands pontes se réunissent en urgence. J'étais éreinté et mes bâillements devenaient irrépressibles. Je finis par perdre patience et me levai pour me diriger vers la porte.

« Jane, je retourne travailler. Appelez-moi quand le directeur sera de retour. Je monterai dans l'ascenseur aussitôt. »

L'assistante du directeur opina légèrement du chef. Elle était occupée à peinturlurer ses longs ongles manucurés. Un vernis uniforme avait plus d'importance pour elle que les états d'âme d'un casse-pied de service dans mon genre.

Je pris l'ascenseur pour redescendre au sous-sol et rejoindre ma cabine. J'eus à peine le temps de sortir mes clés électroniques que j'entendis plusieurs individus me héler. En m'arrêtant, je reconnus certains d'entre eux — nous nous trouvions dans la même salle le jour où j'avais rempli les questionnaires de recrutement. Une douzaine d'hommes et de femmes se tenaient debout dans la salle de repos au fond de l'allée. Sans doute la pause déjeuner des testeurs.

« Tiens donc, voilà le mystérieux numéro seize ! C'est notre troisième jour mais c'est la première fois que je te vois au travail », railla une jeune femme, me faisant signe de les rejoindre. Celle-là même qui avait troqué son perso contre une danseuse dryade.

Je m'avançai pour saluer mes collègues. Du groupe initial de quarante testeurs, il ne restait plus qu'eux. Alexandro Lavrius avait viré les autres. Je dus répondre à leurs questions pièges sur mon personnage et leur expliquer où j'avais été ces trois derniers jours.

« Gobelin herboriste, niveau dix-sept », me présentai-je. À ces mots, mes collègues hochèrent la tête en signe de respect.

« Cool ! La seule qui te surclasse, c'est Veronica. Elle est déjà niveau vingt-cinq », expliqua un quadra aux moustaches rousses en désignant la dryade.

Elle rit avec entrain puis répondit, sans la moindre honte :

« La profession de mon personnage a ses limites, et dès le début j'ai compris le rôle que j'avais à jouer : aguicher les joueurs et adopter une attitude provocante. Réducteur hein ? Tout pépin avec un PNJ peut se régler sans délai grâce à un test de réaction extrêmement positif, ou alors au plumard. J'ai validé les trois étapes de la quête Socialisation dès le premier jour. Pour être tout à fait franche, ma dryade a subi plusieurs agressions sexuelles mais bon, ce sont les risques du métier. Après tout on est dans un jeu vidéo, ça me glisse dessus. Dès le début, j'ai classé ma chaîne vidéo dans la catégorie "+ 18", et depuis je fais des streams en live. J'ai déjà huit-mille abonnés payants. Pour couronner le tout, bon nombre de mes abonnés m'ont versé des sommes délirantes pour me rencontrer IRL. M. Lavrius m'a annoncé hier que j'avais validé ma période d'essai et m'a proposé un fixe. Maintenant je peux convertir l'argent virtuel en liquide. Hier avec mes gains, je me suis payé une bonne partie d'un appartement terrasse avec piscine sur le toit au sommet d'un gratte-ciel. Ce soir, avec ma nouvelle voiture volante, plus jamais je ne remettrai un pied sur terre... »

Veronica, la Dryade, éclata d'un rire désinvolte. L'homme roux à côté d'elle avait l'air un peu écœuré :

« Tant mieux pour toi si tout est rose. Moi, je suis toujours niveau huit alors que la troisième journée est en cours ! M. Lavrius l'a mauvaise. Il me menace de licenciement si je ne passe pas niveau vingt d'ici la fin de la semaine. Mais comment engranger de l'XP ? Les PNJ bannissent mon fortificateur Ogre à un kilomètre à la ronde de leur village ! J'ai tenté d'entrer dans un village humain, et même un village-araignée ! Ils m'ont tiré à vue ! Mes lieux de spawn sont déserts. Je suis cerné par une forêt grouillant de mobs niveau vingt. Ils me tuent trois fois par jour en moyenne et mes points d'expérience dégringolent ! Je ne suis ni un chasseur ni un pêcheur. Mon géant est si lent qu'il n'est pas foutu de capturer une proie dans les bois, se cacher ou déguerpir quand ça sent le roussi. Je veux un taf normal. Creuser, bâtir, tailler des pieux, ce genre de trucs... »

Les mots de mon collègue désespéré captèrent mon attention.

Une idée germa en moi, et fructifia instantanément. Si j'avais été dans un dessin animé, une ampoule se serait allumée juste au-dessus de ma tête. Je déclarai, en employant un ton volontairement monotone et indécis :

« T'as la tâche facile, toi : tu es fort. La seule chose qu'il te reste à faire, c'est trouver un bon employeur. Moi c'est tout l'inverse : je cherche désespérément de la main-d'œuvre pour renforcer les défenses autour d'une maison que j'ai trouvée dans les bois. Elle est cernée par des monstres flippants. Ils déboulent, grattent aux portes et épient aux fenêtres. Il faudrait la retaper et il y a du pain sur la planche : réparer la palissade, creuser des fosses piégées, bâtir une tour de guet, remettre le portail externe sur ses gonds… il y a de quoi faire. Mon Gobelin a un malus en force, il mettrait une éternité à creuser une fosse digne … »

Comme prévu, l'homme roux au crâne dégarni se leva tel un chien de chasse flairant la présence d'un faisan :

« Hé, c'est quoi les coordonnées de ta maison ? Si ce n'est pas trop loin, je peux te rendre visite et te filer un coup de main. Tu me fournis les outils et la nourriture et en échange, je fournis un travail honnête ! Je le veux, ce job !!! Envoie les coordonnées de ta maison dans les bois à un personnage du nom de Shrekson le bâtard. »

J'entrai dans ma cabine pour lui envoyer un message. Je remarquai de suite que quatre-vingt-quatre joueurs avaient déjà saisi mon offre et acheté la carte de l'île des wyvernes à cent pièces l'unité. C'était moins qu'attendu. J'espérais au moins deux-cents acheteurs. Allez, huit-mille pièces virtuelles, ce n'était pas si mal. Mais… Je n'avais pas pensé à ça. L'argent, je ne l'avais pas touché en espèces. Pour l'heure, j'avais des billets à ordre provenant de deux banques distinctes : « La banque sous la Montagne de Thorin neuvième du nom» et « La banque la plus fiable des Kobolds. » Il me faudrait trouver les succursales de ces banques pour convertir ces bouts de papier en argent liquide.

Je regagnai la passerelle surélevée pour annoncer que tout était prêt. Shrekson s'empressa d'aller vérifier, et il réapparut une minute plus tard avec un ton guilleret :

« C'est vraiment pas loin de chez moi ! À quarante-sept kilomètres ! Bon les gars, j'y retourne ! Espérons que j'arrive d'ici ce soir ! »

La porte de sa cabine se referma. La petite ampoule au-dessus s'éclaira en rouge.

« J'espère vraiment que Léon validera sa période d'essai », me confia un jeune ado couvert de taches de rousseur et de piercings. « Trois jours qu'on est collègues et j'ai l'impression qu'on se connaît depuis toujours. C'est rare de rencontrer des gens comme lui, intègres et ouverts d'esprit. Il a bossé dans le bâtiment toute sa vie jusqu'à son accident de travail, il y a un mois. Un ouvrier est mort parce qu'il n'a pas mis son harnais avant de monter sur un échafaudage. L'entreprise a viré toute l'équipe après l'incident. Ils ont pensé que tout le monde faisait n'importe quoi. Léon travaillait dans une autre équipe qui n'avait rien à voir avec ça, mais il a quand même été viré. Il n'a pas touché un centime d'indemnité pour le moment et il attend encore une date pour les prudhommes. À sa place, n'importe qui aurait pété les plombs, mais pas lui. Imagine un peu : ce matin, Léon a trouvé une bague en or avec un énorme rubis dans la salle des douches. Il me l'a montrée. Elle doit valoir au moins six-mille crédits. Crois-moi, je m'y connais. Il aurait pu la planquer et vivre pas mal de temps comme un pacha, mais Léon a rapporté la bague aux vigiles de la sécurité à l'entrée du bâtiment pour qu'on la restitue à la propriétaire. »

« Kira a dû la faire tomber », glissai-je dans la conversation. « Cette jeune femme travaille de nuit, cabine vingt. Elle porte des bagues XL à chaque doigt. »

« Ça peut coller » plussoya Veronica. « J'ai croisé cette femme plusieurs fois. Un seul de ses chapeaux vaut autant que mon nouvel appartement. Je ne sais pas qui elle joue, mais c'est clairement pas grand-chose devant les revenus de cette pouf ! »

Vers la fin de sa phrase, Veronica fut submergée par la colère, ne cherchant plus à cacher sa jalousie. J'en fus tout surpris. Prétextant que j'avais du travail, je regagnai ma cabine. Sans verrouiller ma capsule de réalité virtuelle, je posai mon portable sur la table et m'allongeai pour faire une sieste.

Comme un parfum de déjà vu, la sonnerie de mon téléphone me réveilla. C'était encore Jane. Cette fois-ci, il était déjà dix-sept heures trente et j'avais bien récupéré. Le rendez-vous des directeurs s'était-il éternisé à ce point ?!

« Timothy, le directeur vous attend dans son bureau à l'étage quarante-quatre. »

« Je suis en chemin, » répondis-je immédiatement. J'enfilai ma chemise à la va-vite, la boutonnai et me ruai dans l'ascenseur.

Trois minutes plus tard, je me dirigeais vers le bureau du directeur des opérations spéciales de *Boundless Realm*. En arrivant dans la pièce, aucun signe d'Alexandro Lavrius. Dans le fauteuil du directeur, un inconnu était assis. Un homme massif portant un costume coûteux. Un autre nouveau venu se tenait également dans la pièce. Il avait les cheveux blonds et l'apparence typique d'un soldat. Il avait clairement passé pas mal de temps dans l'armée. Il se percha sur le rebord du bureau alors qu'il y avait deux fauteuils en parfait état juste à côté de lui. Cherchant à comprendre, je me tournai vers Jane.

« Voici Mark Tobius, le nouveau directeur des opérations spéciales de *Boundless Realm*. Il a été désigné par le conseil d'administration pour remplacer Alexandro Lavrius au pied levé, qui a été licencié », fit-elle pour me présenter l'homme au bureau. « À côté de lui, c'est Andrei Soloviev, chef de la sécurité in-game. »

« Vous avez l'air surpris, Timothy, » mon nouveau boss me détaillait de haut en bas de son regard perçant. « Oui, il y a eu des remaniements au sein de la hiérarchie aujourd'hui. Voyez-vous, tôt ce matin, l'un de nos testeurs expérimenté a apporté des informations étranges au service de la sécurité virtuelle. Ils nous ont demandé reprendre la main sur ce qui se passait autour de la quête rare *La curiosité et le chat,* soupçonnant une escroquerie d'envergure. Le service de la sécurité in-game était logiquement attentif et il a examiné les faits dans les plus grands détails. Après enquête approfondie, nous sommes arrivés à la conclusion que les accusations du testeur susmentionné étaient belles et bien fondées. Il y a eu une tentative de vol sur propriété virtuelle à grande échelle au sein de la corporation impliquant un groupe organisé d'employés hauts placés. »

« L'œuf de wyverne ? » hasardai-je, et les deux hommes

hochèrent la tête de concert.

Le chef du service de sécurité virtuelle s'empara d'un morceau de papier sur la table. Dessus, il y avait une capture d'écran : mon Gobelin, bras tendus à plat ventre dans le nid de la reine des serpents ailés. Juste à côté, une fenêtre d'inventaire ouverte révélant un slot où logeait un œuf d'or. Dans le coin de la capture figurait l'horaire in-game : 05:44:37.148.

« Timothy, dans votre élan désespéré pour l'œuf, vous avez bousculé les plans des escrocs. À peine quatre minutes plus tard, un autre employé de notre société a visité ce même lieu : un illusionniste de haute volée, venu rafler la récompense. Arrivé sur place, le nid de wyverne était vide. On a retracé un appel téléphonique provenant du second sous sol du bâtiment et destiné à monsieur Lavrius et peu après, le directeur a reçu un coup de fil de l'un de nos développeurs hauts placés. C'est à ce moment là qu'on a détecté une tentative de duplicata sur l'œuf. Mais comme c'est un objet unique, il ne peut y avoir qu'un seul exemplaire en jeu. Alexandro Lavrius a rapidement spotté l'original. S'en sont suivies des tentatives de piratage répétées sur votre inventaire pour récupérer l'œuf. Malheureusement pour eux, toute tentative de fouille sur l'inventaire d'un joueur mort est automatiquement bloquée. À ce moment-là, nous étions naturellement au courant de toute l'affaire, sauf de l''identité du client final. Nous l'avons à présent identifié. C'était un joueur très respecté, le chef de l'un des plus éminents clans du continent ouest. Cette personne a investi une importante somme d'argent réel dans le jeu, et n'a a priori rien à se reprocher. »

« Oui, je me suis entretenu avec ces personnes et leur ai exposé la situation, » ajouta l'homme trapu, essayant de se poser dans le fauteuil trop étroit de son prédécesseur. « Je suis resté dans ses bonnes grâces, et ce joueur à haute valeur ajoutée continuera d'investir dans *Boundless Realm*. »

Le chef du département de la sécurité in-game grimaça :

« Selon toute vraisemblance, ce n'est pas la première fois qu'un escroc retire de l'argent virtuel avec ce genre de méthodes. Malgré tout, le conseil d'administration a décidé que les joueurs garderaient les objets rares qu'ils ont acquis. L'escroquerie était simple et bien rodée : lorsqu'un joueur novice obtenait une quête rare avec un trophée à très gros potentiel, Alexandro Lavrius le repérait et mettait son complice développeur au courant. Ce dernier modifiait alors les paramètres de la quête. D'habitude, les récompenses de quêtes sont totalement aléatoires, voyez-vous. Après ses manipulations, la plus grosse valeur était générée automatiquement. On laissait alors au nouveau joueur une chance ou deux d'essayer, et un autre employé de la boîte récupérait l'artefact. Ils organisaient alors une vente privée voir même une vente aux enchères. L'artefact atterrissait entre les mains de l'un de nos nombreux joueurs aisés, l'employé retirait l'argent virtuel sous la forme d'argent réel, et tous les participants se partageaient le gâteau. »

Les deux hommes se turent, alors je pris la parole :

« Puis-je savoir si je suis concerné par la décision du conseil d'administration de laisser les objets rares aux joueurs ? J'ai obtenu cet œuf légitimement, après tout. J'ai même perdu la vie pour l'obtenir. »

Mon nouveau boss, me transperçant une nouvelle fois de son regard dur et tenace, répondit :

« Timothy, les chances que cet œuf apparaisse lors de la quête

La curiosité et le chat ne sont que de trois pour cent, pas sûr que ce butin soit légitime. Les plans dont vous avez été le jouet se sont déroulés à merveille pour vous, mais vous n'êtes pas responsable. On a donc décidé de vous laisser l'œuf et, vu qu'un événement de masse est en cours non loin de l'île des wyvernes, nous vous accordons trente minutes de protection sur l'artefact, que vous ne pourrez vendre ou échanger sous aucun prétexte. Les mêmes limitations s'appliquent à votre sœur. »

Je fus saisi par la peur, et Andrei Soloviev me regarda et se mit à rire à gorge déployée :

« Timothy, vous avez été naïf de croire que la corporation ne vérifierait pas tous les appels de vos collaborateurs et contacts, in-game comme à l'extérieur du jeu. Les services de sécurité ont contrôlé l'identité de Valerianna Prestepas dès le premier jour. Votre sœur a commencé le jeu en faisant appel à des options peu utilisées débuter dans une zone spécifique pour pouvoir jouer avec une personne spécifique. Elle a aussi contourné la procédure standard de vérification de l'âge. En s'inscrivant, elle a fourni sa carte d'invalidité où son âge ne figure pas plutôt que sa carte d'identité. Autant vous dire que nous avons remédié à cette erreur. »

« Mais, les mondes virtuels sont le seul exutoire de ma sœur handicapée. Ca lui donne un moyen d'oublier la réalité. Elle pense que cela lui permet de se réaliser, de voyager, de parler à des gens à plein de gens ! Et sans ma sœur, *Boundless Realm* n'aurait plus aucun sens à mes yeux ! » Je fus envahi par la crainte que Valeria soit bannie du jeu.

« Nous ne nous opposons absolument pas au fait que votre sœur continue de jouer », assura mon boss. « Aujourd'hui, j'ai même proposé qu'on l'engage en tant que testeuse officielle avec un salaire fixe, car après tout, elle joue un peuple assez rare et elle a du talent. Mais la hiérarchie en a décidé autrement. Votre sœur est trop jeune, et *Boundless Realm* est classé 18 ans et +. C'est une chose de ne pas "remarquer" son âge, c'en est une autre d'embaucher une enfant pour tester des contenus adultes. Ça sentirait l'illégalité à plein nez. Donc vous pouvez continuer à jouer ensemble. Notre corporation ne s'oppose pas à votre alliance. »

Je poussai un soupir de soulagement puis Mark Tobius me mit une double epic combo.

« Par contre, sachez que vous et votre sœur ne devez jamais partager de propriétés virtuelles. Surtout les pièces. Si votre Gobelin détenait de l'argent virtuel de votre sœur, ce serait un délit et vous risqueriez un bannissement à vie de vos personnages et une fort véritable convocation au tribunal. J'imagine que c'est clair ? »

Je lui confirmai que j'avais effectivement signé un avertissement sur ce point avant de commencer mon travail de testeur. Mon nouveau boss hocha la tête, satisfait.

« C'est excellent, Timothy. Car pour certaines raisons, plein de gens veulent travailler pour *Boundless Realm* dans l'unique but de retirer un capital virtuel, avec un certain abattement bien entendu. Même dans le groupe engagé il y a trois jours, la moitié a été virée pour complicité avec des criminels spécialisés dans le retrait d'argent virtuel. Et c'est une bonne chose que vous ayez avoué vos fautes. Vos relations ont été passées au peigne fin et ne sont pas un obstacle à votre travail. »

L'homme corpulent finit par admettre l'impossibilité

d'emboîter son séant dans ce fauteuil, se redressa de guerre lasse et se dirigea vers sa nouvelle assistante.

« Vous vous appelez… ? Jane, commandez-moi un fauteuil normal pour demain. Je ne veux pas de cette saleté. Et préparez une cafetière pleine de café fort. La journée avance et je n'ai pas les idées claires. »

« Et apportez-moi du café, voulez-vous ? » ordonna le chef de la sécurité, et la fille s'en alla lui en préparer.

Pensant que le sujet était clos, je me levai à mon tour, mais mon boss me stoppa dans mon élan.

« Attendez Timothy. Il reste encore des détails organisationnels à régler. J'ai entendu dire qu'on vous avait promis la validation de votre période d'essai quand la mission La curiosité et le chat serait accomplie. Hélas, je ne peux pas honorer l'engagement de mon prédécesseur. Je dois avant tout prendre mes marques et apprendre à mieux connaître mes collaborateurs. Le fait que vous restiez ou non dépendra en grande partie de ce que vous ferez de ce précieux œuf. Disposez-en comme bon vous semble, mais ne le vendez pas ! »

« Je ferai de cet œuf quelque chose d'inédit. Et si je le mangeais ?! » gloussai-je.

Mark Tobius s'étouffa avec son café. Jane, l'air serein, apporta une serviette de table, essuya le café recraché et annonça qu'elle allait préparer une nouvelle tasse. Là, Andrei Soloviev clarifia, avec une attitude peu confiante :

« Timothy, c'était sûrement une boutade mais, en tout cas, je ne pense pas que vous auriez le cran de manger un million de crédits ».

Je m'efforçai de dissimuler ma stupeur.

« Sérieusement, je doute que l'œuf de wyverne vale autant. »

Le chef de la sécurité in-game sirota son café jusqu'à la dernière goutte, observa une peinture murale abstraite puis déclara pensivement :

« C'est toujours difficile de définir la valeur d'un objet unique. Regardez ce tableau. J'ai vu dans les rapports qu'Alexandro Lavrius l'avait acquis pour cent-trente-mille crédits. Mais, quand on y pense, en quoi cette peinture se distingue-t-elle de la centaine d'autres vendue dans des solderies pour trois fois rien ? Ça tient au fait qu'un acheteur est prêt à y investir cent-trente-mille. C'est le même topo quand on parle d'une poignée de bits dans un jeu vidéo. C'est la demande qui définit la valeur des choses. Il y avait un acheteur prêt à débourser ce montant exact pour l'œuf de wyverne : dix millions de pièces virtuelles. Un objet similaire, un œuf de griffon, qu'un joueur avait également obtenu en réussissant la quête La curiosité et le chat il y a six mois, a été vendu aux enchères pour six-millions-sept-cent-mille pièces virtuelles. En-dehors de ça, la toute première monture ailée, l'agrion d'argent géant, a donné lieu à des investigations criminelles sérieuses dans le monde réel et a coûté la vie à trois personnes. »

L'officier de la sécurité se tut, mais mon nouveau boss reprit immédiatement le fil de ses pensées :

« Actuellement, il n'y a que dix-sept montures ailées dans tout *Boundless Realm*. En plus, dans le continent sud où les joueurs vivent selon le même fuseau horaire que nous, les seules montures ailées sont des pégases immaculés. La *Légion d'acier* en a reçu une en récompense l'an dernier pour une victoire dans un tournoi de clan en JcJ. Votre Wyverne pourrait être la sixième du continent et la dix-huitième de tout l'univers. Et je dis bien "pourrait" car je pense sincèrement que vous pourriez manger cet œuf. Si je doute, c'est à cause de la combinaison de mots "votre wyverne". Il y a très peu de chances pour que votre frêle Gobelin garde la propriété d'un objet aussi précieux. Les joueurs vont se bousculer pour voler l'œuf. S'ils vous retrouvent, ils tueront votre personnage sans relâche, jusqu'à ce que le butin soit enfin lâché. Aussi, vous risquez de subir du doxxing et c'est la porte ouverte au harcèlement dans le monde réel. Ce n'est sûrement pas ce que vous souhaitez. »

Je restais muet un petit moment, puis je lui demandais comment les joueurs pourraient savoir que j'avais cet œuf puisque je n'en disais rien dans ma vidéo. Andrei Soloviev répliqua :

« Seuls quelques employés connaissent l'identité du propriétaire de l'œuf, mais tous ont signé un accord de non-divulgation. Aucun joueur n'en a la certitude. Mais les clans les plus avancés veulent s'offrir une monture de Wyverne et, dans les jours à venir, ils vont passer en revue tous ceux qui ont participé à l'événement, et ceux qui se trouvaient à proximité de l'île des wyvernes. La bataille a pris fin il y a deux heures, à la mort de Kayervina. C'était la quatrième tentative, mais l'œuf n'a jamais été trouvé. Pour l'heure, voici ce que l'équipe technique de *Boundless Realm* répond invariablement aux milliers de requêtes :

"L'événement s'est déroulé en parfaite conformité avec les mécaniques du jeu. L'œuf de Wyverne restera in-game et est actuellement détenu par un joueur fort rusé dont le pseudo ne peut être divulgué pour des raisons évidentes." »

La tablette de mon boss, posée sur la table, émit un bip. L'homme adipeux s'en empara, fit défiler rapidement plusieurs fenêtres et décocha un sourire :

« Nous avons reçu un rapport du département des événements et animations de *Boundless Realm*. Malgré la spontanéité de l'événement de masse, il s'est plutôt bien déroulé. Neuf-mille-cinq-cents joueurs étaient présents, et seuls cent-soixante-dix n'ont pas péri une seule fois. En plus, trois des cent meilleurs joueurs sont morts aujourd'hui et ont perdu pas mal de points d'expérience en cours de route. Ce genre de cas est assez rare et stimule l'esprit compétitif. Des milliers d'objets et de pièces d'équipements ont changé de mains, dont une flopée de rares et deux légendaires. Un conflit a aussi éclaté entre les *Cerbères* et les *Seigneurs du chaos*, respectivement les deuxièmes et troisièmes clans les plus puissants du continent sud, dans un marécage qui pullule de bêtes aquatiques. Ça, ce n'était que la cerise sur le gâteau. Des enregistrements vidéo de la bataille sont diffusés en ce moment sur de nombreuses chaînes. L'intérêt des *viewers* est énorme. Les *Seigneurs du chaos* qui ont remporté la bataille et pulvérisé la mère des serpents ont fortement renforcé la notoriété du clan et de sérieuses répercussions politiques sont à prévoir. »

Mark Tobius écarta la tablette et se tourna dans ma direction.

« Nos supérieurs sont plutôt satisfaits dans l'ensemble. En tant qu'instigateur de toute cette activité, l'entreprise vous accorde une sorte de prime. C'est Jane qui établira le paiement. Vous toucherez l'argent d'ici demain matin. Moi, je passe l'éponge sur le fait que vous avez exploité un gardien PNJ pour une chasse à la grenouille illégale. Le partage d'XP quand on tue des créatures agressives se calcule selon une autre formule avec des défenseurs clés du village. La récompense est accrue pour tout le groupe pour que les PNJ fraîchement spawnés accèdent vite à un niveau assez élevé. Exploiter ce genre de "filon" pour farmer est une fraude manifeste et, si vous récidivez, les conséquences seront lourdes... »

Le directeur se tut, tandis qu'un grondement retentit sur le téléphone au fond de ma poche. C'était un message de ma sœur :

« *Trong le plongeur est de retour. Il passe niveau huit. J'en ai fait mon affaire. Tu reviens quand ?* »

« Ma sœur s'inquiète. Elle veut savoir quand je reviendrai, » fis-je en m'excusant de l'interruption.

« Dites-lui que vous n'allez pas tarder, » répondit mon boss en ricanant. « Cet entretien est fini, Timothy. Vous pouvez retourner au travail. Et je vous rappelle que vous n'avez qu'une demi-heure de protection sur l'artefact. »

Trouver ma voie

« JE NE VOIS AUCUN inconvénient à ce que les administrateurs soient au courant, par contre, on doit se garder de prévenir les joueurs. Qu'ils continuent à croire qu'on agit indépendamment. Connecte-toi. La météo est parfaite pour toi. Temps nuageux ! Orage en vue ce soir ! J'ai des visiteurs très importants près du fortin. On en reparlera. »

Après avoir remercié ma sœur de ce point sur la météo, et sans l'interroger sur ces visiteurs imprévus, je m'étendis dans la capsule de réalité virtuelle. Ma quatrième session de jeu débuta alors. Avant de me lancer, je consultai la fiche de personnage :

Nom	Amra

Peuple	Gobelin vampire
Classe	Herboriste
Expérience	27 450 sur 31 000
Niveau	17
Points de vie	150/150
Points d'endurance	122/122
Statistiques	
Force (F)	18 (18)
Agilité (A)	15 (39,7)
Intelligence (I)	5 (6,7)
Constitution (C)	20 (24,5)
Perception (P)	3 (12,75)
Charisme (Ch)	30 (33)
Points à affecter	6
Compétences primaires (5 sur 5)	
Herboristerie (P A)	4
Marchandage (Ch I)	3
Alchimie (I A)	2
Esquive (A P)	7
Furtivité (A C)	9
Compétences secondaires (3 sur 5)	
Voile	2
Acrobatie	5
Armes exotiques	3

J'étais franchement pas content que ma compétence obligatoire, l'Herboristerie, soit bien moins développée que l'Endurance et mon et l'Esquive. Cela ne faisait pas très sérieux pour le légendaire ramasseur de champignons et autres herbes qu'était Amra. Mais bon, rien de grave. Une ou deux nuits à pratiquer l'Herboristerie et tout rentrerait dans l'ordre. Du moment que je m'y tenais.

Avec les six points de stats obtenus sans rien faire, je n'allais pas réinventer la roue. Je persistais à développer la même voie, en investissant quatre points en charisme et deux en agilité. Quant aux deux slots libres des compétences secondaires, j'hésitais plusieurs minutes pour, au final, ne rien choisir. Je pourrais faire un choix lors de ma progression en jeu. Bon, allez, chargement... Avant le rechargement de l'univers, un message apparut sur fond d'écran noir, décrivant mon trépas de la nuit passée. Un lien en bas de l'écran me permettait de consulter en détail les causes de cette fin horrible. En cliquant sur le lien, les rapports s'affichèrent sous mes yeux :

Dégâts subis : 107 888 points (165 981 dégâts de poison de Kayervina, 35 % de résistance au Poison)

Dégâts subis : 230 891 points (230 891 dégâts d'acide de Kayervina)

Dégâts subis : 123 893 points (123 893 dégâts de feu de Kayervina)

Vous êtes mort à 05:44:37.889
3015 XP perdus
Vous pouvez à présent respawner

La mère des serpents ailés m'avait mis une belle raclée ! Plus précisément, elle m'avait infligé une brûlure acide. Je rectifiai cela dans ma tête, car les dégâts d'acide de Kayervina avaient eu un effet dévastateur. Pour autant que je sache, les dommages collatéraux de ce type de dégâts étaient très pernicieux. Ils pouvaient endommager voire détruire un équipement. J'imaginais la tempête de jurons proférés par les joueurs lorsqu'ils s'étaient fait anéantir par le souffle de Kayervina !

Après avoir fermé la fenêtre, je choisis le menu « Continuer la partie ». L'écran s'alluma et je me retrouvai assis sur une pierre recouverte de runes qui émettait un léger grésillement. À peine eus-je le temps d'observer mon environnement proche qu'une voix déconcertée et enjouée résonna à côté de moi :

« Mais quelle est donc cette abomination verdâtre ? »

À quelques mètres de moi, un homme se tenait là, incliné contre un long bâton sculpté, vêtu d'une robe de sorcier bleue foncée cousue de runes argentées. Son visage était à moitié encapuchonné. Seul son menton anguleux et barbu était visible.

Klaus Sanfaille [BRUTES]
Humain
Mage élémentaire niveau 55

Je m'efforçai de garder mon sang-froid malgré le flag Criminel qui surmontait la tête du sorcier et son appartenance au clan des Brutes.

« Dis Klaus, c'est pas le Gobelin qui t'a vendu la map ? » Me tournant vers la voix de l'autre joueur, j'aperçus un garçon vêtu de cuir noir, assis près d'une souche. Il portait sur le dos deux épées longues et recourbées et son visage était partiellement recouvert d'un masque qui ne laissait que deviner son menton et ses yeux. Pas besoin d'aller consulter sa fiche personnage pour deviner que c'était un assassin :

Perros Sanmerci [BRUTES]
Humain
Assassin niveau 44

Le même flag Criminel planait au-dessus de sa tête, avec le même tag du clan *Brutes*. Ces types n'étaient pas des enfants de chœur. C'étaient des PK sans foi ni loi qui tuaient par plaisir. Là j'étais dans de beaux draps... Il ne servait absolument à rien de courir, encore moins de me battre. Je tentai de jouer la carte du type un peu benêt, un peu naïf, totalement à côté de ses pompes.

« Vous, humains ! » dis-je. Vous deux seuls joueurs rencontrés partie ! Au début Amra a deux compagnons : naïade et nymphe. Mais moi m'enfuir et après... où passées ? Moi seul, m'ennuyer jouer avec robots. Vous pas savoir comment moi content de croiser vrais vivants. »

« Ouep. C'est bien lui. Le gars qui fait des vidéos avec des commentaires moisis ! » s'exclama l'assassin, tout excité de me reconnaître. « Il a escroqué tous les joueurs de cent pièces pour la carte. Il a dû se faire des montagnes de fric avec ça... »

J'étais un peu choqué. Le premier fan que je rencontrai était un assassin.

« Non, il est fauché. Il n'a que onze pièces. J'ai même pas envie de les lui voler. » Un troisième personnage derrière moi sortit de l'invisibilité. C'était un humain de type asiatique portant une robe de taffetas noire et des vêtements sombres moulants.

Lee Preste_Doigts
Humain
Voleur niveau 50

« T'as pas trouvé un œuf de wyverne dans son inventaire, par hasard ? » demanda le mage d'un ton moqueur, même si une impatience nerveuse se lisait sur son visage.

J'étais tétanisé. Le glas allait sonner. Le contenu de mon sac serait révélé, le précieux œuf découvert et dérobé. Et le pire, c'est que j'étais impuissant. Le rapport de force était trop inégal.

« Pas l'ombre d'un œuf. C'est ce que j'ai cherché en premier. Par contre, il y a une tripotée de plantes, de baies et de fleurs. En gros, c'est un botaniste. Ses objets les plus précieux sont trois morceaux de peau de wyverne, un matériau pour les tanneurs. »

Pourtant, je voyais bien l'œuf doré dans mon inventaire. Dans ses propriétés, un compte à rebours affichait vingt-huit minutes. Ce devait être la protection de l'artefact. Les autres joueurs n'y voyaient que du feu. Revenant un peu à moi, je commentai les dires du voleur :

« Peau de serpent pour mission. Dans île wyverne moi marcher avant. Serpent ailé détruit veste fourrure et culottes. Maintenant moi fabrique nouveaux vêtements. »

À ces mots, les trois voleurs et assassins m'examinèrent de plus belle. Je me tenais devant eux vêtu d'un simple pagne. Les développeurs de *Boundless Realm* avaient fait en sorte que le dernier article vestimentaire demeure inaltérable. Rien ne pouvait détériorer ce tissu, ni l'acide le plus puissant, ni la lave des volcans, ni la lame la plus tranchante.

« Je ne vais pas me salir les mains pour ce petit Gobelin. Combien de temps avant que ton flag disparaisse ? » s'enquit le mage Klaus auprès de l'assassin.

« Une heure et dix-sept minutes, » répondit Perros après une seconde de pause, grimaçant de dépit. « Je ne le sens pas. Prendre un malus de quatre heures "juste pour ça" ? On pexera rien, on lootera rien sur le gob. Je passe mon tour. »

Le voleur acquiesça aux propos de son comparse et se tourna vers moi : « C'est ton jour de chance, petit gob ! On te fera pas de mal. Trace ta route. »

Je ne tentai pas le diable et je pris mes jambes à mon cou, loin du trio de malheur. Mais au bout d'une quarantaine de pas à peine, un éclat de lumière brilla derrière moi et je fis volte-face en un éclair.

Sur le rocher vrombissant apparut un bretteur/rétiaire en cuirasse qui venait de respawn. Je ne pris même pas le temps de regarder son nom et me concentrai sur son niveau. Cinquante-neuf. Trop faible pour affronter les trois tueurs. C'est ce qu'on appelait un coup de malemoule, ou un epic fail, ou un 20 naturel. Bref c'est foiré! Comprenant immédiatement ce qui se passait, je détalai pour sauver ma peau.

Comme prévu, le combattant fraîchement ressuscité n'était pas de taille à affronter les trois Brutes et, dix secondes plus tard, c'était parti pour un nouveau tour au respawn. Le trio de PK n'avait plus rien qui les retenait de me tuer maintenant que leurs chronos de criminels étaient réinitialisés,.

« Hé, petiiiit gobelinnn, reviens. Faut qu'on parle ! Vient voir le monsieur » m'apostropha le mage.

Ha ! Dans tes rêves ! Entre-temps, j'avais dévalé la colline et, me frayant un chemin parmi les hautes herbes, je détalais vers la forêt. Plus que trente mètres avant d'être hors d'atteinte. Comme s'il lisait dans mes pensées, l'assassin me tira dessus. Au début, je remarquai le danger sur la mini map. On aurait dit une flèche brillante et rapide. Tournant furtivement la tête tout en courant, j'aperçus une grenade bleue enchantée me pourchassant depuis la colline. Je m'empressai de modifier ma trajectoire pour esquiver sa zone de frappe estimée. Un bruit sourd retentit derrière moi et un vif éclat éclaira les bois crépusculaires.

Contrôle d'agilité réussi
Gain d'expérience : 8 XP

Contrôle d'agilité réussi
Gain d'expérience : 8 XP

Contrôle d'agilité réussi
Gain d'expérience : 8 XP

J'esquivai les fragments bleu foncé, mais une onde de pression provoquée par l'explosion me faucha les pieds. Je tombai à terre et fis une roulade dans l'herbe.

Dégâts subis : 134 (203 dégâts de froid niveau 20 Sphère glacée, 35 % résistance au froid)
Effet transi durant 3 secondes

Contrôle de constitution réussi

~ Testeur de Contenu ~

Gain d'expérience : 16 XP

Niveau de PV : *16/150*

J'étais étendu sur l'herbe dense et bleutée, recouverte d'un manteau de givre, au sein d'un vaste cercle de quinze mètres de diamètre creusé par la déflagration. Mais le pire, c'est que je n'étais qu'à un bras de distance de l'herbe fraîche, suave et exquise qui ondulait dans la brise. Plus que quelques pas avant de trouver le salut !

Trois, deux, un... À peine le compte à rebours de paralysie terminé, je bondis brusquement et, faisant craquer la glace sous mes pieds, je me faufilai dans les bois. J'entendis même les bandits derrière moi pousser des hurlements, surpris par l'agilité dont je faisais preuve. Enfin. Une dense végétation me séparait désormais des ennemis. En plus, atout non négligeable, mon aptitude de peuple devenait enfin utile :

+30 % de bonus à la vitesse de déplacement sur les tuiles sylvaines et marécageuses

Je filai à toute allure, constatant non sans inquiétude la disparition de l'un des point rouge sur la mini map. Un voleur ou un assassin était invisible. Me suivait-il ou s'était-il juste assis sur la colline ? Comment le savoir ?

« Amra, un ogre de niveau huit est venu au fortin. Il prétend que tu l'as engagé pour réparer la barrière. Je le tue ou il dit la vérité ? »

Le message privé de ma sœur tombait vraiment au pire

moment. Je m'élançai la tête la première contre le tronc d'un arbre vieux de cent ans. Forcément, il fallait bien entendu que la fenêtre contextuelle se plante en plein milieu. Je repositionnai le cadre de façon optimale tout en courant et lui envoyai ma réponse.

« *Ok. Nourris-le. Il a très faim, laisse le travailler. J'ai plein de projets le concernant. Il pourrait nous aider à ériger des défenses autour de la maison.* »

Heureusement, Shrekson avait réussi à atteindre ma maison. J'espérai qu'il plaise à ma sœur. Et qu'il passe niveau vingt d'ici la fin de la semaine, après avoir bien travaillé. Qui plus est, ils formeraient une équipe efficace avec la nymphe : l'ingénieure pourrait ferait les plans de constructions et de défenses, et il les matérialiserait. Tous deux monteraient ainsi en niveaux, pexeraient et en tirerait avantage. Hé ! Perdu dans mes pensées, j'échappai de justesse aux griffes d'une créature tapie dans les buissons qui tenta de me sauter dessus.

Test de réaction réussi pour Animal des Bois, dangereuse, niveau 27
Gain d'expérience : 20 XP

Le sanglier niveau 23 montra ses défense mais il se contenta de suivre des yeux mon Gobelin d'un air ahuri tandis que je tentais de continuer silencieusement ma course à travers bois. Pardon mon gros, je ne voulais pas t'effrayer. Je regardai rapidement la mini map et je vis qu'on me suivait. Un triangle rouge apparaissait à côté du marqueur jaune de la créature Sylvestre. Une seconde plus tard, le sanglier fut rayé de la carte.

Le joueur taggué Criminel prit son loot puis redevint invisible. La question de savoir si j'étais suivi était résolue. Il était évident que le « Brute » voulait me faire la peau.

Je rejetais d'un revers de la main l'envie fugace de me laisser tuer pour échanger l'artefact sont ma vie, puisque pour le moment il ne pouvait pas le voir dans mon inventaire. Je n'étais pas du genre à m'avouer vaincu. De toute façon, en respawnant je croiserai les mêmes PK une heure plus tard. Il me fallait donc courir, sans arrêt, sans jamais sortir de la forêt et sans perdre mon bonus de vitesse.

Mais dans quelle direction ? Sûrement pas au fortin. Même un imbécile savait qu'il ne fallait pas attirer son prédateur dans son repaire. Les PK trouveraient ma sœur et le constructeur qui venait d'arriver sur place. Clairement un scénario que je voulais éviter à tout prix. J'agrandis la map et ajoutai la balise de destination Village de Tysh pour créer un itinéraire direct. C'est là qu'il y avait le plus grand nombre de PNJ gobelins de haut niveau capables de me débarrasser de ma remorque . Modifiant l'itinéraire défini pour qu'il passe toujours par la forêt et les marécages, je refermai la map pour me concentrer sur la course.

« *Tu ne m'échapperas pas, Gobelin. Je te vois sur la carte, inutile de courir.* »

L'expéditeur de ce message privé était *Perros Sanmerci*. Cela veut dire que c'est l'assassin qui me poursuivait. Je ne lui répondis pas, observant ma jauge d'endurance se vider graduellement. Le sprint épuisait mes forces. Mon poursuivant s'en était aussi visiblement apperçu.

« *C'est idiot de courir. Tôt ou tard, tu seras à court d'endurance et tu devras t'arrêter.* »

Chaque minute de course drainait cinq points d'endurance. J'avais alors 92 PE sur un total de 122, ce qui me laissait assez de temps pour courir dix-huit minutes. Je rouvris la carte pour estimer le temps restant avant de gagner Tysh. Vingt-trois minutes. Mauvaise nouvelle ! Si je ne réagissais pas, mon endurance s'épuiserait avant d'avoir eu le temps de me mettre à l'abri.

Il me faudrait d'abord boire tout l'élixir d'endurance que j'avais fabriqué. +4 PE, pas terrible, mais c'était mieux que rien. Il me restait par ailleurs des mûres dans mon inventaire, chacune restaurant un point d'endurance. Avec les baies, je me saisis de l'un des quatre morceaux de viande de wyverne que j'avais gardés. La viande ne m'octroya pas d'endurance, mais elle me rassasia et me restitua quinze points de vie.

Voulez-vous prendre Coureur (C F) comme compétence secondaire ?

Cela faisait une éternité que le système ne m'avait pas proposé une nouvelle compétence. Que faisait le « Coureur » ? Je lus sa description. La vitesse de course augmentait de 1 % par gain de niveau. Si l'assassin et moi faisions un marathon, j'aurais pu m'y intéresser. Mais dans le cas présent, être capable de courir un tout petit peu plus vite ne me seraient d'aucun secours. Même si ça donnait des idées... Je me souvins d'une compétence suggérée la veille, alors que je pagayais depuis des heures. C'était quoi, déjà ? Athlétisme ? Oui, c'est ça ! L'athlétisme augmentait l'endurance d'un point par niveau de compétence.

~ Testeur de Contenu ~

Vous avez pris Athlétisme comme compétence secondaire
Niveau de compétence : 1
Compétences secondaires choisies : 4 sur 5

Et presque immédiatement, avant même que cinq secondes se soient écoulées, l'investissement porta ses fruits :

Compétence Athlétisme améliorée au niveau 2 !

Parfait ! Le temps d'arriver à Tysh, le niveau de ma compétence doublerait, voire triplerait. Je refis mes calculs, le sourire jusqu'aux oreilles. J'avais dorénavant bien assez d'endurance pour m'en sortir.

« *Amra, toujours pas claqué ? Si tu t'arrêtes, je te ferai une belle mort.* »

« Va frotter mon petit poireau vert ! » J'avais pourtant dit autre chose, dont le sens était proche mais en version moins polie. Le traducteur automatique de langue gobeline avait choisi ces mots-là. Bref.

Perros ne cacha pas le fait que ma réponse lui plaisait moyennement. L'assassin commença à débiter pas mal de grossièretés, évoquant ses relations intimes avec des spécimens du peuple Gobelin à la vitesse d'une mitrailleuse. Je me contentai de rire. Si l'ennemi pouvait si facilement être déstabilisé, il serait moins lucide et plus enclin à commettre des bourdes.

« *Attention ! Il y a deux PK près du lieu de respawn au sud-est de l'île de wyverne. Un mage et un voleur. Niveaux 55 et 51* », signala une archère elfe de niveau 62 dans le *chat* local.

Le chat s'anima immédiatement et se mit à déborder d'offres

pour l'aider à tuer les PK.

« *Perros, lâche le petit Gobelin et reviens ici tout de suite. Sans toi on n'a pas pu tuer l'archère. Elle rameute des renforts. On doit repartir au château.* »

« *Klaus, espèce d'idiot, on est sur le chat public là ! Vous deux, foutez le camp. J'ai un parchemin de portail pour aller en ville* », écrivit l'assassin toujours à mes trousses.

Je suppose que le fait de répondre sur le global était une erreur de sa part. Je commençais à reconsidérer le fait de trouver refuge au village. Maintenant je ne voulais rien de plus que de tuer mon petit arrogant de poursuivant.

Compétence Athlétisme améliorée au niveau 5 !

Quelle qu'en soit l'issue, la traque touchait à sa fin. J'avais juste assez d'endurance pour courir quelques minutes de plus et heureusement la route vers Tysh apparaissait sur la carte. J'attirai mon poursuivant jusqu'à la tour d'où les Gobelins surveillaient le chemin menant au village, là où j'avais rencontré mon premier congénère. J'espérais y trouver quelqu'un...

Bingo ! Sur la carte, je vis trois PNJ surmontés de crânes noirs. J'étais sauvé !

Le trio de Gobelins creusait un puits avec zèle pour planter une borne frontalière en bordure de route, ameublissant la terre à l'aide de pieux aiguisés puis l'excavant de leurs larges mains. La borne, posée sur le bas-côté, était ornementée de visages effrayants gravés dans le bois clair. Le chef Ugruem était assis sur une bûche, las, tenant le crâne d'un animal cornu, souillé de terre et blanchi par le vent. Quand je fis irruption, les Gobelins se mirent en garde. Les creuseurs escaladèrent du puits pour en sortir. Parmi les ouvriers, un archer gobelin de niveau 47 et Tarek GrandPied. À côté se tenait un jeune ouvrier Gobelin à la silhouette élancée, en veste de cuir, que je rencontrai pour la première fois :

Shikir
Gobelin berserker niveau 69

Les quatre Gobelins guettaient attentivement mon approche. Ils se doutaient qu'il devait bien y avoir une raison à ce qu'un gobelin courre tout en dégoulinant de sang.

« Tueur de Gobelin à mes trousses ! » m'écriai-je à distance. « Il me suit, mais il est invisible. Il se trouve à cent pas de moi. Tarek, c'est lui, l'enflure qui a défoncé votre bateau adoré ! Chef Ugruem, il vous a traité de vermisseau moisi ! Il a juré de fabriquer un paillasson en peau de Shikir pour essuyer ses pieds sales dessus ! »

Ça marchait ! Les Gobelins, montrèrent les dents et brandirent leurs armes avant de regarder, perplexes, le sentier vide derrière moi. Le plus éveillé de la bande, à ma grande surprise, fut le berserker. Avec ses grandes paumes, il ramassa une poignée de poussière sur le bas-côté et la lança dans les airs. Le vent transporta docilement le filet de poussière jusqu'à la route, nous révélant les contours d'une silhouette en mouvement. Cent pas ? Vers la fin de la course-poursuite, moins de vingt mètres nous séparaient. Hors de la forêt, l'écart entre nous deux s'était dangereusement réduit. Je m'emparai de ma sarbacane et, m'éloignant un peu en traversant le groupe, tirai une fois en veillant à bien estimer la vitesse de déplacement de l'assassin. Dans le mille !

Dégâts infligés : 31 (108 dégâts missile - 77 armure)

L'archer avait touché la cible au même moment. Un projectile d'un bon mètre de long transperça le genou de l'assassin, et l'homme vacilla puis s'écroula au sol.

« Ne le laissez pas s'échapper ! » hurlais-je-je tout en rechargeant mes munitions, mais mes comparses avaient bien compris qu'il fallait empêcher l'ennemi de se relever et de nous esquiver à l'aide de ses compétences.

Le berserker, imité par le chef une seconde plus tard, fit une démonstration de son agilité en effectuant un saut monstrueux pour atterrir tous juste devant le tueur prostré au sol. Perros Sanmerci sortit enfin de l'invisibilité. Sa jauge de vie frôlait la zone rouge après le coup simultané porté par les deux Gobelins de haut niveau. Tarek GrandPied, qui s'était élancé une seconde plus tard, fracassa la tête de l'assassin avec son morgenstein. Elle explosa comme un fruit trop mur avec un splotch particulièrement réjouissant.

Compétence Armes exotiques au niveau 4 !
Gain d'expérience : 13 440 XP
Réussite débloquée : Assassin de joueur (2)

~ Testeur de Contenu ~

Niveau dix-huit !

Niveau dix-neuf !
Capacité de peuple améliorée : 40 % de résistance au poison
Capacité de peuple améliorée : 40 % de résistance au froid

Je parvins cette fois-ci à tenir sur mes jambes, même si mes genoux flageolaient encore sous l'effet de l'adrénaline. Tarek GrandPied me regarda attentivement, son visage verdâtre se fendit d'un sourire satisfait et quasi édenté (le père de Taisha avait une canine en moins)

« Ouah Amra, quelle évolution ! Moi aussi je m'aguerris ! »

La fiche du guerrier Gobelin indiquait qu'il était alors niveau 78. L'archer avait aussi *levelé* et jubilait. Mais le chef Ugruem était plus tempéré :

« C'était un immortel. Il renaîtra bientôt. Et il criera vengeance... »

« C'est fini, Amra. Fais tes adieux ! Je ne dormirai pas tant que je ne t'aurai pas tué dix fois ! Je vais te poursuivre partout o tu iras, te retrouver IRL, te broyer les membres !!! » Perros, qui n'était plus en jeu, m'écrivait par messagerie privée.

« Sa vengeance, il ne l'assouvira pas sur vous », fis-je pour rassurer le chef. « Il a une dent contre moi. Même si Tarek GrandPied a asséné le coup fatal, l'assassin pense que je l'ai tué puisque c'est moi l'immortel. Ainsi va la loi des immortels : nos querelles se règlent entre nous. Nous n'éprouvons aucun grief envers vous autres. Sérieusement, merci à tous ! Vous m'avez sauvé la vie et je saurai m'en souvenir ! »

Les Gobelins décochèrent un sourire satisfait en entendant

des paroles flatteuses qui ne pouvaient qu'améliorer ma réputation. Leur estime s'était nettement renforcée.

Mission accomplie : Socialisation 2/3
Gain d'expérience : 3200 XP

Si vite que ça ?! Je vérifiai les informations, dubitatif. Eh bien oui ! L'estime moyenne de mon Amra était maintenant de 51,6 dans le village ! Plus que 785 points d'expérience pour passer niveau vingt. Ce qui n'était pas grand-chose. Il me suffirait de finir une poignée de quêtes simples pour atteindre mon but !

Avant de m'atteler à d'autres tâches, je plaçai Perros Sanmerci dans ma liste de surveillance pour savoir à tout moment si son ennemi était en ligne et je le marquai par défaut sur la carte. D'ailleurs, sa fiche de personnage indiquait qu'en raison de la perte d'expérience consécutive à sa mort, l'assassin était retombé au niveau 43. Et ce n'était que le début. J'ouvris la fenêtre de *chat* public et écrivis :

« *Petit Amra faible tuer assassin puissant (là j'intégrai un lien vers Perros Sanmerci). Aux ennemis des* Brutes *rdv 20:19 lieu de réincarne, sud île wyverne. Vous pourrez encore tuer Perros. Et l'heure suivante aussi. Vous pourrez le tuer quatre fois. Vous donnerez une leçon à l'assassin. Lui remettre les idées en place.* »

Le *chat* local fleurit de commentaires enthousiastes. Les joueurs faisaient la queue pour abattre le PK, surtout parce qu'il faisait partie des *Brutes*. Parmi eux, on comptait ceux qui avaient été la proie de l'ennemi ce jour. Que dire ? Si l'assassin avait été assez imprudent en choisissant le lieu de respawn le plus proche, cette leçon serait mémorable.

Alors que j'étais assis l'air hagard, perdu dans mes réflexions, Ugruem se pencha au-dessus de la dépouille de Perros Sanmerci et ôta de son doigt une bague en or sertie d'une grosse pierre bleue brillante. Le chef essaya le bijou sur son doigt-saucisse, mais elle n'allait même pas à son auriculaire.

« C'est pour ma femme. Elle raffole de babioles, » et le Gobelin endurci flanqua le trophée dans sa poche.

J'en fus abasourdi ! Il pouvait y avoir un butin très précieux ! Tandis que je m'approchai du cadavre, Tarek GrandPied se mit en travers de mon chemin :

« Recule. On pille par ordre d'ancienneté ici ! »

Je ne discutai pas ses ordres et reculai d'un pas. De tout l'inventaire de l'assassin mort, il ne restait qu'un parchemin magique qui m'était indéchiffrable :

Niveau d'intelligence insuffisant pour identifier l'objet

Je parvins toutefois à recueillir deux fioles de sang humain et, sous le regard ébahi des Gobelins, les rangeai dans mon sac en leur expliquant qu'il me fallait du sang pour mon alchimie. C'était possible techniquement parlant, mais c'était en réalité la jauge Soif de sang, dans la zone critique (7/20) qui me préoccupait. Je ne tiendrai pas la nuit sans ma dose, et chasser des créatures nocturnes cette nuit serait risqué car les joueurs avaient investi les bois.

« Bon allez, au travail. On doit marquer la frontière de notre territoire pour dissuader les intrus ! » Le chef Ugruem repartit, bien décidé à creuser la terre.

Le berserker Shikir regarda, sceptique, les pieux de bois

émoussés dont ils se servaient pour casser la terre sèche.

« Ugruem, il faut demander une pelle simple à Nyle ou on va y passer la nuit ! »

« Ouais, j'ai déjà demandé ! » apostropha le chef. « Nyle m'a envoyé balader. Ce vieil avare n'a jamais oublié ce jour où, il y a trois ans, on a cassé sa scie de qualité pour dégager le chevalier de son armure. Il ne me donnera rien. Hors de question que je m'abaisse à négocier avec lui ! »

Si ça, ce n'était pas une nouvelle quête, mon Amra était le pape et moi saint Pierre ! Je leur proposai mes services. Shikir et Ugruem échangèrent un regard et acquiescèrent.

Mission reçue : Obtenir une pelle pour les terrassiers
Classe de mission : Normale
Récompense : 80 XP

La maigre récompense ne me contraria pas. Cela faisait un moment que je voulais parler au marchand local et l'opportunité se présentait. M'éloignant un peu plus des quatre Gobelins, j'avalai une fiole de sang pour étancher ma Soif.

Réussite débloquée : Goûteur (6/1000)

La maison du marchand n'était pas bien différente des autres. C'était une petite habitation, très trapue et à moitié creusée dans le sol. Ses murs étaient constitués de pieux fixés les uns aux autres et entrecroisés de planches noircies par le temps. Mon attention se tourna vers une colonie de petites fleurs, des calices de la mort qui poussaient sur le toit asymétrique recouvert de foin et de fourrures moisies. Aucun signe extérieur ne trahissait la nature commerciale de cette structure, ni vitrine ni porte à l'entrée. Un simple trou dans le mur par lequel quiconque était libre d'entrer ! Sans la balise d'objectifs qui s'obstinait à me guider à l'intérieur de la hutte, je serais passé à côté.

« Je ne donne pas ma pelle ! » aboya le vieux Gobelin vêtu d'une robe en haillons sale dès que je franchis le seuil de sa résidence.

Nyle le Pingre
Gobelin chaman niveau 59

Ne prêtant pas attention à son accueil glacial, je le saluai respectueusement tout en remarquant le désordre ambiant. C'était plus un entrepôt qu'un lieu de résidence. La moitié de la pièce contenait des sacs de tourbe ou de charbon entassés. L'autre moitié était remplie de boîtes grossièrement empilées, ne laissant qu'un étroit passage jusqu'au lit sur lequel Nyle le Pingre était alors assis. Suspendu au-dessus des boîtes dans ce couloir, un canot de bois gîtait dangereusement et menaçait de s'écrouler sur la tête du passant telle une épée de Damoclès. Mon Gobelin, pourtant loin d'être un géant parmi les siens, aurait eu bien de la peine à y tenir assis ou debout.

« Le marchand ambulant arrive bientôt. Je vais me débarrasser d'une partie de mes marchandises, ça fera moins désordre », justifia Nyle devant ma stupéfaction. « C'est quoi qu'vous voulez ? »

« J'aimerais vendre ces deux morceaux de peau de wyverne pour m'acheter un objet, si j'ai un coup de cœur. » Je sortis les objets de mon inventaire pour les montrer au marchand.

Je vis immédiatement le regard du marchand s'éclairer devant les trophées de l'île de wyverne. Mais le ton du vieux Gobelin ne trahissait rien d'autre qu'une totale indifférence :

« Je suis censé faire quoi de ces peaux brutes, même pas tannées ? Ça pourrira au bout d'une journée. C'est un achat sans intérêt, autant jeter mon argent par les fenêtres. Il faudrait trouver un tanneur, et allez savoir où. Même si... Je prends le lot pour six pièces. Qui sait, je trouverai peut-être un acquéreur... »

Je n'avais pas le cœur à rire. J'avais rarement vu un escroc pareil.

« Nyle, j'ai vu de mes propres yeux le chef Ugruem le dépeceur équarrir et tanner la peau d'un animal. Je sais qu'il y a un tanneur à Tysh. Dans ce cas, j'irais bien chez lui... »

Compétence Marchandage améliorée au niveau 4 !

« Bon très bien, jeune filou. Puisque c'est comme ça, je prends vos marchandises pour trente pièces », sourit le Gobelin qui se levait de son lit en bougonnant.

Je secouai la tête en lui adressant un air de reproche :

« Honte à vous, Nyle ! Moi aussi je suis marchand, figurez-vous. Je ne suis pas vieux, mais je sais apprécier la valeur de mes marchandises. Trêve de plaisanteries, parlons affaires ! »

« Très bien Amra, pour être franc, je peux vous acheter une peau de wyverne pour deux-cents pièces ou les deux à trois-cents pièces. Inutile de continuer à marchander — c'est tout l'argent que je possède. Pour tout vous dire, il n'y a que trois-cents pièces qui circulent au village et c'est moi qui détiens tout à l'heure actuelle. »

« Trois-cents pièces et ce bateau », dis-je en désignant l'embarcation asymétrique qui menaçait de se transformer en instrument de mort.

Compétence Marchandage améliorée au niveau 5 !

« Prenez-le. Ça fait belle lurette que je veux mettre cette épave au rebut. Mais débrouillez-vous seul pour le descendre et le sortir d'ici. Ou mieux encore, faites appel aux enfants de Tamina la féroce. Ces cervelles de moineau traînent souvent par ici. Ils acceptent n'importe quel travail. Pour une pièce d'argent, ils ne feront pas que descendre le bateau, ils feront mille fois le tour du village en chantant et en dansant tout en le portant à bout de bras. »

Le vieux marchand me raccompagna dehors et jeta un coup d'œil. Justement, une bande de gamins à la peau verdâtre s'ébattaient dans la rue voisine. Les garçons et les filles Gobelins portaient des guenilles puantes. Les bébés parmi eux étaient nus comme des vers. Le groupe chassait un rat niveau trois en contrebas de la rue en braillant et en beuglant. Notre présence épargna la vermine paniquée qui détala sous un tas de bois, profitant de la diversion. Le niveau remarquable de ces gosses était pour le moins surprenant. Même le plus petit têtard cul nul était minimum niveau douze. Et les adolescents, pas moins de vingt-deux. J'apostrophai le plus âgé — un jeune et mince garçon du nom d'Irek.

« J'ai un travail pour toi : descends le bateau suspendu dans les combles de la boutique de Nyle et apporte-le à Tarek

GrandPied qui plante une borne sur la route qui mène à Rocbourg », lui offris-je en lui lançant une pièce d'argent que le garçon fit disparaître comme par magie.

« Hosh, Tsak, Shim, venez ! » héla Irek aux trois plus grands gaillards. « Yunna reste ici pour observer. C'est la plus grande. »

Tandis que les gosses transportaient le bateau sous le regard attentif et mesquin du marchand, je jetai un œil sur ses marchandises. Je m'intéressai en priorité aux vêtements. Il était indécent pour un personnage approchant le niveau vingt de se balader en pagne. Une simple veste, un chapeau de paille, des mitaines de cuir... Je choisis les articles les moins onéreux de la boutique tandis que Nyle le Pingre se vantait en continu sur ses négociations avec des marchands humains de Weiden.

« Un instant. Vous voulez dire qu'ils viennent au village ? » J'étais intrigué. « Que ce petit village paumé dans la cambrousse les motive assez pour qu'ils se tapent le trajet sur une route défoncée ? »

« Je vous l'accorde, les urbains s'aventurent rarement dans ce genre d'endroit », rectifia Nyle. « Mais les intermédiaires, si. Ils viennent régulièrement. En ville, on peut vendre n'importe quelle marchandise au prix fort : poisson, champignons, peaux, viande sèche. Mais Weiden c'est à perpète. Il y a tout un réseau d'intermédiaires qui transportent les marchandises d'un village à l'autre et font monter un peu les prix. Grmf... deux ans que ces radins m'achètent du minerai d'argent pour une somme scandaleuse ! Ils ne me payent même pas un quart de la valeur réelle, alors qu'en ville, j'en tirerais un bien meilleur prix », pesta le Gobelin en désignant un tas de sacs sales.

« Nyle, vous semblez en savoir un rayon sur l'économie. Dites-

moi, y a-t-il des banques de Kobolds et de Nains à Weiden ? »
m'enquis-je, m'efforçant de contenir mon enthousiasme.

« Bien sûr. Dans toutes les grandes villes il y a une succursale
de *La banque sous la Montagne de Thorin neuvième du nom* et *La
banque la plus fiable des Kobolds*. Parfois même on nous donne
des billets à ordre venant de là-bas. Les marchands étrangers s'en
servent beaucoup. Ils craignent de trimbaler des grosses sommes
sur la route. Mais si vous avez l'intention de payer en billet à ordre
plutôt qu'en liquide, sachez que je ne les prends que pour la
moitié de la valeur faciale. C'est compliqué de convertir ces bouts
de papier en pièces. »

« J'ai une offre plus alléchante ! » répondis-je en sortant le
parchemin récemment lâché sur l'assassin mort. « J'ai
l'impression que c'est un portail magique menant à la cité de
Weiden. Vérifiez. Vous savez lire les propriétés d'un objet, n'est-
ce pas ? »

« Lire les propriétés d'un objet, ça coûte cinquante pièces ! »
fit savoir le grigou. Mais je lui répondis par un signe de refus :

« Facturez-le donc sur votre compte. Je comptai vous donner
ce parchemin. Si c'est un portail, vous pourrez aller en ville avec
autant d'articles qu'il vous est possible de transporter à la main
ou sur un chariot. En court-circuitant les intermédiaires, vous
pourrez vendre vos marchandises à leur juste valeur ! »

Le vieux Gobelin pensif se palpa l'arête du nez, chaussa un
monocle hors d'âge sur son œil et examina un moment le
parchemin. Puis il confirma qu'il s'agissait d'un portail magique à
usage unique pour voyager vers la cité de Weiden.

« Vous voulez quoi en échange ? » demanda le vieux Gobelin,
la voix chevrotante.

« Je veux pouvoir acheter autre chose que des fripes élimées et percées dans les coins. Plutôt des vêtements coûteux, et pouvoir payer avec des billets sans la pénalité... Vous pourrez les échanger à leur valeur faciale en ville, pour vous ça ne change rien. Je pourrais ainsi acheter plus d'articles chez vous. Vous avez tout à y gagner. »

Compétence Marchandage améliorée au niveau 6 !

« Vous en avez beaucoup de ces billets ? Enfin, pourquoi s'embêter si c'est possible ? »

Je consultai mes rapports de ventes. Ma carte de l'île de wyverne avait été achetée par cent-quatorze personnes au total. En multipliant ce chiffre par cent, en retranchant la part d'un pour cent des admins de *Boundless Realm* puis... J'utilisai la calculatrice intégrée :

« J'en ai pour onze-mille-deux-cent-quatre-vingt-six pièces. »

L'harpagon faillit en faire une syncope. Son estime de moi grimpa en flèche. Malgré l'indécence de ma tenue, Nyle commençait à me considérer comme un acheteur riche.

« Entendu Amra, marché conclu ! Prenez ce qui vous plaît. Demandez-moi et je vous ouvre toutes les boîtes que vous voulez. »

« Attendez, une dernière question C'est quoi cette affaire de pelle ? La première chose que vous m'avez dite, c'est : "Je ne donne pas ma pelle !" »

« Oh, une bagatelle. Une vieille histoire », répondit le vieux Gobelin embarrassé. « Ugruem est venu m'emprunter ma scie égoïne et, pour être franc, j'étais pas chaud pour lui en donner une en métal de qualité. Elle était neuve, sans une égratignure sur la lame. Alors je lui en ai donné une vieille en os, celle de feu mon grand-père. Elle n'était pas très solide et s'est brisée. La lame s'était émoussée avec le temps, je l'avais entreposée dans le garde-manger. Mais je ne voulais pas non plus la jeter. Comme j'en avais marre que mes voisins me piquent des outils gratuitement, j'ai prétendu que la scie en os était d'une grande valeur et qu'il fallait dédommager la casse. Ugruem n'a pas voulu payer et depuis, je ne prête plus mes affaires à aucun de mes voisins. Mais si vous voulez acheter la pelle ou un autre outil, avec plaisir ! »

Je quittai la maison du marchand avec une garde-robe flambant neuve : un casque de métal noir octroyant +2 en bonus de perception, une veste épaisse et une cotte de mailles courte. Pour parfaire le tout, je portais une houppelande marron foncé à +1 en Furtivité, deux bagues de cuivre, l'une à +2 en agilité et l'autre à +2 en intelligence. Autour de mon cou, un médaillon de bronze élargissait mon champ visuel de 15 %. Mes poignets étaient parés d'une paire de bracelets en bronze, chacun à +1 en Alchimie. Sur mes jambes, je portais un pantalon de cuir épais maintenu par une ceinture avec un fourreau. Mes bottes douces toutes neuves ajoutaient 4 % à ma vitesse de déplacement et mon sac moyen comportait trente slots d'inventaire. Quant à l'armement, j'avais acquis une nouvelle sarbacane en ébène avec 2 % de bonus aux coups critiques. J'ignore comment, mais la grande pelle rentrait aussi dans mon inventaire avec les autres outils, dont cinquante fioles vides pour les potions.

En tout, je payai neuf-cent-soixante-dix pièces et je dus négocier chaque article jusqu'à m'en érailler la voix. Je fis même grimper ma compétence Marchandage au niveau huit. J'aurais aimé acheter de l'équipement pour ma sœur, mais la nymphe sylvestre aurait refusé. Elle disait que je ne savais pas choisir de belles tenues et qu'elle s'en était déjà occupée elle-même.

En mon absence, les terrassiers n'avaient pas beaucoup avancé dans leurs travaux. Le puits n'était pas plus profond qu'avant. Je donnai l'outil à Shikir et le chef à côté de lui, assis sur le bateau retourné, bondit et se frotta les mains :

« Enfin ! Ces tire-au-flanc se ramollissent. Ils sont fatigués. Même pas fichus de creuser un puits en un jour ! »

Mission accomplie : Obtenir une pelle pour les terrassiers
Récompense obtenue : 80 XP

Montrant du doigt le nouveau bateau au père de Taisha, je déclarai :

« Je vous avais promis quinze pièces s'il arrivait quoi que ce soit à votre vieux bateau à fond plat. Étant un homme de parole, je suis prêt à rembourser maintenant. Mais il me semble qu'un nouveau bateau vous serait plus profitable. Que préférez-vous ? »

Mission accomplie : Tester le bateau de Tarek GrandPied
Récompense obtenue : 160 XP, +15 sur l'estime de Tarek GrandPied à votre égard

~ Testeur de Contenu ~

Le Gobelin aux grands pieds souleva le bateau, l'examina sous toutes ses coutures puis laissa exploser sa joie. Je vérifiai les conditions de la mission pour faire évoluer l'estime du père de Taisha à mon égard :

Tarek GrandPied doit avoir une estime de vous de +100 : terminé !

Donner à Tarek GrandPied le trophée d'une créature de niveau 50 ou supérieur : trophée dans l'inventaire.

Payer trois-cents pièces à Tarek GrandPied : nombre de pièces suffisant dans l'inventaire

Tous les slots d'équipement doivent être remplis d'articles vestimentaires : terminé !

Je donnai le dernier morceau de peau de wyverne à Tarek, ainsi que trois-cents pièces. Le Gobelin parcheminé se figea quelques secondes, glissa l'argent dans sa bourse et fourra la peau dans son sac.

« Je veillerai à parler de vous à Taisha aujourd'hui. Ma charmante fille sera heureuse d'avoir un autre prétendant Gobelin digne de ce nom. Si cela vous dit, vous êtes le bienvenu chez moi. Nous organisons un dîner de célébration. Ce soir on se lâche ! » Tarek frappa ses mains sur sa bourse remplie d'argent qui émit un tintement sourd.

« Je viendrai à la première heure ! » promis-je en lui souriant. « Mais faites-en sorte de planter ce pieu. La nuit va tomber et le dîner n'est pas prêt. »

Tarek cracha dans ses paumes, s'empara de la pelle et sauta

dans le puits. Des mottes de terre volèrent dans tous les sens.

Mission accomplie : Gagner le respect de Tarek GrandPied
Récompense obtenue : 4000 XP, accroissement permanent de
+50 sur l'estime que Taisha a pour vous

Niveau vingt !
Attention ! Vous avez atteint le niveau 20. Dorénavant, tous
les dix niveaux, vous pourrez faire évoluer les capacités de
survie de votre personnage en choisissant l'une des
modifications suivantes :

- *Augmenter les PV (+1%, +2%, +3% etc.)*
- *Augmenter l'endurance (+1%, +2%, +3% etc.)*
- *Résistance à l'un des types de dégâts 10 % (9%, 8%, 7% etc. par type)*
- *Augmenter la vitesse de déplacement (+1%, +2%, +3% etc.)*
- *Régénération de PV (+1, +2, +3 etc. points de vie par minute)*
- *Régénération de force (+1, +2, +3 etc. points d'endurance par minute)*
- *Recharge de mana (inactif pour votre personnage)*
- *Vision perçante (+1%, +2%, +3% etc. au champ de vision)*
- *Invisibilité (-1%, -2%, -3% etc. au rayon de détection)*

Enfin, j'avais atteint le niveau vingt, ayant réuni les conditions de ma période d'essai avant la fin de la semaine. Techniquement, pour notre groupe de testeurs, le troisième jour ne touchait pas encore à sa fin et mon objectif était atteint. J'avais certes eu un peu de chance au début, mais qui empêchait les autres de faire la même chose ?

Je n'eus pas à réfléchir longtemps face aux choix proposés par le jeu. Estimer le type de dégâts qui me tueraient le plus souvent n'avait pas grand sens. Théoriquement, les dégâts physiques seraient plus fréquents, mais j'avais déjà reçu des crachats d'acide, de poison, de givre et d'eau bouillante. Mon personnage n'avait pas un profil de guerrier et le niveau des mobs était trop élevé. La meilleure stratégie était d'éviter le conflit. C'est pourquoi mon choix se porta sur l'Invisibilité.

Mariage en vert et contre tous

NOUS ETIONS à peine de retour à Tysh qu'une fenêtre contextuelle m'avertit que Perros Sanmerci était de retour in-game. Trois secondes plus tard, un nouveau message m'annonçait sa mort. Le chat local foisonnait de commentaires enthousiastes et grinçants. Perros avait lâché un pantalon de cuir et un bon pactole. Le PK ressuscité du clan abhorré des Brutes était attendu de pied ferme au lieu de respawn et l'assassin fut sitôt expulsé du jeu.

Comme j'étais un peu curieux, j'ouvris la fiche publique de Perros Sanmerci. Mon ennemi avait perdu deux niveaux pour tomber à quarante-et-un. Si mes calculs étaient bons, Perros pouvait s'attendre à mourir encore trois fois ce soir. Cela représentait une perte d'expérience considérable et lui ferait perdre plusieurs niveaux. Une bonne leçon pour l'assassin. La prochaine fois, il y réfléchirait à deux fois avant de chercher des poux à un petit Gobelin.

« Amra, je vais acheter de la bonne viande et du vin pour le dîner, » dit Tarek GrandPied une fois les portes du village franchies. « Si vous voulez, vous pouvez m'attendre ici. Sinon, allez voir Taisha et apportez le bateau. Vous savez où j'habite. Juste à côté de l'endroit où nous avons colmaté le canot. »

Jaugeant le poids de l'objet, je dus me résoudre à refuser. Le guerrier de niveau 78 orienté sur la force n'aurait eu aucun mal à le transporter contrairement à moi qui peinais à le trainer. Afin de ne pas réduire l'estime du vieux Gobelin à mon égard, j'inventai une bonne excuse :

« Tarek, je ne puis décemment arriver chez la belle Taisha sans lui offrir un présent. Faites vos achats, je file chez le marchand pour acheter un cadeau digne de votre fille. »

Tarek renifla en signe d'approbation, balança le bateau en direction du portail et parti en direction l'allée étroite et sale. À peine était-il hors de vue que les enfants de Tamina la féroce m'encerclèrent :

« Oncle Amra, nous on peut monter le bateau ? C'est trop facile ! On peut vous aider à entretenir la maison maudite ? Mais seulement quand il fait jour. Maman ne nous laisse pas sortir la nuit. »

Voulez-vous prendre Superviseur (Ch P) comme compétence secondaire ?

Que faisait un « Superviseur » ? Je lus la description. Cette compétence permettait de recruter des PNJ amicaux pour accomplir diverses tâches. Contrairement au Maître d'esclaves (la capacité de contrôler les esclaves par l'intimidation), les ouvriers recrutés étaient rémunérés en argent ou en butin, et la valeur dépendait de la difficulté du travail et de l'estime de l'employeur. Le niveau de la compétence influait sur le nombre maximum d'ouvriers que l'on pouvait recruter simultanément. Bon, pourquoi pas ? J'avais toujours des tâches à effectuer, mais peu de temps à y consacrer. Un peu de main-d'œuvre n'était pas de refus.

Vous avez pris Superviseur comme compétence secondaire
Niveau de compétence : 1
Compétences secondaires choisies : 5 sur 5
Votre personnage pourra choisir une compétence primaire et une secondaire au niveau 25

« Allez. Transporte le bateau à la maison de Tarek GrandPied, » dis-je en tendant une pièce à Irek, l'aîné de la bande. « Et demain matin, si ta maman t'autorise à partir, rendez-vous à la Maison maudite. J'aurais peut-être du travail pour plusieurs d'entre vous. »

Compétence Superviseur améliorée au niveau 2 !

Je soupirai de satisfaction puis partis à la boutique acheter un cadeau à Taisha. Nyle le Pingre était à côté de sa maison. Il chargeait de lourds sacs dans un gros chariot. Surpris, presque suspicieux, j'observai la montagne de ballots, de boîtes et de parchemins que ce grippe-sou de Gobelin avait réunis pour son excursion urbaine. Je lui fis part de mes doutes concernant le fait qu'il puisse aller très loin sans quatre mules puissantes pour l'y aider.

« Ce n'est rien. Mes voisins vont pousser le chariot pour franchir le portail et je serai directement à Weiden ! Là-bas, je vendrai toutes mes marchandises, chariot compris, puis je rentrerai à la maison. Le voyage est très long et je ne serai pas de retour à Tysh avant cinq jours, peut-être sept. »

« Un bon conseil, Nyle : vous avez forcément entendu parler des nombreux immortels en visite à Rocbourg pour tuer le serpent ailé. Tout ça parce que des mages ont fabriqué une profusion de parchemins de portail entre Weiden et Rocbourg et les ont vendus aux immortels à mille pièces l'unité. Mais l'événement est terminé, il n'y a plus de demandes de parchemins de portail vers un village sans intérêt. Je suppose qu'ils seront bradés, il devrait être facile de s'en procurer un pour une somme modique. Achetez-en un et rentrez aussitôt à Rocbourg. À pied, vous serez à Tysh en deux heures. »

Compétence Marchandage améliorée au niveau 9 !

Le marchand pingre se fendit d'un sourire et son estime monta à +80. Enfin, Nyle voulut connaître l'objet de ma visite dans sa hutte. J'eus à peine le temps de prononcer le prénom de la fille de Tarek GrandPied que le vieux Gobelin m'interrompit :

« Oubliez les bijoux et les belles tenues. Dans le cas de Taisha, c'est inutile. J'ai ce qu'il lui faut ! Je l'ai commandé spécifiquement pour elle il y a un moment. »

Le vieux Gobelin ridé ouvrit une boîte et farfouilla sous des des fripes souillées. Il y avait un pantalon moulant, une veste à capuche, une robe noire courte et une paire de bottes légères. J'observai les vêtements, perplexe. J'avais peine à croire que ces choses plairaient à la jeune femme. Je remarquai parmi les vêtements un anneau de crochetage et un masque de voleur fendu au niveau des yeux.

« C'est quoi ça ?! »

Le Gobelin lâcha un ricanement complice et m'offrit la panoplie du voleur pour « seulement mille pièces. » L'offre était tellement déplacée que j'en fus pris de court. Mille pièces dans Boundless Realm, c'était l'équivalent de cent crédits IRL, le prix d'un réfrigérateur de taille moyenne ou d'un robot ménager intelligent. Allais-je sérieusement me ruiner en frusques virtuelles vendues par un PNJ que je connaissais à peine ?! Mais avant de refuser, je demandai au marchand qu'il m'en dise plus sur le sens de ce cadeau et justifie un prix aussi élevé. Nyle le Pingre se contenta d'un rire :

« Vouii, vous êtes un p'tit malin ! Cette information coûte un bras. Jugez par vous-même : Taisha est sublime, une pierre rare chez les Gobelins. Bientôt elle choisira son futur époux parmi sa myriade d'admirateurs. Elle a l'embarras du choix et Tarek GrandPied prépare une série d'épreuves tordues pour trier les bons à rien. Il choisira le plus fort, le plus agile et le plus doué de la troupe. Sans vouloir vous vexer Amra, vous n'êtes pas à la hauteur. Vous êtes trop faible, trop novice par rapport aux prétendants de Taisha. »

« Moi l'immortel, qui progresse si vite !? » Je désapprouvai.

« D'ici quelques jours, voire quelques semaines, plus un seul de mes rivaux ne m'arrivera à la cheville. Je leur damerai le pion. »

« Peut-être bien, Amra. Mais que ferez-vous si Tarek GrandPied décide d'organiser les épreuves dans deux jours au grand festival de l'été ? Ou même demain ? C'est tout à fait son genre. Auquel cas tous les participants vous battront à plate couture ! Mais si vous m'écoutez, même si vous perdez la compétition, un cadeau qui fait mouche pourrait vous aider à gagner ses faveurs. Au bout du compte, à la fin des épreuves, la fille de Tarek pourrait bien vous choisir. Si vous ne vous ridiculisez pas trop à la compétition, bien sûr. »

L'intraitable marchand savait convaincre. Peut-être que ces nippes et ces outils de crochetage me seraient utiles avec Taisha. Une épouse PNJ ne me serait pas très profitable, mais une compagne jolie et sympathique éveillerait l'intérêt de mes abonnés et aurait un effet très positif sur mon travail. En même temps, le radin qui sommeillait en moi me hurlait de ne pas lui refiler mille pièces en billets… Je tentai de négocier, mais Nyle le Pingre tint bon et ne m'accorda pas la moindre ristourne. Une limite avait dû être programmée pour empêcher un joueur d'acquérir les articles précieux à un prix inférieur à la valeur définie par défaut.

Bon, pardon Val. On va se passer d'un robot ménager pour l'instant. Désolé d'avoir acheté une paire de boucles d'oreilles or et saphir en plus de la tenue du voleur. Car après tout, rien ne garantissait la pertinence des conseils du marchand.

J'étais attendu. Tarek GrandPied était rentré dans sa hutte depuis longtemps et avait remis à ses filles les produits qu'il avait achetés. Tout le monde s'attelait aux préparatifs des festivités. À ma grande surprise, Taisha avait aussi deux grandes sœurs. Au premier coup d'œil je compris ce qui rendait la cadette si singulière. Lorsque l'une des aînées, dont l'épaisse silhouette avait été corsetée tant bien que mal dans des vêtements visiblement trop petits, posa à côté de moi une mijotée de légumes, elle arborait un large sourire à l'haleine fétide qui révélait une rangée de crocs jaunes mal entretenus.

Villageoise gobelin niveau 33

Lorsqu'elle reparut de derrière la cloison séparant la « cuisine » de la « salle principale » dans la petite hutte de Tarek GrandPied, le propriétaire de la maison qui avait déjà siphonné pas mal de vin admit :

« Taisha me file la migraine. Pourquoi elle n'est pas comme toutes les autres filles ?! Vous connaissez bien la coutume dans les familles gobelins : les cadettes doivent patienter avant le mariage de leurs aînées. Mais devant Taisha, ils changent tous d'avis et se bousculent à la porte. Je fais comment moi pour bazarder les grandes ? »

L'aînée reparut, transportant un plat de viande grillée au délicieux fumet. Il était si appétissant qu'elle en piqua quelques morceaux tout en marchant et, sans trop se cacher, se mit à les avaler goulûment. Elle aurait pu rester là, à côté de la table, à engloutir tout le plat, mais son père lui adressa une claque sur la croupe pour qu'elle retourne aux fourneaux et lui somma de ne plus fourrer son nez dans nos conversations.

« Voilà mon idée, » dit Tarek GrandPied sans s'arrêter de mâcher. « Taisha a beaucoup plus de succès que mes deux autres filles. Pour être plus précis, elles n'en ont aucun. Ma décision est la suivante : Je propose mes trois filles ensemble ! J'organiserai une compétition de prétendants d'ici quelques jours et le gagnant pourra choisir parmi les trois. Le second choisira l'une des deux restantes, et le troisième n'aura qu'un seul choix. Enfin, si l'un des soupirants ne plaît pas à la fille qu'il a choisie, celle-ci pourra refuser contrairement à lui. Partant, Amra ? »

Mission offerte : Le jeu des prétendants

Classe de mission : Rare, peuple

Description : Participer aux trois épreuves organisées par Tarek GrandPied

Première étape : Test de force

Première place : 3 points, deuxième place : 2 points, troisième place : 1 point

Récompense de participation : 1600 XP, +10 sur l'estime de Taisha à votre égard, +10 sur l'estime de Tarek GrandPied à votre égard

Deuxième étape : Test d'agilité

Première place : 3 points, deuxième place : 2 points, troisième place : 1 point

Récompense de participation : 1600 XP, +10 sur l'estime de Taisha à votre égard, +10 sur l'estime de Tarek GrandPied à votre égard

> *Troisième étape : Test de chance*
>
> *Première place : 3 points, deuxième place : 2 points, troisième place : 1 point*
>
> *Récompense de participation : 1600 XP, +10 sur l'estime de Taisha à votre égard, +10 sur l'estime de Tarek GrandPied à votre égard*
>
> > *Condition requise : Les trois participants avec le plus de points pourront choisir une compagne en fonction du classement obtenu.*
>
> *Récompense si les trois tests sont réussis : 8000 XP*
>
> *Conditions supplémentaires :*
>
> *Si mission refusée : -50 sur l'estime de tous les Gobelins au village de Tysh*
>
> *Si mission acceptée : +800 XP, +10 sur l'estime de Taisha à votre égard, +10 sur l'estime de Tarek GrandPied à votre égard, +10 sur l'estime d'Ugruem le dépeceur à votre égard.*
>
> *Accepter la mission (Oui/Non) ?*

Je me donnai des noms d'oiseaux. Un coup monté ! Après tout, je savais bien que les PNJ magnifiques comme Taisha n'étaient pas là par hasard. Les développeurs de *Boundless Realm* les avaient certainement créées pour appâter les joueurs prêts à dépenser de l'argent réel pour leurs beaux yeux et les pousser à se retrouver dans des situations inextricables comme celle-ci. J'étais persuadé que les autres peuples jouables avaient eux aussi leurs beautés chimériques (hommes comme femmes) pour attirer les joueurs et les forcer à accomplir des chaînes de quêtes à l'instar du jeu des prétendants.

Que faire ? Refuser reviendrait à pénaliser le séjour de mon Amra au village. Y participer constituerait un défi de taille face aux PNJ rivaux, et cela se solderait par l'un des deux reptiles verdâtres pour conjointe ou épouse permanente. Même si... si j'étais en mauvaise posture, j'aurais toujours la possibilité de déclarer forfait pour ne pas me retrouver sur le podium. Je ferais certes une croix sur Taisha, mais j'éviterais surtout ces deux laiderons de sœurs. La récompense de quelques centaines de points d'expérience, pour le seul fait d'avoir participé, serait la cerise sur le gâteau !

« Tarek GrandPied, c'est avec joie que j'accepte cette épreuve ! Je suis confiant, je ferai mes preuves devant tout le village ! »

Gain d'expérience : 800 XP

+10 sur l'estime de Taisha à votre égard, +10 sur l'estime de Tarek GrandPied à votre égard, +10 sur l'estime d'Ugruem le dépeceur à votre égard.

En cuisine, les filles poussèrent des cris stridents. Les trois sœurs approuvaient mon choix.

« Ça me plaît ! Trinquons pour l'occasion ! » s'esclaffa le Gobelin parcheminé, très inspiré. « Taisha, apporte le vin ! »

Enfin, pour la première fois de toute la soirée, celle qui apparut n'était pas l'une des aînées mais la cadette, Taisha. Si sa robe et son tablier n'étaient pas neufs, ils avaient le mérite d'être propres. Je remarquai immédiatement que quelque chose clochait chez elle. Elle fuyait mon regard. C'est seulement lorsque Taisha posa la bouteille et les deux brocs sur la table que je vis son œil gauche à demi clos, encerclé d'un énorme coquard violet vif. Quand il vit que je m'intéressai à l'œil de sa fille, le père de Taisha commenta en ricanant :

« Les aînées l'ont un peu chahutée, à coup sûr. Ça les énerve qu'elle accapare tous les bons partis. Elles ont un peu abîmé la marchandise, mais j'ai assis mon autorité paternelle. Ce n'est rien. Dans deux jours, tout ce remue-ménage autour de mes trois filles sera passé et enfin je pourrai respirer ! »

Je trouvais tout ça d'un goût douteux. Merci les devs ! Taisha, visiblement embarrassée, me servit un broc en terre cuite déjà rempli de vin. Mais déjà, Tarek étendait sa grosse main pour se l'approprier :

« Hé ! C'est mon broc ! Ma fille, remplis-en un autre pour notre invité. »

La beauté à l'œil tuméfié, sur la défensive, me servit un bol de vin venant de la même bouteille. Tarek GrandPied, sans porter aucun toast, vida d'une traite le récipient dans sa gueule béante puis fut secoué de bruyants hoquets. Ses paupières s'affaissaient. J'avalai à mon tour une gorgée de ce breuvage rouge rubis.

Test de réaction réussi pour Résistance au poison
Gain d'expérience : 80 XP
Identification réussie. Potion somnifère légère (effet de sort somnifère niveau 11)

Compétence Alchimie améliorée au niveau 3

Mon sang se glaça dans mes veines. Ils avaient tenté de me droguer ! Et de dépouiller leur invité naïf ! L'inquiétude m'envahit en songeant à mon artefact désormais dépourvu de protection… Il leur serait facile de revendre le précieux œuf de wyverne ! L'échange de coupes devait faire partie du plan. Je levai les yeux et croisai le regard inquiet de Taisha à l'affût de mes réactions. La beauté verdâtre savait visiblement ce que contenait mon verre. Alors soit son père était un excellent acteur, soit il ignorait tout de cette tentative d'empoisonnement, mais le rôle de l'alcoolique était tout à fait crédible.

Et si Taisha avait tout manigancé et que le broc empoisonné était destiné à son père ? Mais pourquoi la cadette aurait-elle agi de la sorte ? Toujours dans le flou, je décidai de jouer le jeu.

« Tarek, pourquoi sommes-nous attablés tous les deux ? Et si on invitait vos filles à se joindre à nous ? Après tout, elles doivent avoir envie de fêter la fin de leur célibat. Taisha, remplissez donc deux pichets pour vos sœurs et un pour votre père. N'avez-vous pas remarqué que la coupe du Maître de ces lieux est vide ?! »

La belle verdâtre regarda son père avec crainte, mais Tarek GrandPied renchérit en beuglant sur sa fille :

« T'as entendu notre invité ? Allez, bon sang ! Tu comprends jamais rien… Mais vous, Amra, vous êtes un chic type. Le chaman vous admire lui aussi. Vous allez vite vous intégrer au village, c'est certain. »

Mission reçue : Socialisation 3/3

Atteindre le palier du respect (estime moyenne de +75) au village de Tysh

Atteindre le palier du respect (estime moyenne de +75) au village de Rocbourg

Classe de mission : Chaîne, groupe

Récompense : 8000 XP

Une minute plus tard, toute la famille était attablée avec des brocs remplis du liquide provenant de la bouteille foncée enveloppée de vigne. Je voulus faire un toast pour l'occasion même si je ne savais pas trop si c'était une tradition gobeline et Tarek et les deux aînées avaient déjà avalé leurs coupes. Tout à fait conscient que Taisha observait mes faits et gestes, je vidai mon vin sous la table, dans un tas de restes putrescents. Une seconde plus tard, la belle à la peau verte m'imita.

✱ ✱ ✱

« Alors, pourquoi tout ce manège ? » demandai-je à Taisha quelques minutes plus tard, alors que toute la famille ronflait par terre.

La fille s'affairait dans la hutte, fourrant à la hâte des objets dans son sac : nourriture, vêtements, ficelle, couteau de cuisine, pierre à feu et plein d'autres objets, prête à partir de chez elle.

Test de réaction réussi pour Taisha
Gain d'expérience : 40 XP

« Franchement ? » Elle s'arrêta en plein milieu de la pièce pour me fusiller du regard. « Si j'ai endormi mon père, c'est pour qu'il cesse de faire des promesses à mon sujet, et qu'il ne m'empêche pas de partir. Tarek m'a-t-il demandé si je voulais être le trophée de ce concours ridicule ? Mes sœurs, elles, sont bêtes comme des pots. J'avais prévu de leur bourrer le crâne en prétextant une simple promenade non loin du village. Dès que nous aurions franchi le portail, je vous aurais assommé avec une pierre pour pouvoir choisir moi-même mon destin. Avec votre intervention, vous m'avez toutefois aidée à neutraliser mes sœurs ainsi que mon père. Rien ne me fera reculer, je me sauverai. Mes proches dorment et vous, vous êtes trop faible pour m'arrêter ! »

« Je n'y songeais pas, » gloussai-je. « Mais vous pensez aller loin ? La nuit ne va pas tarder à tomber et les monstres sortiront chasser. Vous serez visible à mille pas à la ronde dans votre robe blanche. Pire qu'un phare. Votre tenue de rechange est blanche aussi, les prédateurs ne vont pas vous manquer. »

Taisha se figea un instant, puis grommela de dépit :

« De quoi je me mêle ! S'il le faut, je l'enlèverai et je me tremperai dans la boue pour me camoufler dans les bois. »

« J'ai une meilleure idée », fis-je, déployant sur la table devant elle la panoplie du voleur et le nécessaire de crochetage depuis mon inventaire. « Tenez, je vous en fais cadeau. »

La cadette de Tarek GrandPied feignit l'indifférence, mais ses yeux pétillants et sa voix chevrotante la trahissaient.

+10 sur l'estime de Taisha à votre égard
Gain d'expérience : 200 XP
Test de réaction réussi pour Taisha
Gain d'expérience : 40 XP

« Comment saviez-vous que cela aurait pu me servir ?! En particulier les outils ! Je n'ai jamais révélé à qui que ce soit mes compétences en crochetage ! Répondez-moi, Amra ! Je dois savoir ! »

Mouhai, j'étais dans de beaux draps ! L'estime de Taisha pour moi étant de +100, j'avais une chance qu'elle accepte mes propositions les plus délicates. Pourquoi ne pas attirer sa sympathie et m'en faire une alliée ?

« Eh bien... Laissez-moi finir avant de vous énerver. Tous les discours de votre père sur les jeux, c'était clairement n'importe quoi ! Déjà, votre estime pour moi n'évoluera pas davantage, même si je remportais les trois tests. Ensuite, je n'ai pas la moindre envie de vous épouser... »

« Comment ?! » En dépit de ma mise en garde, ses cheveux se hérissèrent comme ceux d'un chaton enragé jeté dans un condensateur à 20.000 volts. « Je ne suis pas assez bien pour vous, Amra ? »

-10 sur l'estime de Taisha à votre égard

« Là n'est pas la question. Le cœur a ses raisons et l'on ne peut pas contraindre quelqu'un à ressentir des choses. Taisha, je vous ai rencontrée hier. Nous nous connaissons à peine. Peut-on vraiment parler de sentiments ? Vous êtes d'une rare beauté. C'est indéniable. Capricieuse, aventurière, impulsive. J'ai vu tout ça. Mais je ne sais rien de plus à votre sujet et c'est trop peu pour vous considérer comme ma moitié. Cela dit, j'ai vu dès le début que vous n'étiez pas faite pour endosser le rôle d'une villageoise soumise à son mari. Vous êtes trop généreuse, trop intelligente (oui j'en fais des tonnes mais ça peut marcher avec un PNJ). Votre souplesse, votre touche de légèreté et la grâce de vos mouvements m'ont fait penser à une danseuse, un assassin ou une voleuse. Cela m'a taraudé toute la journée. Tout compte fait, j'ai décidé de miser sur un profil de voleuse. Comme je recherche quelqu'un avec ce genre de talent, j'ai acheté cette tenue chez Nyle le Pingre. Je n'avais aucune idée de votre réaction face à mon cadeau peut être un peu atypique. »

+10 sur l'estime de Taisha à votre égard

La belle sentit la gêne l'envahir et s'empourpra, ce qui fit un drôle d'effet sur sa peau verte.

« Vous êtes un flatteur né, petit Gobelin. J'ai remarqué cela dès notre rencontre. Mais au fait, pourquoi cherchez-vous une voleuse ? »

Pfiou ! L'étape la plus difficile de la conversation était passée. Sa curiosité éveillée, il ne me restait plus qu'à broder autour.

« Eh bien, vous savez, je suis un immortel, rien ne m'effraie. Je suis toujours en quête de sensations. Mais les cryptes piégées renfermant des coffres, les entrepôts, les portes verrouillées cachant des salles de trésors — tout cela ne vaut rien sans un voleur spécialisé dans l'équipe. Voyez-vous, je ne suis qu'un herboriste avec pour seule alliée, une dompteuse. Nous avons aussi un fortificateur Ogre, mais personne capable de crocheter, j'ai donc cherché à recruter un voleur compétent. Mais seulement un voleur doué et qualifié, sur qui l'on peut compter. »

Compétence Marchandage améliorée au niveau 10 !

« Ah, mais c'est dommage. Je ne suis pas une voleuse aussi douée que cela, » Taisha baissa les yeux. « Je n'ai pas non plus les qualités d'un immortel. Mais j'aimerais beaucoup me joindre à vous, si vous l'acceptez. »

« Votre part du butin et d'expérience, une vie d'aventures, sans prétendants pénibles. Voilà ce que je peux vous offrir, Taisha. Vous pourrez vivre parmi nous, être notre égale dans la Maison maudite. Cela veut dire gérer vos affaires, travailler honnêtement et défendre la maison en cas d'attaque. »

« C'est toujours plus intéressant que de faire la cuisine, le ménage et le linge pour toute la famille tout en ayant à subir les insultes de mes aînées. »

« Si vous êtes d'accord, partons tout de suite. Après avoir franchi le portail de Tysh, enfilez vos habits neufs. » Je me relevai, prêt à partir.

Taisha me regarda et, d'un air empreint de surprise, demanda :

« Comment ça Amra, je ne dois pas jurer de vous obéir, d'appliquer vos règles et de ne pas détrousser vos alliés ? Et si je m'enfuyais soudainement en emportant tout votre argent et vos trophées ? »

Oups... Quoi ? Était-ce possible ? En la regardant, je remarquai une lueur de ruse dans ses yeux. Comme si elle testait mes limites.

« Voler ses alliés n'est pas acceptable, même parmi les voleurs, mais je ne vais pas vous dresser une liste d'interdits. Il me faut une alliée qui garde son libre arbitre, pas une esclave soumise. Et si vous prépariez vous-même un règlement que vous appliqueriez à la lettre ? »

Taisha se statufia en plein milieu de la pièce, les yeux hagards.

ERREUR LOGIQUE !

Récursion infinie

NPC $FF0076-BB0733 attend une commande externe provenant de sa propre logique

Code erreur #LOC/ER-009955

Ce message a été transmis à l'équipe de support technique de Boundless Realm.

Veuillez nous excuser du désagrément

ERREUR SYSTÈME !

La variable d'estime du $FF0076-BB0733 est supérieure à la valeur autorisée

Code erreur #LOC/ER-002056

Ce message a été transmis à l'équipe de support technique de Boundless Realm.

Veuillez nous excuser du désagrément

Mission reçue : Loyauté de Taisha

Récompense : #ERREUR! Variable non définie

Mission accomplie : Loyauté de Taisha

Récompense obtenue : #ERREUR! Variable non définie

OMG ! Voilà ce que je récoltai avec mon plan d'évasion. En tant que testeur, j'étais ravi de traquer les bogues, mais là ça tombait tellement mal ! J'espérais que la variable d'estime de Taisha allait monter en flèche et non l'inverse... Sauf que j'étais déjà à cent. Le système avait du mal digérer la proposition de rejoindre mon groupe. Une surprise m'attendrait dès que la fille cesserait de laguer. Que faire ? À ce moment-là, le père de Taisha se mit à remuer dans son sommeil, ce qui me fit frissonner. Avait-il assez bu de ce vin somnifère ? C'était un personnage de très haut niveau, après tout. Tarek GrandPied se réveillait un peu plus chaque minute et il était difficile de prévoir sa réaction devant sa fille en mode plantage, prête pour un grand voyage, et ses deux aînées étendues par terre. Je dus prendre des mesures radicales. Je lui infligeai Morsure vampirique, non pas pour la tuer mais pour l'endormir !

Réussite débloquée : Goûteur (7/1000)

Il me restait assez de temps pour planifier la suite. Avant tout, je devais exfiltrer Taisha hors du village avant que les portes ne se referment pour la nuit. Aurais-je la force de la traîner à bout de bras ? Je tentai de la soulever. Échec ! J'eus à peine la force de la faire décoller du sol. Dans le meilleur des cas, mon frêle Amra pourrait traîner la belle « figée » jusqu'à la porte de la hutte puis la faire franchir le seuil. Mais que faire ensuite ?

Une idée me traversa l'esprit ! J'avais toute une bande de gosses à mon service qui accepteraient de traîner la Taisha inconsciente aussi loin qu'il me plairait, peut-être pas très loin à cause de la tombée de la nuit, mais au moins elle serait sortie des frontières du village. De là, il me faudrait trouver un autre transporteur. Justement, je connaissais un titan.

J'envoyai à ma sœur un message privé pour savoir si Shrekson était toujours là.

« Oui, l'ogre est ici. Il travaille d'arrache-pied. Il a remplacé les madriers de la palissade écroulée, creusé trois fosses piégées à

côté du portail et là il taille des pieux pour les planter au fond. Au fait, la Meute grise est rentrée il y a vingt minutes. Les loups sont affamés. Ils ont eu le ventre vide toute la journée. Je leur ai montré les pièges. Je pense qu'ils ont compris. »

« Val, j'ai besoin de Shrekson à proximité de Tysh. Il devra transporter un chargement précieux et le ramener chez nous avant la nuit tombée. »

« Je peux t'envoyer l'Ogre mais les gardes de Tysh ne le connaissent pas, ils risquent de le tuer. En plus, Shrekson est lent. Il ne pourra pas faire l'aller-retour avant la nuit. Comme il a zéro Furtivité, les prédateurs le repèreront de loin dans l'obscurité et n'en feront qu'une bouchée. L'Ogre n'est que niveau onze. Il n'est pas de taille à affronter les mobs locaux. »

Bon, l'option de l'Ogre tombait à l'eau, mais une autre idée me vint à l'esprit.

« Dans ce cas, j'ai besoin de toi Val. Chevauche Akella et escorte la Meute grise au village de Tysh. Rendez-vous sur la route. J'ai de quoi nourrir les loups. »

Il y avait cependant un petit hic quant au fait de transporter le corps en dehors de Tysh. Non, les enfants de Tamina la féroce ne refusèrent pas de me prêter main-forte et ils ne posèrent pas de questions indiscrètes. Mais Irek fit remarquer assez justement que les gardes du village ne nous laisseraient pas sortir avec le corps de la fille car ils prendraient cela pour une tentative d'enlèvement.

« Il faut un tapis, un sac ou une vieille couverture pour envelopper Taisha », suggéra Yunna, la cadette.

« Le chaman Kaiak Patteblaireau a un vieux paillasson ! » se souvint Irek. « J'ai qu'à lui proposer de battre son tapis pour le dépoussiérer. Je parie que Kaiak acceptera. »

Le chaman fut en effet ravi de ce coup de main non sollicité et, quelques minutes plus tard, les enfants et moi étions en chemin pour « éradiquer les punaises de lit et dépoussiérer ce tapis. » Pour deux pièces, les enfants Gobelins m'aidèrent à traîner le lourd rouleau jusqu'à la nouvelle borne frontalière, puis la plupart des enfants rentrèrent vite à Tysh. Seuls Irek, Shim et Yunna restèrent à mes côtés. Ce n'était pas tant le tapis qui les intéressait que la curiosité dévorante de découvrir ce qui allait se passer par la suite.

« Hé, des loups ! » Yunna fut la première à remarquer la Meute grise et se percha prestement sur le poteau taillé. Ses frères la suivirent illico.

Les loups s'arrêtèrent à côté de moi. Akella me renifla et remua timidement de la queue à la manière d'un chien.

« T'as soigné ta tenue à ce que je vois, vermisseau ! » La Nymphe sylvestre, elle aussi vêtue d'un équipement tout neuf, sauta du dos de Blanca puis observa les environs.

La bande de gosses agrippée au sommet du poteau la laissait indifférente contrairement à Taisha, étendue sur la route inconsciente. Son corps suscitait aussi une curiosité malsaine chez les loups qui reniflaient tout autour. Valerianna chassa Croc blanc et Lobo qui se montraient trop curieux puis me demanda :

« C'est quoi cette poupée ? T'as dévalisé un sex shop gobelin ? »

« C'est un chargement j'ai dit. Elle ma copine, endormie par baiser. Apporte maison avant nuit. Nymphe aide charger dos loups. »

« Si c'est ta copine, comment refuser ? » Ma sœur explosa de rire.

Tandis que nous discutions, Akella enfouit sa truffe dans mon sac. C'étaient les restes de viande du dîner. Me souvenant que les loups avaient le ventre vide, j'entrepris de leur distribuer la viande. La plupart se tournèrent vers Blanca, la mère allaitante qui en avait le plus besoin. La viande s'épuisa vite et les loups n'étaient pas repus.

« Aujourd'hui, jour de chasse ! Moment prendre gros butin. Nos loups grandir, » déclarai-je à la Nymphe sylvestre qui acquiesça.

« Petit gob, je t'avais pourtant dit de *leveler* tes loups pour qu'ils nous protègent vraiment et qu'ils arrêtent de craindre les bêtes nocturnes. Comme je vois c'est pas encore fait. D'ailleurs, quand un familier ou une monture passe niveau vingt et cinquante, leur maître peut définir pour eux une spécialisation qui ouvre de nouvelles voies. Ces loups ne sont pas à moi et cette fonction ne m'est pas accessible. Mais si tu peux les rebaptiser, ça devrait normalement apparaître dans ton menu de stats. »

Je consultai la fiche d'Akella. Voilà ce dont elle parlait. La bête avait la spécialisation Déplacement furtif. Ça expliquait qu'elle ait pu me suivre aussi discrètement lors de notre première rencontre ! En examinant les autres prédateurs, je me rendis compte qu'il était déjà trop tard pour choisir une spécialisation aux loups. Ils en avaient tous choisi une au niveau vingt.

En plus, le choix automatique du système était classique, voire sans intérêt, comme Santé améliorée, Dégâts d'éventration et Peau épaisse, alors que d'autres voies bien plus originales et prometteuses existaient. Comme Caméléon avec lequel l'animal pouvait se fondre dans son environnement. Ou Assoiffé de sang qui guérissait les blessures du loup pendant qu'il mordait. On pouvait même transformer le loup en un curieux mutant doté des spécialisations Morsure toxique ou Cri assourdissant. Je me penchai aussi sur la spécialisation Chasse en meute qui améliorait les stats de combat de l'animal pour chaque allié de sa meute spécialisé dans la même branche. Si les louveteaux de Blanca avaient cette spécialisation, ils deviendraient un jour des monstres au combat.

« Amra, que se passe-t-il ? Toi aussi t'es pétrifié ? » La voix de Valerianna Prestepas m'empêcha de consulter toutes les options de *leveling* pour les loups. « C'est clairement contagieux, ta "dulcinée" t'a infecté. Il fera nuit dans dix minutes. Partons ! »

Je m'excusai et me mis à soulever la fille gobelin immobile. Ma sœur m'aida à installer la Taisha endormie sur le dos d'Akella. Je m'assis derrière elle, retenant la fille paralysée d'une main pour éviter qu'elle ne chute. Ma sœur sauta sur Blanca, me dévisagea bizarrement et fronça les sourcils, agacée :

« Agrippe-toi au loup, andouille, pas sur ses nichons. Akella a de bonnes prises, tu sais ! »

« Oncle Amra, est-ce que je peux t'accompagner ? » demanda une voix féminine interrogative provenant d'en haut. J'avais presque totalement oublié les enfants perchés sur le poteau. « Je peux entretenir la maison, nettoyer, cuisiner, laver et jardiner. »

« Yunna, nous allons à la Maison maudite. Et pour empirer les choses, c'est la nuit. Même si les monstres effrayants ne te dévorent pas en chemin, ta maman me remontera les bretelles demain matin ! » Je pensais que la simple évocation de Tamina la féroce la ferait changer d'avis.

J'avais tort. La gobelinette joufflue sauta lestement à terre et avança hardiment jusqu'à Lobo qui, troublé, recula d'un pas. Je me hâtai de marquer Yunna comme Alliée pour la Meute grise afin d'éviter un incident fâcheux. Puis Irek suivit sa sœur.

« Oncle Amra, moi aussi ! » Les gamins verdâtres m'imploraient. « Je serais trop jaloux et trop en colère si ma sœur montait un loup et pas moi ! J'en mourrai, sur ma vie ! Mon frère Shim pourra rapporter le paillasson au village et dire à maman et à Tarek GrandPied qu'on va bien. Si on ne vient pas, ma sœur et moi on va se fâcher, et on dira à tout le monde que t'as kidnappé Taisha ! »

« C'est quoi ça ? Ils disent quoi, les gosses ? » demanda Valerianna Prestepas, ne saisissant pas un traître mot de leur dialecte gobelin.

Pour épargner un long discours dans mon langage décousu, j'écrivis un message privé à ma sœur :

« *Ces petits maîtres chanteurs veulent s'inviter à la Maison Maudite. Ils promettent de travailler honnêtement à notre service. Si on refuse, ils nous menacent de nous dénoncer à Tarek GrandPied. Celui avec le Morgenstern. C'est le père de la fille.* »

« *Les enfants disent qu'ils ne nous accuseraient pas d'enlèvement s'ils nous accompagnent ? Crapules ! Si on fait ça, Tarek GrandPied nous poursuivra. Avec tout le village. Et avec les torches et les fourches.* »

« *Bon, on verra demain matin. Ça ne se passera pas forcément comme ça. Techniquement, ces gamins travaillent pour moi. Je* » vais les nourrir et peut-être même les payer un peu. »

« À toi de voir, frérot. T'as creusé ton trou en kidnappant ta copine. Assume les conséquences. »

Je regardai les enfants qui attendaient patiemment me réponse, puis leur fis signe de la main :

« Bon d'accord, les monstres. Je vous donnerai du travail à condition de rester sage à la Maison maudite et de ne pas faire enrager les loups. Sinon, vous rentrez tous à pied cette nuit. »

Compétence Superviseur améliorée au niveau 3 !

Irek et Yunna piaffaient d'impatience et, poussant des cris joyeux, enfourchèrent les prédateurs. Ce faisant, leurs classes basculèrent de villageois à dresseur de loup.

« Rentrer maison ! » m'écriai-je avec ferveur et la Meute grise partit au pas de course jusqu'à la Maison maudite.

De grands projets

ON N'Y ARRIVERA PAS. Il faut se grouiller. L'anxiété suintait de la voix de Valerianna.

Moi-même, j'avais les yeux rivés sur l'horloge. La tombée de la nuit approchait et nous n'étions qu'à mi-chemin de notre refuge. Nos loups pressentaient eux aussi le danger de rester à l'extérieur pendant la nuit et cavalaient le long de la lisière de la forêt pour rejoindre le plus vite possible la Maison maudite, les oreilles plaquées contre leurs gueules.

C'était l'heure ! L'horloge au coin inférieur droit de l'écran avait à peine sonné 9 heures qu'une constellation de marqueurs rouges apparut droit devant nous sur la mini map. Une seconde plus tard, un aboiement sourd et le jappement de nombreuses bêtes me vrillèrent les oreilles. Pensant dans un coin de ma tête que le son se propageait à peu près à la même vitesse dans Boundless Realm qu'IRL, je tirai abruptement Akella vers la droite pour l'éloigner de la route.

« Tous suivre Amra ! » Je regroupais la meute puis la fis louvoyer entre les obstacles pour emprunter un grand détour dans les bois marécageux.

Nous n'étions hélas pas passés inaperçus. Le train de points rouges fonçait dans notre direction à toute allure. Nos loups, qui couraient déjà à la vitesse maximale, accélérèrent encore la cadence. Sous moi, Akella se mit à pousser des mugissements de terreur.

« Où suis-je ? » Taisha frémit sous mon bras et tenta de se lever en se tortillant. À ma surprise, je faillis faire tomber la gobeline.

« Bouge pas et calme-toi ! Sinon tu vas tomber et les créatures nocturnes vont te bouffer ! » Je dus crier pour la faire tenir tranquille. Elle consentit alors à se retourner, me reconnut et cessa de gesticuler.

Je consultai fébrilement la mini map. La distance qui nous séparait des monstres à notre poursuite raccourcissait à vue d'œil. Taisha, qui examinait attentivement une chose derrière moi, écarquilla ses yeux de terreur. Je fis volte-face. Même sans carte, je savais ce qu'étaient les ombres noires et distantes. Elles étaient surmontées de crânes rouges. Même si l'écart de niveau était inférieur à cinquante, nous n'étions pas en mesure de toutes les affronter.

« Il y a un marais non loin de la route. Je l'ai balisé sur la carte il y a quelques jours. Par là, nos poursuivants filent droit dans la même direction. Pourvu qu'ils se noient... » pria Valerianna Prestepas, mais le ton de sa voix manquait de confiance.

Les onze marqueurs rouges décélérèrent toutefois. Puis ils s'immobilisèrent complètement mais il nous pourchassaient de plus belle quelques minutes plus tard, après avoir contourné la zone dangereuse. Bon. Nous avions gagné quelques secondes de sécurité.

« Aaaah ! Pourquoi je suis pas resté chez moi ?! Je veux pas mourir ! » À côté de moi, Irek déversait des torrents de larmes et les épongeait avec les manches de sa chemise sale.

Sa sœur Yunna était bien plus calme. Elle se contentait d'observer fréquemment son environnement et de murmurer des paroles inaudibles, peut-être des prières aux divinités gobelines ou des invocations magiques. Taisha se blottit silencieusement contre moi, mais je sentis son petit cœur battre la chamade.

Compétence Athlétisme améliorée au niveau 6 !

Ça alors ! Voyager sur une monture avait, semblait-il, augmenté ma compétence Athlétisme en même temps. Quelle bonne surprise. Mais notre folle chevauchée dans les bois me ramena à la réalité. Les points rouges contournaient la zone marécageuse et s'approchaient encore de nous, l'écart se resserrait chaque seconde.

« Pas peur. On va arriver. Très très très bientôt ! » rassurai-je les autres.

« *On n'y arrivera pas, Tim. Sois réaliste. Mais j'ai écrit à Shrekson et il est prêt à refermer le portail dès que la Meute grise* sera à l'intérieur. *Je descendrai du dos de Blanca pour faire diversion. Ça vous donnera le temps de fuir.* »

« Nymphe, faut pas dire ! On va faire ! Où familier grenouille ? »

« Mes crapauds ont tous péri avant que je vienne te rejoindre à dos de loup à Tysh. Au final, c'est toujours pareil. Les amphibiens sont des familiers foireux. Lents et stupides. Ils craignent les loups et meurent dès qu'on a le dos tourné. Chaque familier mort me fait perdre du niveau et c'est la galère pour en récupérer d'autres. Mais tu as raison, Amra. C'est le moment idéal pour appeler des crapauds pour qu'ils servent d'appât. »

Trois énormes crapauds bruns firent irruption à côté de la Meute de loups.

Crapaud verruqueux niveau 7

J'eus à peine le temps de lire la fiche de l'un d'entre eux qu'ils furent livrés en pâture aux monstres. Nos poursuivants, dont je perçus distinctement la silhouette sinueuse et haute sur pattes, furent attirés par le lâcher de bestioles. Une seconde plus tard, les crapauds surdimensionnés furent rayés de la carte. Les monstres s'immobilisèrent pour déchiqueter les trois crapauds, avalant goulument les morceaux de viande ensanglantés.

« La viande ne fera pas longtemps diversion. Ce sont des Wargs de niveau 54. Ceux-là mêmes qui traquaient nos loups et les faisaient paniquer, » m'expliqua ma sœur. Sa compétence Cartographie lui permettait d'identifier des marqueurs sur la mini map à une portée bien plus large que la mienne.

~ Testeur de Contenu ~

Mission reçue : La terreur de la Meute grise
Classe de mission : Rare, groupe
Description. Trouver le repaire des Wargs et tous les exterminer
Récompense : 8000 XP, +1 à la limite maximale de membres de la Meute grise (jusqu'à six)

Pourquoi six ? Akella, Lobo, Croc blanc, Blanca et les quatre louveteaux, ça faisait huit en tout ! L'envie de protester me démangeait, mais ma sœur me coupa le sifflet. Un enthousiasme assumé transparaissait dans sa voix :

« Mon louveteau sera mon quatrième familier s'ajoutant aux trois autres. Parfait ! Ça fait si longtemps que j'en rêve ! Amra, on doit à tout prix réussir cette mission ! »

Ma sœur se voyait-elle offrir une récompense radicalement différente à la mienne ? C'était envisageable, mais les circonstances m'empêchaient d'en avoir le cœur net. Les Wargs à nos trousses regagnaient du terrain. Une centaine de mètres nous séparaient. En me retournant, j'aperçus distinctement quatre corps élancés, des mâchoires carnassières et des yeux rouges flamboyant dans la nuit.

« Regarde, nabot ! On sera bientôt à la Maison maudite. Sois prudent, il manquerait plus qu'on tombe dans les pièges que l'ogre a installés ! Eh t'as vu ? C'est quoi ce foutoir ? Qu'est-ce que fout la naïade devant le portail ! »

Devant nous, deux joueurs étaient plantés à proximité de la palissade visible au loin, tenant les lourdes portes, prêts à les refermer. Les portes ?! Mais comment ?! Qui donc avait replacé les portes et quand ? Aux dernières nouvelles, elles étaient par terre ! Remettant mes interrogations à plus tard, j'observai les deux joueurs. Et si l'Ogre de niveau onze couvert de boue avait été le premier de son espèce que je rencontrai, je n'en étais pas à ma première naïade. Je songeai un moment à Trong le plongeur. Nos relations s'étaient avérées tumultueuses dès nos débuts in-game. Si Trong avait soif de vengeance, il tenait là une occasion en or. Il lui suffisait de nous claquer la porte au nez pour que les Wargs nous dévorent. Je me saisis de ma sarbacane, bien conscient que ce serait peine perdue s'ils refermaient brusquement la porte. Mais c'était en réalité un autre joueur ! Son nom était à consonance vaguement française ou canadienne.

Max Sauchenier
Naïade
Marchand niveau 10

L'homme-poisson attendit patiemment que toute la Meute grise entre avec son escorte. Lui et le géant refermèrent alors les lourds battants et verrouillèrent le tout avec le madrier. Ce fut une aide inespérée. Cela me troubla même et je ne savais pas comme aborder ce nouvel arrivant. Sans doute valait-il mieux lui parler pour faire connaissance. Mais avant tout, je devais supprimer la naïade de la liste des Kill On Sight (Tuer à vue !) de la Meute grise pour éviter tout malentendu.

Je n'avais pas tout à fait compris le système qui établissait les règles de protection de mon lieu de résidence. Il existait plusieurs niveaux d'accès que j'avais ignoré car je n'imaginais pas qu'il y aurait autant de joueurs et de PNJ en visite. Ainsi, j'avais paramétré la Meute grise de façon à ce qu'elle considère tout étranger s'approchant de la maison comme un ennemi. Il me fallait à présent régler ces paramètres, car les loups grognaient déjà et s'approchaient de l'homme-poisson avec la claire intention de le transformer en Captain Igloo.

Pfiou ! C'était moins une ! Après avoir procédé, les loups ne montrèrent plus leurs crocs et se mirent à observer attentivement la naïade. J'eus à peine le temps de m'éloigner du portail que plusieurs messages s'affichèrent :

Gain d'expérience : 880 XP

Gain d'expérience : 880 XP

Akella se mit à chatoyer à côté de moi, signe qu'elle passait le palier du niveau 28. Le feu d'artifice m'indiquait que Blanca, Yunna et Shrekson étaient eux aussi en plein *leveling*.

« Vous avez réussi, les amis ! » s'esclaffa le fortificateur Ogre, frottant ses énormes paumes joyeusement. « Il y en a même deux pris au piège ! »

Étrangement, le gain d'expérience était faible pour un Warg de niveau 54. Même si… comme nous partagions notre XP avec l'ogre et le groupe qui m'accompagnait, plus les quatre loups ayant attiré les monstres dans les pièges, cela semblait somme toute raisonnable. Recomptant les participants, je sifflai. J'avais maintenant entre neuf et onze personnages et animaux avec qui partager la récompense. Un cri effroyable retentit derrière les murs et se noya peu à peu en un grognement confus.

Gain d'expérience : 880 XP

« Encore ! » rit l'ogre. « À moi le niveau treize, bientôt !
Quasiment cinq niveaux gagnés en moins de trois heures ! À ce
train-là, je passerai niveau vingt d'ici la fin de la semaine ! »

En entendant les grognements et les hurlements hargneux de
l'autre côté de la barricade, à cinq pas de nous, j'examinai la
palissade de trois mètres de haut avant d'interroger notre
bucheron:

« Bêtes pas franchir barrière côté là ? Warg jambes longues
longues. Courent et courent et sautent… »

L'Ogre s'empressa d'apaiser mes craintes :

« La quasi-totalité du périmètre de la palissade est envahie de
lierre épineux. On ne peut ni la toucher ni la franchir en prenant
de l'élan. Et là où le lierre est absent, j'ai creusé des fosses et j'ai
planté au fond des pieux aiguisés. Donc ces trucs aux grosses
papattes n'ont aucune chance. Il ne leur reste plus qu'à pleurer
fou bien à tenter le coup quand même. Tandis que nous, on
engrange de l'XP et des trophées. Par contre, il existe d'autres
bêtes nocturnes qui pourraient facilement franchir la barricade.
J'en ai vu certaines avec des jambes aussi hautes que des girafes.
Sans compter les oiseaux de proie et les autres créatures ailées. »

Les Wargs se turent de façon inquiétante. Soit ils avaient mis
au point une ruse soit ils avaient quitté la zone dangereuse. Peut-
être avaient-ils été chassés par plus effroyable qu'eux. Sur ma
mini map, les huit points rouges semblaient avoir déserté le lieu
en détalant comme des lapins.

« Peut voir derrière barrière ? Que font grands méchants ? »
demandai-je au fortificateur. Il fit un geste de désespoir, et avoua
d'un air coupable :

« Pour l'instant, impossible, patron. On peut quand même

espionner entre les pieux ou alors construire une petite échelle avec les madriers. Mais on prévoit de construire un beffroi près du portail d'ici quelques jours. Ça représente quelques heures de travail, si on a les bons outils. »

J'ouvris le menu de Marchandage et y plaçai tous les outils achetés chez Nyle le Pingre : une scie égoïne, une grande bâche, un burin, un marteau de forgeron, une erminette pour tailler les poutres, une pelle, un pic et un paquet entier de clous à tête plate en fer forgé. Je définis le prix à zéro pièce et soumis l'offre à Shrekson. L'homme accepta et sourit jusqu'aux oreilles :

« Avec ça, je pourrai tout bâtir en quelques jours, patron ! Je vais bâtir une grange de stockage dans la zone clôturée pour le grain et les aliments, puis une niche pour les loups en cas d'intempéries. Je vais construire un atelier et une scierie pour y fabriquer des planches, une remise, puis je creuserai un puits… »

« Stop, stop ! » l'interrompis-je en me remémorant les paroles d'Ugruem le dépeceur. « Déjà avons. Jadis grand garage froid pour réserve viande. Gobelin fiable à moi dire. »

La Nymphe sylvestre, s'étant absentée pour s'occuper de Blanca et de ses louveteaux, entendit notre conversation en revenant. Valerianna Prestepas échangea un regard avec Shrekson et le titan haussa des épaules, l'air étonné. Ma sœur expliqua son incompréhension :

« Tu n'as pas les idées claires, mon vertounet. L'enceinte n'est pas très grande. Même si elle est infestée d'herbes folles, nous avons tout désherbé ces jours-ci, s'il y avait un quelconque puits ou un accès à une cave, on l'aurait vu. »

Mission renouvelée : La vieille maison hantée

Description : Trouver l'entrée de la construction souterraine

des chasseurs ogres pour élucider le mystère des morts suspectes
Classe de mission : Réputation
Récompense : Renforcement des liens avec le village de Tysh
ATTENTION ! Niveau conseillé pour cette mission : +50

Comme les autres joueurs ne semblaient pas avoir reçu de message, je fis une capture de la description pour l'envoyer à Valerianna Prestepas et à Shrekson le bâtard. L'immense ogre se pétrifia quelques secondes, puis il caressa son crâne dégarni et regarda tout autour.

« Bon alors. Il faut croire qu'on va se remettre à creuser. »

« Pas encore ! » intervint ma sœur déjà au fait des détails de ma quête. « Il est précisé dans la description que les personnages qui ont un niveau inférieur à cinquante ne doivent pas tenter cette quête. Quelque chose de dangereux nous attend en bas. »

« Mais ça, c'est sûrement pour les gens qui veulent s'aventurer en solo, regarde combien on est ! » fit l'ogre qui piaffait, désignant tout le groupe de PJ et de PNJ. « Les quatre loups pourront affronter un monstre de niveau cinquante, c'est sûr. »

Je m'empressai de le contredire :

« Légende Gobelin dit : tout habitant maison mort en une nuit. Quelques jours ici puis bam, morts. Uguzh, guerrier Gobelin, lui survivre plus. Onze jours ici puis bam, mort aussi. Amis Amra pas forcer à faire mission. Mais si énigme maison hantée pas résolue, meute meurt, trois Gobelins aussi. Dommage, un peu. »

« Oui bien sûr qu'on va t'aider, » soutint la Nymphe sylvestre. « Il nous faut protéger les loups, coûte que coûte. Ils sont une ressource précieuse. Ta chérie aussi est importante. Et il y a ces gamins que tu as ramenés et dont on doit s'occuper. Tu aurais à répondre de leur mort devant toute la communauté gobeline de Tysh. »

À l'évocation de leurs noms, Yunna et Irek me rejoignirent.

« Oncle Amra, on est prêts à travailler. Mais avant, on veut manger. J'ai l'estomac qui gargouille. »

Je traduisis le dialecte Gobelin aux autres et demandai à ma sœur s'il lui restait à manger dans son inventaire.

« J'ai tout donné à l'ogre. Il avait faim, » soupira ma sœur dépitée. « Mais on peut récupérer les victimes du piège et partager ! »

L'idée aurait pu être bonne sans les huit Wargs survivants que l'on voyait sur la mini map en train de rôder aux alentours de notre maison. En plus, pas très loin non plus, d'autres mobs apparaissaient également. C'était trop dangereux de quitter notre abri. Taisha haussa des épaules d'un air désolé. J'espérais que son paquetage contienne quelque chose. Elle aussi avait faim. Elle n'avait pas pu manger chez elle et, alors qu'elle était encore inconsciente, les loups s'étaient délectés du contenu de son sac. Ce n'est pas tant elle qui avait attiré les loups que le fumet alléchant de son havresac.

J'entendis alors la naïade toussoter. Il semblait vouloir qu'on lui prête attention.

« J'ai du poisson dans mon inventaire, du frais et du sec. C'est d'ailleurs l'objet de ma visite. »

Max Sauchenier fit quelques pas dans ma direction, quand un trio de loups jusqu'alors calmement étendus dans l'herbe bondit et se mit en travers de son chemin en montrant les crocs et en grognant. La naïade ricana nerveusement, mit de côté son trident et montra ses mains vides.

« Du calme. Laissez-le passer ! » leur sommai-je tout en marquant l'homme-poisson comme allié pour la Meute grise. Les loups se désintéressèrent soudainement de lui.

« Et voilà ! » Max entassa du poisson sur le gazon. « Maquereau, truite arc-en-ciel et limande. J'ai plein d'autres produits. Non loin de la galère orque, au pied des falaises, s'étend la cité engloutie d'Ooka. Tritons, peuples aquatiques, sirènes, naïades, néréides et océanides s'y côtoient, mais tous sont des PNJ. Ils pêchent du poisson et recueillent des perles. Ce type de denrées s'achète à bas prix là-bas. Et à proximité de la berge rocailleuse, il y a un quai où s'amarrent des frégates marchandes une fois par semaine pour y acheter des marchandises aux peuples aquatiques ou leur vendre des babioles : hameçons, harpons en métal forgé... Cinq joueurs de haut niveau vivent aussi à côté de ces quais. Des humains, tous mordus de pèche. J'ai découvert qu'il s'agissait d'une bande de vieux messieurs qui ont travaillé des décennies à bord du même chalutier sur les océans Arctique et Atlantique. Dans *Boundless Realm*, seule la pêche les intéresse. Ils pêchent du matin au soir, assis au bord des falaises tout en se lançant des défis. Le perdant paie le dîner aux autres IRL. J'ai tenté de me mesurer à eux, mais c'était peine perdue. Leurs compétences de pêche plafonnent à plus de cent, en plus ils ont pris toutes les spécialisations de soutien, toutes autant levelées. »

La naïade finit enfin d'étaler ses poissons sur l'herbe et offrit aux Gobelins des morceaux prêts à cuire. Taisha s'improvisa commise de cuisine. Irek et Yunna l'aidèrent. Ils ramassèrent ensemble le butin et entrèrent dans la maison. Je n'arrivais que fort difficilement à cacher ma surprise. Max avait plus de cinquante poissons, dont des très gros. La valeur devait être assez élevée et il était assez gênant d'accepter des produits aussi coûteux de la part d'un marchand que je connaissais à peine. Je lui fis part de mes scrupules.

« Allons, à Ookaa, ça vaut moins de sept pièces, » fit l'homme-poisson en se fendant d'un sourire aux dents aiguisées comme des rasoirs. « Il n'y a juste pas grand-chose à faire là-bas. On a le choix entre pêcher du poisson, des moules et des huîtres. Et un seul marchand PNJ à la ronde qui vous achète votre pêche du jour pour une misère, comme je l'ai dit. J'ai demandé aux gens du coin. Les locaux ne sont généralement pas contre l'idée de me vendre leurs prises à prix fort, mais où décharger une cargaison entière de poissons ? Je me suis dirigé vers les quais et j'ai profité du passage d'un navire de commerce humain pour charger ma marchandise. Sauf que j'ai été attaqué. J'étais à deux doigts de me faire capturer quand je me suis souvenu d'un village pas loin de la rivière, alors j'ai mis le cap sur Rocbourg. Au final, je n'ai pas réussi à y aller. Des saletés de PK m'ont criblé de flèches et j'ai dû abandonner le bateau avec un bon paquet de marchandises à bord avant de plonger sous l'eau. Et puis… » le marchand se mura soudainement dans le silence et regarda l'ogre.

« Vas-y. Tu peux en parler. Amra est au courant. Le problème, c'est que Max est lui aussi testeur. Hier soir, on a tous les deux reçu une convocation au bureau d'Alexandro Lavrius qui nous a fait comprendre que nous n'avions rien de substantiel à proposer et que nos personnages semblaient être au point mort. Il nous a posé une condition : atteindre le niveau vingt sous sept jours, sinon on se retrouvera au chômage. »

« C'est ça. Il nous a sacrément remonté les bretelles. Je ne m'étais jamais fait autant enguirlander de toute ma vie... » confirma la naïade qui frémit d'angoisse en se remémorant l'épreuve. « Enfin, ce n'est que son troisième jour de période d'essai, à l'ogre. Moi, c'est mon cinquième ! Plus que deux jours. "Pas de contenu de qualité," qu'ils disent. Parce que c'est possible pour un marchand, hein ? Il n'y a que des pêcheurs d'origine aquatique autour d'Ookaa. Seuls les harengs et les brochets les intéressent. Le seul joueur réel que j'ai croisé dans le coin a débarqué il y a cinq jours, un vrai taré. Lui aussi c'était une naïade, d'ailleurs. Au début j'étais ravi. J'ai cru qu'on pourrait coopérer, mais d'entrée de jeu il m'a poignardé dans le dos pour me détrousser. Puis il a trouvé un moyen de faire monter l'aggro de tout Ooka sur lui avant de mettre les voiles, dès le premier jour. »

Ma sœur et moi échangeâmes un regard, et Valerianna Prestepas hasarda à voix haute que le "taré" pourrait s'appeler Trong le plongeur.

« Tu l'as rencontré, toi aussi ? » L'homme-poisson rit jaune. « Oui, c'est bien lui. On pense avoir affaire à un adulte puisqu'il joue à *Boundless Realm* mais, vu son niveau d'intelligence et son état d'esprit, je penche pour un écolier. Il a décidé de "pécho de l'XP direct" en condamnant une caverne de Tritons subaquatique. Contrairement aux autres résidents d'Ookaa, les Tritons ont besoin de remonter à la surface à intervalles réguliers pour faire le plein d'oxygène, même s'ils peuvent rester sous l'eau un certain temps et respirer par la peau. Trong a donc trouvé le moyen de les tuer en masse : il a scellé l'entrée de leur habitat pour les empêcher de remonter. Il a même voulu que je participe à son crime. Il m'a tué parce que j'ai refusé de l'aider. Quant au sort réservé aux Tritons, je ne sais pas. J'attendais au Respawn à ce moment-là, mais la cour aquatique a déclaré que Trong le plongeur servirait d'appât aux prédateurs des abysses. Et comme c'est un immortel, il est interdit de séjour à Ookaa… »

« J'ai l'impression que tu digresses, Max », l'interrompit le fortificateur Ogre. « Revenons à nos moutons. En quittant le bureau du directeur, on avait les mains qui tremblaient à tel point qu'on n'arrivait plus à boutonner notre chemise. Imagine un peu le tableau : ça fait vingt ans que je ne fume plus, et là je me suis mis à chercher une clope. Heureusement que *Boundless Realm* n'en vend pas dans le bâtiment, car sinon j'en aurais acheté sans hésiter. Max et moi on s'est payé un café. De fil en aiguille, on a fait connaissance. Et aujourd'hui, il m'a envoyé un message dans le jeu. Max pestait contre les crapules qui lui ont volé ses marchandises à côté de Rocbourg. J'avais lu dans les règles que, pour envoyer un message, l'expéditeur doit se trouver dans un rayon de dix kilomètres. Ça voulait dire que Max n'était vraiment pas loin ! J'ai ouvert la map pour localiser ce satané Rocbourg et j'ai expliqué l'itinéraire à la naïade. Un allié tombe à point nommé. On a de grands projets, après tout ! »

« Avoir recours à un joueur professionnel marchand pour des travaux manuels, c'est comme utiliser un microscope pour enfoncer des clous, » fit Valerianna Prestepas avec un rictus de dépit. « C'est d'ailleurs le meilleur moyen de rater sa période d'essai, parce qu'un marchand, contrairement à un fortificateur, n'a pas l'expérience pour miner et scier. »

Je souscrivis complètement aux explications de ma sœur. Qui plus est, un usage aussi impropre de son personnage ne serait sans doute pas au goût des managers.

« Aujourd'hui Alexandro Lavrius accusé triche par grand shamane. Lui viré, botté le cul. Ai déjà vu patron gras, Mark Tobius. Lui dit vieux accords caducs, maintenant voir quels testeurs rester. »

« Excellente nouvelle ! Merveilleux ! » Les visages des deux joueurs s'illuminèrent et ils entamèrent une danse assez improbables entre un ogre dément et un demi poisson poisseux.

Je m'empressai de calmer leur joie en leur expliquant que le nouveau directeur semblait être plus intransigeant qu'Alexandro Lavrius. Et qu'on avait tous intérêt à montrer le meilleur de nous-mêmes.

« Shrekson, je trouver ogre soutiens. Peut-être Irek, peut-être mob. Mais Max pas terrassier. Lui sera vendeur marchand. Doit inventer plan marchand pour profit. Pour le mieux à tous. Nous partir maison discuter partage quatre joueurs et plein de mobs. »

Un fumet de poisson grillé planait à l'intérieur du fortin. Taisha et ses deux assistants s'étaient sérieusement attelés à la tâche en formant une chaîne de production. Yunna nettoyait et vidait le poisson, Irek les embrochait sur des pics et alimentait le feu en bois, Taisha faisait griller le poisson au-dessus de la flamme, les retournant dès qu'ils étaient dorés et les retiraient une fois prêts. À l'autre bout de la cuisine, une Blanca à moitié assoupie se réchauffait près de l'âtre et nourrissait ses quatre louveteaux.

Pour décrire la scène en un mot, elle était idyllique.

L'Ogre tenta d'attraper une brochette cuite, mais Taisha l'en empêcha d'une tape sur la main :

« Déjà, lave-toi les mains. Et attends que tout le monde soit attablé ! »

J'imaginais que le géant prendrait la mouche, mais sa réaction fut inattendue. Il resta bouche bée puis, n'en croyant pas ses oreilles, demanda :

« Ça veut dire que les Gobelins peuvent parler normalement ? ».

« Certains oui. Mais ils ne parlent pas à tout le monde, seulement à ceux qu'ils considèrent comme des amis, » expliqua Taisha, en langage humain également. Son élocution était limpide, sans le moindre accent.

« Ça dépend surtout de l'intelligence, » confirmai-je en employant aussi un langage normal. « Mais déformer le langage et parler aux étrangers avec des phrases "gobelinesques" inintelligibles, c'est pratique. Les gens pensent qu'on est stupides et ne nous prennent pas au sérieux. Si l'on montait à l'étage ? Ces odeurs exquises me mettent l'eau à la bouche. »

Nous gravîmes le raide escalier. En l'absence de mobilier, je posai des peaux à même le sol et leur proposai à tous de s'asseoir. Ma sœur alluma les bougies qu'elle avait façonnées, instaurant une ambiance intimiste.

« On se croirait dans un laboratoire médiéval », ricana Max Sauchenier en regardant les couronnes de plantes séchées et la paillasse d'alchimie.

« Eh bien, je suis un herboriste de métier, » répondis-je en souriant et suggérai de parler affaires. « Vu qu'il y a plusieurs testeurs réunis, je ne vais pas y aller par quatre chemins : ces prochains jours, moi et ma sœur on va vous aider à passer niveau vingt. Mais ne voyez pas cela comme une aide ponctuelle. Nous espérons mettre en place une coopération collective à long terme qui soit mutuellement profitable.

« Sœurette ? » À ce mot, Max tendit l'oreille.

« Oui, je ne vois aucune raison de le cacher. Valerianna Prestepas est ma sœur, Valeria. Même si elle ne travaille pas à *Boundless Realm*, elle sait pour la période d'essai et m'a aidé à plusieurs niveaux. Elle m'a notamment aidé à développer mon personnage, et elle pourrait aussi vous aider. Elle est spécialisée depuis des années dans ce domaine, et sait trouver des solutions même dans les cas les plus foireux. »

Ma sœur se redressa, s'inclina devant chaque convive, et demanda l'autorisation de prendre la parole.

« Je vais être la plus honnête possible. Avec vos personnages, il n'y a pas de quoi sauter au plafond. Aucun herboriste, fortificateur ou marchand ne pourra se créer un gameplay original sans aide. Il y a de l'argent en jeu, et aucun spectateur n'a envie de regarder un marchand assis plusieurs jours à son étal ou un ogre qui creuse des trous. Et je ne suis pas sûre qu'un Gobelin qui part à la cueillette aux champignons, ça intéresse le public. »

« Qu'est-ce que je peux y faire ? C'est le système qui a choisi mon personnage ! » objecta l'Ogre.

Ma sœur marqua une pause et sourit :

« Il faut exploiter les personnages qu'on vous a attribués en voyant plus large ! Réfléchir, définir un objectif qui surprendra vos spectateurs. Par exemple, si on joue marchand, il s'agira de mettre en place un monopole en exportant du poisson vers le continent sud, en jugulant et en détruisant la concurrence. Difficile ? Oui, très difficile. Injouable ? Très probablement. Mais au moins ça pimentera votre histoire ! »

Je coupai la parole à ma sœur en m'excusant :

« Première étape de notre grande stratégie : livrer du poisson aux villages alentour et la grande cité de Weiden pour le marchandage. Il va me falloir vos maps de territoires découverts à tous les deux... »

« Pardon, mais ce n'est pas la première étape. En premier lieu, il faut gérer leurs compétences et leurs stats. Regarde Max Sauchenier. C'est une horreur sans nom !

Sur les conseils de ma sœur, je consultai les compétences primaires du marchand et me caressai le crâne, pensif. Alors alors...

Marchandage (Ch I) niveau 4

Armes d'haste (F A) niveau 2

Pêche (P A) niveau 3

Amphibie (C F) niveau 9

Cuirasse (C F) niveau 1

Où étaient les compétences qui permettaient de faire évoluer le charisme et l'intelligence, les deux éléments de base garantissant la réussite d'un marchand ?! Mise à part, évidemment, le marchandage en lui-même qui était au niveau 4, il n'y avait rien.

« Pour les armes d'haste et le marchandage, je n'ai pas eu le choix ! » clama l'homme-poisson pour se justifier.

« Et ces compétences sont utiles, » rassura ma sœur, rusée

pour son âge. « Difficile d'imaginer une naïade armée avec autre chose qu'un trident. Un marteau à deux mains serait ridicule. Il est aussi difficile d'imaginer un marchand incapable de négocier. La compétence Amphibie permet de vivre en dehors de la mer, elle te sert tout le temps même si je l'aurais mise en secondaire. Par contre, Pêche et Cuirasse !? »

« Eh bien, à Ookaa, il n'y a que des pêcheurs ! J'ai choisi cette compétence dès le premier jour pour m'intégrer. J'ai compris que je pouvais vendre le poisson que je pêchais. Et la cuirasse je viens de la choisir ce matin sur le bateau en partance pour Rocbourg. Le lit de la rivière était envahi d'insectes de la taille de mon poing. Chaque bestiole à elle seule ne m'infligeait qu'un ou deux points de vie, mais il y en avait des nuées. Elles m'auraient achevé ! »

La nymphe secoua la tête en signe de récrimination et baissa les yeux sans mot dire. Mais je compris parfaitement et repris le fil de son explication :

« Max, la seule chose que tu risques en mourant c'est de perdre de l'XP. T'aurais pu rattraper ça en quelques heures. Mais je ne pige pas pourquoi tu l'as affectée aux compétences primaires et gâché les perspectives d'avenir de ton personnage. Si les bestioles t'insupportaient à ce point, tu n'avais qu'à prendre Cuirasse en secondaire ! »

« Bah, mes secondaires étaient déjà saturées. Armure légère, Diplomatie, Plongeur, Mule et... » La naïade se mura dans le silence une seconde, visiblement embarrassée, « Don Juan ».

« Don Juan ? » l'ogre se mit à hennir bruyamment, jusqu'à tomber sur le dos et se rouler par terre.

« Bah oui, c'est quoi le problème ? » râla le marchand. « Je me suis dit que ça ne lui ferait pas de mal à mon personnage, de mieux parler aux femmes. La moitié de ma clientèle, ce sont des femmes. »

Valerianna Prestepas prit une profonde inspiration et annonça, avec une lassitude et un agacement non dissimulés :

« Là je brûle d'envie de prendre un rouleau à pâtisserie, ou mieux, une pelle bien lourde pour t'apprendre à communiquer avec le sexe opposé et, dans la foulée, t'endurcir la cuirasse. »

Taisha épargna à Max Sauchenier un débat autour de ses compétences en faisant irruption, portant un large plateau de bois surmonté d'une montagne de poisson grillé. Les minutes suivantes, on n'entendit plus que des bruits de mâchoires qui s'entrechoquaient de concert. Enfin, Taisha brisa le silence :

« Irek et Yunna ont fini et sont tombés d'épuisement après cette journée interminable et stressante. Je leur ai installé un lit dans la chambre vacante à droite des escaliers. Les gosses sont tombés direct en posant la tête sur la paillasse. »

« Merci. Tu ne t'es pas encore changée ? » demandai-je.

La gobeline esquissa un sourire las et haussa vaguement les épaules. Je ne comprenais toujours pas son langage corporel. Taisha éprouvait-elle une gêne face aux immortels ou n'avait-elle pas eu le temps d'équiper sa tenue de voleur ? Peut-être craignait-elle de ne pouvoir la retirer. Si j'avais bien compris, porter cette tenue était censé modifier sa classe.

« Veux-tu que Valerianna t'aide à t'habiller ? » hasardai-je.

Test de réaction réussi pour Taisha
Gain d'expérience : 80 XP

« Pour être franche, je ne connais pas du tout la nymphe

Sylvestre, c'est pour ça que je suis mal à l'aise. Je préfère que ce soit toi, Amra », répondit la rousse.

Ça alors ! Je mis de côté un plat de poisson à moitié consommé et m'essuyai méticuleusement les mains sur mon pantalon. Nous descendîmes au rez-de-chaussée, Taisha arriva dans la cuisine… et se figea brusquement, le visage déformé par la terreur. Je jetai un œil derrière elle et, pétrifié comme elle, ne sus comment réagir. Blanca dévorait ses petits !!!

« Hé attends. Ouah ! Laisse-les tranquilles ! » m'écriai-je. Le choc initial passé, je m'élançai sur les louveteaux mais, je me mis à chanceler à la vue du regard dément de la prédatrice.

La louve aguerrie, le museau recouvert de sang, avala le morceau dans sa gueule, se redressa doucement sur son lit et, avança honteusement dans ma direction. Quoi qu'il arrive, je reculai d'un pas, m'entreposant entre elle et Taisha, terrorisée. Blanca fit halte devant l'entrée, me scrutant d'un air interrogateur, et se mit à gratter à la porte. Je consultai la mini map et le marqueur de la louve m'apparaissait en bleu, c'était une alliée. À côté d'elle, un autre marqueur bleu… Je me retournai vers le petit lit que la femelle venait de quitter.

Louveteau niveau 1

Chassant la louve puis refermant la porte derrière elle, je voulus aller voir le louveteau, mais Valeria se mit en travers de mon chemin. Ma sœur me bouscula pour accourir vers le petit animal et le recueillir.

« Il est à moi ! Blanca me l'a promis ! »

Quasi instantanément, au-dessus de la tête du bébé endormi

plissant les yeux sous l'âtre, apparut le nom donné par sa propriétaire : « Pirate ». J'ignorais totalement pourquoi ma sœur l'avait baptisé ainsi. Mais en repensant à la tournure des événements, j'expliquai à l'assemblée :

« C'est ainsi que les choses devaient être, hélas. La Meute grise est désormais composée de cinq membres. En grandissant, les louveteaux ont gagné en autonomie et ont atteint le niveau 1 et un script s'est déclenché. La meute n'avait pas le droit de compter autant d'individus et a donc réduit ce nombre dans les limites admises. »

« Je n'ai pas capté la moitié de ce que tu viens de dire, Amra, » admit Taisha.

Mais les autres avaient compris. Ma sœur reprit le fil de mes idées :

« C'est attristant pour les petits, mais c'est l'ordre des choses. Quand on aura trouvé et détruit le repaire des wargs, Pirate sera un soutien pour la Meute grise sans prendre de place supplémentaire. On pourra ajouter un nouveau loup à la meute ! »

« Deux loups même », rectifiai-je. « La récompense à la quête La terreur de la Meute grise étend la taille de la Meute grise à six. »

« Je n'ai toujours rien compris ! Vous ne pourriez pas parler clairement ? » se lamenta la villageoise.

Valerianna regarda Taisha pensivement, me jeta un regard de pitié, puis monta à l'étage en invitant la naïade et l'ogre à venir poursuivre la discussion sur les projets de compétences et de développement de leurs personnages. Je me retrouvai en tête à tête avec Taisha.

« Elle ne m'aime pas », murmura-t-elle.

« Tu te trompes, Taisha. La nymphe est très intelligente, elle te tient en haute estime. Elle est juste un peu agacée que tu te mêles des affaires des immortels alors que tu ignores tout de leur mode de vie. Ne t'en fais pas, je te dirai tout sur les immortels quand la nymphe, l'ogre et la naïade disparaîtront. »

« Disparaîtront ?! » demanda-t-elle sans comprendre. « Tu veux dire "s'endormiront" ? »

« Non, ils disparaissent vraiment. Taisha, ce qui distingue les immortels des autres, c'est qu'ils ne résident pas en permanence au royaume que l'on nomme *Boundless*. Parfois on le quitte pour dormir, se reposer, gérer nos affaires. Aussi, les immortels disparaissent temporairement de Boundless Realm s'ils se font tuer. Mais nous revenons toujours. »

« Toi aussi tu vas partir et me laisser toute seule cette nuit ? » demanda Taisha, la voix chevrotante. « Amra, je redoute de me retrouver seule dans la Maison maudite ! Reste, je t'en prie ! »

N'ayant pas prévu de quitter Boundless Realm avant la matinée, je promis le plus honnêtement possible de ne pas l'abandonner la nuit dans cette maison de l'horreur. Taisha s'approcha de mon personnage pour l'embrasser sur la joue en chuchotant :

« Yunna ne dort pas. Elle observe. Fais-en sorte de te retourner quand je m'habille.

Sans discuter, je fis sagement volte-face dans l'autre direction. Dans mon dos j'entendis un bruit de froissement, puis sa robe tombant à ses pieds. Encore une minute de froissements et Taisha m'autorisa à me retourner. Ouah !

~ Testeur de Contenu ~

Taisha la Rutilante
Gobelin
Voleuse niveau 23

Ses vêtements foncés étaient si fins que je devinai ses courbes féminines. Une vision affriolante et érotique. Un peu trop même. Les vêtements de Taisha dissimulaient moins ses atouts féminins qu'ils ne les mettaient en valeur. Même nue, elle n'aurait pas dégagé autant de sex appeal.

« Alors ? Tu aimes ? Tu ne dis rien ? Ça me va ? » demanda-t-elle timidement.

« L'envie de te tripoter me démange au plus haut point », admis-je.

Malgré l'indécence et la maladresse du compliment, Taisha rit de bon cœur :

« Tu y auras peut-être droit un jour, si tu le mérites. Mais hors de question pour moi de prendre au sérieux mes admirateurs s'ils sont faibles et maladroits. »

Mission reçue : Surclasser le niveau de Taisha
Classe de mission : Rang social, Rare
Récompense : 2400 XP, +20 à tout test d'estime de Taisha

Mission reçue : Battre le niveau d'agilité de Taisha
Classe de mission : Rang social, Rare
Récompense : 48 000 Exp., +20 à tout test d'estime de Taisha

Découvrant les conditions de la mission, je n'en crus pas mes yeux et je vérifiai à plusieurs reprises le nombre de zéros dans la récompense de quête. La voleuse fraîchement intronisée ramassa sa robe blanche de villageoise répandue sur le sol et, une seconde plus tard, en fit une boule qu'elle jeta dans les flammes. Elle s'embrasa vivement et fut dévorée en l'espace de deux secondes.

« Voilà. C'est décidé, pas de retour en arrière possible. Allons rejoindre les autres ! »

À l'étage, le débat autour des compétences touchait à sa fin. Nous entendîmes la conclusion. Valerianna Prestepas conseillait l'ogre sur son évolution :

« Shrekson, avec Piégeage, tu as fait un excellent choix. C'était la compétence par excellence pour viser le niveau vingt. Mais prends ton temps avant de choisir une cinquième compétence principale. Oui, j'approuve le fait que l'Athlétisme dopera ton endurance et qu'elle te serait bien utile pour tes travaux épuisants. Mais prends ton temps. Laisse-moi y réfléchir d'ici demain matin, que je pèse tous les enjeux. Ouah ! Plein la vue ! Amra, tu n'as pas peur que Taisha déconcentre les membres masculins de notre groupe ? Ça va attirer tout le sang de leur cerveau vers d'autres organes ! »

Cela se devinait : la fin de son discours concernait Taisha. Sa beauté faisait vraiment sensation avec son nouveau look. Toute l'assemblée n'avait d'yeux que pour elle dans la salle. Une minute plus tard, Valerianna me chuchota à l'oreille :

« J'approuve, grandes cornichon. Le public va l'adorer comme alliée. Et surtout, regarde un peu ses compétences. Il n'y a rien à jeter. Taisha pourrait t'enseigner quelques astuces, comme ne pas t'éparpiller dans tous les sens et te concentrer sur l'essentiel ! »

À ma grande honte, c'est seulement à ce moment-là que je

regardai enfin la fiche de compétences de la belle rousse. J'avais été totalement obnubilé par son apparence. Valerianna avait raison, mes facultés intellectuelles déclinaient en la présence de Taisha.

Crochetage (A I) niveau 14
Désamorçage de piège (A I) niveau 6
Dague (F A) niveau 8
Furtivité (A C) niveau 15
Esquive (A P) niveau 21

La classe ! Quatre compétences primaires axées sur l'agilité et une autre avec l'agilité en compétence secondaire ! Avec le bonus du peuple Gobelin de +30 % à la vitesse de développement de l'agilité et les compétences que Taisha possédait déjà... J'ouvris la calculatrice intégrée. Les calculs montraient que la jolie rousse totalisait au minimum 77 en agilité avec ses seules compétences. Elle devait posséder un nombre de points de stat conséquent en étant niveau vingt-trois, sans doute directement affectés à la statistique principale des voleurs...

Spontanément, je calculai rapidement pour déduire que l'agilité de Taisha devait avoisiner les 120-130. J'ouvris mes stats, constatant avec dépit que mes propres points d'agilité totalisaient 45, bonus compris. Hum... Je ne voyais aucun moyen de finir la quête avec Taisha. Comment un herboriste pouvait-il surclasser l'agilité d'un voleur ?

Quand les remarques sur la voleuse cessèrent, la naïade nous annonça qu'il était temps pour lui de quitter *Boundless Realm* car il se faisait déjà tard et sa famille l'attendait chez lui. Nous souhaitâmes tous à Max un bon voyage et ma sœur ajouta :

« N'oublie pas notre accord. Dès que tu sors de la capsule, écris au support technique de *Boundless Realm*. Explique-leur que tu es un joueur débutant et que tu as peu d'expérience. Dis-leur que tu t'es trompé en choisissant les compétences Cuirasse et Don Juan. Impute cela à l'interface peu intuitive et que l'on ne t'a pas averti que l'action était irréversible. Précise bien que ça fait moins d'un jour que tu as choisi ces compétences. Tu ne les as pas améliorées et n'en as pas tiré profit. S'ils chipotent, envoie-leur les liens des précédents que je t'ai envoyés. Je mets ma main à couper que ta requête sera acceptée. C'est tout. Bonne chance ! »

L'ogre fit ses adieux à son tour, prétextant l'heure tardive. Les deux joueurs s'assirent par terre et fermèrent les yeux.

« Taisha, peux-tu réchauffer un peu de poisson ? Ce n'est pas très bon froid, » demanda la Nymphe sylvestre, donnant à la belle rousse un plateau de brochettes.

La fille Gobelin obéit immédiatement pas et dévala les escaliers. À peine fut-elle sortie de la pièce que Valerianna me montra les deux silhouettes immobiles.

« T'attends quoi ? Mords l'ogre avant qu'il disparaisse ! Tu n'auras pas souvent l'occasion de goûter à du sang d'ogre ! »

Ma sœur avait raison ! J'activai la compétence Voile déjà presque oubliée, et me penchai vers le cou du géant assis qui se voyait gratifié de six heures de sommeil profond.

Réussite débloquée : Goûteur (8/1000)

Tandis que Voile demeurait actif, je fis de même avec le

marchand naïade, mais rien ne se produisit. J'ouvris les logs du jeu pour les modifier et supprimer le rapport sur les deux morsures.

Compétence Voile améliorée au niveau 3 !

« Osons le dire, c'est une vision écœurante ! » commenta ma sœur en affichant une mine de dégoût. « À présent je te vois avec le flag rouge du criminel. Mais bon, on ne va pas en faire un plat. Tant que personne n'a vu ça. Mais dis-moi, pourquoi as-tu mordu la naïade ? Enfin, chacune de tes morsures, même si elle n'est pas létale, retranche quelques points de vie à la victime. L'ogre va bien. Il a la régénération, et d'ici demain matin, il sera frais comme un gardon. Mais la naïade risque de s'en apercevoir ! »

« J'avais besoin d'étancher un peu plus ma Soif de sang. Les faibles morsures m'apportent peu. Il me faut ma part avant le matin, et chaque heure qui passe compte. Quant au fait qu'il le remarque, pas d'inquiétude. Max a omis un détail très important : c'est un homme-poisson et il n'aurait pas dû quitter la partie en restant sur la terre ferme. Sa compétence Amphibie est assez faible et d'ici demain, quand il se connectera à *Boundless Realm*, il ne sera pas au meilleur de sa forme. Il sera assez desséché. Je vais lui préparer ce soir quelques potions de santé et aller lui chercher une auge d'eau fraîche. Ainsi, la naïade ne sera pas morte à son réveil et le matin il ne remarquera même pas les quelques points de vie perdus. »

« Bon, très bien. J'approuve. Au fait... Montre-moi au moins ton trophée de l'île de wyverne ! Il a remué des foules monstrueuses ! Il était au cœur des discussions dans le chat. Le clan des Seigneurs du chaos est même venu ce soir à l'abri et a demandé à te voir. Le niveau de ces joueurs était à plus de deux-cents. Ils ont ratissé la maison de fond en comble. Même moi ils m'ont recherchée. Cela dit, ils se sont montrés respectueux et courtois. Ils se sont pris en selfie avec la louve PNJ, ont réparé le portail puis ils ont mis les voiles. Que se passe-t-il, Taisha ? »

À ce moment-là, la fille Gobelin courait en haut des escaliers, l'air terrorisé.

« Il y a... la chambre n'a pas de fenêtres, on ne peut rien voir mais, de la cuisine, j'ai aperçu un éclat ou un éclair au nord-ouest. »

« Peut-être les orages nocturnes qui ont été annoncés ? » hasarda ma sœur.

« Tu penses vraiment que je n'ai jamais vu d'orage ? » s'indigna Taisha, froissée. « Mon village natal se trouve là-bas. Tysh brule ! »

« Elle a raison, » renchéris-je, ayant aperçu d'intenses éclairs à travers la fenêtre de *chat* fermée. Je l'ouvris pour lire les messages. « Valerianna, regarde le *chat* local. Des immortels ont trouvé le village et ils attaquent ! Ils disent qu'ils vont anéantir tout ce qui bouge ! »

FLAMMÈCHE

L E PLUS DIFFICILE fut de convaincre Taisha de ne pas agir sur un coup de tête. Elle avait du mal à se contenir et voulait accourir jusqu'à Tysh pour le sauver des flammes. Elle s'inquiétait surtout pour son père et ses deux sœurs, abrutis par le vin et le somnifère donc incapables de percevoir le danger. Taisha passait son temps à bougonner. Je l'avais plusieurs fois prévenue qu'il lui serait impossible d'aller au village à cause des créatures nocturnes.

« Mais je sais avancer discrètement. Ma Furtivité est bonne ! Avec mes vêtements sombres, je passerai inaperçue ! Je peux y aller en courant ! »

« Hum, d'accord. Et après ? Ils disent sur le *chat* qu'il y a une vingtaine d'immortels sur place ! »

« Je leur parlerai ! Je leur demanderai de partir de Tysh. Le peuple des Gobelins ne leur a rien fait ! Notre village est paisible. Nous ne sommes en guerre contre personne. Nous avons de bonnes relations avec nos voisins humains. Même leurs marchands viennent dans notre village. »

« Ils n'écouteront pas. Ils te tueront », répliquai-je, toujours dans l'optique de la dissuader de se lancer dans un plan qui ne pouvait que conduire à l'échec.

« Mais pourquoi ? Je ne les connais pas. Je ne leur ai rien fait de mal. Pourquoi voudraient-ils me tuer ? »

Ma sœur m'assena un regard plein de reproches et, s'efforçant de contenir un bâillement, expliqua d'un air las :

« Taisha pose des questions acceptables pour une personne réelle mais totalement inattendues voire même hors de propos pour une PNJ. Et je ne vois pas comment lui décrire l'univers de *Boundless Realm* en utilisant une formulation qui lui soit intelligible. Amra, c'est toi qui l'as traînée jusqu'ici. C'est à toi de lui expliquer. J'arrête. Je vais au lit. Demain, dès l'aube, j'ai prévu de dessiner tous les plans de construction pour l'ogre et de dénicher de nouveaux familiers... »

La Nymphe sylvestre s'assit par terre, un louveteau endormi dans les bras, se couvrit les yeux et, trente secondes plus tard, disparut avec lui.

« Elle est si froide, si insensible ! Des villageois se font massacrer à Tysh en ce moment même, mais la Nymphe s'en moque éperdument ! Je me trompe ? »

« Tu te trompes, Taisha. Valerianna est très gentille et sensible. Une fois, elle a vu un oisillon tombé de son nid et ça l'a mise dans tous ses états pendant des jours. Quand sa poupée préférée a cassé, elle a versé des torrents de larmes. »

Je me tus, des souvenirs enfouis refirent surface. Je n'avais rien exagéré au sujet de la poupée. Après son terrible accident, pour fêter la fin de son hospitalisation, je lui avais achetée une gigantesque poupée automate. Elle était très belle, presque aussi grande que Valeria. La poupée apprenait d'elle-même. Elle savait chanter, danser, s'orienter dans l'appartement, répondre aux questions de sa propriétaire et faire la causette. Ma sœur, clouée au lit, avait drôlement apprécié mon présent. J'avais à peine tourné le dos que Valeria s'était emparée du couteau de cuisine pour l'amputer des deux jambes, juste au-dessus des genoux. Par la suite, elle se mit à pousser des gémissements ininterrompus. Je dus lui administrer un sédatif. Valeria ne pouvait plus regarder sa poupée infirme sans perdre totalement les pédales. Je dus lui promettre de ne plus jamais lui acheter de jouets ou d'animaux.

« Pourquoi connais-tu si bien la nymphe ? » La question de la sublime PNJ me détourna de mes sombres pensées.

« Valerianna Prestepas est ma petite sœur. »

« C'est possible ? Tu es un Gobelin et elle une nymphe. »

Je poussai un profond soupir. Trop difficile à comprendre pour un personnage virtuel. Pourrait-elle comprendre que son environnement n'était pas réel et ne servait qu'à des fins de divertissement ? Serait-elle capable d'accepter que l'assaut des immortels à Tysh n'avait rien d'une vague de crimes, juste un peu de *farming* ? Ou que les joueurs n'avaient aucune mauvaise intention en tuant ses proches ?

« Les immortels en visite à *Boundless Realm* changent d'apparence et sont totalement différents de ce qu'ils sont habituellement. C'est ainsi que je suis devenu un Gobelin et ma sœur une Nymphe sylvestre. Mais la plupart des immortels ressemblent à des humains. C'est pour cela qu'ils n'ont pas touché à la population de Rocbourg, ils achètent et vendent des marchandises là-bas et aident même les résidents pour certaines quêtes. À leurs yeux, les Gobelins sont de parfaits étrangers, les immortels estiment qu'il n'y a pas de honte à les tuer pour le loot ou pour s'amuser. Si tu vas à Tysh, ils n'hésiteront pas. »

« Et si tu y allais, toi ? Amra, tu es un immortel ! Ils t'écouteront et laisseront le village Gobelin en paix. »

Je secouai la tête dubitativement. Bon d'accord. Ils écouteraient. Ils diraient ensuite que j'ai une case en moins et je prendrais quelques baffes. Ils me verraient comme un noob un peu crétin.

« Bon sang, pourquoi tous ces immortels déferlent subitement dans notre petit coin reculé du monde ? Je n'en avais jamais vu de toute ma vie. Depuis hier, tu es arrivé avec la nymphe et le lendemain, tout un cortège a déboulé. Les as-tu appelés ? » demanda Taisha entre la suspicion et l'appréhension.

Il me fallut répondre à sa question délicate, lui livrer une histoire neutre, censurer ma participation à la vente de la carte ainsi que la mobilisation de milliers de joueurs dans un trou paumé.

« Tu te souviens du jour où je résinais le bateau avec ton père ? Je l'ai ensuite éprouvé sur le lac marécageux, mais un serpent ailé nommé Kayervina m'a attaqué puis tué. C'est une créature très rare dans Boundless Realm, tous les immortels rêvent d'avoir l'honneur de la traquer et de dérober son trésor. Les informations sur la découverte de la précieuse créature ont très vite circulé. À ma renaissance, la zone était déjà infestée d'immortels. En fin de compte, Kayervina a été abattue mais ils cherchent toujours le détenteur du trophée. »

« Amra, que se passe-t-il ? Tu le sens ? J'ai l'impression que le monde tressaute. J'entends tes mots avec un laps de temps. »

J'avais aussi remarqué que le jeu laguait assez méchamment. Une telle chose se produisait quand le cluster de processeurs traitait les événements trop lentement. Comme lors des batailles de grande envergure. Il n'y avait visiblement pas assez de ressources informatiques dédiées à ce trou perdu. L'assaut des joueurs sur Tysh était trop gourmand. Le calcul de la trajectoire de vol des flèches et la portée des sorts, le suivi constant de la visibilité, des coups, échecs ou esquives entre joueurs et PNJ... Le traitement des graphismes et de tous les effets spéciaux du feu, la fumée, des maisons détruites... Tout cela coûtait de la ressource. Pourtant c'était une petite bataille. Habituellement, en cas de défaillance, le système pouvait automatiquement fournir de la puissance supplémentaire dans une zone donnée. Et c'est ce qui se produisit alors, le lag s'arrêta assez vite.

Je ne parvins pas à fournir d'explication plausible et intelligible pour Taisha, car il était impossible qu'elle perçoive les tressautements alors qu'elle faisait partie du monde. Les joueurs, c'était normal. Étant externes au jeu, ils pouvaient le voir. Mais comment une ligne de code, indistincte de Boundless Realm, pouvait-elle comprendre qu'elle « laguait » avec son environnement ? Existait-il des processus externalisés dédiés à l'intelligence des PNJ et des événements alentour ? C'était la seule explication. Avant que je ne trouve une raison plus convaincante, mon amie virtuelle me posa une nouvelle question troublante :

« Amra, puis-je voir le trésor du serpent ? ».

Comment était-elle au courant ?! Je devais avoir l'air paniqué, car Taisha éclata de rire :

« Je ne sais plus si tu l'as dit, mais ton expression en disait long. Je ne me trompe pas. Non Amra. Je n'ai pas fouillé tes affaires et je ne lis pas dans tes pensées. Au moment où je suis arrivée en catastrophe pour vous montrer les éclairs à l'horizon, j'ai surpris ta conversation avec ta sœur. Valerianna voulait voir le trésor de l'île de wyverne. À ce moment-là, je ne comprenais pas ce qu'elle disait quand tu m'as raconté l'histoire, j'ai compris. »

Ainsi, tout s'expliquait. J'ouvris mon inventaire et posai sur la table, devant Taisha, un énorme œuf doré de la taille d'un ballon de football. Sa coquille était plus proche d'une peau rêche que de l'œuf de poule. Il trônait sur la table, animé d'une légère pulsation. La fille ne dissimula pas sa déception. Elle s'attendait clairement à quelque chose de plus unique ou de de plus étincelant.

« Est-ce le trésor ? » demanda Taisha, prenant délicatement l'œuf entre ses mains. « Quelle est sa valeur ? Les immortels partiraient-ils de Tysh si tu le leur offrais ? »

Bon sang ! Il manquait plus que ça ! L'idiote, quelle audace ! Je ne répondis pas à ses questions et à la place, j'ouvris la fenêtre de contrôle de la Meute grise pour supprimer Taisha de la liste des alliés. Hors de question de la laisser filer avec mon trésor.

« Ne dis rien, Amra. Je sais ce que tu vas dire. Il doit être inestimable, sinon les immortels n'auraient pas passé la journée à s'entretuer. Si tu montres l'œuf aux immortels qui gravitent autour de Tysh, cela fera diversion, ils ne mettront plus le village à sac et ils règleront leurs comptes entre eux. Ça pourrait sauver des vies de Gobelins. Mais par la suite, les immortels reviendraient régulièrement saccager Tysh et tuer ses résidents en espérant trouver d'autres objets de cette valeur dans cette zone. N'est-ce pas ? »

« Ouep. Je n'aurais pas mieux dit. C'est très juste. Que ce soit sur sa valeur ou ses conséquences sur Tysh. »

Test d'estime réussi pour Taisha
Gain d'expérience : 80 XP

Elle retourna l'œuf entre ses mains, pensive, avant de me le remettre.

« Ne t'en fais pas, Amra. Même s'il avait mille fois plus de valeur, je ne te le déroberai pas. Les voleurs ne volent pas leurs proches. C'est toi qui me l'as dit. Mais si je ne me trompe pas, ce n'est pas tant l'œuf lui-même qui les intéresse mais ce qu'il contient. Si tu regardes bien, la petite wyverne est prête à éclore, mais là elle se meurt. »

« Tu saurais l'aider ? » demandai-je en panique.

« En effet. Et comme le trésor a tant de valeur à tes yeux, faisons un marché. Je comprends bien : il est impossible d'aider les habitants de Tysh. Nous sommes loin du village et nous n'arriverions pas à temps. En plus, nous sommes faibles. Mais je suis certaine que quelqu'un de la famille est mort. Les meurtriers vont le payer ! Je passerai ma vie à les traquer dans tout *Boundless Realm* jusqu'à les retrouver, s'il le faut. Voici mon offre : je t'aide à faire éclore ta petite wyverne et toi à me venger. Marché conclu ? »

« *Boundless Realm* s'étend à l'infini. Il te faudrait des mois, voire des années, avant de retrouver les tueurs ! »

« Si j'ai bien compris, la vengeance est un plat qui se mange froid ! » lâcha crument la voleuse rousse. « Qu'importe le temps qu'il faudra, je continuerai. Et tant que tu me suivra, je resterai à tes côtés. Mais décide toi vite. La petite wyverne va mourir dans l'œuf. Il faut l'aider ! »

« Entendu ! J'accepte tes conditions ! » À ces mots, un éclair s'abattit non loin du fortin, suivi d'un coup de foudre assourdissant.

« Les divinités de *Boundless Realm* ont dû entendre notre serment, » commenta Taisha.

« Tu en es sûre ? » L'idée de tapisser l'œuf de viande crue et de l'envelopper dans de la peau semblait pour le moins étrange.

« Le vieux chaman Kaiak Patteblaireau nous a un jour raconté avoir vu des wyvernes en pleine couvaison dans les marais. Les serpents ailés chassent, rapportent leur proie vivante sur l'île, l'éviscèrent et enfouissent l'œuf dans le cadavre. Il se passe ensuite quelque chose d'étrange. La chair se désagrège sous ses yeux. Seul reste alors un squelette recouvert de peau tendue. Les wyvernes repartent chasser et replacent leurs œufs dans une autre carcasse, et recommencent le processus jusqu'à ce que de minuscules wyvernes éclosent. Le chaman dit qu'elles consomment la force vitale pour prendre corps. »

Plus que dubitatif, je ne connaissais toutefois aucun autre moyen de sauver la vie de cette wyverne. Et le danger qui planait sur l'embryon ne faisait plus aucun doute. Les pulsations se raréfiaient. Il ne serait pas trop difficile d'éprouver la méthode de Taisha. Dans les fosses piégées au-delà de la barricade gisaient les cadavres frais de trois wargs dont la mort remontait à moins de deux heures.

Je réintégrai Taisha dans le groupe de la Meute grise, puis nous partîmes tous deux dans la cour. Il faisait nuit noire. C'était lugubre. Des nuages sombres et bas s'amoncelaient lentement au-dessus de nos têtes, éclipsant totalement les étoiles. Quelque part au lointain, j'entendis le tonnerre. L'horizon s'illuminait parfois des éclats de la foudre. La pluie tombait déjà à proximité de la Maison maudite. Ce fut épouvantable, je pataugeai dans le sol complètement détrempé. Le mauvais temps avait cependant un avantage. Les pires prédateurs nocturnes étaient partis se mettre à l'abri. Pas un seul point rouge en vue.

Avec l'aide de Taisha, j'ôtai le madrier qui bloquait la porte et nous sortîmes en reconnaissance. La fosse piégée la plus proche se trouvait à cinq mètres du portail. Je m'en approchai.

Contrôle d'agilité réussi
Gain d'expérience : 40 XP

Un juron s'échappa de mes lèvres alors que je manquai de m'empaler sur les pieux acérés, glissant sur la boue argileuse et m'agrippant tant bien que mal au rebord.

« Ne t'approche pas, Taisha. C'est extrêmement glissant ici à cause de la pluie ! » avisai-je ma compagne qui, ignorant mes avertissements, s'avança avec un grognement de mépris jusqu'à la bordure.

Ma mise en garde était mal à propos. Son agilité était assez élevée pour qu'elle puisse tenir debout sur la surface glissante et inclinée.

« Je peux sauter au fond de la fosse et harnacher ces deux dépouilles de wargs. Tu me remonteras et tous les deux on tentera de traîner les corps, » suggéra Taisha.

Me remémorant la peine avec laquelle mon Amra avait hissé Taisha chez Tarek GrandPied, je refusai. J'eus une meilleure idée. Je me souvins que ma capacité Armes exotiques, en plus de la sarbacane, m'avait octroyé le lancer de filet et de lassos. Comme première tentative, je saisis la corde, fis un nœud coulant et la jetai au cou du warg.

Compétence Armes exotiques au niveau 5 !

Trop la classe ! Seul, puis aidé par Taisha, j'essayais de sortir la dépouille du Warg de la fosse. Mais nous n'avions pas assez de force. J'avais besoin de la Meute grise en renfort. Je fis quelques boucles en bas de la corde pour y harnacher Akella, Blanca, Lobo et Croc blanc. Et tous se mirent à tirer ! Gagné ! Le premier Warg mort, couvert de sang et de boue, fut traîné jusqu'au porche.

Je dégainai mon couteau, prêt à charcuter la peau du trophée tout en cherchant les compétences et les stats requises pour procéder. Avant de m'écraser la main sur la face devant ma totale stupidité. Les joueurs de *Boundless Realm* n'étaient pas censés découper des cadavres ensanglantés de leurs proies. J'ouvris le menu des butins pour retirer la peau noire de Warg de mon inventaire, ainsi que cinq morceaux de viande crue puis et je remplis de sang ma fiole alchimique. Il devint difficile d'avancer.

J'étais en surcharge !

Plié en deux, je me redressai sur la marche du porche, m'engouffrai dans la maison et gravis péniblement les escaliers, maudissant chaque marche durant mon ascension. Lorsque j'arrivai enfin à l'étage, me redressant et tentant de reprendre mon souffle, Taisha lâcha une critique acerbe sur ma cupidité pathologique et ma stupidité qui m'avaient empêché de lui confier une partie de mes objets.

« Bon d'accord, cesse de te moquer. Oui, j'ai été bête. Mais bon, j'ai la viande, et c'est l'essentiel. Testons à présent ta méthode d'éclosion sur la wyverne.

J'étalai la fourrure noire et brillante au sol en plein milieu de la pièce, déposai l'œuf dessus et le recouvris de morceaux de viande. Rien ne se passa au début, puis l'œuf semblable à du cuir se mit à palpiter de plus en plus vite et la viande autour se vaporisa sans laisser de traces.

« Ça marche ! » J'étais prêt à sauter au plafond. « Mais cette viande-là ne va pas suffire. Rapportons les deux autres corps ! »

Nous allâmes chercher le deuxième Warg dans la fosse pour l'équarrir selon le même procédé. Mais le troisième posa problème. Les loups nous aidèrent à les déloger mais, montrant les crocs et grognant, ils me firent comprendre sans équivoque que le troisième trophée leur était dû. Pour éviter tout conflit, je ne m'opposai pas aux quatre *loups aguerris*, et le dernier cadavre disparut sans laisser de traces, pas même la carcasse, tout fut englouti par les gueules carnassières de la Meute grise.

« On doit encore recouvrir les pièges de pieux et de branchages. On capturera peut-être quelque chose d'intéressant ! » suggérai-je à Taisha qui approuva avec enthousiasme.

La tâche fut pénible. Tandis que nous remplissions les pièges de pieux, les tapissant d'herbe arrachée, je reçus deux autres messages : deux réussites de tests d'agilité et un échec de test. Mais c'était un mal pour un bien. Je fis monter l'acrobatie à six piétinant dans tous les sens le sol instable qui se dérobait sous mes pieds. Déposant au milieu de la trappe un appât de poisson au fumet exquis, je reçus un nouveau message :

Compétence Furtivité améliorée au niveau 10 !

Je ne vis aucun point rouge à proximité de la mini map, et c'était ça le plus effrayant. Un joueur invisible, ou peut-être même un prédateur avec une Furtivité bien levelée, errait sûrement dans les parages. Quoi qu'il en soit, je tirai une croix sur mon envie de m'aventurer au-dehors et me carapatai dans l'abri. Je refermai le portail avec la barre et m'empressai de rentrer au fortin pour contrôler l'état de l'œuf d'or.

L'œuf de wyverne palpitait toujours, ébranlé de secousses régulières. Sa cuirasse s'était affinée, attendrie. Je percevais par instants un corps noir mouvant à l'intérieur. La viande s'étant volatilisée, sublimée sans une seule trace, je le garnis de morceaux frais.

« Bébé serpent va bientôt éclore, » annonça Taisha, observant elle aussi avec intérêt le comportement de l'embryon wyverne.

Le calme dont faisait preuve la fille de Tarek m'étonna. Après son emportement légitime provoqué par l'incendie dans son village, elle qui n'entendait plus raison et voulait foncer tête baissée pour sauver les Gobelins de Tysh, fit alors preuve d'un sang-froid exemplaire. Je lui suggérai d'aller se coucher, et étalai une fourrure noire de warg luxueuse, mais Taisha refusa de prendre du repos, toujours ulcérée par ce qui se passait à Tysh.

« Amra, parle-moi des immortels, » me pria la voleuse accroupie au sol auprès de l'œuf frémissant.

Pourquoi pas ? Attelé à ma paillasse d'alchimie pour combiner toutes sortes d'élixirs, je décrivis le monde réel à la PNJ. Sans jamais remettre en doute la réalité de *Boundless Realm*, je lui parlai simplement de l'autre réalité. Les gens partaient tous les jours travailler dans de grands bâtiments de pierres et arpentaient d'immenses villes où des chariots d'acier volaient dans le ciel. Captivée, Taisha ne m'interrompit pas une seule fois, bien que je doutais sérieusement qu'elle comprît grand-chose de mon discours.

« Hé, regarde ! L'œuf se fendille ! » Distrait par la voix de Taisha, je n'eus pas le temps de vérifier l'efficacité de ma potion de guérison fraîchement concoctée grâce à ma compétence Alchimie déjà niveau neuf.

Je mis de côté la fiole de liquide rosâtre et m'assis au bord de la fourrure noire étendue par terre. Elle avait raison ! Sur la cuirasse de l'œuf étirée à son maximum apparut une petite fissure qui s'élargissait graduellement. Une minute s'écoula et à travers la petite ouverture, une minuscule tête fine aux yeux noirs microscopiques émergea. La tête remua en tous sens et se dégagea encore de quelques centimètres.

« Elle est si petite ! » murmura Taisha à voix basse, mais en l'entendant, le minuscule serpent se mit à frissonner et redoubla d'efforts pour se libérer de sa prison.

« Tu lui fais peur ! » m'écriai-je en étendant la main pour aider le petit serpent à briser sa coquille.

Hé ! Ça fait mal ! À peine sortie de son œuf, cette teigne me mordit le doigt avec ses toutes petites dents acérées.

Dégâts subis : 4 (Morsure de Wyverne royale)
Niveau de PV : 167/171

Test de résistance au poison réussi

Alors comme ça, tu es venimeuse dès la naissance ? Je desserrai délicatement les fragiles mâchoires de la wyverne sur mon doigt et, élargissant l'ouverture de la coquille cuirassée, un serpent d'un demi-mètre de long en sortit. Ses pattes avant ou arrière n'étaient pas encore visibles, mais deux petits appendices apparaissaient en lieu et place des ailes.

ATTENTION ! Veuillez ouvrir les paramètres de la créature pour régler les statistiques de la monture

J'ouvris les paramètres du petit serpent qui tentait sans cesse de s'échapper de mon emprise.

Wyverne royale niveau 1

Laisser Wyverne des marais comme sous-groupe par défaut ? (Oui/Non)

Tiens tiens ! Montrez-moi la liste intégrale, je vous prie ! Je déroulais les descriptions. À vrai dire, il n'y avait que cinq options :

Wyverne des marais, Wyverne monticole, Wyverne sylvestre, Wyverne polaire et Wyverne crépusculaire. Les sous-espèces différaient en termes du type de dégâts infligés, de pigmentation de la peau et de quelques avantages mineurs. La Wyverne polaire était immunisée au froid et hérissée d'écailles blanches immaculées à couper le souffle. La Wyverne crépusculaire avait un nom sensass avec une magie létale ô combien utile. Mais je jetais mon dévolu sur la Wyverne sylvestre. Bien qu'un peu plus menue et plus frêle que les autres, ses écailles vert émeraude s'accordaient à mon habitat et j'aimais le fait qu'elle inflige des dégâts toxiques et acides. C'était le plus important... sauf que je vis aussi :

« *La seconde créature ailée la plus rapide dans* Boundless Realm *après le légendaire Phénix.* »

Un argument décisif pour moi.

Voulez-vous modifier la sous-espèce en faveur de Wyverne sylvestre ? (Oui/Non)

Oh que oui ! Mon choix fut à peine validé que le petit serpent au creux de ma main vira du brun cuivré au vert émeraude et s'adoucit sur-le-champ. Sans refermer le menu des paramètres, je vérifiai qu'il s'agissait bien d'une femelle et baptisai mon serpenteau venimeux : « FLAMMÈCHE ».

FLAMMÈCHE
Wyverne sylvestre royale niveau 1

✳ ✳ ✳

Taisha lâcha enfin prise et s'endormit. Le manque de sommeil et l'inquiétude l'avaient mise à rude épreuve. Elle était couchée au sol en position fœtale sur la fourrure noire. Elle avait obstinément refusé le lit sous prétexte qu'il m'appartenait et qu'elle serait gênée de dormir dans le lit d'un homme, enfin d'un gobelin. Bref...

Quant à moi, laissant Taisha se reposer, je sortis Flammèche dans la cour. Il n'y avait absolument rien à faire dans le bâtiment. J'étais à court d'herbes pour mes expériences alchimiques. L'orage avait cessé depuis longtemps et un vent de fraîcheur planait alors. Le ciel était dégagé et constellé. Mauvaise nouvelle. Cela annonçait une journée ensoleillée.

La minuscule wyverne n'attira pas l'attention de la Meute grise. Seule Blanca s'en approcha et la renifla en remuant légèrement de la queue puis retourna s'étendre près du porche. De toute évidence, les loups considéraient le serpenteau comme une extension de moi-même. Au grand air, Flammèche eut l'air perdue et arbora une posture menaçante, sans doute apeurée par la légère brise qui la caressait ou par un papillon de nuit niveau 2 qui voletait par là. Mais la wyverne s'enhardit et plongea dans les herbes folles qui envahissaient notre cour. Je n'éprouvais aucune inquiétude pour mon familier car j'avais lu que la mort d'une monture n'était jamais irréversible et ne lui ôterait que cinq pour cent de points d'expérience. Ainsi, se mesurer à un prédateur de pelouse serait une leçon de vie pour FLAMMÈCHE, ni plus ni moins.

Compétence Furtivité améliorée au niveau 11 !

Mon sentiment de contentement fondit comme neige au soleil. Comme avant, aucun marqueur adverse n'apparaissait sur ma mini map, mais le message in-game signifiait qu'un ennemi furetait aux alentours de mon abri. Les loups de la Meute grise, flairant eux un intrus en approche, se réveillèrent, me regardèrent timidement et tantôt montraient les crocs contre un ennemi invisible par-delà la barrière, tantôt zieutaient la porte pour se carapater dans le fortin au cas où.

Toujours pas un signe sur la mini map mais je localisais approximativement le personnage masqué grâce à la réaction des loups. Il longeait sans hâte la palissade extérieure, marquant des pauses régulières à la recherche d'éventuelles failles sur le mur. Je crus même à un moment entendre s'échapper un juron en langue humaine. J'en devinais assez facilement les raisons. Le sol était instable, et il devait s'être embourbé jusqu'aux genoux. En plus, des buissons de lierre épineux poussaient çà et là, autour du périmètre de la palissade, au point qu'il m'avait été impossible de la contourner en suivant les murs.

« Aaaah ! Saloperie de fil de... (la suite est censurée) ! » tonitrua soudain la voix. Je frémis.

Sur la carte, là où j'avais balisé la troisième fosse piégée, apparut le marqueur d'un joueur. En entendant les cris de douleurs, les loups s'enhardirent et émirent un son plus semblable à un glapissement aigu qu'un aboiement, s'élançant contre le portail, prêts à s'élancer au-dehors à fond de train pour déchiqueter l'ennemi enlisé. On apercevait par-delà la barrière un marqueur crâne noir et une jauge de PV franchement entamée. Je lus la fiche du joueur.

Valentin Haut-Mage
Demi-Elfe
Illusionniste niveau 96

Hallucinant ! Niveau quatre-vingt-seize ! C'était la première fois que je rencontrai un joueur aussi puissant. Le mage expérimenté s'était déplacé furtivement mais - ignorant le piège - avait fini embroché sur les pieux aiguisés. La jauge de vie de l'illusionniste connut quelques ressauts de courte durée et rapidement dégringola de plus belle. Le mage devait calancher des potions de santé qui ne faisaient que prolonger son supplice. Il lui était impossible de se tirer d'affaire avec ses d'enchantements comme de la Lévitation ou de la Téléportation car les dégâts qu'il subissait continuellement bloquaient les invocations.

Impuissant à aider l'homme, je me contentais d'observer ses vaines tentatives avec une curiosité vaguement morbide. Je remarquai alors, à proximité du triangle jaune du joueur, un nouveau point rouge de PNJ. Peu après, le joueur HL fut réduit à néant !

Gain d'expérience : 2304 XP

Niveau vingt et un !
Capacité de peuple améliorée : 45 % de résistance au poison

Peu après, le monstre non identifié disparut à son tour. Mais contrairement à sa victime, le prédateur nocturne n'était pas rayé de la carte. Il avait juste basculé en mode invisible pour poursuivre sa traque sauvage. Tandis que j'étais encore médusé par ce qui venait de se produire, un nouveau message du système s'afficha :

Mission renouvelée : La vieille maison hantée
Description. Pister le monstre nocturne jusqu'à l'entrée du bâtiment souterrain des chasseurs ogres
Classe de mission : Réputation
Récompense : Renforcement des liens avec le village de Tysh
ATTENTION ! Niveau conseillé pour cette mission : +50

Compétence Furtivité améliorée au niveau 12 !

Sans cette dernière ligne, preuve que je demeurais dans le champ de vision de l'être spectral, j'aurais pu me risquer à sortir pour observer la scène de l'embrochage. Mais là, les enjeux étaient trop importants. En mourant, mon XP en pâtirait un peu, mais en ouvrant le portail et en laissant le monstre s'infiltrer dans l'abri, tout le monde mourrait : Taisha, Irek et Yunna, la Meute grise... Refusant un tel scénario, je choisis de le pister. La capacité du monstre à neutraliser si vite un ennemi de niveau 100 forçait le respect. Je voulus me renseigner avant tout, alors j'écrivis un message privé au joueur Valentin Haut-Mage :

« J'ai essayé de te venir en aide mais en vain. Dis-moi, quelle espèce t'a attaqué ? Balance tes logs si c'est pas trop demander. »

Je n'avais aucune certitude que mon message lui parviendrait ou qu'il me répondrait. Mais comme on dit, qui ne tente rien n'a rien. Mes points de stat attribués, deux en charisme et un en agilité, je partis chercher Flammèche. Ma monture venimeuse, telle que je l'avais définie, gagnait dix pour cent de ma propre expérience en plus de toute celle qu'elle engrangeait à elle seule. Et Flammèche, déjà passée niveau trois, s'était alors engagée dans un combat inégal contre un frelon nocturne de niveau 4. Je dus même m'interposer en tranchant le dard du frelon et ainsi assurer la victoire de ma wyverne miniature dans ce duel inégal. Pas très fair-play, certes, mais je n'allais pas rester assis bras ballants. L'énorme guêpe tenait ma wyverne à distance avec ses mandibules et la piquait sans relâche. Elle ne pouvait même pas riposter.

« N'hésite pas à demander de l'aide, à moi ou à la Meute grise ! » Je mettais en garde mon serpenteau vert qui venait de passer niveau quatre, ses points de vie entièrement restaurés avant de repartir à l'aventure dans les herbes hautes.

C'est seulement le matin, peu avant l'aurore, que je me risquai à sortir. Le madrier me donna du fil à retordre. Je fus à peine capable de le soulever de quelques centimètres en l'absence de Taisha. Si sa force n'avait pas grimpé d'un point en levelant, mon Amra aux grandes esgourdes n'aurait rien pu faire. Dans la fosse piégée où l'illusionniste imprudent avait trébuché, je recueillis dans une fiole une petite dose de sang de demi-elfe. Aucun autre butin lâché. Profitant de l'absence de témoins, j'ingurgitai le contenu des récipients de sang de warg et de demi-elfe.

Réussite débloquée : Goûteur (9/1000)
Réussite débloquée : Goûteur (10/1000)
Régénération améliorée à 2 PV/minute

Ouah ! Goûteur n'était visiblement pas qu'une simple réussite virtuelle. Le bénéfice était réel ! Je ne trouvai hélas pas d'informations supplémentaires sur Goûteur dans l'aide in-game ou le forum de *Boundless Realm*. Et je n'allais pas poser cette question à n'importe qui, pour des raisons évidentes. Si la stat du Goûteur continuait à enfler, des perks du même acabit se multiplieraient.

Je dévorai du regard la forêt environnante avec sa faune foisonnante : oiseaux, mammifères et insectes à mordre. Seule l'aube imminente leur épargnerait de se faire goûter. Je regagnai le fortin juste avant le lever du jour et, secouant Taisha pour la réveiller et l'aviser de mon départ de *Boundless Realm*, je pris dans mes bras ma Flammèche bien rassasiée et choisis « Quitter la partie ».

J'ouvris la capsule de réalité virtuelle, me redressai, ressassant les événements de cette dernière session de jeu. J'avais accompli tant de choses en une seule nuit ! Fuir des PK, enlever une jolie fille de sa maison, participer à une folle chevauchée nocturne dans les bois, et trouver de nouveaux amis et soutiens. Mais surtout, j'avais adopté une créature singulière comme familier, unique dans son genre dans tout *Boundless Realm* ! Me remémorant tout en détail, pesant le pour et le contre, je décidai de cacher l'existence de Flammèche à mes abonnés. Histoire que les tensions s'apaisent après l'événement massif autour de Kayervina. Les joueurs restants déserteraient bientôt la périphérie de Rocbourg J'avais assez de grain à moudre pour mes abonnés sans la Wyverne sylvestre royale. Taisha suffirait amplement !

Le montage vidéo réalisé, je sortis dans le couloir et croisai Kira, déjà apprêtée dans une tenue incroyablement classe, qui se précipitait vers l'ascenseur. Je saluai poliment la charmante jeune femme qui fit halte à côté de moi en souriant.

« Salut Timothy ! Tu ne vas pas me croire, je t'ai retrouvé dans *Boundless Realm* ! Un herboriste gobelin avec un nom très court. Arbie ! Antie ? Anton ? Je ne m'en souviens plus, mais je t'ai ajouté à mes contacts… »

« Amra », fis-je, et Kira s'excita de suite.

« C'est ça, Amra ! Suite à notre dernière conversation, j'ai mené mon enquête sur la quête *La curiosité et le chat* je suis tombée sur un noob qui vend une carte de l'île des wyvernes. J'ai recoupé l'horaire in-game et je me suis dit que tu avais suivi mon conseil. Je t'ai même acheté une carte, même si je ne me suis pas ruée là-bas. C'était vraiment à perpète. À plus de sept mille kilomètres de mon palais. »

« J'aimerais te dire merci, Kira. Le nouveau directeur des opérations spéciales, Mark Tobius, m'a dit que tu étais intervenue en ma faveur afin d'empêcher les pirates de subtiliser ma récompense de *La curiosité et le chat*. »

Sans raison apparente, Kira se renfrogna. Son sourire s'effaça instantanément et son regard s'endurcit.

« Tu dois confondre, Timothy. C'est la première fois que j'entends parler d'un certain "Mark Tobius" et j'imagine qu'il ne sait rien sur moi non plus. De toute l'entreprise, seule une poignée d'employés est au courant de mon métier, et ils sont encore moins nombreux à en connaître toutes les ficelles. Mon personnage est assez célèbre dans *Boundless Realm,* mais seul mon supérieur hiérarchique direct sait que je suis celle qui l'incarne. Il y a beaucoup d'argent en jeu, je dois préserver mon anonymat. D'ailleurs, comme je préfère ne pas monter trop souvent à mon bureau, je travaille ici. Sinon les personnes concernées pourraient trouver qui est mon personnage en recoupant les temps d'activité de mon personnage et mes horaires de travail. Si l'entreprise me l'autorisait, je travaillerais de chez moi et je ne montrerais plus jamais mon visage aux caméras de surveillance du parking. »

« J'ai dû mal m'exprimer. Le directeur ne t'a pas nommée. Il a seulement dit que le service de sécurité in-game avait reçu un message d'un testeur expérimenté les invitant à surveiller les événements relatifs à la quête *La curiosité et le chat.* Comme tu es la seule à qui j'ai parlé de la quête unique, j'en ai déduit que c'était toi. »

La fille retrouva le sourire :

« Oui, c'est bien moi, j'ai écrit au service de sécurité in-game. Mais si les types de la sécurité travaillaient consciencieusement, ils auraient tilté depuis longtemps en analysant les logs de jeu. Après tout, un noob comme toi n'est pas censé avoir accès à des quêtes aussi rares. »

La jolie femme ajusta son sac sur ses épaules et voulut savoir :

« T'es venu en voiture, Timothy ? Je te raccompagne ? »

C'était l'occasion en or de faire plus ample connaissance avec Kira ! J'aurais pu mentir au sujet de ma voiture et de mon adresse, mais non. Je répondis honnêtement :

« Je n'ai pas de voiture. Non que je refuse ta proposition, mais je vis dans un quartier trop mal famé pour que tu m'y conduises. »

Je lui indiquai mon adresse et le nom de mon quartier. Kira approuva sur-le-champ : il ne valait pas mieux qu'elle se pointe là-bas avec sa voiture de sport, le risque se faire braquer était trop élevé. Je ricanai en retour :

« Et encore, connaissant mon voisinage, tu serais chanceuse de n'y laisser que ta voiture. Tu y perdrais tes bijoux, tes vêtements et on te cuisinerait pour avoir ton pass de banque. En parlant de bijoux... Tu n'aurais pas perdu une bague dans la douche ? »

« Tu as retrouvé ma bague ? Celle avec le rubis ?! Je croyais qu'elle était tombée dans le parking. J'ai ratissé tout le secteur et j'ai même cherché sous les voitures garées à côté de la mienne. La sécurité m'a interpelée pour savoir ce que je fabriquais. Cette petite babiole a de la valeur, mais c'est aussi le cadeau d'un proche. »

Je lui expliquais que sa bague avait été retrouvée par un testeur du nom de Léon qui l'avait rapportée à la sécurité du bâtiment de l'entreprise.

« Je ne le connais pas, ce Léon. À défaut, je veux te remercier de l'avoir trouvée ». Kira cliqua sur le minuscule écran de son bracelet en or et mon téléphone émit un bip indiquant un changement de solde sur mon compte en banque. « Timothy, prends ceci. Tu peux le partager avec Léon si tu veux. Sinon, libre à toi de le garder. Tu décides. Tout ce que je te demande, c'est de te rendre en personne au guichet de sécurité récupérer ma bague. Je vais les appeler de suite pour les avertir de ton arrivée.

Sors du bâtiment ensuite. On se retrouve à l'entrée principale. Je ne peux pas te raccompagner chez toi, mais je peux te déposer à la sortie du périph. »

L'ascenseur du parking souterrain sonna pour annoncer son arrivée. Kira me déposa un smack express sur la joue et s'engouffra dans l'ascenseur. J'attendis que les portes se referment pour consulter mon téléphone. Six mille crédits ! Non, non et non. Je ne pouvais l'accepter ! Je n'y étais pas pour grand-chose. L'ascenseur arriva et chemin faisant jusqu'au guichet de sécurité, je préparais intérieurement un discours expliquant à Kira les raisons de mon refus. Mais là, ma main s'en trouva paralysée, incapable de retourner cette grosse somme d'argent à son propriétaire légitime. Au guichet de sécurité, on me donna la bague sans me poser des questions et je me précipitai dehors.

« Timothy, je suis là ! » Sa voiture attendait près des escaliers. D'aspect futuriste, elle était plate et noire, dotée d'immenses éperons qui servaient d'ailes ou de béquet. La vitre teintée s'abaissa et je vis Kira assise côté conducteur.

La portière passager automatique s'ouvrit latéralement. Je pris place dans l'ample fauteuil et remis immédiatement la bague à sa propriétaire.

« Au sujet de l'argent pour la bague... » amorçai-je timidement. Kira apposa fermement son doigt contre mes lèvres.

« Pas un mot à ce sujet, d'accord ? Sinon, tu repars à pied. Assieds-toi, attache ta ceinture. »

Je n'eus pas le temps de saisir ma ceinture que la voiture partit abruptement, plaquant mon dos contre le siège, et là... elle décolla presque verticalement dans le ciel matinal, tel un feu d'artifice ! Était-ce une combo volante ? Mais pourquoi si petite et pourquoi a-t-elle des roues ?

« C'est une hybride. Un tout nouveau concept », lança Kira comme si elle lisait dans mes pensées. « Elle fait deux cent cinquante sur route et quatre cent dans les airs. Je l'ai vue dans un reportage sur un salon et j'ai craqué. Elle peut aller jusqu'à sept kilomètres d'altitude, mais peu importe. »

Kira redressa la voiture et le compteur d'altitude afficha 3100 mètres sur le tableau de bord et le compteur de vitesse de vol dégringolait. Deux cent dix kilomètres-heure.. Cent-trente. Soixante-dix. Quarante. Zéro. Quand Kira appuya sur un bouton, le toit de la voiture volante glissa silencieusement en arrière, révélant le ciel bleu au-dessus de nos têtes. Même si je n'avais jamais vraiment eu le vertige, du moins jusqu'alors, là je m'agrippai furieusement à la poignée de la portière, assourdi par le rugissement des hélices carénées qui s'étaient déployées pour maintenir la stabilité.

« Regarde comme c'est beau, Timothy ! Toute la mégapole s'éveille en ce moment. Il n'y a même pas encore de bouchons sur l'autoroute. Si tu regardes bien au lointain, par-delà la brume, on entrevoit la mer. »

Kira détacha soudainement sa ceinture et se redressa de tout son long, les bras tendus vers les cieux.

« Même si je joue à *Boundless Realm* la nuit, j'adore le matin, le soleil ! »

Elle me regarda et, tout à coup, braquant sur moi un regard enjoué, monta sur mes cuisses et s'assit sur mes genoux. Sans crier gare, Kira se pencha en avant pour m'embrasser sur les lèvres.

« Pourquoi es-tu aussi tendu, Timothy », gloussa-t-elle. « Tu

n'aimes pas les voitures volantes ? »
Bon, à ce moment-là mon cœur demanda au cerveau si je devais
crever à cause du vertige ou du baiser.

« Franchement non », admis-je tout de go, m'efforçant de ne
pas me remémorer la mort de mes parents dans un accident
impliquant ce type de véhicule.

« Bon, je vois, il va falloir tenir un tout petit moment. » On ne
sera en l'air que quelques minutes. On n'a pas le droit de
s'attarder. Les drones patrouilleurs viendront bientôt aligner des
prunes pour violation des lois du transport aérien. Mais je suis de
bonne humeur aujourd'hui, je veux m'éclater. Demain c'est mon
anniversaire, je veux t'inviter. Rien d'officiel, t'inquiètes. Tenue
correcte non exigée. Les seuls invités seront mes meilleures
amies du lycée et leurs copains. Elles ne sont pas au courant pour
mon job. Elles pensent que je possède une petite affaire de design
de vêtements. J'aimerais qu'elles cessent de me poser des
questions trop privées, alors je me suis dit que tu pourrais jouer
le rôle de mon petit ami pour cette nuit. Tu vois l'idée, tu
baratines sur toi, tu fais du social quoi. Tu t'en sens capable,
Timothy ? »

Allez, pourquoi pas ? J'acceptai sans hésiter. Kira me déposa
un deuxième baiser et d'un coup, regardant au loin par-dessus
mon épaule, se renfrogna :

« Les drones sont en chemin. On doit redescendre. Ce fut une
chouette conversation ! »

Regardant derrière moi, je vis des points noirs distants,
surmontés de gyrophares bleus allumés, s'approchant à vive
allure. Visiblement satisfaite, Kira reprit place dans le siège
conducteur, referma le toit ouvrant et fit redescendre la voiture.

Quelques minutes plus tard, elle me déposait à la sortie de l'autoroute ultra-rapide, à cinq-cents mètres de chez moi.

« Souviens-toi, Timothy. Tu as promis ! » lança Kira qui m'envoya un baiser aérien, releva sa vitre et décolla brutalement dans le ciel matinal.

Un pas en avant

REVEILLE PAR LA SONNERIE de mon téléphone. Quinze heures. L'heure de se lever. J'avais bien dormi et j'étais totalement remis. Dans un coin de la pièce, Valeria discutait avec quelqu'un dans *Boundless Realm*, son casque de réalité virtuelle vissé sur la tête et des capteurs sensoriels sur les mains. Ma sœur riait à gorge déployée dans le micro, affirmant qu'il serait vain d'exercer la compétence Don Juan sur elle. Max Sauchenier avait dû réussir à convaincre le support technique de modifier ses compétences primaires et secondaires. Je ne dérangeai pas ma sœur et fourrai encore moins le nez dans ses affaires.

Après une courte toilette, j'avalai une barquette réchauffé aux micro-ondes que ma sœur avait préparé la veille. Première étape, je partis chez la propriétaire régler le loyer avec deux semaines d'avance. Puis je fis un saut à l'épicerie pour acheter de la nourriture. Je n'allais tout de même pas déléguer cette tâche à ma sœur. Il était bien trop difficile de porter des sacs en fauteuil roulant.

« Tu travailles, Timothy ? » demanda le vendeur d'un certain âge, habitué à me voir près de mes sous.

« En quelque sorte. Je suis toujours en période d'essai mais j'ai obtenu une avance », lui répondis-je sur un ton enjoué avant de ressortir avec mes gros sacs à bout de bras.

Bon sang ! Il manquait plus que ça ! Non loin de la boutique, une voiture fit halte, toute peinturlurée de graffitis représentant des crânes et des symboles du gang local. Je n'appréciais vraiment pas le regard appuyé que les deux jeunes skinheads tatoués de la tête aux pieds braquèrent sur moi. Ces truands contrôlaient la zone, ainsi que les deux blocs voisins. Ils devaient être là pour sommer le commerçant de l'épicerie de payer pour sa protection.

La bande ne s'en prenait jamais à Valeria ou à moi, puisqu'il n'y avait rien à prendre. Une fois, juste après notre déménagement dans la périphérie, un groupe de bandits était entré chez nous par effraction la nuit. Ma sœur et moi étions évidemment tétanisés par leur irruption mais après avoir ratissé tout l'appartement, ils avaient compris que nous n'avions ni objet de valeur ni argent réel. Ils avaient malgré tout piqué trente crédits pour dédommager la perte de temps, et les racketteurs nous avaient même aidés à replacer la porte sur ses gonds !

J'apportai les sacs dans notre appartement et rangeai les derniers produits au frais lorsque la sonnerie du portable retentit.

En voyant le numéro, je me dis qu'il devait s'agir de Jane l'assistante.

« Bonjour Timothy ! » Pourriez-vous venir travailler plus tôt aujourd'hui ? Le directeur aimerait vous voir ». Elle baissa le ton et poursuivit en chuchotant. « Mark Tobius a demandé au service RH de vous préparer un contrat de travail à durée indéterminée, ils veulent que vous veniez le signer. Mais c'est un secret pour l'instant. Officiellement, je ne vous ai jamais appelé. Quoi qu'il en soit, félicitations Timothy ! D'ailleurs, il y a une minute de cela, j'ai envoyé une lettre du directeur au bureau comptable mentionnant qu'un bonus vous a été attribué pour avoir organisé l'événement de masse sur l'île des wyvernes. C'est au cœur des discussions sur toutes les chaînes du jeu depuis deux jours ! Ils vous accordent cinq-cents crédits !!! »

Après avoir remercié Jane pour ces bonnes nouvelles, je pris congé avant de me préparer à partir au travail. Je ne voulais surtout pas faire attendre le directeur, surtout pour une aussi bonne nouvelle ! Une fois sorti dans le hall, je refermai la porte et dévalai les escaliers.

« Psst toi ! Stop ! Viens par ici ! On va discuter ! Les deux gangsters se tenaient dans la cage d'escalier du rez-de-chaussée.

Bon sang... Inutile de courir. Il serait facile pour eux d'interroger mes voisins pour savoir où j'habite et revenir plus tard. Je m'avançai vers les brigands tatoués, la boule à zéro.

« T'as du boulot à ce qu'on dit. C'est vrai ? Ça rapporte ? » s'enquit le plus petit membre du duo. Alors qu'il parlait, son acolyte puissant et râblé, au visage basané, jouait négligemment avec un couteau papillon.

« Je suis en période d'essai. J'ai obtenu une avance

aujourd'hui. Juste assez pour l'épicier. »

« Ah ouais ? Ben on dit que t'as remboursé plusieurs mois de loyer en quelques jours et que t'as payé une avance » assena le plus petit tandis que le détenteur du couteau ricanait en arborant ses rares dents pourries. « Cocker du clan de l'est, il dit qu'on t'a déposé dans une Cristal noire, à sept heures du mat. Il m'a dit : "Une caisse trop stylée est descendue du ciel et un type est sorti, il a une sœur handicapée et il vit au numéro treize". »

Pour la première fois, son acolyte s'exprima. Il faisait une tête de plus que l'autre, mais il était efflanqué et jouait visiblement un rôle secondaire :

« Cocker est un gros mytho ! S'il dormait pas ce matin, obligé, il était foncedé à la poudre d'ange. Et quand t'en prends, t'hallucines de fou ! »

« Vrai de vrai. J'étais sous PCP l'autre jour, et je plongeai dans l'océan. La vérité, c'est que je me suis pissé d'ssus. Sérieux, ce qu'il raconte sur la Cristal noire qui sortait de l'autoroute, c'est des craques. Aux infos, ils disent qu'y'en a eu que trois modèles vendus dans le monde. Mais quand même, ce mec-là, il sent le fric à plein nez. »

À ce moment précis, mon téléphone bipa pour m'avertir d'un transfert d'argent immédiat ! La poisse ! Les deux racketteurs s'éveillèrent tels deux chiens de meute flairant la chair fraîche.

« Je connais ce bruit ! Allez vas-y, fais voir ton téléphone ! » m'ordonna la brute en me menaçant de son couteau, et son collègue me fit comprendre qu'il était prêt à prendre mon téléphone de force si je résistais.

Je fus contraint de le leur donner alors que le message s'affichait à l'écran. Le minus le lut et s'esclaffa :

« Mate ça ! Il a reçu cinq cents crédits ! Et au total... putain !
T'as six mille cinq cents crédits et tu joues au pauvre ! Poto, le
quartier est craignos. Tu veux pas d'embrouilles : paye pour ta
protection ! »

Je poussai un soupir et lâchai sur un ton ferme et sans
concession :

« J'en reparlerai ce soir. Mais pas avec vous. Je veux voir un de
vos chefs. Hé, c'est un joli pactole, je veux des garanties »,
répliquai-je en tendant crânement la main pour récupérer mon
téléphone.

Le type fit tournoyer mon téléphone dans sa main mais il finit
par me le rendre. En sortant, je hâtais le pas jusqu'à l'arrêt de bus
distant, conscient que les racketteurs derrière moi observaient
mes faits et gestes. Une fois dans l'électro-bus, je passais un coup
de fil Valeria :

« Val, écoute très attentivement. Le gang des tatoués sait
qu'on a eu de l'argent. Je pense que la proprio nous a balancés.
Ils vont débarquer ce soir pour réclamer leur part. Mais tu sais
comment ça marche avec eux. Tu paies une fois, et c'est
l'engrenage. Ils te harcèlent pour avoir toujours plus. En bref, il
faut qu'on déménage fissa. Le quartier est trop pourri pour nous.
On commencer par dégager avant d'aller chez les flics. Emporte
le maximum d'objets de valeur et roule jusqu'à l'arrêt de bus. Aie
surtout l'air calme et naturelle, ils te suivront. Prends n'importe
quelle ligne vers le centre-ville et ressors deux arrêts plus tard.
Rendez-vous là-bas. »

Elle assure vraiment ! Pas de question. Pas de perte de temps.
Vingt minutes plus tard, Valeria descendait déjà d'un électro-bus
en fauteuil. Elle portait un petit sac à dos aux motifs rieurs. Elle

avait aussi un sac de voyage bien plein à l'arrière de son fauteuil.

« J'ai pris le casque, les gants, ta tablette et mon PC. Pour tes fringues, j'ai pu caser une veste et un seul rechange de sous-vêtements. J'ai réglé l'alarme de la porte d'entrée. Si quelqu'un entre, tu recevras une notification sur ton téléphone. Deux gangers étaient postés à la porte, mais ils m'ont laissée sortir. »

« T'es futée, Val ! Il est temps de quitter notre trou et d'aller dans un coin qui craint moins. J'ai épluché les annonces en t'attendant. On a les moyens de se louer une chambre dans un hôtel résidentiel ou un appartement près du centre. Les loyers les plus bas sont à quatre-cents crédits par mois.

« On est riche, nous ? Ou t'espères avoir un prêt ? » Ma sœur me dévisagea d'un air suspicieux.

« J'ai un peu plus de six-mille sur mon compte actuellement. »

Valeria ne put dissimuler son étonnement et commença à me traiter de tous les noms pour ne pas le lui avoir dit.

« Il y a de l'argent sur la carte. Le souci c'est qu'il y a trois mille pour Léon. Celui qui joue le fortificateur ogre au campement. Il n'est pas au courant et il pourrait ne jamais le savoir, mais si on est honnête, l'argent lui revient. Il y a autre chose. Une fille. Tu ne la connais pas. Elle m'invite à son anniversaire demain. Je dois acheter des fringues classes. Je ne peux pas y aller avec mon T-shirt et mon vieux jean ! Sans compter l'achat du cadeau. Je pense qu'il me faudrait huit-cents crédits pour ça. T'en penses quoi ? »

Je me tus en attendant une réaction de ma sœur. Valeria haussa les épaules :

« Que veux-tu que je te dise ? L'argent d'autrui ne fait pas le bonheur. Plus vite on s'en débarrasse, mieux c'est. Et pour la fille, tu ne vas pas faire la baby-sitter toute ta vie ! Tu dois vivre ta propre vie... et me lâcher un peu. À chaque fois, les filles te larguent à cause de moi... Je te demande juste de garder contact avec moi après ton départ, d'accord ? »

Vers la fin de sa phrase, la voix de Val se fit de plus en plus chevrotante. Les larmes lui montèrent aux yeux. Je m'accroupis à côté de ma sœur et lui dis sur un ton rassurant :

« Tu as mal compris, Val. Je vais pas te laisser tomber, même pour la plus jolie fille du coin. Je ne serai pas là une nuit et après je reviens. Promis. Ne pleure pas, banane ! Tout va bien ! »

Valeria sécha les larmes avec sa manche et acquiesça en silence. Et alors elle se mit à m'étreindre pendant un long moment, de sorte que je ne pouvais pas m'en dégager. Une minute plus tard, pas super contente de craquer devant moi, elle recula et demanda en employant un ton délibérément enjoué :

« Tim, on perd du temps ! Allons visiter notre nouvel appartement !

Jane me retrouva dans le couloir à l'extérieur du bureau du directeur, me fusillant de son regard réprobateur :

« Timothy, vous en avez mis du temps ! On vous attendait à quatre heures et il est déjà six heures cinquante ! M. Tobius a appelé sa femme et il dit qu'il allait quitter son bureau dans quelques minutes. Il n'attendra pas. Il sort en famille au théâtre des robots pour fêter sa promotion. »

« Je sais, Jane. Merci. J'ai emménagé aujourd'hui dans un nouvel appartement et, allez savoir pourquoi, ça s'est éternisé.

On déniche un bon plan en ligne, on se pointe, et là il ne reste plus que des alternatives plus chères.

« Alors, ça s'est passé comment ? Vous avez trouvé ? » L'intérêt de Jane allait crescendo. Elle continua ses explications. « Je cherchais un logement en ville le mois dernier, mais je n'ai rien trouvé à moins de sept-cents crédits par mois pour vivre dans une minuscule boîte. Je veux trouver mieux. Monsieur Lavrius m'avait promis plusieurs fois par messenger qu'il m'aiderait auprès de la compta, et que l'entreprise m'aiderait pour compléter le loyer. Il me disait que je faisais bien mon travail. Et en cas de refus, il m'avait promis de payer ma chambre de sa poche. Mais là, j'ai un nouveau boss et ce n'est pas le moment de lui en parler. Il faut d'abord qu'il prenne ses marques… »

Le loyer de Jane était de sept-cents crédits par mois ?! Les secrétaires du directeur roulaient sur l'or apparemment ! Je m'efforçai de dissimuler mon étonnement. J'évitai également de chercher à savoir quel genre de service elle avait offert au directeur précédent pour qu'il lui promette de payer son appartement avec ses deniers. Je devrai bien me méfier de ce que je disais. Elle pouvait avoir trempé dans la magouille aussi. Je préférai lui raconter mon parcours du combattant :

« Je n'ai pas cherché en plein centre, seulement près du périph. J'ai visité trois logements avant d'en trouver un qui soit décent. C'est un meublé avec deux chambres au cent-soixante-quatorzième étage. C'est cher pour ce que c'est. Quatre-cent-trente crédits par mois, pas de vraie cuisine et une vue épouvantable. Elle donne directement sur un mur qui reflète un gratte-ciel voisin. En même temps, il est à une demi-heure du travail et il y a des boutiques et des brasseries pas chères dans le bâtiment. Le loyer comprend la sécu et le ménage.

L'assistante, perdue dans ses pensées, me sourit et promit :

« Bon, je vais essayer de convaincre M. Tobius d'attendre encore quelques minutes. Il discute actuellement avec un autre employé mais je dirai que vous attendez depuis un bon moment et que votre retard est justifiable. »

« Je vous dois un chocolat » promis-je, mais Jane fronça des sourcils pour me montrer clairement que ce genre de cadeau lui glissait dessus.

Alors qu'elle s'engouffrait dans le bureau, elle tourna les talons pour ajouter :

« Je préfère le chocolat au lait, avec des noisettes. »

Jane laissa la porte entrebâillée et j'entendis la voix de basse du directeur excédé. Il engueulait quelqu'un. Je sus très vite de qui il s'agissait.

« ... Et après tout cela, vous demandez au support de vous sortir du merdier dans lequel vous vous êtes mis ? Veronica, ne pensez-vous pas que cela n'illustre-t-il pas l'échec cuisant de votre gameplay lamentable !? Vous avez signé une déclaration sous serment qui atteste de votre incapacité à vous libérer. Mais si vous avez des ennuis jusqu'au cou, vous êtes la seule responsable ! »

« Je ne me sens pas fautive. Mon public ne posera pas de questions. Ce n'est pas comme si ma demande était outrancière. Il me faut juste une petite ingérence: un siège de pirates, une invasion de tribus belliqueuses ou une attaque d'animaux sauvages. Peu importe. Juste assez pour faire diversion quelques heures auprès des PNJ locaux et m'évader. Mes abonnés s'ennuient ferme ! Je stagne dans la même zone depuis quatre jours ! Si je pouvais juste atteindre un nouveau lieu, l'intérêt redoublerait pour mon personnage et son histoire. »

« Non Veronica, je ne suis pas convaincu. Le problème ce n'est pas le monde, ce sont les faiblesses de vos méthodes. Les deux premiers jours, nous avons certes remarqué que vos vidéos porno, n'ayons pas peur des mots, faisaient le buzz. Votre dryade réussissait les quêtes haut la main et engrangeait de l'expérience, vous étiez sur une voie prometteuse. Faire grimper votre personnage au niveau vingt-trois en deux jours était vraiment un bon signe et je comprends mon prédécesseur qui a validé votre période d'essai. Mais ensuite, votre plan a capoté et vous ne vous êtes pas adaptée ! Le troisième jour, vous n'avez *levelé* que trois fois puis un psychopathe vous a tuée, on vous a enlevé et votre personnage s'est mis à régresser. Vous vous attendiez à quoi exactement en faisant du rentre dedans à tout un village ? Vous êtes dans l'impasse ! Votre danseuse dryade devrait être provoquante et libre. Là tout ce qu'on voit c'est une esclave sexuelle malmenée par des PNJ d'un niveau grotesquement bas. Bilan : zéro expérience, zéro profit et tous vos bien ont été volées. Après votre dernière tentative d'évasion, on vous a ligotée. Demain, ça va forcément recommencer si vous n'adaptez pas votre approche. C'est sans fin. Et si par miracle vous en réchappez, vous ne ferez qu'attirer de nouveaux pervers dès que la nouvelle se répandra. Et vous voulez me faire croire que tout baigne ?! »

« Je n'ai pas dit ça », protesta timidement Veronica. « Je vous demande juste de me laisser une chance de fuir le village de PNJ pour repartir sur de nouvelles bases. Mon audience est en baisse, d'accord, mais elle reste importante. Je pourrai me débrouiller pour trouver de nouvelles idées. Et ensuite, je deviendrais alors une dryade vulnérable luttant pour survivre seule dans la nature. Une histoire captivante, vous ne croyez pas ? »

Une longue pause s'ensuivit. Du peu que j'entendis, Jane en profita pour toucher deux mots me concernant au directeur.

« Ah ouais ? Bien. Faites entrer Timothy dans une minute. Mais dites-lui que je quitte bientôt mon bureau. »

Je m'éloignais un peu de la porte pour éviter qu'on me surprenne à épier et pris place sur un divan dans le couloir si bien que je n'eus pas le fin mot de l'entretien entre le directeur et Veronica. Une minute plus tard, la jeune femme en difficulté quitta le bureau et m'adressant un léger hochement de tête et entra dans l'ascenseur. On m'invita à entrer.

« Installez-vous, lisez, signez » fit Mark Tobius en me donnant aussitôt un contrat d'embauche permanent. « Félicitations Timothy ! Excellent travail. »

Je signai les deux exemplaires du contrat en trois secondes et les replaçai sur le bureau du directeur. Mon regard se braqua alors sur un document à signer du même type, et je croisai le nom de « Léon » et les termes « Ogre » et « Fortificateur ». Le directeur le remarqua :

« Oui, vous pouvez féliciter votre ami. Dites-lui de venir ici demain matin pour signer. Qui aurait pensé qu'un fortificateur ogre aurait pu être avoir autant d'intérêt : il est polyvalent et, surtout il est très demandé dans *Boundless Realm* ?! Léon est parti du mauvais pied. Il a mis du temps à trouver son style de gameplay. Ça a évolué positivement jour après jour. Puis il a choisi Machines de guerre comme cinquième compétence primaire, et là, coup de génie ! Un nombre infinie de possibilités s'ouvre à lui.

A tel point qu'on risque de *nerfer* sa combinaison de peuple et de professions, voire la bannir. En l'état, c'est trop déséquilibré. »

Mon téléphone bipa. Je m'excusai et consultai l'écran de mon téléphone avant de l'éteindre. Le message m'avertissait que l'alarme de ma maison s'était déclenchée. Quelqu'un venait de s'introduire dans mon ancien appartement. Il faut croire que nous étions partis à point nommé !

« Parlons de votre herboriste gobelin », dit le directeur qui changeait de vêtements, sur le départ. « Personnellement, j'ai trois questions et une requête pour vous. La première : pourquoi une Wyverne sylvestre ? La monticole est plus forte et a plus de points de vie, elle me semble plus adaptée pour affronter des PNJ ou des joueurs en solo ou en groupe. Et la Wyverne des marais est parfaite dans le type d'habitat de votre personnage. Sans compter la Wyverne polaire. Le familier rêvé pour un vampire ! Il souffle du givre sur un groupe adverse et il vous suffirait de mordre n'importe qui pour *leveler* grace à votre machin de vampire. La Wyverne crépusculaire est la plus furtive et, avec le temps, gagnerait le pouvoir d'être invisible en volant. Pour un joueur tel que vous, qui souhaite aller et venir discrètement, on ne pouvait rêver meilleure monture. Mais pour une raison qui m'échappe, vous avez choisi la Wyverne sylvestre. Vous deviez avoir une idée en tête en la choisissant ! »

Mon patron me fixait du regard, à l'affût de ma réponse. Ma Wyverne sylvestre semblait l'avoir déçu. Lui-même aurait choisi une autre voie. Je dus me justifier, en exposant les atouts de ma petite Flammèche :

« La Wyverne sylvestre était le meilleur choix, si on met de côté les gains immédiats et que l'on mise sur le long terme. Les montures ailées sont extrêmement rares, mais elles existent. Et avec le temps, leur nombre augmentera. La Wyverne sylvestre me garantit de rattraper n'importe quel joueur ou, si besoin, de fuir n'importe quelle rencontre indésirable. C'est un moyen d'échapper à une course-poursuite et de garder des objets précieux, voire uniques en ma possession. Cela m'offre la possibilité de fuir n'importe quelle attaque de PNJ ailé, que ce soit un griffon, une harpie ou même un dragon. Comme elle est rapide, je gagne en temps de vol et comme *Boundless Realm* est gigantesque, sur de longues distances la vitesse d'une créature est son atout principal.

L'homme imposant s'esclaffa de satisfaction :

« Timothy, vous devriez bosser au service marketing ! En quelques phrases, vous avez su me convaincre que toutes les autres étaient bonnes à jeter, que les joueurs devraient tous choisir la Wyverne sylvestre ! Très bien, j'approuve. Deuxième question : pourriez-vous m'en dire plus sur vos projets, maintenant que vous avez passé la période d'essai et que vous n'avez plus à vous presser ? »

« Je n'ai nullement l'intention de m'encrouter au même endroit pour cultiver des mûres et des cornichons dans les marais. Les joueurs veulent voir un gameplay intéressant, mais pour l'instant le manque d'argent est un frein à mes plans. Mon projet à court terme est donc de gérer la livraison de poissons de mer depuis la ville aquatique d'Ookaa vers les villages côtiers les plus proches et la ville de Weiden avec le marchand naïade Max Sauchenier. »

« Max Sauchenier ? » demanda le directeur, pensif. « Son nom me dit quelque chose. Testeur dans un autre groupe ? Je vais me pencher un peu plus sur son profil demain. »

« Oui, il travaille dans un autre groupe, mais il m'a trouvé dans *Boundless Realm* et m'a proposé de coopérer. Il a un projet ambitieux consistant à établir des routes commerciales entre les villes aquatiques et terrestres du continent sud. Ce projet à grande échelle m'intéresse et il est primordial que les terres désolées où mon Amra a atterri me fassent gagner de l'argent. »

« Que dire ? Les abonnés vont adorer, c'est sûr. En plus, les contenus sur les peuples et les habitats aquatiques sont rares donc, quoi qu'il en soit, cette histoire mettra l'eau à la bouche du public. Enfin, ma dernière question. Timothy, parlez-moi de Taisha. Pourquoi l'avoir intégrée au jeu, vous et Alexandro Lavrius ? Dans quel but ? »

Je restais silencieux et surpris, battant des cils, visiblement perplexe. Taisha avait été créée par Alexandro Lavrius ?!

« Franchement, je pensais que Taisha et les autres belles PNJ faites à la main étaient en fait un moyen de faire casquer les joueurs. J'ai rencontré d'autres filles Gobelins et Taisha sort vraiment du lot, et que ça plaise ou non, j'ai voulu l'avoir comme compagne. J'ai dépensé mille-cinq-cents pièces ces deux derniers jours pour la couvrir de cadeaux. Et supposons qu'il y ait des centaines de milliers, voire des millions de personnages de ce genre, spécifiquement générés pour les joueurs de tous les peuples existants, ça représenterait plusieurs milliards de crédits au profit de *Boundless Realm*. »

Mark y réfléchit brièvement et secoua la tête :

« Trop de travail pour un maigre bénéfice. Notre corporation dispose de moyens bien plus efficaces pour générer des profits réguliers sur des centaines de millions de joueurs. Comme la taxe sur les transactions commerciales. Il n'y a rien à créer, et cela rapporte malgré tout des revenus stables, passivement. Au-delà de ça, les droits de propriété virtuelle, la location de maisons en ville, les frais de création des clans, l'entretien des châteaux, le contrôle d'unicité d'un emblème... il y a des tas de moyens de se faire de l'argent ! Il n'y a donc aucune raison de créer des PNJ sexy dans le but de soutirer une centaine de pièces aux joueurs. Non, c'est autre chose... »

Mark avait déjà enfilé son manteau, je décidai donc de clore la conversation. Mais le directeur, alors face au miroir, tourna la tête vers moi et poursuivit :

« Ce matin, on a reçu une plainte du CTD, le centre de traitement des données. Hier soir, deux sources informatiques ont puisé anormalement dans le cluster Lars, et il a fallu leur dédier des ressources supplémentaires. Les développeurs m'ont dit que les deux surcharges étaient dues à des algorithmes de logique et de flux de mémoire dédié à un seul et même personnage, Taisha. À son maximum, le programme du PNJ consommait à lui seul plus de ressources que celles disponibles sur le cluster. Le code de Taisha est crypté et c'est pas normal du tout. Les devs n'ont pas pu identifier l'origine de cette erreur. Elle a largement trop d'algorithmes de niveau deux et d'objectifs complexes pour être un personnage random. En particulier vu le nombre de bibliothèques et de modules qui lui sont alloués. J'ai cherché à tirer cette affaire au clair mais tout indique que les spécifications techniques ont été écrites par Alexandro Lavrius qui vient d'être licencié au même titre que les développeurs en charge du projet. Aucun document n'a été conservé et rien n'a été commenté clairement. Au fait, Timothy, j'oubliais. Vous avez accompli une quête avec cette Taisha sans pour autant obtenir de récompense. La récompense scriptée n'a pas pu être implantée in-game et cela restera impossible. Nous ne voulons pas que nos joueurs soient lésés quand ils réussissent une mission. Des souhaits spécifiques à ce sujet ? »

Je ne réfléchis pas longtemps avant de répondre :

« À part Taisha, j'ai une meute de loups sylvestres qui ont un comportement atypique. Je pense que ce sont les familiers d'un joueur mort. Ils ont survécu ou ce sont les résidus d'une quête échouée car ils ne sont manifestement pas originaires de la forêt environnante et les mobs du coin sont déterminés à leur faire la peau. J'aimerais exercer un contrôle total sur la Meute grise pour corriger ces erreurs de comportement. »

« Je suis au courant pour la Meute grise. Ils ont fait partie d'un événement il y a six mois. En fait, ils ont été développés par la même équipe qui a créé Taisha. Il fut un temps, la Meute grise comptait des centaines de loups et de Wargs sous le commandement du loup géant Fenrir. Les membres de la Meute étaient connus pour la perfection de leurs algorithmes d'intelligence. Ils avaient un comportement collectif et solidaire et la capacité d'estimer leurs forces en esquivant le combat si nécessaire. Rien à voir avec le mob de base qui attend un pull. La Meute grise gangrénait les régions d'Urtez et de Lars. Elle remplaçait vite les pertes, se cachait aisément en cas de poursuite et, à de nombreuses reprises, a déstabilisé les joueurs. On voulait que les mobs ne soient plus une source d'XP et de loot. Les joueurs ont fini par former une alliance pour résister ensemble à la menace. Cela a intéressé les meilleurs stratèges pas mal de joueurs HL des meilleures guildes. Peu après Fenrir fut tué et le conseil d'administration a estimé que la mission de la Meute grise était terminée. On la dispersa pendant que tous les employés qui avaient travaillé dessus avaient de l'avancement ou un gros bonus. J'ai moi-même reçu ma part même si je n'ai participé qu'à la fin du projet. Que dire ? J'accepte de vous octroyer le contrôle des loups qui vivent près de votre abri. Jane, contactez le support. Demandez-leur d'accorder à Amra le contrôle sur la Meute grise. Pas les privilèges administrateurs, seulement la possibilité d'ajuster leurs compétences et leur comportement. Voilà, je file. Je suis très en retard ! »

Je quittai le bureau de Mark Tobius en même temps que lui et sur le chemin de l'ascenseur et l'interrogeai sur la requête qu'il avait abordé en disant « trois questions et une requête ». L'homme corpulent sourit de bon cœur :

« Ma requête ? Cueillir plus de plantes et de fleurs. Ça fait louche, un Gobelin herboriste dont l'herboristerie est au plus bas. »

* * *

« *Tim, pas de chance, il fait beau. Le soleil se lève déjà, mais le ciel est dégagé. Donc dans l'heure qui suit, t'as aucune raison de te connecter.* »

« *L'ogre n'est pas avec toi, par hasard ? Tu pourrais lui demander de se déconnecter de Boundless Realm dans quelques minutes. Je peux lui donner l'argent.* »

« *Oui, il est ici. Il travaille comme un fou. Il a tellement baladé* » *de trucs que notre vieille Maison maudite est méconnaissable. En fait, il y a plein de gens qui t'attendent ici. Et si Léon découvre que tu es près de ton clapier, comment lui expliquer pourquoi tu ne te connectes pas ? Je te l'envoie au coucher du soleil. »*

Je remerciai ma sœur du conseil et pris congé d'elle. Que faire alors que mon personnage - qu'un seul rayon de soleil direct anéantirait - ne pouvait plus se connecter dans *Boundless Realm* ? J'écumais les forums pour me renseigner sur les vampires et la réussite Goûteur, mais ne trouvais rien de plus que ce que je savais déjà. Et là, je me souvins que Kira m'avait dit avoir acheté ma carte de l'île des wyvernes. J'ouvris la liste des acheteurs. Seules cent-trente personnes l'avaient achetée, et tous les pseudos y figuraient. Je pourrais peut-être déduire le personnage de Kira en épluchant ces noms.

Je filtrai tous les acheteurs masculins car, dans Boundless Realm, le personnage devait correspondre au sexe légal. Il n'y avait que quarante-trois femmes. Pas tant que ça, tout compte fait. Mes vingt minutes de lecture attentive ne m'avaient pas permis d'élucider le mystère du personnage de Kira. Des humaines, des elfes de lumière, une demi-elfe. Il y avait des gros bills, mais je sentais que ce n'était pas elle. Kira n'y était pas. Où faisais-je erreur ?

Il me vint à l'esprit que Kira était une personne vigilante, sur ses gardes. Son personnage était secret. Elle n'aurait pas été imprudente au point de m'acheter directement une carte au trésor puis de m'en parler. Mais elle n'avait aussi aucune raison de me mentir ouvertement. Peut-être l'avait-elle achetée par un intermédiaire discret ? Me sentant sur la bonne voie, je retirai le filtre du genre, et consultais à nouveau les acheteurs de carte.

~ Testeur de Contenu ~

Cette fois-ci, je regardais les personnages non guerriers, ne pouvant se mesurer aux wyvernes ou à Kayervina mais qui avaient acheté ma carte malgré tout. Ils étaient six. Mais l'un d'eux me fit particulièrement de l'œil :

Larsen Verni
Humain
Marchand niveau 221

Ce profil de joueur, parmi ses nombreuses réussites, avait obtenu une faveur royale pour ses services dans les Contrées obscures. Cela l'autorisait à commercer dans ce royaume alors que les autres humains n'en avaient pas le droit. J'ouvris le guide sur les Contrées obscures et appris que c'était une vaste région cernée de montagnes hautes et infranchissables, le Chaînon des confins. Aucune route ne sillonnait les Contrées obscures au sens traditionnel du terme, même s'il existait des galeries souterraines creusées par les nains qui reliaient la zone intérieure au monde au-delà. Les Contrées obscures n'étaient peuplées que de non humains : minotaures, titans monticoles, trolls, harpies et mêmes dragons. La gouverneure de ces contrées isolées était Kirra'ellita, Chasseuse nocturne, sage aînée des harpies. J'ouvris un portrait de la gouverneure et je fus scotché au rideau. Pas l'ombre d'un doute. Une mi-femme, mi-oiseau aux grandes ailes d'aigle, aux griffes terrifiantes, aux serres acérées et... le visage de Kira !

Voilà ce qu'elle était ! Mais était-il possible d'incarner des peuples ailés ?! De quelle façon ? C'était contre le règlement ! Mais une plus grande surprise m'attendait en ouvrant le guide sur *Kirra'ellita, Chasseresse nocturne*. Elle était une créature unique dans Boundless Realm, Gouverneure de toutes les Harpies, Chuchoteuse des dragons, Gardienne du Chaînon des confins... Et pourquoi pas Reine des Dragons pendant qu'on y était ? Les qualificatifs ne manquaient pas, mais son niveau n'apparaissait pas et, d'ailleurs, sa fiche était semblable à celle d'un PNJ et non d'un joueur. Pouvait-on contrôler un PNJ ?

Je fus détourné de mes recherches lorsqu'on frappa à la porte de mon clapier. Je tournai l'écran pour que mon invité ne voit pas ce que je faisais des recherches sur la cheffe des harpies puis je déverrouillai la porte. Léon se tenait dans l'embrasure de la porte, en survêtement, tout rouge et trempé de sueur.

« Coucou Timothy ! Ta sœur m'a dit que tu travailles et que tu veux me voir. »

« Salutations ! Effectivement. J'ai deux nouvelles pour toi, et elles sont bonnes. Déjà, tiens ! » Je choisis l'option « Envoyer des fonds » sur mon téléphone et, localisant la personne la plus proche et m'assurant que c'était bien Léon, je lui transférai trois-mille crédits.

L'ancien ouvrier du bâtiment, toujours en nage et toujours à bout de souffle, tâta ses poches, ressortit son téléphone et lut le message. Puis il me regarda l'air étonné, attendant une explication.

« Je sais ce que tu penses, mais ce n'est pas une erreur, Léon. Celle qui travaille à la cabine vingt te remercie pour la bague. Mais ce n'est pas tout, je viens de voir un contrat sur le bureau du directeur qui t'engage comme permanent à *Boundless Realm*. Le nouveau directeur est séduit par ton style de jeu, il veut te voir demain matin dans son bureau.

Léon resta pétrifié quelques secondes, puis son visage

s'illumina, le sourire jusqu'aux oreilles.

« Je n'y crois pas ! C'est le plus beau jour de ma vie. Même si... Je n'ai pas atteint le niveau vingt. Seulement dix-huit. »

« Clairement, le directeur estime que tu passeras niveau vingt haut la main ces trois prochains jours, il n'y avait aucune raison de faire traîner les choses », hasardai-je.

Il approuva, mais pas avec tant d'entrain que ça.

« La question ce n'est pas d'être au niveau vingt. J'aurais même pu atteindre les trente en trois jours si j'avais mis le paquet. J'étais à Tysh aujourd'hui... », le visage de Léon se décomposait. « Ils reconstruisent à un rythme endiablé depuis l'incendie. Il y a une tonne de travail à abattre. Deux ou trois maisons de village ont brûlé jusqu'aux fondations. Le bilan des morts est sinistre. Où que l'on pose le regard, il y a des corps brûlés. Et ils ne disparaissent pas avec le temps. L'odeur de chair calcinée... Enfin, quel est l'intérêt de retranscrire une réalité aussi crue dans un jeu ?! Je ne comprends pas le dialecte gobelin, mais il y a tellement eu de cris et de pleurs que ça m'a déchiré le cœur. Je n'ai pas pu rester. Difficile de communiquer avec le nouveau chef de clan, mais j'ai réussi à lui proposer mon aide pour rebâtir le village dès que les Gobelins auront fini de s'atteler aux préparatifs de deuil. Et juste après, j'ai couru dans votre maison dans les bois où j'ai passé une journée à travailler d'arrache-pied pour oublier toutes ces horreurs. Taisha elle aussi s'est empressée de rentrer à la Maison maudite une heure plus tard. Elle ne supportait plus d'être à Tysh. Elle était pâle et a pleurée toute la journée. Si j'ai bien compris, ta petite amie verdâtre a vu deux de ses sœurs carbonisées, et son père brûlé au dernier degré. »

La mélodie de mon téléphone portable coupa court à la conversation avec Léon. Ma sœur appelait.

« *Tim, j'ai besoin de toi, maintenant. Une gobeline en furie a déboulé dans notre maison. Je ne comprends pas les deux tiers de ce qu'elle raconte, mais je crois qu'elle revendique la Maison maudite comme sa propriété.* »

« *Envoie-la balader ! Dis-lui que le propriétaire du fortin ne va pas tarder et qu'il va lui botter le postérieur.* »

« *J'aimerais bien, mais elle est niveau quatre-vingt. C'est un crâne noir pour moi. Elle est venue avec quatre autres Gobelins plus petits, genre jeune adultes. Au-delà de ça, Irek et Yunna se sont ralliés à sa cause. Si on en venait aux mains, ils nous mettraient K.O. en moins de deux.* »

J'y réfléchis. Tamina la féroce semblait être décidée à s'approprier la maison maudite avec ses enfants. Ce qu'elle faisait si loin de Tysh n'était pas clair, mais nous n'avions pas les moyens de compter sur la force pour désamorcer le conflit.

« *Reçu Val. Un instant. J'arrive dans quelques minutes.* »

Après avoir éteint mon téléphone, je croisai le regard craintif de l'ouvrier du bâtiment qui avait écouté notre conversation.

« Léon, on doit retourner tous les deux *in-game*, maintenant. Visiblement, quelqu'un veut nous expulser de la Maison maudite. Chaque défenseur compte ! »

Nuit sanglante

J E N'EUS PAS à le dire deux fois. Mon ami s'engouffra dans sa cabine en courant. Dès que la porte se referma derrière Léon, je revêtis ma combinaison de capteurs et grimpai dans la capsule de réalité virtuelle. Avant le chargement du jeu, je trouvai deux messages non lus. Le premier envoyé par l'illusionniste mort dans notre piège la veille, Valentin Haut-Mage, qui avait perdu un niveau après avoir succombé dans la fosse. Vu la limite de distance pour les messages, le mage HL se baladait toujours non loin de Tysh et de Rocbourg, dans un périmètre de dix kilomètres de mon abri. Et pas plus tard que ce matin...

« Amra, tu voulais vraiment m'aider ?! Tu te fiches de moi ! Tu as vu l'écart de niveaux entre nous deux ! Mais comme tu y as mis les formes, très bien, je te réponds. Je ne te donnerai pas mes logs de jeu, désolé mais c'est trop personnel. Je ne révèle pas ma résistance aux types de dégâts et aux armures à d'autres joueurs. Mais la bête qui m'a attaqué est un Spectre des douze coups. Je n'ai pas vu son niveau. Il m'a attaqué dans le dos. Tout ce que je peux dire, c'est qu'il ressemble à un fantôme et qu'il jette des sorts de sommeil éternel. En espérant que cette information te soit utile. »

Le second message provenait d'un inconnu, dont l'en-tête comportait un emblème semblable à des pièces d'or. L'expéditeur avait donc affranchi son courrier. J'avais entendu dire qu'il y avait différents moyens d'envoyer des messages à distance, même à des milliers de kilomètres, mais les tarifs étaient prohibitifs pour un joueur de base. Ce joueur avait donc le luxe de se le payer :

Mariam Redarde_derrière_toi [BRUTES]
Elfe lunaire
Assassin niveau 197

Avant même d'ouvrir cette lettre, le nom du clan m'indiquait d'emblée que les ennuis m'attendaient au tournant. Et forcément c'est ce qui se passait :

« Petit Gobelin, tu as tué l'une de mes Brutes. Pire, tu as tourné mon clan en dérision en faisant tuer mon joueur par un groupe de *larves pas capables de se défendre en un contre un. Pareil affront est impardonnable. Perros Sanmerci a été banni des Brutes car il sème la honte sur son clan. Les joueurs se battent pour nous rejoindre, la place vacante sera bientôt pourvue. J'ai mis ta tête à prix pour cinq-mille pièces. Le joueur qui raflera la récompense aura une place assurée dans les rangs des Brutes. J'ai par ailleurs promis de récompenser tous ceux qui te tueront par la suite, même s'ils n'obtiennent pas le prix. Ceci s'applique durant deux semaines.*

Bonne chance, Gobelin ! » Tu n'es pas près d'oublier ces quatorze prochains jours !

Mariam Regarde_Derrière_Toi, Cheffe du clan des [BRUTES] »

La pétasse de première ! Elle avait commandité mon meurtre et ma vie servait de test d'entrée aux PKs et à tous les tarés dans son genre. J'avais lu dans les forums de Boundless Realm que la compétition entre les joueurs était féroce pour gagner le droit de s'affilier aux clans prestigieux. Et les *Brutes*, forts de leur sale réputation, faisaient partie du top cent des clans les plus puissants du continent Sud...

Que dire ? Ces deux prochaines semaines, je passerai mon temps à inventer des plans pour leur pourrir la vie. Il me faudrait voyager beaucoup, ne pas stagner au même endroit, éviter de croiser des joueurs, ne me déplacer que la nuit... En gros, je ne pourrai plus quitter le travail, toujours à l'affût des PK !

Bon, en-dehors de ces soucis, j'avais encore des choses à régler. Pour une raison étrange, Tamina la féroce avait gagné la Maison maudite et voilà qu'elle la revendiquait en son nom. Où en étais-je au début de ma cinquième session de jeu ?

Nom	Amra
Peuple	Gobelin vampire
Classe	Herboriste
Expérience	54 535 sur 64 000
Niveau	21
Points de vie	183/183
Points d'endurance	156/156
Statistiques	
Force (F)	22 (22)
Agilité (A)	21 (55,4)
Intelligence (I)	5(13)
Constitution (C)	24 (30)
Perception (P)	3 (12,7)
Charisme (Ch)	42 (52)
Points à affecter	0
Compétences primaires (5 sur 5)	
Herboristerie (P A)	4
Marchandage (Ch I)	10
Alchimie (I A)	11
Esquive (A P)	7
Furtivité (A C)	12
Compétences secondaires (5 sur 5)	
Voile	3
Acrobatie	6
Armes exotiques	5

Athlétisme	6
Superviseur	3

Oui, le directeur avait raison : ma compétence Herboristerie était au stade embryonnaire et faisait pâle figure par rapport à ma Furtivité. Je devrai rétablir l'équilibre et faire évoluer cette compétence. C'est une priorité pour mon herboriste. L'environnement s'illumina autour de moi et j'apparus à l'étage de la Maison maudite. Même là-haut, on entendait les cris et les injures qui venaient de la cour. Une réaction immédiate s'imposait. Mais avant de descendre les escaliers, j'avalai un élixir de charme préparé au cas où. J'avais découvert cette recette la veille au soir. C'était une potion à trois ingrédients, assez difficile à préparer. Je fis grimper le charisme de mon personnage de neuf points durant quelques minutes, ce qui, en plus de l'éloquence, s'avérait essentiel pour le dialogue à venir.

Le soleil était déjà descendu sous l'horizon et je cheminai donc sans crainte sur le porche. Dans la cour, Tamina la féroce braillait en mode hystérique, les mains posées sur les hanches. Elle était entourée de ses enfants, le regard déterminé.

« Voici le propriétaire de la maison ! » s'écria la Nymphe sylvestre bloquant l'accès au porche, ses cheveux verts hérissés d'un air menaçant. Elle s'écarta, visiblement soulagée. Un petit louveteau de niveau 9 se précipita aux côtés de sa maîtresse, suivi d'un essaim de minuscules guêpes multicolores qui voltigèrent sous mes yeux. À coup sûr c'étaient les nouveaux familiers de ma sœur.

Je descendis du porche et me mis à examiner la *Femme Gobelin Aguerrie*. Sa main était sévèrement brûlée et bandée de haillons. Sa robe et son tablier étaient en lambeaux et couverts de trous de brûlures. Elle portait aussi l'écharpe du deuil sur la tête. Combien d'enfants avait-elle ? Onze, me semblait-il. Je n'en voyais que six, y compris Irek et Yunna, qui eux aussi se tenaient près de leur mère.

Interprétant mon silence comme un signal pour passer à l'action, la grosse guerrière niveau quatre-vingts s'avança d'un pas assuré vers la porte tout en rugissant :

« C'est quoi ce délire ? Je suis veuve, j'ai une tripotée d'enfants et pas de toit au-dessus de la tête. Pendant ce temps-là, les immortels se construisent un manoir ! Alors ? Retrouve vite ta langue, minus, sinon je vais perdre la boule et tout saccager ! »

La femme chargea à la manière d'un tank, mais je lui barrai la route. Tamina s'arrêta à un pas de moi, dépassant mon petit gob d'une tête. Aucune arme n'apparaissait sur la femme gobelin, mais une guerrière de ce niveau-là pourrait tuer mon Amra d'un seul coup. Flairant le danger, Flammèche chuinta et descendit de mon bras, adoptant une posture menaçante. Croc blanc se tenait aussi à mes genoux, montrant les crocs à l'intruse.

« Tamina, vous avez perdu cinq enfants et votre maison dans l'attaque de cette nuit. Est-ce de ma faute ? J'ai toujours été bon avec vos enfants. Je leur ai donné du travail et les ai justement rémunérés. Si Irek et Yunna sont vivants et en bonne santé, ce n'est que grâce à moi. Je leur ai offert un toit, de la nourriture et la sécurité ainsi qu'un travail bien payé. J'ai été trop bon et vous osez débarquer chez moi pour me faire des reproches ?! »

Test d'estime réussi pour Yunna et Irek
Gain d'expérience : 80 XP

~ Testeur de Contenu ~

.

Test de charisme réussi
Gain d'expérience : 80 XP

Compétence Superviseur améliorée au niveau 4 !

Flammèche, à mes pieds, se mit à chatoyer de mille couleurs car elle avait atteint le niveau six et immédiatement grandi de dix centimètres. À travers les flancs de la petite wyverne, deux paires de protubérances commençaient à poindre — prémices de ses pattes à venir. Tandis que Tamina observait ma monture, Taisha se tenait derrière moi, l'air résolu, et Akella et Blanca s'approchaient aussi, sans avoir l'intention de se défiler. Sans plus perdre de temps, je tentai de rebondir sur ce succès :

« Tamina, ce fortin est à moi ! Je suis le seul à décider qui a le droit de séjourner ici. Je suis le seul à connaître les monstruosités tapies dans la Maison maudite et qui ont tué ses hôtes. Si je pars, la Maison maudite deviendra le tombeau de votre famille. Pensez-y avant de commencer ce que vous pourriez regretter. »

Test d'estime réussi pour Tamina la féroce
Gain d'expérience : 400 XP

Mon argument avait fait mouche. Irek se rallia même à ma cause, laissa sa mère et se tint à mes côtés. L'avis de l'aîné eut beaucoup d'influence sur Tamina. Elle desserra les poings, s'affala brusquement, et parut deux fois plus petite qu'avant.

« Mais je n'ai pas d'autre choix, si ? » La rancune et la rage avaient quitté la voix de la femme, qui ne respirait plus que l'épuisement et la désolation. « La nuit dernière, j'ai tout perdu. J'ai nulle part où aller... »

Tamina la féroce n'était qu'un script informatique, tout comme ses enfants. Rien qu'une rangée de Zéro et de Uns désincarnés. On pouvait se contenter de penser « Hé, qu'est-ce que j'en ai à faire de ces problèmes bidonnés par un algorithme ? » N'empêche, je ne pus détourner la tête et laisser cette PNJ dans le pétrin. Je devais lui prêter main-forte. Mais vu le niveau élevé de Tamina, je devais d'emblée m'assurer que son rang au sein du groupe était clairement défini, de sorte que la puissante guerrière ne revendique rien plus tard.

« Écoutez bien, Tamina. Je ne vous aiderai que sous certaines conditions. Il n'y aura pas de négociations, et je ne le dirai pas deux fois. Vous pouvez rester ici avec vos enfants au rez-de-chaussée de la Maison maudite durant trois jours, pas une minute de plus. Vous et vos enfants n'avez strictement pas le droit d'accéder au premier étage. Là-haut, il y a ma chambre personnelle, avec d'autres affaires qui ne vous regardent pas. Cela inclut mon laboratoire d'alchimie, qui renferme de nombreux ingrédients dangereux et mortels, un seul faux pas se solderait par votre mort ou la destruction totale du bâtiment.

Compétence Marchandage améliorée au niveau 11 !

Ce message inattendu confirmait que j'étais sur la bonne voie. Je poursuivis :

« Ces trois prochains jours, ce fortificateur ogre », je pointai Shrekson du doigt, « bâtira une maison spacieuse pour vous et vos enfants à Tysh. Bien sûr, il ne pourra pas le faire seul, donc vous et vos aînés aiderez l'Ogre. Ceci est dans votre intérêt. Ce serait encore mieux si vos voisins gobelins vous aidaient aussi. »

Tamina la féroce se mit à réfléchir et me répondit sur un ton penaud :

« C'est chouette, mais je n'ai pas les moyens de payer l'ogre pour son travail... »

Yunna tira la manche de sa maman et chuchota à son oreille. Tamina lui demanda quelque chose en retour et Yunna répondit en opinant du chef.

« Tout ce que je peux offrir, Amra, c'est laisser Yunna ici comme domestique le temps de rembourser. »

Je ne parvins pas à répondre, car mon attention fut détournée par le comportement étrange de la Meute grise. Les loups à côté de moi tournèrent la tête à l'unisson, comme s'ils pistaient une présence en mode Furtivité. Me remémorant les événements de la veille avec l'illusionniste de haut niveau qui s'était frayé un chemin jusqu'à mon abri, je me mis en position et essayai de placer les loups entre moi et le joueur invisible potentiel. C'était moins une !

Contrôle d'agilité réussi !
Gain d'expérience : 80 XP

Compétence Esquive augmentée au niveau 8 !

Perros Sanmerci sortit du mode Furtivité, en tentant de me poignarder dans le dos avec une dague, sans succès. Un instant plus tard, Flammèche planta ses crocs dans l'assassin, empêchant l'ennemi de se dérober. Une seconde plus tard, le malheureux assassin fut saisi par l'oreille par Tamina la féroce qui s'était jeté en avant et fut projeté sur le mur du fortin, retombant au sol comme une poupée brisée moins une oreille restée dans la gueule du loup. Immédiatement, le reste de la Meute grise accourut et le déchiqueta.

Gain d'expérience : 15 300 XP

Niveau vingt-deux !
Capacité de peuple améliorée : 45 % de résistance au froid

Réussite débloquée : Assassin de joueur (3)

L'assemblée était visiblement confuse et ils se mirent à brailler sur un ton animé quand tout fut terminé. Moi en revanche, je perdais un peu la tête devant la myriade de points d'expérience qui me tombait tout cuit dans le bec. J'avais l'impression de revivre le jour où j'avais obtenu une tonne d'expérience pour avoir tué un joueur avec un gardien villageois PNJ. Cette fois-ci, à la place du guerrier Gobelin Tarek GrandPied, c'était Tamina la féroce, une guerrière gobelin. Je me souvins que le directeur m'avait menacé des pires représailles si j'avais le malheur de sortir une PNJ clé de son village pour *farmer*. Mais était-ce ma faute si Tamina et ses enfants étaient venus à la Maison maudite de leur propre chef ?!

« Quel est cet étrange serpent... », la naïade s'accroupit et observa Flammèche, roulée en boule à mes pieds. « Elle est... unique ! Rien à voir avec un serpent ! » La voix de l'homme-poisson respirait l'extase et l'étonnement.

Je fus traversé par une pensée qui me fit presque hurler à la mort : mon ennemi avait aussi vu la wyverne ! Même s'il s'était empressé de me tuer et n'avait pas prêté attention aux créatures PNJ environnantes, il verrait bientôt les logs révélant qu'une wyverne sylvestre royale l'avait mordu, et il découvrirait le pot aux roses ! Je devais changer ses logs fissa !!! Je sélectionnai l'icône Voile et parvins tout juste à rectifier les logs à temps. Dorénavant, on ne lisait plus « FLAMMÈCHE. Wyverne sylvestre royale », mais « Couleuvre venimeuse ».

Compétence Voile améliorée au niveau 4 !

Je n'étais pas non plus certain de l'avoir fait dans les temps. Le secret de ma monture ailée était peut-être dévoilé, mais je respirai un peu mieux. Ceci étant dit comment un meurtrier avait-il pu m'attaquer dans notre enceinte bien défendue ? Je me renfrognai et demandais durement, m'adressant à l'assemblée et non à une personne en particulier :

« Pourquoi portail comme pantalon sans bouton ?! Ce Perros un clown. Bête comme chêne. Voulait me tuer hier, idiot. A faim de moi. Mais autres immortels marchent alentour, aussi. Et côté vit spectre douze coups. Pour lui, manger chair nous dans Maison maudite délicieux. Ordre à tous ! Porte fermée toujours. Quand portail doit ouvrir, appelez Meute grise. Eux sentir camouflés. »

L'ogre et la naïade s'empressèrent de refermer le portail. Les enfants de Tamina accoururent aussi pour aider. Quand je m'apaisai enfin, je regardai l'heure pour savoir quand mon ennemi respawnerait. C'était important. Comme il m'avait attaqué, il portait le marqueur du Criminel et ne pouvait plus quitter *Boundless Realm* jusqu'à son retrait.

La veille, j'avais espéré qu'une belle brochette de cadavres servirait de leçon à Perros Sanmerci histoire qu'il ne vienne plus fourrer son nez dans les affaires du petit Gobelin aux oreilles de chauves-souris. Mais l'incident me prouvait que j'avais eu tort et que l'assassin avait soif de vengeance. Même si les raisons de l'attaque ne naissaient pas d'une vengeance personnelle mais d'une volonté d'obtenir le pardon des *Brutes* et de réintégrer leurs rangs, ça revenait au même. Cet abruti n'avait rien pigé la première fois, et c'était ça le pire. Je n'avais pas l'esprit revanchard mais juste pour ma santé mentale, j'étais obligé de lui refaire la leçon. Je décidai de gagner le respawn et de le punir à plusieurs reprises en lui ôtant des points d'expérience et des niveaux. Voilà, vu la situation... pourrais-je demander à Tamina de nous aider pour que ce soit encore plus profitable ?

« Tamina, merci ! Vous êtes intervenue au bon moment et m'avez aidé à tuer l'assassin. Votre aide rembourse totalement les frais de construction de la maison. Et si vos enfants réussissent à recueillir les plantes forestières que je leur ai demandées, je fabriquerai un baume de soin pour vos brûlures. »

La femme austère sourit. Son estime s'était nettement renforcée.

Mission accomplie : Socialisation 3/3
Récompense : 8000 XP
Niveau vingt-trois !
Capacité de peuple améliorée : 50 % de résistance au poison

Ouah, un jour à marquer d'une pierre blanche !!! Flammèche,

à mes pieds, s'était enroulée telle une guirlande de Noël car elle avait atteint le niveau sept, huit et neuf en quelques minutes. Les pattes avant de la wyverne étaient à présent bien formées, suffisantes pour marcher. Les petits grains sur son dos s'étaient développés. Je devinais les contours de ses futures ailes à travers sa peau quasi translucide.

Comme ni Tamina ni les autres se s'approchaient du cadavre de Perros Sanmerci, je fus le premier à regarder les drops de l'assassin. À part soixante-dix pièces et une fiole de sang humain, je découvris un objet aux contours soulignés par un halo vert :

Dague élégante d'effusion de sang (objet du kit de l'assassin de l'ombre)
Dégâts : 2-5*Agilité, +3 % de chance de coup critique, 16 % de chances d'infliger des dégâts sanguinaires durant 5 secondes

Je compris tout de suite ce qui se présentait à mes yeux. Une arme de poing dont les dégâts dépendaient de l'agilité et non de la force ! Une rareté ! Grâce à ma compétence Marchandage j'avais une bonne idée des prix et j'estimais la dague à mille pièces au bas mot, peut-être même deux-mille. Mais pour moi, sans la compétence Dague, ce n'était pas très utile. En plus, les risques de perdre un objet aussi précieux étaient trop élevés vu que je serai tué sans relâche pendant deux semaines sur ordre de la cheffe du clan des Brutes.

J'appelai Taisha et lui confiai la dague. La jolie rousse me regarda d'un air incrédule puis cacha rapidement l'arme et avança d'un pas assuré vers mon Amra pour lui offrir un baiser sous les acclamations des enfants de Tamina la féroce. Après avoir reculé d'un pas, elle éclata soudain en sanglots :

« Je suis une parfaite idiote ! Aujourd'hui, j'étais à Tysh et j'ai vu des maisons en cendres et plein de corps calcinés. J'ai aidé mon père à enterrer mes sœurs aînées. J'étais sous le choc, incapable réagir. Je lui ai promis de venir à un concours de prétendants demain et d'épouser le vainqueur. Amra, j'ai promis, je ne peux pas le trahir ! »

Et ben voilà que ça recommence ! Tous mes espoirs de rusher les niveaux s'évaporaient en un claquement de doigts. Taisha était une compagne trop précieuse pour qu'on la laisse aux mains d'un PNJ débile qui n'arrivait pas au niveau de mon personnage à part en force et en agilité. Une idée me traversa l'esprit...

« Mais alors Taisha, et ton autre promesse alors ? Celle de rester avec moi tant que je traquerai les meurtriers de tes sœurs ? Je ne vais tout de même pas traîner ton mari dans nos aventures ! »

Elle poussa un profond soupir et se mit à réfléchir. Avec elle, le monde entier se « mit à réfléchir ». La scène se mit à ressembler à un diaporama de clichés individuels vu que je suis passé en 1 ou 2 image par seconde.

« Ça lague vraiment par ici ! » remarqua la Nymphe sylvestre, confirmant mon ressenti. « Je me déconnecte et je redémarre ? »

« Inutile. Ça va passer. J'ai eu le même phénomène hier. Les devs ont dit que c'était à cause de la logique de Taisha qui pompe une quantité énorme de ressources », expliquai-je dans un langage normal, n'étant pas certain que mes amis comprendraient une idée aussi complexe si je déformais intentionnellement les mots.

« Amra, avoue, tu as dit quoi à "ta dulcinée" pour qu'elle

plante au lieu de répondre ? » dit ma sœur, riant de mon langage pour une fois normal.

« Ça alors ! Elle s'est vraiment figée ! » Max agita la main plusieurs fois devant les yeux de la rousse et, avant que Taisha ne recouvre ses esprits, palpa insolemment les seins dont les formes se devinaient parfaitement à travers le tissu fin et moulant.

Je mis une claque sur ses mains baladeuses.

« Pourquoi t'as fait ça, Amra ?! », répliqua la naïade de but en blanc. « C'était pas pour m'amuser. Je voulais juste vérifier un truc ! Ma compétence Don Juan est bloquée et je ne peux plus la faire évoluer ! »

« Tu me prends pas un peu limite pour un con, là ? Pas la peine de l'exercer de cette façon... », je voulus désigner Tamina la féroce qui me fixa d'un regard agressif et je fermai mon clapet. Pour des raisons évidentes, je n'allais pas suggérer Yunna ou sa toute petite sœur dont j'avais oublié le nom.

Je marchai plutôt vers la Taisha pétrifiée et, après un profond soupir, suggérai à l'ogre de la transporter à l'intérieur de la maison. Une pensée quelque peu vilaine s'imposa en flash dans mon esprit. Je me dis qu'il vaudrait mieux que la fille ne se réactive pas avant le concours des prétendants du lendemain, et je pensai même lui infliger quelques Morsures vampiriques pour l'endormir lors de cet événement douteux. Mais je me refusai d'adopter une approche si peu élégante. Certes, mon personnage n'avait pas beaucoup de force ou d'agilité mais avait quelque chose qui distinguait tous les joueurs vivants des PNJ : la conscience humaine.

L'ordre du jour pour les joueurs à l'étage de la Maison maudite tournait autour de quatre questions fondamentales. La première : comment aider le marchand naïade à gagner les quatre derniers niveaux avant la fin de sa période d'essai. La seconde : que devions-nous faire alors que ma tête était mise à prix et que, bientôt, des détraqués allaient débouler de partout pour nous dézinguer ? La troisième : la quête du concours des prétendants, simple formalité à la base, était devenue un événement d'ampleur auquel mon Amra devait participer et gagner pour ne pas perdre son unique compagne, Taisha. La quatrième : il ferait nuit dans une heure et je suggérai d'en découdre une fois pour toutes avec les Wargs pour qu'ils ne terrorisent plus la Meute grise.

J'étais le seul à parler et les autres m'écoutaient attentivement. En priorité, je racontai à mes amis comment j'avais obtenu Flammèche puis leur fis part de mes projets à court terme :

« Ce sera une nuit version tuerie, mais on va pexer un maximum. D'abord, dans une demi-heure, nous pourrions aller à la rencontre de Perros Sanmerci quand il respawnera et le neutraliser pendant une heure. L'assassin a une dague en moins, mais il n'en est pas moins redoutable. Le souci c'est que nous ne pourrons pas amener des PNJ en renfort. Leur script leur interdit de s'approcher des pierres de respawn. Nous devrons utiliser notre seule force pour l'affronter et le faire trois fois avant l'aube. À chaque mort, il perdra des niveaux et deviendra moins intéressant mais Max doit en profiter pour valider sa période d'essai. »

Tous se turent. Aucune objection, aucun commentaire. Le ton de ma voix s'abaissa jusqu'à chuchoter, comme si quelqu'un nous espionnait. Je poursuivis :

« Il y a un autre aspect important que j'ai découvert par hasard. Si Tarek GrandPied ou Tamina la féroce, les PNJ clés de Tysh, combattent à nos côtés, l'expérience sera calculée selon une autre formule et gagnera beaucoup plus. Je compte déjà faire participer Tamina contre les Wargs. Et si on jouait un peu avec les règles ? Tamina pourrait également se poster aussi près du lieu de respawn que la limite autorisée, et dès que Perros apparaîtra, elle l'attaquerait au lance-pierre. Cela signifierait que la gardienne PNJ a techniquement participé au combat. Qu'en dis-tu, Max ? Pexer est plus important pour toi que pour les autres, donc ton avis m'intéresse. »

L'homme-poisson passa un long moment à tortiller bizarrement ses lèvres charnues, réfléchissant à la situation et en faisant des calculs mentaux, avant de répondre.

« Il me faut vingt-trois mille points d'expérience pour être niveau vingt. D'un côté, c'est beaucoup, presque autant que ce que j'ai cumulé ces six derniers jours. Mais j'ai un bon paquet de quêtes et je compte bien toutes les faire. Déjà, un aîné de Rocbourg m'a refilé une mission qui consiste à plonger dans les marais là où la bataille des deux clans a fait rage pour dénicher un trésor. Je compte m'y mettre dès demain matin. J'ai une autre quête au village de Tysh. J'ai jusqu'à demain soir pour investir la maison d'un marchand décédé, genre un vieux grippe-sou. »

« Nyle le Pingre, mort ?! », m'écriai-je sur un ton horrifié.

« Comment est-ce possible ? Il avait un portail pour la cité de Weiden. Il aurait pu s'enfuir n'importe quand ! »

« D'après ce que je sais, lors de l'assaut au village, le vieux marchand Gobelin a bazardé toutes ses marchandises de son chariot pour y mettre une femme blessée et ses enfants, et il a envoyé tout le barda à travers le portail, en sécurité. Il est resté à Tysh pour le défendre et il est mort aux côtés du chef près du portail principal. Bizarrement, sa boutique est restée intacte et n'a pas été trop lootée par des immortels. Le neveu du marchand, qui sait déjà pour la mort de son oncle, prendra bientôt la relève. J'ai pour mission de surveiller ses marchandises et de donner un coup de pouce pour sa succession. La quête était plutôt rare et, coïncidence, adaptée à ma profession. Quatre-mille points d'expérience, mais surtout, elle me forge une réputation d'honnête marchand avec des bonus en négociation bien abusés. Et la deuxième étape de la quête de Socialisation influence aussi la réussite des deux quêtes, en faisant assez évoluer le niveau d'estime. En un jour, je pourrais gagner douze-mille points d'expérience, soit la moitié du total nécessaire. Si mes calculs sont bons, j'obtiendrais quinze-mille minimum en tuant l'assassin et la harde de wargs niveau cinquante. C'est plus qu'assez pour valider la période d'essai, donc pour moi, on n'a aucune raison de tricher et de s'attirer des ennuis. On risque de se faire virer. Moi je suis pour qu'on joue à la loyale. »

« Grouillons nous, alors ! » L'Ogre, assis au sol, se redressa, déterminé. « Il ne reste qu'une demi-heure avant le retour de l'assassin, et on n'est pas encore au respawn. N'oubliez pas, les amis, je dois y aller à pied. Les loups ne pourront pas me porter. »

~ Testeur de Contenu ~

« Ouf, on a réussi, de justesse ! Laissez-moi me reposer maintenant ! » fit Shrekson, haletant, se laissant retomber sur la pierre de spawn, les bras affalés et son marteau lourd posé au sol.

Malgré son gros stock de points d'endurance, notre ogre était carrément lessivé à cause de la course. Pour un colosse pareil, les déplacements rapides étaient contre nature et puisaient pas mal de force. Mauvaise nouvelle ! Très mauvaise nouvelle ! Paniqué, je consultais l'horloge. Plus que deux minutes avant que l'ennemi puisse respawner, et notre plus grand soldat qui devait servir de tank pour absorber les dégâts des ennemis était cramé et ne tenait plus debout.

Max Sauchenier, notre expert en combat rapproché, se sentait bien et respirait l'optimisme. Il était prêt à combattre, étirait ses muscles, et préparait son trident. Mais je ne comptais pas spécialement sur la naïade. J'étais plutôt censé le protéger. On ne pouvait pas se permettre qu'il meure. Un ou deux coups avec son arme longue suffiraient pour qu'il soit considéré comme un participant, pas plus. Quant à moi et la Nymphe sylvestre, nous étions censés attaquer à distance dans la bataille à venir, moi armé de la sarbacane, ma sœur à grand renfort d'enchantements. Nous étions censés infliger le plus gros des dégâts à Perros Sanmerci tandis que les guerriers au corps à corps s'occupaient de l'assassin.

La Meute grise ne participerait pas au combat et était étendue sur l'herbe en aval de la colline. Pour la énième fois de cette session de jeu, j'ouvris l'interface de contrôle des loups. Rien n'avait changé depuis la veille. Aucune fonction ou privilège n'avaient été ajoutés. Où étaient les changements que le directeur m'avait fait miroiter ? Les devs faisaient la sieste ou quoi ?

Je m'avançai jusqu'au milieu de la pierre vrombissante pour observer les alentours. L'obscurité gagnait du terrain. Après la bataille, il ne nous resterait que vingt minutes pour regagner l'abri avant la tombée de la nuit. Il fallait espérer que l'ogre ait assez d'endurance pour atteindre la Maison maudite à temps. Plus qu'une minute…

« Une minute », confirma ma sœur, fléchissant ses doigts, prête à jeter un sort.

Et puis… du coin de l'œil, je vis quelque chose se faufiler depuis la droite, me tournai instantanément dans sa direction, mais je ne vis rien. Mon imagination me jouait-elle des tours ? Ou alors… sans y réfléchir, je bondis en avant, bras écartés.

Contrôle d'agilité réussi

Gain d'expérience : 40 XP

Compétence Acrobatie améliorée au niveau 7 !
Mes doigts sentirent un élément en mouvement que je parvins à saisir. Perros apparut littéralement devant moi. Je le saisis plus fermement et effectuai une roulade sur la pierre gravée de runes. Aïe ! Ça fait mal ! L'assassin me tranchait la chair sous les côtes, enfonçant sa dague jusqu'au manche.

Dégâts subis : 178 (204 coup de dague du joueur Perros

Sanmerci - 26 armure)
Niveau de santé : 17/195

Sans sa veste de cuir et sa cotte de mailles en dessous, mon Gobelin aurait été envoyé à la case respawn en un seul coup. La situation était critique. Mon personnage n'avait aucune chance de survivre à un autre coup de dague et après, l'assassin redeviendrait vite invisible et faucherait mes compagnons les uns après les autres. Des deux mains, je verrouillai le poignet de Perros, empêchant l'assassin de retirer la dague qui me transperçait le corps.

Contrôle de force réussi.
Gain d'expérience : 40 XP

Dégâts subis : 6 (32 coups de dague du joueur Perros Sanmerci - 26 armure)
Niveau de santé : 11/195

Ha ! Sa force n'était pas si élevée, au final ! Le joueur ne parvint pas à dégager sa main, et le coup de poing qu'il assena ensuite, reposant sur la force brute, n'avait rien de fracassant. Clairement, les statistiques de l'assassin étaient très orientées vers l'agilité, ce qui expliquait les dagues aux stats de dégâts inhabituelles.

+2 PV de la Régénération

Pile à temps ! À ce moment-là, Flammèche arriva à ma

rescousse, plantant ses crocs venimeux dans la jambe de mon ennemi. Ça tombait pas si mal. J'étais vivant et mes amis viendraient sans doute m'aider à tout moment. Malgré la douleur, je souris à l'ennemi. Perros, le visage tordu de rage, tenta encore de dégainer sa dague, mais en vain, puis… il tenta de me mordre ! Je parvins tout juste à dégager mon nez avant que les dents de l'homme ne claquent dans le vide. La pensée absurde d'apprendre à mon adversaire comment infliger une morsure correcte me traversa l'esprit, mais je la rejetai aussi sec. La mort elle-même n'était pas aussi terrifiante que la révélation de mon vampirisme. Étrangement, il n'essaya même pas de me porter un nouveau coup. À la place, l'assassin passa sa main gauche autour de mon dos.

Le dessein de Perros m'échappait, et cela m'effrayait au plus haut point. Où étaient mes alliés ? Ils auraient dû être là depuis longtemps pour attaquer mon ennemi encore visible tant que je l'avais sous la main ! J'avais le tournis, et je vis la naïade à dix mètres de moi, brandissant son trident, confus, et l'ogre qui se relevait tant bien que mal. Pas bon ça ! Ces deux-là étaient trop loin pour m'aider. Tous mes espoirs reposaient sur la Nymphe sylvestre. Mais plutôt que de jeter un sort létal et foudroyant, Val nous envoya ses abeilles. Une seconde plus tard, je vis la main de Perros voler jusqu'à mon torse, munie d'une autre dague visiblement sortie de son inventaire. Ma mort était inéluctable. Le monde s'assombrit.

Vous êtes mort.
8064 XP perdus
Un niveau perdu !

~ Testeur de Contenu ~

Niveau actuel du personnage : vingt-deux
Résistance au poison abaissée à 45 %
Vous allez respawner dans 59 minutes, 58 secondes au lieu de
respawn défini

Je poussai la partie supérieure de ma capsule de réalité virtuelle et m'en dégageai, tapant du poing de rage contre le mur de ma cabine. Bon sang ! On était quatre contre un, mais on s'était si mal coordonnés qu'on avait échoué, alors que c'était si simple ! Bientôt, Perros, invisible, tuerait tous mes alliés. Et, s'il le voulait, il pourrait attendre qu'on respawn, revenir in-game pour remettre le couvert.

Mais enfin, où avions-nous appris à saboter une bataille avec un tel panache ?! La naïade et l'ogre, clairement. Ils n'avaient pas d'expérience en JcJ. Mais Val et moi, experts en jeux PC et en combats virtuels, nous aurions dû être plus raisonnables. Je n'avais même pas infligé un seul coup à mon adversaire. Je n'avais fait que subir des dégâts. De son côté, Valerianna aurait pu décocher une flèche de glace ou tenter de le pétrifier. Quand même, elle aurait pu au moins faire bon usage de sa magie. Hum…

Je remarquai une fenêtre de chat ouverte flashant à l'écran. Quelqu'un voulait discuter avec moi. Le pseudo du joueur était étrange — support_092, un mot au lieu de deux, et pas de classe. Il me fallut plusieurs secondes avant de comprendre que ce n'était pas un joueur.

« *Salutations ! J'ai trouvé un moyen de te donner le contrôle sur les loups de la Meute grise. Jette un œil. C'est bien ce que tu veux, non ? Les spécifications techniques de ton département n'étaient pas très claires. Dans les algorithmes du jeu, l'option "privilèges pas totalement admin" n'est pas disponible. »*

Hum. Il était où avant ?! J'avais contrôlé tous les soirs pour voir si les fonctions de contrôle de la Meute grise étaient apparues, mais là… Comment vérifier ? J'étais mort, et un écran mort avait remplacé *Boundless Realm* ! Cependant, je ne lui reprochais rien et je choisis plutôt de lui écrire poliment qu'il m'était impossible de répondre à sa question dans l'heure vu que j'étais mort et que j'attendais de respawner. Je reçus sa réponse instantanément :

« En fait, je dois filer. J'ai fini ma journée de travail il y a un moment. Je vais donc t'expliquer ce que j'ai fait et tu me diras si ça te convient et si je peux finaliser la requête. Dans les anciennes versions du jeu, il y avait un profil Fenrir. Je suis parti de là et j'ai fait en sorte que tu puisses modifier les perks des loups une fois par jour et les commander dans un périmètre de dix kilomètres. Cela n'accorde pas de privilèges admin, ça n'augmente pas la limite ou le niveau de la Meute grise, mais en gros ça résout totalement la requête technique. Pour matérialiser ces capacités, j'ai mis dans ton inventaire l'Anneau de Fenrir, indestructible, qui octroie ces pouvoirs. Il est unique, personne d'autre ne peut prendre le contrôle de la Meute grise. Ça te va ? »

J'eus du mal à étouffer le cri de jubilation qui s'arrachait de ma bouche. C'était au-delà de tous mes espoirs ! Je pourrai dorénavant contrôler la Meute grise à distance et changer leurs capacités une fois par jour pour qu'ils s'adaptent à ma tâche en cours. Mais je n'acceptai pas sur-le-champ, et je lui fis d'abord part de mon souhait :

« J'ai un grave conflit avec des PK ici. Je suis traqué et je suis en fuite. Je risque de dropper l'Anneau de Fenrir s'ils me tuent encore. Y a-t-il un moyen de protéger l'artefact ? »

« Je ne peux pas le protéger totalement. Ce serait contre le règlement. Comme c'est un objet avec des propriétés actives, je ne peux pas non plus le cacher. Les PJ de Boundless Realm *pourront quand même voir ta bague virtuellement. Comme compromis, je pourrais donner à l'anneau l'attribut "Maudit : non retirable." Ainsi, personne ne pourra la prendre sans ta permission. Mais ça peut devenir une torture pour toi si tu veux un jour la retirer. Se débarrasser d'objets maudits est très, très difficile. Même en te coupant la main, l'anneau resterait avec toi. »*

J'y réfléchis et approuvai sa proposition. L'homme se mura quelques minutes dans le silence, puis écrivit :

« Très bien, c'est tout. Tant que tu détiendras la bague, ses propriétés seront actives. Et je dois aussi signaler une autre plainte du Centre de Traitement des Données. *On dirait que ta compagne PNJ n'arrête pas de se figer ? Je l'ai réinitialisée. Mais si elle plante tout le temps, je pourrais peut-être la supprimer ? »*

« Non. Jamais de la vie ! » Je redoutai le destin de Taisha. « C'est moi qui ai volontairement provoqué le dernier lag. On recherchait une erreur de logique pour un PNJ évoluée et on a créé une situation où deux actions mutuellement exclusives entrent en conflit. Merci de l'avoir réinitialisée. D'ailleurs, le prochain freeze du personnage est évitable. Peux-tu faire en sorte que le temps soit nuageux demain dès six heures du matin jusqu'au coucher du soleil aux alentours du village de PNJ à Tysh, dans la province de Lars. Sinon, il y aura deux quêtes s'excluant mutuellement, et encore une erreur logique. »

« Merci de ton avertissement. C'est facile. La météo est simple

à ajuster. Tu veux de la pluie ou pas ? Quel rayon à partir du village ? »

« La pluie ne sera pas nécessaire. Ce serait même mieux sans. Le plus important c'est de faire des nuages denses dans un rayon de vingt kilomètres de Tysh pour que le soleil ne perce pas un seul instant ! »

Il promit d'arranger la météo comme je l'avais demandé et se déconnecta. Parfait ! Simplement merveilleux ! J'avais obtenu un temps nuageux pour le concours des prétendants qui se déroulait le lendemain. Je ne craignais pas de conséquences négatives car il me serait facile de prouver au directeur que cette mesure était nécessaire. Si mon Amra ne participait pas à la compétition, Taisha se figerait encore car elle ne pourrait pas tenir la promesse qu'elle avait faite devant les dieux eux-mêmes. La sonnerie de mon téléphone retentit brusquement, m'extirpant de mes pensées. C'était ma sœur. Je me raidis, certain qu'elle allait m'annoncer que mon équipe s'était fait battre à plate couture, donc les mots de Valeria me firent hurler de joie :

« Globalement, on s'en est sortis, même si tu t'es fait planter. Tu as super bien géré en clouant l'assassin sur place dès le début pour qu'il reste visible. Après ça, j'ai lâché mes frelons sur lui pour qu'il soit toujours visible. Puis la naïade lui a infligé un coup de trident pour l'immobiliser, et l'ogre a maintenu l'assassin entre ses grosses pognes pendant que je le mitraillais de sorts. Shrekson n'a hélas pas survécu. Il nous aurait fallu quelques secondes de plus. Mais le drop de Perros était somptueux : une ceinture rare avec un bonus en agilité et presque mille-cinq-cents pièces. Tu as lâché ta cotte de mailles. Je l'ai récupérée. Je la poserai sur la pierre avant que tu réapparaisses. On n'est pas repartis à la

Maison maudite. On attend ton retour pour le prochain combat avec Perros. »

Comme il restait énormément de temps avant mon respawn, je m'habillai et quittai ma cabine. Je vis que la lampe rouge surmontant la porte du box numéro vingt était allumée — Kira était déjà à son poste. Puis je vis Léon debout à côté de la machine à café fouillant ses poches à la recherche d'une pièce. Je m'avançai jusqu'à mon ami et apposai ma carte contre la machine pour régler son achat. Léon me remercia puis eut l'air tout à coup gêné, et baissa les yeux.

« Timothy, je n'aurais pas dû mourir. Mais Perros a fait un Crit, il ne me restait que quelques points de vie, et une seconde plus tard, plus rien… »

L'ancien ouvrier du bâtiment agita la main, vexé, en oubliant qu'il tenait une tasse de café à la main. Léon se mura dans le silence, et en regardant le liquide renversé, sa gêne grandit. J'en commandai un autre et le lui tendis.

« On fait tous deux ou trois bêtises. Le combat a été super rapide. Au moins ça n'a pas servi à rien. Il y est resté aussi. La naïade et la nymphe l'ont anéanti. Ils ne sont pas retournés à la Maison maudite, il y aura donc un autre round avec l'assassin et nous ferions mieux de nous prémunir la prochaine fois. Et surtout, nous devons comprendre comment clouer sur place ce bâtard sournois pour qu'il reste visible. Sinon il se camouflera sur-le-champ. »

« Hum… On pourrait le piéger dans un filet ? » suggéra Léon, pas très confiant.

Je levais les yeux vers lui, ma curiosité piquée, attendant qu'il finisse, mais l'ouvrier du bâtiment costaud craqua totalement :

« Ben… en fait… J'ai fabriqué un nouveau piège à warg… De la tour près du mur, si on lance un filet avec la baliste, on pourrait couvrir une large zone devant le portail. Il me reste un filet. Je l'ai replié près de la maison des loups… »

Un filet projectile ? Ça pourrait être une perspective intéressante. On pourrait l'utiliser avec la compétence Armes exotiques, et justement, je l'avais ! Plus besoin de m'approcher du dangereux ennemi et de m'exposer à ses coups. Au fil des secondes, le plan de Léon semblait de plus en plus séduisant. Je passai un coup de fil à ma sœur.

« Val, Léon a une idée d'enfer ! Avant la tombée de la nuit, monte sur le dos de Blanca et cavale le plus vite possible jusqu'à la Maison maudite. Léon a déposé un filet à côté de la maison des loups. Ramène-le au lieu de respawn et place-le sur la pierre pour que je le récupère. On a un plan pour tuer Perros sans essuyer de pertes cette fois-ci. »

Pour la énième fois, ma sœur m'épatait. Valeria ne posa pas de questions, se contenta d'ajouter qu'elle veillerait à ce que le filet soit déployé pour que je puisse l'utiliser d'entrée de jeu. En rangeant le téléphone dans ma poche, une pensée me traversa l'esprit : pourquoi l'ancien ouvrier du bâtiment cherchait-il des pièces alors que je lui avais envoyé trois-mille crédits ?

J'interrogeai Léon à ce sujet. Il fut d'autant plus gêné et bredouilla des explications vaseuses sur le fait d'avoir prêté l'argent à un bon ami à lui. Là, Veronica sortit de la septième cabine et verrouilla immédiatement la porte avec une carte magnétique. Elle fit un signe de tête amical au robuste Léon et ne remarqua ma présence que plus tard, puis s'arrêta brusquement.

« Timothy, il faut qu'on parle. Tu m'accompagnes à l'ascenseur ? »

Surpris, je suivis la jolie femme. Veronica sortit de son sac un petit miroir, contempla sa chevelure bien ordonnée et me tendit son sac extrêmement lourd. Juste après le tournant, hors de portée des oreilles de Léon, la fille fit brusquement halte et me bloqua le passage avec son bras.

« Près bureau du boss, il y a une grande armoire avec un miroir près de la porte du bureau où une partie du couloir se reflète. Timothy, je t'ai vu là-bas, quand le directeur m'enguirlandait. »

La fille se tut, à l'affût de ma réponse. Mais je restais silencieux, sans confirmer ni infirmer ses dires.

« J'ignore ce que tu as pu entendre, mais sache-le : je vais bien. Je suis toujours la testeuse qui réussit le mieux dans notre groupe, la seule qui a levelé à vingt-cinq. Le nouveau directeur m'apprécie. Mais en gros, je n'ai plus besoin de travailler ici. J'ai assez d'argent pour vivre le restant de mes jours. J'ai presque huit-mille abonnés qui paient environ dix crédits par jour pour avoir le privilège de mater mes vidéos. Je pourrai jouer dans Boundless Realm en tant que joueuse normale et leur fournir le même type de contenu qui correspond à leurs attentes. Mais je préfère rester dans l'entreprise pour l'instant. Alors je te le demande, Timothy, abstiens-toi de raconter à nos collègues dans quelle galère j'étais. Oui, mon personnage a été en mauvaise posture, mais la Dryade s'est déjà tirée d'affaire. Toute seule, sans l'aide du support technique. Tu as compris ? C'est important pour moi. S'il le faut, je peux acheter ton silence. »

Elle me prenait pour qui ? Un maître chanteur mal intentionné ? Je m'empressai de dissiper ses doutes :

« Veronica, j'ai en effet entendu des bribes de ton entretien avec le directeur. Une histoire de pirates et une incursion d'animaux sauvages. Je ne suis pas du genre à parler dans le dos des autres. Et les potins, c'est encore moins mon style, tu n'as aucune crainte à avoir. Joue comme bon te semble. Je ne compte pas interférer avec ton gameplay de toute façon. Mais si tu veux mon avis, et si j'ai bien compris ta situation, tu pourrais demander un truc plus soft qu'une attaque pirate au support technique. Un cache-sexe tout neuf ou une ceinture de chasteté feraient l'affaire... elles ont quoi par défaut, les dryades ? Le support technique acceptera forcément. »

Je lui dis des choses rationnelles, mais Veronica éclata d'un rire tonitruant :

« Qui a dit que j'ai perdu mon cache-sexe ? Je contrôle la situation. Mes vêtements sont dans mon inventaire et je peux les porter à tout moment. C'est juste que je ne veux pas que mes abonnés le sachent. »

L'ascenseur arriva. La fille m'arracha son sac des mains, m'envoyant un baiser aérien puis disparut derrière les portes qui se refermaient. Je regagnai l'aire de repos et trouvai Léon plongé dans d'intenses réflexions, une tasse de café vide à la main.

« Je lutte contre le sommeil », commenta-t-il. « Toute la journée j'ai creusé, scié et bâti... Et puis, il y a le village de Tysh en flammes. Il y a toujours des maisons, des cadavres brûlés, partout. Je n'ai jamais été aussi claqué de toute ma vie. Je bâille tout le temps. Je suis à bout de forces. Mais ce n'est rien. On s'occupera de Perros et des wargs, puis je dormirai là, dans la capsule. Je peux t'aider pour le concours des prétendants demain, mais après je m'offre une journée complète de repos. »

« Léon, tu dois encore construire une maison pour Tamina la féroce », lui remémorai-je, et il acquiesça d'un air las.

« J'avais zappé. D'accord, je viendrai aider pour la maison. Tu peux compter sur moi, finalement. Mais après, je prends quelques jours. Je veux emmener mes enfants à la mer. Quand on m'aura remboursé le prêt. »

Je remerciai mon ami pour son aide, puis lui posai la question qui me brûlait les lèvres :

« Cette "bonne amie" à qui tu as prêté trois-mille ce n'est pas Veronica, par hasard ? »

Le géant épuisé opina du chef en silence, sans tourner autour du pot, sans nier. Je me mis à réfléchir sérieusement. J'ignorais pourquoi, mais je n'aimais pas toute cette histoire avec Veronica. Si la fille gagnait quatre-vingt-mille crédits par jour grâce à ses abonnés, pourquoi lui avait-elle emprunté trois-mille ?

Niveau vingt-cinq

J E REÇUS UN MESSAGE qui me fit grimacer avant même de l'ouvrir. Perros Sanmerci avait osé m'écrire. L'assassin qui avait envoyé mon petit gob dans la tombe.

« *Couleuvre venimeuse ? Bien joué. J'ignore comment tu as caché ta wyverne dans mes logs, mais peu importe. Tu vas me donner mille pièces aujourd'hui, et cent par jour pour que je la ferme. S'il manque ne serait-ce qu'un SEUL remboursement, tout Boundless Realm saura pour ta monture ailée. Tu ne pourras plus jamais jouer. Tu seras prisonnier d'une boucle de morts et de respawns. Si à mon retour je trouve un seul de tes alliés au respawn, il subira le même sort. Et je veux récupérer la Dague du kit au passage. Dépose-la sur la pierre. Ta tête est mise à prix à* cinq-mille et en plus j'aurai une recommandation de Mariam Regarde_Derrière_Toi [BRUTES] en personne qui m'a promis une place dans son clan si je te tue. À moi la gloire, et ça me dédommagera pour toutes mes pertes. Et je récupèrerai vite mes niveaux perdus. Le clan des Brutes est un tremplin qui permet à ses membres de monter en flèche. Échec et mat, Amra ! J'ai gagné. »

Mon premier réflexe fut d'ignorer le message du maître chanteur, mais je décidai de répondre malgré tout. Il allait le sentir passer. En tant que maitre chanteur, il est nul.

« T'as toujours rien capté. Je vais t'exposer la situation tel que tous les autres joueurs la voient. Avant notre rencontre, tu étais un assassin connu de niveau 44. Mais là, t'as chuté à 36, et ce n'est que le début. Dans les heures qui viennent, on va sabrer tes points d'XP trois fois d'affilée et après tu seras niveau 32, peut-être même 31. Tu auras perdu treize niveaux en un jour. Tu as le profil idéal du loser le plus célèbre de tout Boundless Realm.

Parlons argent. Si tu ignorais l'existence de la wyverne, tu es un sombre crétin. Tous les joueurs qui s'y intéressent savent pour ma monture et aujourd'hui, dans ma prochaine vidéo, je vais exposer mon beau petit bébé aux yeux de tous. Tu peux te sucer pour avoir le fric. En plus, cinq-mille pièces c'est risible. Tu as déjà perdu plus de mille-cinq-cents pièces et tu perdras le reste en mourant trois fois. À part la dague, tu as aussi droppé une ceinture du kit de l'Assassin de l'ombre, et tu vas sûrement perdre un bon paquet d'objets précieux avant l'ultime sentence.

Quant à Mariam Regarde_Derrière_Toi [BRUTES], je vais lui écrire. Pas sûr que la cheffe d'un clan aussi prestigieux voudra te réintégrer après toute la honte que tu as répandue sur eux. Vu que *tu t'es encore fait tuer par un noob non combattant, c'est pire. Et oui, pour information, si tu tentes de me tuer ou de tuer l'un de mes amis après avoir crevé trois fois, compte sur nous pour que ton niveau passe sous la barre des vingt-cinq.*

Bonne chance looser ! Tu n'es pas près d'oublier tes trois prochaines heures !

Amra »

J'avais employé un style volontairement provocateur dans ma lettre, histoire de titiller l'ennemi et de le faire réagir. Ce message envoyé, j'allais me chercher une canette d'EnergiZor pour chasser ma fatigue, puis je me glissai dans ma capsule. L'ogre et moi n'étions pas des criminels et en temps normal nous aurions attendu avant de rejouer pour esquiver l'assassin. Mais Perros me prenait vraiment la tête et comme il ne comprenait que la force, il était temps de mettre mes menaces à exécution.

Oui, il était temps ! J'apparus sur l'immense pierre vrombissante. Le ciel nocturne au-dessus de ma tête s'étendait, illuminant la terre sous lui de ses millions d'étoiles scintillantes. Nul besoin d'activer la vision nocturne, il y avait assez de lumière. À côté de mes jambes, il y avait ma cotte de mailles et le filet projectile enveloppé en ballot serré.

« Attrape le filet et tiens-toi prêt ! » hurla ma sœur.

Retirer ma veste en cuir, enfiler une cotte de mailles en dessous et remettre la veste aurait pris un temps fou IRL. Mais dans *Boundless Realm*, c'était bien plus simple. J'ouvris le menu des équipements et plaçai la cotte de mailles dans mon slot d'armure vide, puis je rangeais ma sarbacane dans le sac à dos et ramassai le filet projectile. Quelques secondes plus tard, j'étais prêt à en découdre ! Max se tenait à côté de moi et brandissait son trident.

« Shrekson apparaîtra en premier, puis quelques secondes plus tard ce sera au tour de l'autre tête de con», m'avertit la naïade.

« Amra, t'as pas intérêt à mourir cette fois ! » s'écria Taisha en aval de la colline.

Je ne me laissais pas distraire dans mes préparatifs et je m'abstenais de demander à ma sœur ou à l'homme-poisson comment la voleuse PNJ avait pu atterrir là. Je me retenais de toutes mes forces de lui dire de dégager. Contrairement à nous autres, Taisha ne perdrait pas que de l'XP si ça tournait mal, mais son unique vie, pour toujours. Perros serait furax en lisant mon message et n'épargnerait aucun de mes alliés s'il en avait l'occasion.

À quelques mètres de moi, Shrekson respawnait, tournant sa tête à l'aveugle le temps de s'habituer à l'obscurité. Je défis mon arme et je guettais, les yeux écarquillés. Le voilà ! L'assassin apparut juste une seconde, mais c'était suffisant. Le filet projectile atterrit impeccablement sur sa cible avant de se déployer sur le sol.

Compétence Armes exotiques au niveau 6 !

Piégé dans le filet, Perros trébucha et roula sur la pierre, pile-poil sous les jambes de Shrekson. Le lourd marteau du fortificateur ogre percuta la tête de l'assassin comme sur une pastèque pourrie avec un ploc particulièrement dégueulasse. Concrètement, cette vision me souleva l'estomac. Bon ben il faudra aussi nettoyer la pierre.

Gain d'expérience : 1296 XP

Ma petite wyverne se mit à chatoyer de flammes colorées : elle était passé niveau dix. Les pattes arrières de ma monture étaient totalement formées, et elle ressemblait à présent à un lézard vert émeraude d'un mètre de long, avec une bosse sur le dos.

« Hé ! Tu étais censé m'aider à leveler », s'indigna Max Sauchenier. « Je n'ai pas eu un chouia d'XP ! »

« C'était trop rapide. Je n'ai pas pu jeter un seul sort ! » Valerianna Prestepas s'avança jusqu'au corps emprisonné dans le filet et grimaça en voyant la mare de sang se formant sous son crâne fracassé.

« Que dire ? J'ai fait un CRIT. Mon tout premier... » dit l'ogre géant, repoussant très délicatement le corps sans vie avec ses pieds. « L'horreur ! Ça ne me donne pas trop envie de looter. J'ai levelé à dix-huit, ça me va. Amra, si tu veux trifouiller dans son cerveau et ses entrailles, fais comme chez toi. »

« C'est le macchabée qui vous répugne ? » demanda Taisha qui s'avançait jusqu'au cadavre sans la moindre gêne puis s'arrêta à un mètre de lui. « Ça vous dérange si je prends ses bottes ? On dirait qu'elles sont faites pour moi ! »

Je m'efforçais de retenir ma mâchoire qui menaçait de se décrocher. La PNJ avait mis le pied dans une zone qui normalement était totalement interdite aux créatures ou aux personnages virtuels ! Voyant les yeux écarquillés et les visages sidérés de mes alliés, je compris que tous avaient également remarqué une telle impossibilité.

« Un souci ? » demanda la séduisante Gobelin, consciente que le silence régnait.

« Non non. Tout va bien », lui répondis-je. « En fait, d'habitude, les immortels sont les seuls à avoir le droit d'approcher la pierre vibrante. Prends les bottes, laisse-moi juste y jeter un œil. »

Taisha haussa les épaules et me donna la paire de cuissardes souples en cuir. Ces chaussures lootées étaient enchantées avec un bonus en agilité, mais ce n'était ni un objet du kit Assassin de l'ombre ni un item rare. Pfff, sale bouseux ! J'attendais mieux de Perros Sanmerci. Mille-deux-cents pièces, deux fioles de sang humain et une flasque de cervelle (ingrédient alchimique) complétaient l'attirail de l'assassin. Supposant qu'il n'y avait pas d'intrus dans le secteur, je m'exprimais dans un langage normal.

« Les amis, il nous reste une heure avant que l'ennemi ne revienne. Reposez-vous si vous le souhaitez. Moi je vais cueillir des plantes nocturnes sous la garde de la Meute grise. J'ai besoin de faire grimper mon Herboristerie et de recueillir des ingrédients pour la crème anti-brûlures que j'ai promise à Tamina la féroce. Taisha, rends-moi un service : peux-tu m'attendre ici, sur la pierre vibrante ? Tu n'es pas encore de taille à vagabonder la nuit dans les bois. »

Je m'attendais à ce que Taisha me rembarre méchamment, mais étrangement, la belle rousse fut arrangeante ce jour-là et ne broncha pas.

Me mettant à bonne distance de mes acolytes, j'avalais les deux récipients de sang. Cela ne suffisait clairement pas. Ça faisait un bail que j'avais besoin de mordre jusqu'à la mort pour étancher ma Soif de sang, mais ce geste me procura quelques heures de tranquillité.

J'enfilais ensuite l'Anneau de Fenrir à mon index pour tester les fonctions de contrôle des loups. Je pouvais donner des ordres à distance à toute la meute ou à chaque loup. Je pouvais modifier l'aspect de chacun, et modifier les perks choisis. Cool ! Je ne modifiai rien pour l'instant, ordonnant juste à la Meute grise de chasser dans les parages et de nous protéger moi et Flammèche qui était partie à l'aventure je ne sais où.

Je m'étais mis à cueillir des plantes nocturnes lorsqu'un appel entrant arriva. Un employé du support technique, support_211, voulait me parler.

« Amra, on a reçu une plainte par rapport à ton comportement in-game : harcèlement, intimidation volontaire et meurtres en série. »

« Eh bien, j'ai la cote auprès du support technique aujourd'hui... Par contre, je ne me souviens pas avoir insulté ou menacé un joueur qui ne le méritait pas. »

« Il s'appelle Perros Sanmerci. D'après les logs du jeu, il a été tué huit fois en vingt-six heures et quatre de ces morts impliquant directement ton personnage. C'est donc légitime que ce joueur porte plainte pour harcèlement et meurtre. »

« Alors comme ça, l'adorable psychopathe meurtrier se plaint qu'un Herboriste noob pacifique l'a agressé ? Bien sûr, c'est moi qui l'ai forcé à me pister pendant deux jours. Je croyais qu'on pouvait tuer des joueurs avec un statut de Criminel actif... ! »

« Hum. C'est sûr, ça paraît dingue », approuva l'employé.

« Mais il a écrit au support, il a été tué à plusieurs reprises, il fallait bien qu'on réagisse. Perros Sanmerci dépense de l'argent réel en achats d'objets virtuels, alors pour Boundless Realm, ce client est précieux et on ne peut pas s'en foutre de ses problèmes. Le joueur nous demande de modifier son lieu de respawn. Tu acceptes cette solution au litige ? »

« Non, clairement pas. Le joueur dont tu parles me coute cinq mille pièces en dommages financiers tout ça parce que ma tête est mise à prix, alors que moi j'ai d'autres projets. En tant qu'employé de Boundless Realm, j'aurais pu échanger cet argent contre de l'argent réel, on parle de dommages matériels réels. Et à cause de cet assassin, j'ai perdu huit-mille points d'expérience et je n'en ai récupéré que mille. Troisièmement, mes acolytes, une naïade et un ogre, qui bossent aussi chez Boundless Realm veulent que l'assassin leur verse des compensations. On a perdu du temps à cause de lui, et pour des testeurs, le temps est une ressource précieuse. Quatrièmement, je m'intéresse à sa Dague unique assortie avec celle de mon alliée Taisha, et j'ai fait de son évolution ma priorité. Nous avons convenu de cela avec le directeur des opérations spéciales. Lorsque ces demandes seront honorées, Perros Sanmerci pourra changer son lieu de respawn. »

« J'imagine que c'est ce que récolte ce tueur pour avoir cherché des poux aux testeurs de l'entreprise... Très bien, je vais tenter de le raisonner. Pour la dague, je sais pas. Cette demande me paraît abusive mais je lui parlerai de tes conditions. »

Il ne se passa rien pendant dix minutes. Je retournais à ma cueillette et je levelais mon Herboristerie à cinq. L'employé du support se reconnecta enfin.

« Amra, j'ai lu tes échanges avec Perros Sanmerci, ça en dit

long. Du coup, ton adversaire accepte de donner tout l'argent qu'il lui reste, deux-mille-trois-cents pièces, et il laisse sa dague main gauche du kit de l'Assassin de l'ombre. Il accepte une restriction scriptée qui le bannit de la province de Lars pendant six mois. Tous les membres de ton groupe recevront mille points d'expérience en compensation. Vous n'auriez pas obtenu mieux de lui de toute façon. À sa demande, on l'a transféré vers son ancien lieu de respawn, au château du clan des Brutes. Dernière question : l'illusionniste Valentin Haut-Mage qui se trouve également près de la pierre de respawn, il est dans ton groupe ? Je lui donne des points d'expérience à lui aussi ? »

« Oui, aussi », écrivis-je alors qu'en réalité je tombais des nues.

« *OK. J'ai mis environ cinq-mille kilomètres entre toi et Perros, tu ne devrais plus le croiser pendant six mois. J'estime que l'affaire est classée.* »

Il se déconnecta. Je n'avais pas réussi à lui dire que le nouveau lieu de respawn de Perros était mal choisi. Mariam Regarde_Derrière_Toi [BRUTES] ne l'avait pas réintégré à son clan, et elle ne risquait pas de le faire avant la matinée. La plupart des châteaux de clans étaient équipés de systèmes de sécurité pour éradiquer les intrus. Du coup, il allait forcément mourir une, voire deux fois.

Gain d'expérience : 1000 XP

2300 pièces reçues

Objet obtenu : Dague luxueuse de l'empoisonneur (objet du kit de l'Assassin de l'ombre)

Dégâts : 2-5*agilité, +2 % chance de coup critique, 10 % chance d'infliger des dégâts de poison durant 5 secondes

Mon adversaire avait respecté sa part du marché. Je n'aurais pas été fair-play si je n'avertissais pas le type du support concernant le lieu de respawn mal choisi par l'assassin. Je le rappelais avant de rire en lisant la réponse du support :

« Il a fait un mauvais choix, je le sais. Mais Perros Sanmerci a insisté sur ce respawn en particulier. Je hais les maîtres chanteurs, alors je n'ai rien fait pour l'en empêcher. Bonne chance collègue ! »

J'aurais dû rejoindre mes amis à la hâte pour leur dire qu'ils n'avaient plus besoin de surveiller au lieu de respawn. Mais ça attendrait. J'ouvris la fenêtre de contrôle de la Meute grise et j'appelais les loups. Au passage, juste pour voir, je modifiais leur couleur en rose. Ça leur donnait un air tellement stupide que je ne pouvais pas les regarder sans pouffer de rire. L'erreur rectifiée, je testais l'une des options de camouflage émaillé de points noirs, gris et verts suggérée dans les options préinstallées de la Meute grise.

+5 % au camouflage dans les bois durant la journée
+7 % au camouflage dans les bois durant la nuit

« Ça fera l'affaire ! Je modifiais aussi la couleur des yeux des prédateurs en rouge vif pour leur donner un regard terrifiant dans la forêt ! Je sellais Akella puis je sifflais Flammèche. La Wyverne sylvestre royale descendit de la canopée et atterrit sur le tronc d'un chène devant moi. Pendant son absence mon bébé vert émeraude était passé niveau onze. Je félicitais mon super familier pour sa rapide ascension et je m'empressais de retrouver mes amis.

« Amra, c'est bizarre, on a tous gagné mille points d'expérience », s'exclama Val à mon arrivée, observant les loups camouflés avec une certaine appréhension.

« Oui, Amra savoir. Assassin nous craindre. Lui prier dieux pour aide, et maintenant respawné ailleurs. Puis eux nous donnent mille expérience. Eux pas vouloir nous fâchés. Et Valentin Haut-Mage invisible aussi. Hé, Valentin. Où être ? »

À flanc de colline, à quinze pas de moi, l'illusionniste de niveau 95 apparut avec une robe scintillante argentée à capuche et un bâton recourbé à la main.

« Oh ça va. J'en profitai juste pour leveler ma Furtivité et mon sort d'illusion dans la foulée... » bougonna le demi-elfe, contrarié. Il voulut savoir comment j'avais su qu'il était là.

« Homme puissant genre demi-dieu, s'appelle "support". Dire faible gobelin sur toi. Dire qu'il te suivre près. Sorcier trop fort. Bizarre pour pays. »

D'accord, j'enjolivais les mots du type du support, mais je me demandais vraiment ce qu'un illusionniste de cette trempe faisait dans notre région, alors que les mobs du coin faisaient pâle figure face à lui. Il était peu probable qu'il soit venu farmer ici.

« Bon sang. Ils me surveillent... D'accord, je crois comprendre. N'ayez pas peur de moi. Ça ne m'apporterait rien de vous faire du mal. Je suis arrivé ici il y a deux jours missionné par Alexandro Lavrius. Tu dois le connaître... »

Mon petit gob opina distinctement du chef. Je me souvins des paroles du chef de la sécurité in-game : notre ancien patron avait recruté un illusionniste de haut niveau pour voler mon œuf de wyverne.

« Personnellement, je n'ai pas réussi et, vu que je n'étais pas mouillé dans d'autres affaires, on m'a épargné quand les sanctions sont tombées. On n'a pas bloqué mon personnage. On me l'a laissé pour me récompenser de services rendus par le passé. Je voulais la monture ailée rien que pour moi car c'est un passe-droit pour faire partie de n'importe quel clan, même les plus prestigieux. Mais je t'ai vu avec la wyverne verte, j'ai su qu'il était trop tard. J'aurais pu quitter la région, mais là, je reste pour autre chose. Le monstre qui m'a tué. Tu as trouvé des informations sur lui dans le bestiaire ? »

Je secouais la tête, n'ayant pas vraiment eu le temps de m'y consacrer. Mais il ne comprit pas mon langage corporel.

« Pas surprenant que tu n'aies pas trouvé. J'ai écumé toutes les rubriques du bestiaire de *Boundless Realm* ces derniers jours, fantômes et spectres en tous genres. Il n'y avait rien de semblable. Tu me suis ? C'est une créature inédite, et si quelqu'un ajoute des infos à son sujet, à lui la gloire ! J'ai passé la journée à la traquer. J'ai même déniché son repaire. Mais il était vide. À coup sûr, c'est une créature exclusivement nocturne qui n'existe pas le jour. J'ai donc attendu le soleil couchant pour contourner votre maison et... à la nuit tombée, la créature m'a encore tué. Elle s'est faufilée derrière moi, m'a attaqué par surprise et en quelques secondes, elle m'a tué comme la première fois. En respawnant, je vous ai d'abord pris pour un groupe de PK qui rôdait autour du respawn et je voulais montrer l'exemple en vous tuant. Mais vous n'aviez pas de marqueur criminel alors j'ai attendu. »

Un message privé de ma sœur me détourna de l'illusionniste chevronné.

« Tim, ce serait bien que tu complètes le bestiaire avec des informations sur la créature non découverte. Ça ferait grimper la réputation de ton petit gob et ta cote dans l'entreprise. Mais peut-être qu'il nous mène en bateau. Une créature inconnue qui hante une zone de noob et qui peut zigouiller en quelques secondes un joueur autour du niveau 100, c'est beaucoup plus gros qu'un fantôme qui n'a pas encore été découvert. D'après ce que j'ai lu dans les forums, ça ressemble au début d'une chaîne de quêtes globale, qui devrait s'étendre à travers tout le continent. Ce serait la poule aux œufs d'or. La plus importante de tout Boundless Realm, *à vrai dire. Débrouillons-nous pour la faire sans Valentin Haut-Mage. »*

Nous nous séparâmes de l'illusionniste en bons termes. L'archimage regagnait les lieux de son dernier trépas pour récupérer des objets précieux droppés de son inventaire. Comme la Maison maudite n'était pas loin, Valentin Haut-Mage accepta d'escorter notre fortificateur ogre jusqu'au fortin. Le sorcier refusa de nous montrer le spot du repaire du *Spectre des douze coups sur la carte*, et nous n'allions pas insister.

Shrekson avait pour mission de tendre des pièges aux hardes de wargs et d'ouvrir le portail en grand. Par ailleurs, l'ogre avait passé la journée à assembler une baliste géante qu'il voulait monter dans la tour de guet près du portail. Shrekson n'avait pas assez de force pour le faire seul mais Tamina la féroce et de ses enfants l'avait aidé à hisser l'arme et à la fixer à la tour.

Le reste du groupe servirait d'« appât vivant », comme la veille, en attirant les wargs jusqu'à la Maison maudite. Vu que seul un miracle nous avait permis de survivre à la traque de la veille, le plan semblait très périlleux. Pour cette raison, je voulus renvoyer Taisha avec l'ogre. La voleuse refusa de me laisser et même l'extrême dangerosité du plan ne la persuada pas. Mais elle était sensible aux cadeaux, et c'est en lui donnant l'autre dague du kit de l'Assassin de l'ombre et une large ceinture souple assortie, récupérée par ma sœur, qu'elle consentit enfin à se réfugier dans le fort.

« Quand tout prêt, ogre envoie moi message dans *chat* », expliquais-je à Shrekson. « Après message, nous cherche wargs. Puis nous courir et mène bestiaux à fortin. »

L'ogre et Taisha nous souhaitèrent bonne chance et partirent avec l'illusionniste à la Maison maudite. Nous gagnâmes ensuite le cours d'eau le plus proche. Presque un torrent à vrai dire. Max avait voulu y faire un petit détour histoire de se baigner et de s'humidifier les branchies. Alors que la naïade barbotait dans l'eau glacée, je longeai la berge pour faire le plein d'argile, de feuilles de nénuphar et d'autres plantes de rivière jusqu'à ce que ma compétence Herboristerie passe niveau six. Juste les points d'XP nécessaires pour que mon personnage remonte au niveau vingt-trois. Les points de stat qui en découlaient étaient affectés automatiquement, comme ceux que j'avais avant. Ma Résistance au poison repassa aussi à 50 %.

« On y est. Tout est prêt. Shrekson le bâtard »

~ Le Sombre herboriste Volume 1 ~

Le message du *chat* local me détourna de ma traque d'un triton de rivière niveau 9. Malgré sa taille effrayante, l'amphibien noir et orange d'un bon mètre n'eut pas le réflexe de riposter et il prit le large dans un bras du ruisseau. J'aurais pu tuer ce triton d'un seul coup avec ma sarbacane, mais je préférais le rattraper pour le tuer par morsure. J'avais besoin de leveler ma réussite Goûteur et remplir ma jauge de Soif de sang. Ma proie détala à bonne distance de moi, jusqu'à ce que Flammèche surgisse du néant, l'intercepte et se cramponne à sa crête dorsale pour l'immobiliser.

Dégâts infligés : 114 (Morsure vampirique)

Gain d'expérience : 180 XP
Objet obtenu : Viande de triton (aliment)

Réussite débloquée : Goûteur (11/1000)

Capacité de peuple améliorée : Le goût du sang (octroie +1 % à tous les dégâts infligés par créature unique tuée avec Morsure vampirique. Bonus actuel : 6 %)

Je craignais que Flammèche réagisse mal en découvrant mes penchants vampiriques en pleine action, mais ma monture ne sembla pas inquiète devant mon appétit vorace. Elle-même avait des comportements choquants en présence de nourriture. Et là, Flammèche, l'air très content d'elle-même, se disloqua la mâchoire inférieure et fit glisser le triton comme un gant sur une main.

« T'es sacrément futée ! » dis-je à ma wyverne émeraude pour l'encourager. « Tu m'as laissé assouvir ma Soif de sang et tu as attendu ton tour pour manger. Viens sur mon épaule. On doit cavaler à dos de loup. Ouah. Tu pèses ton poids ! Je risque d'être ton prochain repas. Demain, je ne pourrai même plus te porter. »

Notre petit groupe se préparait à traquer ces vils wargs. Valerianna Prestepas suggéra de ratisser les abords de la route vers Tysh, là où nous avions rencontré les prédateurs. Pour gagner un peu en sécurité par rapport à la veille, j'affectai à tous les membres de la Meute grise le perk Course rapide (+20 % à la vitesse). Les loups seraient toujours plus lents que ces wargs aux longues pattes, mais ça nous filerait quand même un vrai coup de pouce.

« C'est ici qu'on les a vus hier » confirma la Nymphe sylvestre sautant lestement sur le dos de Blanca et en observant la route d'en-haut. « Il y a plein de traces de pattes griffues. Si on savait à qui elles sont, quand elles ont été laissées, où elles mènent. Mhm… si l'un de nous avait la compétence Pisteur ou une perception bien levelée. On identifierait la source de toutes ces traces étranges. »

À ces mots, ma sœur me lança un regard plein d'espoir, se remémorant le bonus des gobelins à l'évolution de la perception, mais j'allais la décevoir.

« Ma perception est seulement à seize. C'est insuffisant. » Elle-même m'avait conseillé de miser sur le charisme quand je m'affectais mes points de stat.

« Amra, les points de stat, ça n'a rien à voir. Si ton Herboriste avait fait son devoir, en ramassant des baies et des fleurs et en exerçant son Herboristerie, ta Perception serait au top et on ne serait pas dans la mouise aujourd'hui. »

Ma sœur avait raison, comme toujours. Mon gob verdâtre avait négligé l'Herboristerie. Même le directeur des opérations spéciales l'avait remarqué. Je bondis à terre et je cheminais jusqu'aux traces de pas qui se chevauchaient. Non, inutile. Impossible de détecter quoi que ce soit avec mes points de stat. Par contre... nos familiers pourraient nous aider !

« Akella, je veux savoir où les wargs ont filé. On voudrait les suivre. »

Le loup camouflé me lança un regard rouge flamboyant incrédule, comme s'il remettait mes ordres en question. Malgré tout, il s'avança et se mit à renifler l'herbe. Tournant en rond au bord de la route, il s'enfonça dans les bois, l'air confiant. Je rattrapais le loup aguerri et grimpais sur son dos. Akella passa vingt minutes à renifler et à se faufiler dans les bois, s'éloignant peu à peu de la route avant que la voix de Valerianna Prestepas nous coupe dans notre élan :

« N'avancez pas plus. Je les vois sur la carte, à trois-cents mètres au nord-ouest. Huit points rouges, une harde très rapprochée. Je pense qu'ils sont en train de manger. Je vais les attirer jusqu'à la Maison maudite ! »

Ma sœur agitait ses bras, et l'essaim de frelons autour d'elle s'envola dans la direction qu'elle désignait du doigt. Par anticipation, je fis faire un demi-tour à Akella en direction de notre maison, attendant un signal de ma sœur pour nous dire que sa tactique fonctionnait. Max, qui chevauchait Croc blanc, était lui aussi prêt à décoller. Enfin, Valerianna enfonça ses talons dans les flancs de Blanca pour lui ordonner d'avancer.

« Allez, on y va ! Les wargs foncent dans cette direction ! Ils nous voient ! Ils seront ici dans dix secondes ! »

Tandis que la Nymphe parlait, de nombreuses créatures se mirent à hurler en chœur. Notre trio de loups détalla ventre à terre et nous transporta au pas de course jusqu'à la Maison maudite. Je ne vis pas nos poursuivants pendant un long moment, mais j'entendais leurs jappements et leurs hurlements. Leurs marqueurs rouges apparurent sur la carte quelques minutes plus tard. Les wargs nous rattrapaient peu à peu. Pourtant nos loups étaient « moddés » au niveau de la vitesse. La poursuite de la veille dans les bois semblait encore plus insensée et périlleuse.

Valerianna Prestepas, cavalant derrière moi, s'efforça d'utiliser des phrases courtes et claires :

« Je vois la Maison maudite droit devant. Amra, on va trop vite. Il faut absolument qu'ils soient plus près. Pour qu'on les piège ! Sinon, on n'aura pas toute la harde. Et il faudra recommencer demain ! »

Compétence Athlétisme améliorée au niveau 7 !

Prenant note de mes réserves de force accrues, je répondis à ma sœur :

« D'accord. Amra d'accord attire ennemi. Je dis Akella moins vite, pour qu'ils presque-presque rattrapent nous. Toi assurer portails fermés derrière pour harde pas entrer. »

Mon loup accueillit mon idée comme si j'étais devenu totalement débile. Il rechignait clairement à laisser les wargs nous talonner d'aussi près. Sans l'Anneau de Fenrir, Akella m'aurait sans doute désobéi. Mais là, après quelques aboiements à mon encontre juste pour libérer sa colère, le loup camouflé se mit à claudiquer avec sa patte gauche et se mit instantanément à trainer derrière ses congénères. Derrière moi, j'entendis un hurlement de triomphe. Vers la fin de la traque, les wargs à nos trousses marchaient carrément sur nos traces.

Je guidais Akella entre les deux rangées d'immenses pieux que le fortificateur ogre venait de planter le jour même. L'étroit couloir s'étendait sur quinze mètres de long et aboutissait au portail.

« Magne-toi, Amra. Tu ne vas pas y arriver ! », hurlait Shrekson en bas de la tour de guet. Il armait la baliste et m'incitait de toutes ses forces à accélérer le pas.

Mais je ne poussai pas davantage Akella car j'avais accès à la mini map. Les premiers wargs avaient devancé la harde et fonçaient dans ma direction. Les sept autres suivaient. Il valait mieux laisser un ennemi s'approcher un peu plutôt que de révéler le piège trop tôt et de laisser les sept autres s'enfuir. Hélas, tous mes alliés ne s'étaient pas mis au diapason.

Tamina la féroce, voyant le warg accourir vers elle, voulut refermer le portail. Taisha tenta de l'en empêcher en hurlant de me laisser entrer avant. Un choc s'ensuivit, empêchant les gobelines de refermer les portes et le fort dangereux warg s'engouffra dans l'enceinte.

Dans la cour, les gosses de Tamina se dispersèrent en braillant. J'arrêtais ma monture et m'emparais du filet alors que le warg arrivait sur nous. Ses mâchoires d'acier mordirent presque ma jambe droite. Akella couina de douleur, chuta sur le flanc, et se roula sur le dos.

Contrôle d'agilité réussi

~ Testeur de Contenu ~

Gain d'expérience : 80 XP

Compétence Esquive augmentée au niveau 9 !

Compétence Acrobatie améliorée au niveau 8 !

Je bondis à terre pile au bon moment, fit une roulade sur l'herbe et me redressai sur mes pieds en bondissant, prêt à en découdre ou à fuir. Je jetai le filet déployé pour piéger la bête pendant que j'avais sa gueule bien ouverte juste devant les yeux. Mais cela ne servait plus à rien. Une flèche géante cloua le warg noir au sol comme un insecte épinglé. Le monstre spectral fut parcouru de spasmes puis ses yeux se refermèrent.

Gain d'expérience : 2640 XP

« Merci, Shrekson. Le timing était parfait ! Ce monstre aurait pu tout saccager ici », s'écria Valerianna Prestepas, sautant du dos de Blanca.

Le fortificateur ogre nous salua depuis la tour, n'en revenant pas d'avoir visé le warg de niveau 55 en plein dans le mille alors qu'il testait la baliste pour la première fois. Je rejoignis ensuite Akella, toujours par terre. Le loup était grièvement blessé. Sur sa patte arrière droite, une vilaine plaie de lacération lui faisait perdre tout son le sang. La jauge de vie du prédateur avait basculé sur l'orange et déclinait progressivement.

Si l'hémorragie n'était pas belle à voir, son diagnostic vital n'était pas engagé. On pourrait stopper le saignement avec un bandage et restaurer les PV du loup en lui donnant à manger. Yunna, l'aînée de Tamina, s'était déjà mise à panser la bête blessée. Le plus gros souci, c'est qu'Akella avait subi un debuff de deux jours :

Arrière de la patte droite estropiée
Pendant deux jours, l'animal ne pourra plus grimper sur des falaises, effectuer des sauts ou être monté.
Vitesse réduite de 50 %

Je n'avais plus qu'à dénicher une autre monture pendant deux jours, sinon marcher. Tous les autres loups de la Meute grise avaient déjà d'autres maîtres, et ma Flammèche était encore trop petite pour servir de monture. Je tapotais affectueusement l'épaule d'Akella pour lui témoigner ma gratitude et je lui promis qu'il pourrait manger son agresseur.

« Amra, viens ! Une scène intéressante pour tes vidéos ! » s'écria Shrekson qui cherchait à attirer mon attention. Je grimpais à l'échelle de la tour de guet.

Mon regard fut d'abord captivé par la baliste. J'étais hélas incapable de manier l'arme seul car mon personnage n'avait ni la compétence Machines de guerre ni assez de force. Plus tôt, j'avais vu la baliste désassemblée par terre, mais là je contemplais l'arme lourde dans toute sa splendeur. Sur cette gigantesque structure, l'arc de quatre mètres de long était fixé à une énorme poutre de bois soigneusement rabotée et poncé relié à un levier d'armement en forme de double crochet, un peu comme un scorpion romain. La baliste était installée sur un socle rotatif et ses munitions étaient des pieux de deux mètres de long surmontés de pointes de clous reforgés pour obtenir quatre côtés. Sur les hampes, l'ogre avait façonné des pointes pour générer des dégâts de lacérations sanglantes. Une fois assemblée, la structure devait peser une demi-tonne, et je regardai respectueusement Shrekson et Tamina qui avaient réussi à transporter la baliste sur la tour de guet. Tout là-haut, le point de vue sur notre enceinte était superbe. À l'extérieur de notre cour intégralement protégée, sept wargs enragés cherchaient la faille pour s'engouffrer.

« Dès qu'ils étaient à tes trousses dans le couloir de pieux, j'ai soulevé le mur là-bas et je les ai enfermé entre les lignes de pièges. Les wargs n'ont plus d'échappatoire. La barrière est trop haute, ils n'auront pas assez de distance pour prendre de l'élan et sauter. Ils peuvent ronger les poteaux mais ça leur prendra un temps fou. Pour les achever, le mieux, c'est la baliste. Les dégâts de tir tournant généralement autour des cinquante-mille PV, assez pour tuer un monstre de niveau cinquante-cinq en un coup, comme tu l'as vu. »

Je jetais encore un œil sur les wargs féroces en contrebas. Le spectacle était assez effroyable. Si l'ogre était confiant, moi je me doutais que les prédateurs ne resteraient pas longtemps captifs. Il fallait sauter sur l'occasion pour les tuer avant qu'il ne soit trop tard.

« Avant animaux tous tuer, devons veiller expérience bien distribuée », dis-je, et Shrekson acquiesça.

« Je pexerai de toute façon en tant que bâtisseur du piège. Si je comprends bien les algorithmes de *Boundless Realm* tous ceux qui étaient dans la course poursuite recevront leur part. Je propose qu'on tire une fois, pour vérifier que tous ceux qui en ont besoin en profitent. »

Obtenir deux-mille et quelques points d'expérience à sept

reprises, c'était super, mais je voulais quand même que Tamina la féroce participe pour qu'on obtienne une récompense encore plus importante. Elle accepta de nous accompagner en haut de la tour après une brève discussion, mais cela ne l'empêcha pas de pousser des gémissements et des grognements en le faisant.

« Le fortificateur ogre vous propose d'essayer la baliste. Si c'est efficace, vous pourriez aussi en installer une à Tysh pour détourner les attaques des créatures nocturnes, voire des immortels. »

En entendant « immortels », Tamina resserra les poings et ses yeux pleins de fiel se plissèrent. L'ogre chargea la baliste, apprit à la dame à bien viser, et elle tenta de tirer sur le warg le plus proche.

Gain d'expérience : 14 291

Niveau vingt-quatre !
Capacité de peuple améliorée : 50 % de résistance au froid

Mission accomplie : Surclasser le niveau de Taisha
Récompense : 2400 XP, +20 à tout test d'estime de Taisha

La classe ! Tout s'était déroulé selon le plan ! Et il nous restait six wargs pour réitérer l'expérience ! En gros... je me sentis presque sale en imaginant les conséquences. Je levelerais à trente en quelques secondes ! Ma progression fulgurante n'échapperait pas à mon patron. Cette prise de conscience me dégrisa aussi sec.

« Merci Tamina. On va prendre le relais. »

Quand la femme Gobelin remit les pieds à terre, Shrekson

admit :

« Tu as bien fait de lui suggérer de redescendre. J'ai levelé deux fois rien qu'avec ça ! Je suis passé à vingt ! Le pied ! Je comprends tout à fait que tu refuses d'exploiter des *cheats* mais c'est trop dur de dire « non » une fois qu'on a mis le doigt dessus. Je ne sais pas si j'aurais eu le cran d'en faire autant. Merci ! »

L'ogre rechargeait la baliste d'un geste déterminé et se mit à tirer sur les autres wargs piégés, les uns après les autres.

Gain d'expérience : 2640 XP

Gain d'expérience : 2640 XP

Gain d'expérience : 2640 XP

Niveau vingt-cinq
Capacité de peuple améliorée : 55 % de résistance au poison

Gain d'expérience : 2640 XP

Gain d'expérience : 2640 XP

Gain d'expérience : 2640 XP

« C'est fini. On peut redescendre et rafler les trophées ! » lâcha le fortificateur niveau vingt-deux, son endurance vidée en faisant pivoter le socle de la baliste.

« Merci les amis !!! », s'écria Max Sauchenier qui venait d'atteindre le niveau vingt-et-un avant l'échéance. Il déploya ses nageoires dorsales rouge vif, s'illumina de joie, et se dandinait dans la cour tel un chevreau.

Je descendais de la tour et m'installais sur le porche pour m'affecter mes nouveaux points de stat. Il y avait matière à réfléchir. Outre les six points de stat distribués, en levelant à vingt-cinq, mon petit gob jouissait d'un nouveau slot pour ses compétences primaires et secondaires. Je n'aurais pas un bonus aussi important d'ici le niveau cinquante, ce qui n'arriverait pas demain la veille, je devais sérieusement réfléchir pour faire le meilleur choix. Je devais en priorité avoir une agilité élevée. En levelant, tous mes ennemis étaient mieux équipés et plus résistants, je devais donc augmenter mes dégâts d'arme. Il me fallait une agilité monstrueuse pour rattraper Taisha et finaliser la quête d'amélioration de l'estime.

Après mûre réflexion, je transférai Armes exotiques (A P) des compétences secondaires vers les primaires. Mon agilité grimpa à soixante-quatorze, ma perception à vingt. Je devais maintenant choisir avec quoi remplir mes deux slots de compétences secondaires libres. Pour le premier, ce n'était pas un souci : je montais tout le temps à dos de loups, bientôt je volerai avec Flammèche, il aurait donc été stupide de ne pas choisir la compétence Dresseur qui se levelerait automatiquement en cours d'aventure.

Voulez-vous prendre Dresseur (A C) comme compétence secondaire ?

Et comment ?! Avec quoi remplir le dernier slot ? Face à la myriade d'options, difficile de trancher. La Nymphe sylvestre de niveau 26 s'assit à mes côtés et chuchota à l'abri des oreilles indiscrètes :

« Tim, tu as pensé à Taisha ? La plupart des gens ici, même les loups de la Meute grise, ont pexé avec les wargs et même levelé. Mais "ta dulcinée" a été totalement lésée... Elle était visiblement meurtrie. Elle s'est sentie trahie, je l'ai vu. Mais Taisha est trop fière pour le montrer. »

« Tu veux dire que je dois lui parler ? » demandai-je à ma sœur qui saisissait la psychologie féminine bien plus finement que moi.

« C'est préférable. Plus encore, tu devrais davantage impliquer Taisha dans des affaires plus sérieuses, histoire qu'elle se sente utile. On a tué tous les wargs, mais la quête La terreur de la Meute grise n'est pas finie étant donné qu'on n'a pas trouvé leur repaire. Je propose qu'on agisse maintenant : ça occupera Taisha et pendant qu'on y est Pirate deviendra mon familier et non un membre de la Meute grise. Je sature, il change de couleur dès que tu décides de faire joujou avec leurs paramètres. »

Le concours
des prétendants

NOUS TRAVERSIONS la forêt marécageuse en file indienne, en avançant le plus vite possible pour éviter de nous faire repérer. Il faisait particulièrement froid cette nuit-là et une épouvantable bruine tombait des cieux. Taisha, emmitouflée dans de la fourrure de warg noire, marchait à mes côtés en grelottant. Même si sa fine tenue de voleuse la rendait invisible la nuit et faisait tourner les têtes le jour, elle n'était pas adaptée au froid. Nous n'avions amené qu'un loup avec nous, Pirate. Ma sœur me jura que son *loup néophyte* de niveau 14 savait flairer une piste avec autant de talent qu'un membre adulte de la Meute grise.

« Espérons que la pluie n'a pas lavé les traces », dis-je, pas trop serein.

Mais la Nymphe sylvestre me rassura, et dit qu'il n'y avait pas tant plu que cela, et que le repaire des wargs devait être très proche du lieu où nous les avions rencontrés la veille puisque les prédateurs avaient atteint la route en moins d'une minute. Ma sœur pensait même connaître l'emplacement précis des monstres. J'ouvris la map locale et vis un marqueur que ma sœur avait à peu près placé sur notre chemin dès son premier jour in-game : « Repaire quelque chose, puant. » Que dire d'autre ? Cela ressemblait clairement au repaire que nous cherchions.

« Taisha, parle-moi des étapes d'un concours de prétendants gobelins », s'enquit soudain Valerianna Prestepas.

Je brûlais d'envie de dire qu'une telle discussion dans les bois nocturnes risquait d'attirer inutilement l'attention. Mais je fermais mon clapet. La forêt alentour était vide, et les animaux s'étaient tous carapatés, à l'abri de la pluie et du froid. En une demi-heure, nous n'avions croisé qu'une brème d'Amérique de niveau 26. Nous ne l'avions pas esquivée. Nous l'avions attaquée. Ses trente piquants acérés feraient une munition idéale pour ma sarbacane, et je les plaçais dans mon inventaire avec du sang de brème. Je boirai le sang dès que mes comparses auraient le dos tourné.

La sublime rouquine recroquevilla ses épaules, ajusta sa cape à fourrure et répondit en claquant des dents :

« Ben, qu'est-ce que je peux dire ? Le concours des prétendants est une coutume de notre peuple et les règles datent d'il y a un moment. Pour commencer, il y a l'épreuve qui départage le plus fort. Les jeunes Gobelins et les combattants célibataires soulèvent des pierres près de l'entrée du village de Tysh. Il y a généralement de nombreux participants réunis, mais les guerriers et les berserkers les plus aguerris gagnent toujours. En gros, le plus fort. »

Taisha évalua ma silhouette osseuse et secoua la tête de désespoir.

« Ce concours n'est pas pour Amra. Parmi mes admirateurs, il y a un guerrier de niveau soixante-dix du village voisin. C'est lui le grand favori… »

« On peut utiliser des élixirs pour booster sa force ? » voulut savoir la Nymphe sylvestre, et Taisha confirma que les règles n'interdisaient pas la magie, les élixirs ou les objets magiques.

« Donc tout n'est pas perdu, mon frère a ses chances. » Ma sœur venait d'avoir une idée intéressante, et le résultat de ce concours de force ennuyeux et prévisible pourrait prendre une tournure inattendue.

« L'épreuve suivante départage le plus agile. La colline escarpée près du village de Tysh, où il n'y a quasiment pas de gazon, est imbibée d'eau pour humidifier l'argile et rendre sa surface glissante. Les prétendants se mettent en rang au pied de la colline et, au signal du chaman, courent pour l'escalader. Ils tombent, glissent et s'agrippent aux bras et jambes de leurs rivaux et se ralentissent les uns les autres. C'est souvent la partie la plus amusante pour le public, jusqu'à ce que l'un des participants devance les autres. »

J'eus du mal à m'empêcher de sourire en m'imaginant la scène. Le spectacle des Gobelins enduits de boue et se bousculant pour escalader la colline le plus vite possible puis retombant sur leurs fesses devait être désopilant. Mais faire partie de tout ce chaos ne me faisait pas du tout rire.

« La troisième et dernière épreuve n'est pas obligatoire. Normalement, après les deux étapes, un vainqueur sort du lot et choisit la belle qu'il épousera. Sinon, le chef annonce qu'un objet précieux, comme un bâton recourbé ou un bracelet, a été caché dans la forêt avoisinante. Les seuls participants à la dernière épreuve sont ceux qui obtiennent les meilleurs résultats aux concours précédents. Celui qui rapporte le trophée est déclaré vainqueur. »

« C'est là », annonça Val à tout le monde, elle s'arrêta pour observer l'habitat des wargs.

Je vis une profonde cavité à flanc de colline. Ça empestait la viande pourrie. J'activais la Détection de vie, mais je ne trouvai rien de vivant dans le terrier ou autour. Grimaçant devant l'odeur putride, me recouvrant le visage avec mes mains, je m'enfonçais prudemment dans la tannière. La voie souterraine était escarpée et débouchait sur une salle unique. Sous terre, il faisait trop sombre pour distinguer quoique ce soit, j'activai donc la Vision nocturne.

Je me trouvais dans une salle souterraine au sol en terre battue et aux parois faites de poteaux enchevêtrés. Au milieu de la pièce, il y avait une table rudimentaire, foncée par l'humidité et rayée de nombreuses marques de couteau ou de griffes acérées. Je ne vis rien d'autre, car une vive luminosité m'aveugla et je dus fermer les yeux. C'était la Nymphe sylvestre qui lançait un sort de lumière.

« Il y a des ossements partout ici ! » s'exclama Taisha dans mon dos sur un ton mêlant dégoût et effroi.

Plissant les yeux pour m'habituer à la lumière, je regardais dans la direction que le voleur pointait. Dans un coin éloigné de la pièce, une caisse d'osier et de bouleau remplie d'ossements rongés. Sans doute la source de l'odeur de pourriture que nous avions sentie là-haut.

« Un coffre verrouillé ! Ma spécialité ! » s'écria la voleuse, me désignant un coffre en bois à côté de la caisse, fixé à des barres métalliques. « Mavka, j'ai besoin de lumière. Je vais tenter de crocheter la serrure ! »

Un kit de crochetage apparut dans les mains de Taisha. La rousse prit place à côté du coffre, examina le large et lourd verrou, et planta son doigt dans le trou de serrure rouillé. Taisha passa une minute à choisir le crochet le plus adapté, en enfonça un dans le trou et le fit tourner en forçant. À en juger par le bruit grinçant et le cliquetis, la voleuse avait cassé la serrure rouillée. Elle s'empressa d'ouvrir le lourd couvercle et son contenu lui fit lâcher un soupir de déception :

« Rien que des vêtements… Des vêtements sales de villageois… »

Taisha et Valerianna sortirent les guenilles souillées du coffre et les flanquèrent par terre. À y regarder de plus près, c'étaient de vieilles chemises et de vieux pantalons. Une minute plus tard, le coffre était vide. Il y avait des vêtements et rien d'autre. Ma sœur fouilla encore dans les frusques et conclut :

« Onze tenues d'hommes. Très usées et bon marché. Visiblement humaines. Et nous avons tué onze wargs ces deux derniers jours, ça colle. »

Mission accomplie : La terreur de la Meute grise

~ Testeur de Contenu ~

Récompense obtenue : 8000 XP, +1 à la limite maximale de membres de la Meute grise (jusqu'à six)

Niveau vingt-six !

Capacité de peuple améliorée : 55 % de résistance au froid

Malgré le message confirmant la fin de la quête et mon *leveling* au niveau supérieur, j'avais du mal à croire que c'était vraiment la fin. Trop décevant. Toute la richesse de mon expérience vidéoludique hurlait que tuer les wargs aurait dû suffire à ce que je finalise la quête. Il n'y avait aucune raison valable à ce que les développeurs ajoutent une condition consistant à dénicher un repaire sans intérêt dans les bois et à farfouiller dans des guenilles crades et des ossements puants. En parlant d'ossements...

« Aidez-moi à vider cette caisse », demandais-je aux filles.

Taisha et Valerianna échangèrent un regard. Aucune n'avait envie de se frotter à ce tas infect.

« J'ai la sombre impression que l'intrigue des wargs ne s'arrête pas là », ajoutais-je pour expliquer mon étrange requête. « D'après ces vêtements, les wargs devaient être des sortes de métamorphes. En journée, ils ressemblaient à des humains, des elfes ou des orcs inoffensifs. Mais regarde, il n'y a pas de lits ici. Où dormaient ces onze personnes le jour ? Cette petite pièce ressemble à un vestiaire pour que les villageois se débarrassent de leurs vêtements trempés de sueur après une rude journée de travail, avant de se transformer en prédateurs nocturnes et sanguinaires. Ils ont dû passer la journée ailleurs. Et j'aimerais trouver des indices qui nous aideront à élucider toute cette affaire. »

Taisha examina minutieusement le tas d'os et grimaça :

« Pourquoi doit-on fouiner dans ces détritus ?! Tout est déjà clair. La découpe indique que les vêtements sont humains. Et la seule base humaine de toute la zone, c'est à Rocbourg. Il nous reste plus qu'à aller à Rocbourg pour demander aux locaux s'il y a eu des disparitions récentes. Ce n'est pas évident de dissimuler la disparition simultanée de onze personnes en bonne santé. Leurs voisins auront forcément remarqué. »

N'attendant pas que les filles trop douillettes me prêtent main-forte, je fouillais dans la caisse en bouleau et la vidais. D'abord, des os rongés éparpillés sur le sol nu, puis de la boue putrescente. La puanteur qui s'en dégageait était franchement repoussante.

Test de résistance au poison réussi
Gain d'expérience : 8 XP

Taisha fut la première à se précipiter à la surface. Je me préparais déjà à l'imiter quand, soudain, parmi les ossements et les restes en décomposition, je vis une tache de couleur. Un bandeau, le genre que les filles portent dans leurs cheveux. Surmontant mon dégoût, je le ressortis avec deux doigts et le montrais à ma sœur qui verdissait en luttant contre la nausée.

« Ça devait appartenir à l'une des victimes », hasardai-je, mais ma sœur se contenta de secouer la tête, pressa la main sur sa bouche et fonça rejoindre la voleuse pour inspirer une bouffée d'air frais.

Test de résistance au poison réussi

~ Testeur de Contenu ~

Gain d'expérience : 8 XP

Je suivis les filles et pris ma dose d'oxygène nocturne avec grand plaisir. Valerianna Prestepas, pliée en deux et respirant à pleins poumons, me demanda de lui faire part de mes trouvailles. Ma sœur observa le bandeau haut en couleur sous toutes ses coutures, puis annonça qu'elle allait regagner le repaire souterrain pour confirmer sa théorie. J'avais envie de l'accompagner au cas où, mais la Nymphe sylvestre rétorqua que trente secondes lui suffiraient. D'ailleurs, ma sœur ressortit très vite.

« Ce bandeau n'a pas pu appartenir à une victime des wargs. Déjà, il n'y a pas d'autres articles vestimentaires dans la caisse. Ensuite, j'ai vérifié et aucun de ces os n'est humain. Ce sont les restes de spécimens variés : os de géant, crânes de gobelins, carapace brisée de crabe et des tas d'arêtes et d'écailles de poissons. »

Mission reçue : Le passé de la Meute grise
Classe de mission : Rare, groupe
Description : Aller à Rocbourg et élucider l'histoire du bandeau trouvé dans le repaire des wargs
Récompense : 2000 XP, la possibilité d'intégrer des wargs à la Meute grise

« Bizarrement, c'est beaucoup moins d'expérience que la dernière fois », fis-je remarquer. Mais la Nymphe sylvestre n'était pas du même avis :

« On m'avait offert exactement la même chose pour la quête de La terreur de la Meute grise. Et c'est très étrange. Il n'y a que vingt maisons dans tout Rocbourg. Interroger tous les villageois, ça ne prendra que trente minutes au maximum. J'ai du mal à comprendre pourquoi il y a autant d'XP à la clé. »

Taisha, qui écoutait attentivement notre conversation, lâcha sur un ton dépité :

« Je ne comprends toujours rien à vos conversations ! Immortels, pourriez-vous êtes plus clairs ? »

Je m'apprêtais à tout expliquer à la belle PNJ, mais un appel entrant m'interrompit. C'était Valentin Haut-Mage :

« Je viens de me faire zigouiller par le Spectre des douze coups, encore une fois. Tu ne devineras jamais où je l'ai trouvé — dans une grotte dégeu, quasiment sous ta maison. Cette fois-ci, j'ai réussi à apercevoir la bête. Rien qu'une ombre noire, très rapide. Crâne noir, donc niveau cent-cinquante mini. Elle ne passe pas à travers les objets. Par contre elle peut voler autour, et se déplace hyper vite.. Elle a jeté des sorts de magie noire de haut niveau casses les résistances. T'es au-dessus d'un volcan. Si cette bête sort, elle buttera tout le monde. J'ai écrit à un ami nécromancien avoir de l'aide. C'est un spécialiste de ce genre de problèmes. J'espère qu'il pourra éliminer la créature demain soir. »

Tandis que je digérais cette information précieuse, ma sœur réexpliquait ma théorie à la belle PNJ :

« Mon frère a l'intime conviction que tous les wargs n'ont pas été tués. Amra suggère que nous allions à Rocbourg pour trouver quelqu'un qui reconnaît ce bandeau. Si la propriétaire du bandeau est vivante, elle pourrait nous en dire plus sur les wargs. »

Je me mêlais à la conversation et m'empressais d'ajouter :

« Valerianna a raison. Mais je ne me sens pas prêt à aller à

Rocbourg maintenant. On verra ça après le concours des prétendants. Rentrons vite à la Maison maudite. Le Spectre des douze coups est de retour et ses intentions ne sont pas pacifiques. Entrons, refermons le portail et préparons-nous pour demain. »

Une ambiance sinistre régnait à Tysh. Les portes reposaient lourdement au sol, recouvertes de cendres noires. Le brave chef Ugruem le dépeceur et le marchand Nyle le Pingre avaient péri ici, parmi d'autres défenseurs du village. Ils avaient sacrifié leur vie pour contrer l'invasion des immortels, et avaient même envoyé huit joueurs au respawn. Mais leur exploit aux portes principales n'avait servi à rien. Les assaillants avaient détruit Tysh en passant les défenses en deux autres endroits. Les joueurs avaient mis le paquet au village en tuant plus de deux-cents Gobelins pacifiques et en brulant plus de la moitié des bâtiments.

Là, les corps avaient tous été évacués des rues mais je fus choqué en voyant les cendres et le bois brûlé de bâtiments que j'avais connus. De la maison de Tarek GrandPied, où j'avais été invité deux jours auparavant, il ne restait plus qu'une ruine couleur charbon. Le père de Taisha lui-même était grièvement blessé par l'incendie et logeait temporairement chez le chaman Kaiak Patteblaireau.

« Maintenant tu me comprends, Amra. C'est pour ça qu'on doit se venger ! » Taisha tomba à genoux près des cendres de sa maison familiale. « Hier, j'ai enquêté dans le voisinage et je sais qui a détruit toutes ces maisons et qui a tué mes sœurs. Le nécromancien Larsen Sanmort, l'archère elfe Dorielle Biche_Souple, le guérisseur Antonius Juste et le paladin George L'éclaireur_Serein. »

J'ouvris l'archive du chat qui parlait de l'assaut au village PNJ. Tous les personnages nommés par Taisha avaient vraiment participé. Le plus faible était l'elfe des bois Dorielle Biche_Souple, archère niveau soixante. Le plus redoutable était le prêtre guérisseur niveau cent-trente-sept.

On pensait souvent à tort que les guérisseurs étaient inoffensifs quand on n'avait aucune expérience dans les jeux vidéo. En vrai, les guérisseurs de *Boundless Realm* disposaient d'un arsenal de sorts fort déplaisants. Ils pouvaient paralyser, estropier, infliger des saignements internes voire provoquer un arrêt cardiaque. La plupart des joueurs préféraient participer activement aux batailles et tuer des ennemis eux-mêmes au lieu de rester en retrait pour soigner les blessés. D'ailleurs, dans n'importe quel MMORPG, la classe du guérisseur était convoitée dans les raids et les groupes en JcJ, mais elle était souvent moins mise en avant et c'était une catastrophe pour monter les niveaux seul. Pour cette raison, on la choisissait rarement par hasard. Dans Boundless Realm, vu qu'il était impossible de modifier sa classe après la création de son personnage, les guérisseurs étaient une perle rare et étaient souvent des joueurs compétents avec des stratégies bien pensées. Voir un guérisseur de niveau cent-trente-sept m'indiquait, à coup sûr, un très gros joueur.

Je remarquais que Taisha était silencieuse et qu'elle s'attendait clairement à ce que je commente sa liste d'ennemis.

« Taisha, je t'ai déjà promis face aux dieux de *Boundless Realm* eux-mêmes que ces immortels ne s'en sortiraient pas sans que justice soit faite ! Après le tournoi des prétendants, si je gagne, je tenterai de boucler mes affaires en cours en un jour ou deux, et je filerai avec toi retrouver les meurtriers de tes sœurs. »

La rousse me regarda de la tête au pied sans se relever et répondit, incrédule :

« Mais tu comptes les trouver où, Amra ? Le monde est vaste, quand même. Tu le disais toi-même ! »

« Il y a plusieurs moyens. On pourra en parler après le tournoi. Mais pour l'instant, j'ai juste vu une foule de Gobelins et ton père en tête. Mes rivaux, j'imagine ? »

La fille se redressa d'un coup et brossa les cendres et la saleté sur ses vêtements. Au bon moment. Tarek GrandPied, guerrier Gobelin de niveau 80, s'arrêta à deux pas de sa fille. Je m'inclinais respectueusement devant le nouveau chef du village de Tysh, mais Tarek refusa de me reconnaître, l'air défiant. En même temps, il regarda d'un air désapprobateur la tenue ô combien érotique et moulante que portait la voleuse.

« Ma fille chérie, je t'ai dit hier que cette tenue ne t'allait pas et je t'ai conseillé de t'habiller plus sobrement. »

« Père, je suis une adulte autonome, j'estime être capable de gérer mon propre style sans vos conseils. Mais j'ai une question. Suis-je la seule récompense pour cette horde de dégénérés lubriques ? » demanda la fille en désignant la brochette de mâles Gobelins allant de l'adolescent morveux au vieillard chauve.

Tarek secoua la tête et dit que trois autres jeunes filles trouveraient aussi un partenaire ce jour-là, en fonction des résultats du concours. Le chef se tourna enfin vers moi, lorgna mon petit gob d'un air sceptique et annonça :

« Je suis heureux de vous voir ici, Amra. Pour être franc, je craignais que vous profitiez de la forte estime que Taisha ressent pour vous et que vous fuguiez ensemble. »

Je ricanai, car le père de Taisha avait lu dans mes pensées. Cette idée m'avait vraiment traversé l'esprit et je l'avais retourné dans tous les sens. Mais au final, je m'étais ravisé à cause des répercussions potentiellement dévastatrices.

« Oui Tarek. Sans ce concours j'aurais pu facilement convaincre Taisha de m'épouser. Mais comme je vous ai promis de participer au concours des prétendants, je veux me mesurer aux autres sur un pied d'égalité et gagner mon droit à la loyale. La nature ne m'a pas béni de muscles puissants, mais je suis un Herboriste donc je peux préparer toutes sortes d'élixirs magiques. Vous en serez témoin, je peux devenir très puissant s'il le faut. Pour vous en faire la démonstration, j'ai demandé à tous mes amis d'apporter un énorme rocher sur le lieu de l'épreuve. Il se trouvait à côté du portail, sur la route de Tysh. Je soulèverai cette roche-là, car les autres pierres sont trop légères pour moi. »

Récompense obtenue : 1600 XP, +10 sur l'estime de Taisha à votre égard, +10 sur l'estime de Tarek GrandPied à votre égard

Je venais officiellement d'accepter de participer à l'épreuve de force et j'avais même reçu l'expérience promise. Aucun retour en arrière possible. Parmi la foule de rivaux, un immense Gobelin musclé sortait du lot. Son visage était défiguré par une balafre difforme et mal cicatrisée lui traversant le visage. La vieille blessure causée par une arme acérée avait brisé le nez du Gobelin en deux, ce qui donnait à la brute pas trop gâtée par la nature une tête de troll baveur...

Hanry Sannez
Gobelin berserker niveau 70

L'immense Gobelin, qui me dépassait de quasiment deux têtes, toisait mon petit gob :

« On va voir si tu ne vantes pas pour rien. Tout ce que je vois, c'est un petit minable d'herboriste qui se pisse dessus de peur. Un conseil, petit : rentre chez maman maintenant. Va cueillir tes plantes avant que des vrais hommes te tuent par accident. Les mouchetures dans ton genre, on a tendance à pas les voir par terre. »

Je me fendis d'un sourire carnassier et ripostai au clash de l'abruti de service :

« Écoute, Hanry. Tu veux savoir un truc sur les vrais hommes? Ils t'ont pris en pitié et ils te laissent jouer avec eux. Au lieu de te tuer, ils ont préféré te refaire la tête. C'est rare d'être aussi raté. Ils ont dû croire que tu pourrais te faire de l'argent comme ça en te montrant dans un cirque d'humains.

Mon adversaire ne comprit pas, ce qui me confirmait que le berserker était orienté force et constitution au détriment de son intelligence, un paramètre déjà peu avantageux chez le Gobelin. C'est seulement quelques secondes plus tard, lorsque la foule éclata de rire en comprenant peu à peu le sens de mes mots, qu'Hanry resserra le poing.

Tarek GrandPied se dressa entre nous deux à l'instant où une bagarre risquerait d'éclater. Le chef nous ordonna à tous de nous calmer et de nous avancer jusqu'aux portes du village où des pierres de différentes tailles étaient posées sur une zone recouverte de sable pour l'épreuve de force.

Quelques centaines de spectateurs s'étaient déjà massés. On voyait qu'il n'y avait pas que des survivants de Tysh dans la foule, mais aussi une foule de Gobelins des villages voisins. Tous étaient captivés par le quatuor fort hétérogène : Tamina la féroce, Shrekson le bâtard, Max Sauchenier et Valerianna Prestepas, qui avait transporté l'énorme rocher glissant jusqu'au carré de sable en y mettant visiblement toutes leurs forces. Mes amis ruisselants de sueur avaient dû faire des pauses régulières pour reprendre leur souffle. Pour finir, ils jetèrent l'immense bloc à côté des autres pierres et s'écroulèrent sur le sable, à bout de forces. Tamina la féroce qui me cherchait dans la foule hurla si fort que tous l'entendirent :

« Amra, t'es incapable de soulever ce truc, je l'ai porté ici pour rien, je vais te briser les bras et les jambes ! Ma parole ! On ne m'appelle pas la Féroce pour rien ! »

Il me semblait évident que la femme et tous mes amis surjouaient et feignaient l'épuisement sous la charge titanesque. Quant à moi, j'avais tout à fait conscience que l'énorme rocher n'était qu'une illusion créée par ma sœur et que la pierre qu'ils portaient n'était en réalité pas plus grosse qu'une brique. Mais le public croyait ce qu'il voyait, et tous étaient convaincus qu'il était impossible à soulever.

Le concours commença. Les prétendants arrivaient les uns après les autres, choisissaient l'une des pierres classées par ordre de poids et soulevaient celle de leur choix avec plus ou moins de succès, et enfin reculaient d'un pas. Chaque participant n'avait qu'une seule chance, et aucun d'eux ne se risqua à s'approcher du boulder apporté par mes complices. Même Hanry Sannez choisit la deuxième plus grosse pierre, qu'il souleva sans grande difficulté. Il ne restait plus que moi. Sous les regards ébahis du public, je me dévêtis.

« C'est pour pas que je déchire mes vêtements quand mes muscles vont gonfler », expliquais-je à mon public.

Nu jusqu'à la ceinture, ayant confié ma cotte de mailles et ma veste à Valerianna, je sortis de mon sac une fiole de fluide épais et orange que j'avalais et la montrais au public. C'était bel et bien un élixir de force concocté par mes soins, mais il ne boostait ma stat que de quinze points, et pour quatre minutes seulement. Mais ça, le public n'était pas censé le savoir. Je fis sauter le bouchon de la fiole et j'avalais l'élixir. Les spectateurs haletèrent en chœur. J'ignorais ce qu'ils voyaient à ce moment-là, mais ce n'était plus le petit gob herboriste. Tous en avaient le souffle coupé. Quand ma sœur et moi avions répété ce numéro, Valeria m'avait dit qu'elle me transformerait en une sorte de super « Hulk », mais je n'y connaissais pas vraiment en films d'époque et j'avais dû mal à me le figurer vu le nombre de versions sur le marché.

Test de réaction réussi pour Kaiak Patteblaireau
Gain d'expérience : 80 XP

Même si Kaiak Patteblaireau avait du mal à croire à ce qui se déroulait sous ses yeux, il décida de ne pas interférer pour ne pas gâcher ma représentation. Marchant d'un pas lourd et résolu, exhibant ma musculature, je m'avançais jusqu'au roc. Les spectateurs auraient été morts de rire s'ils avaient vu le vrai spectacle et non l'illusion créée par la mavka. Comme prévu, la pierre n'était pas si lourde que ça. Malgré tout, je jouais le rôle du type qui fournissait des efforts démesurés. Je grognais à la manière d'un bodybuilder en le soulevant et en le tenant quelques secondes et je le jetai de toutes mes forces sur le sable. Il y eut un tremblement de terre. Le vacarme que cela provoqua me fit un peu paniquer. Ma petite illusionniste s'était lâchée sur les effets spéciaux. Mais les spectateurs étaient conquis. Leurs cris exaltés étaient assourdissants. Je me mis à tournoyer encore un peu, exhibant mes « puissants » biceps avant de recevoir un message de ma sœur :

« C'est bon. Tu peux te rhabiller. J'ai stoppé l'illusion. T'as retrouvé ton apparence normale. »

Quand le chef et le chaman me déclarèrent gagnant à l'épreuve de force, ma victoire était si écrasante que même le berserker sans nez n'osa pas bouger. La foule discutant passionnément de ce qu'elle venait de voir, serpenta jusqu'à l'autre bout du village où la pente argileuse et escarpée était déjà inondée, prête à accueillir la seconde épreuve du concours. Je restais un peu en retrait pour demander à Tamina, Shrekson et Max de soustraire le roc du champion de la vue du public avant que le charme ne soit rompu et qu'il ne découvre le pot aux roses.

La naïade, équipé d'un set d'armure chatoyant qu'il avait pêché dans le lac là où la bataille des clans avait fait rage, voulut s'en charger seul, mais j'insistais pour qu'ils transportent la pierre tous les trois, même s'il y avait peu de risque que quelqu'un les suive. En revanche, la présence de La Nymphe sylvestre au concours d'agilité était obligatoire. C'était sa Magie de l'eau qui conditionnerait mon aptitude à escalader la côte humide et escarpée. Quand ma sœur et moi sommes arrivés sur les lieux de la seconde épreuve, tout était prêt pour l'épreuve. Des coulées de boue ruisselaient sur la pente délavée, mais il serait sans doute possible d'escalader juste en s'agrippant aux touffes d'herbe éparses sur la colline. Les participants, dans les starting-blocks, attendaient déjà en bas et je pris place à mon tour.

Récompense obtenue : 1600 XP, +10 sur l'estime de Taisha à votre égard, +10 sur l'estime de Tarek GrandPied à votre égard

Oui, le système me considérait dorénavant comme participant à la seconde épreuve et je remportais la récompense définie. Mais l'étape la plus délicate du plan s'annonçait. Mon personnage devait se mesurer à vingt autres Gobelins, chacun avec un bonus d'agilité de 30 % qu'ils levelaient depuis le berceau. Je n'y arriverai jamais seul, même avec une potion magique octroyant +15 à l'agilité, le mieux que je puisse atteindre avec mon Alchimie de niveau 15.

Je sortis l'élixir de mon sac de façon théâtrale, je marquais une pause tout en tenant la fiole dans les mains, prêt enlever le bouchon pour l'avaler. La compétition était imminente. Mais où étaient mes alliés ?

« Pourquoi est-ce que Tonton Amra il est le seul à boire des potions magiques ? C'est trop injuste ! Et les autres, ils ont le droit aussi ! » cria Yunna qui s'était frayé un chemin parmi la foule.

« C'est vrai ! Qu'ils partagent, c'est plus juste ! » renchérit Hosh.

« Je l'ai vu de mes yeux. Il y a plein de potions dans son sac. Assez pour tous les prétendants ! » Irek s'infiltra de l'autre côté de l'immense foule.

Compétence Superviseur améliorée au niveau 5 !

Des clameurs du même style retentirent de tous côtés. Les enfants de Tamina apportaient leur juste contribution. C'était comme si toute la foule réclamait à l'unisson. Bientôt, d'autres spectateurs se rallièrent à eux pour que l'on serve des potions alchimiques à tous les participants du concours, pour que ce soit plus « juste ».

Même le chaman Kaiak Patteblaireau, censé donner le coup d'envoi, se ratatinait à côté de la troupe des prétendants. Il demanda conseil au chef. Ils en discutèrent pendant une minute et vinrent à ma rencontre.

« Amra, c'est vous qui voyez. Les gens veulent que ce soit équitable. Je suis obligé de vous le demander. Avez-vous assez d'élixirs pour tout le monde ? »

Je soupirais discrètement. Tout se déroulait selon le plan de ma sœur et moi. Le pire scénario aurait été que l'on m'interdise de prendre des potions pour être sur un pied d'égalité. Allez. Je devais avoir l'air naturel, surtout ne pas pavoiser. Je fis une moue triste en répondant au chaman :

« En effet, j'ai assez d'élixirs, mais qu'est-ce que ça m'apporte de faire profiter gratuitement de mes atouts à mes adversaires ? Enfin... Si c'est ce que veut le public... Allez. Mais j'ai une condition : personne ne boit sa potion avant le signal ! Pour que ce soit vraiment juste ! »

Je déposais au sol vingt fioles identiques de mon liquide jaune orangé et invitais chaque participant à se servir. Quelques secondes plus tard, il n'en resta plus qu'une que je pris.

Le chaman s'éloigna et leva la main, prêt à donner le top départ. Mon bras se leva et en même temps, j'entendis le son d'une douzaine de bouchons pétant à l'unisson. Tous mes rivaux avalaient le contenu de leurs fioles. Quant à moi, ne dissimulant pas mon air canaille, je rangeai ma fiole encore scellée dans mon sac. Techniquement, j'aurais pu la boire, cette potion d'épuisement restante. J'avais 55 % de résistance au poison, j'avais de grandes chances de ne pas subir de malus, mais je ne voulais pas prendre le risque.

À la base, j'avais préparé des potions assez inoffensives pour mes rivaux, qui avaient pour effet d'abaisser leur endurance à zéro pour quelques secondes. Essayez donc de gravir la côte humide et escarpée sans aucune force ! Mais par manque d'ingrédients, un tiers des participants se retrouvaient avec la potion « Hareng saumuré au lait », ainsi nommé dans mon journal de labo, qui provoque une coulante carabinée. D'ailleurs, je ne sais même pas quels élixirs seraient efficaces contre ça. Quelques secondes plus tard, une partie de mes ennemis étaient étendus au sol. Les autres détalaient de la colline le plus vite possible jusqu'à un bosquet.

« Cours en ligne droite. Je vais freezer une fine bande de terre. »

Le matin, ma sœur et moi avions discuté du meilleur moyen pour que la pente glissante soit praticable à pied. J'avais suggéré à la Nymphe sylvestre de l'assécher, mais selon elle, il était plus facile et plus rapide de geler la terre. Ma crainte était qu'une pente d'argile mouillée soit encore plus glissante une fois gelée. Ma sœur disait le contraire. Nous avions même mené des expériences près de la Maison maudite pour déterminer si je pourrais concrètement escalader de l'argile givrée et le résultat m'avait convaincu. Là, je grimpai la colline à un rythme assez régulier.

Contrôle d'agilité réussi

Gain d'expérience : 8 XP

Visiblement, j'avais un peu dévié de ma route. Je devais légèrement ajuster ma direction. Puis j'arrivais au sommet… Mais j'étais deuxième ! Hanry Sannez était arrivé quelques secondes avant moi. Soit c'était dû à sa résistance au poison soit… Non, impossible. Beurk ! Je fis une mine de dégoût quand la brise transporta le fumet fétide jusqu'à moi. Néanmoins, dans cette épreuve, le berserker sans nez avait triomphé et maintenant, avant la dernière épreuve, c'était match nul entre lui et moi.

« Il paraît que Hanry a enrôlé des guerriers de son village pour te tendre un traquenard sur le chemin forestier qui traverse les marécages », me chuchota Yunna à l'oreille. « Amra, il veut te tuer ! »

« T'inquiètes. Tuer les immortels, ce n'est pas si facile », rétorquais-je, rassurant l'aînée de Tamina et la remerciant de sa mise en garde.

Je devais attendre les autres participants pour finir. Finalement, Tarek GrandPied m'appela et le berserker, avec les deux autres Gobelins qui avaient gagné des points aux deux dernières épreuves. Nous étions les seuls qui avaient encore une chance de décrocher la victoire.

~ Testeur de Contenu ~

Récompense obtenue : 1600 XP, +10 sur l'estime de Taisha à votre égard, +10 sur l'estime de Tarek GrandPied à votre égard

C'était la dernière épreuve du concours des prétendants. Le chef se mit à décrire avec force détails l'itinéraire vers la planque d'un totem de bronze qu'on devrait lui rapporter avant le soleil couchant. Tarek nomma plusieurs sites de référence et décrivit plusieurs lieux. Mon adversaire, trempé d'avoir pris son bain dans un baril d'eau, acquiesça et écouta attentivement. Il était évident que Hanry Sannez connaissait bien ces lieux et qu'il ne doutait pas de sa capacité à retrouver le précieux trophée. Pour moi, les noms du genre « le chemin forestier de toutes les couleurs », « le ravin au loup » et « le tas des squelettes calcinés » ne m'évoquaient rien. Je ne savais absolument pas les cartographier.

Les deux autres participants se chuchotaient aux oreilles des uns et des autres, et me lorgnaient en biais. Leurs regards sombres semblaient annoncer de vilaines surprises dès que je serai hors de la vue du public.

Le chaman donna enfin le signal et le berserker couru sur la route comme un dératé et était à bonne distance. Les deux autres Gobelins prenaient leur temps. Ils ramassèrent deux bâtons noués et marchaient sur la route, me lançant régulièrement des regards en coin. Quant à moi, je ne bougeais pas et j'observais en souriant mes rivaux déjà loin.

« Amra, que se passe-t-il ? Plus envie de finir le concours ? » demanda Tarek GrandPied, surpris, levant un sourcil cruel.

« Au contraire, chef. J'ai déjà gagné », clamai-je. À ces mots, je sortis de mon inventaire la statuette de bronze d'une femme ailée aux origines ethniques inconnues. « Voici le trophée que vous attendiez ! »

Unanimement, le public, témoin de la scène, en fut abasourdi. Ouep. Je leur en mettais plein la vue. C'est la voleuse elle-même qui avait eu l'idée de suivre son père ce matin-là quand il était parti cacher le trophée dans les bois. Taisha n'était pas prête à se donner à n'importe qui et avait élaboré ce plan pour garantir ma victoire. J'avais mis la sublime rousse sous protection de la Meute grise, à l'exception d'Akella la boiteuse, et elle avait suivi son père en douce, récupéré le trophée et me l'avait remis.

Tarek GrandPied braqua les yeux sur la statuette, désemparé. Une seconde s'écoula, puis une autre, et cinq autres encore, mais le chef ne tranchait pas. Je continuais de scruter intensément le PNJ qui se creusait la cervelle pour résoudre ce cas épineux. Les conditions de la quête étaient techniquement remplies, mais Tarek comprenait qu'il m'était impossible d'avoir terminé ce concours.

ERREUR SYSTÈME !

Le temps de réponse pour le PNJ $FF0076-BB0880 a dépassé la valeur autorisée

Code erreur #LOC/ER-000016

Ce message a été transmis à l'équipe de support technique de *Boundless Realm*

Personnage automatiquement réinitialisé

Veuillez nous excuser du désagrément

Ça alors ! Je me frottais les mains d'autosatisfaction. En tant que testeur, toute erreur non rapportée, c'était du bonus. Le chaman, se frottant le crâne pour réfléchir, s'avança jusqu'au chef. Tamina la féroce s'approcha aussi de notre groupe. Les PNJ clés du village de Tysh échangèrent quelques mots, aboutirent à une conclusion et se tournèrent vers moi.

Test de réaction réussi pour Tarek GrandPied.
Gain d'expérience : 80 XP

Test de réaction réussi pour Tamina la féroce.
Gain d'expérience : 80 XP

Test de réaction réussi pour Kaiak Patteblaireau.
Gain d'expérience : 80 XP

Mes bonnes relations avec eux les incitèrent à finalement me faire confiance. Le chaman recula d'un pas, intimant les spectateurs de se taire et clama triomphalement :

« Amra, vous avez prouvé votre force, votre agilité et votre valeur ! C'est un grand honneur de vous déclarer vainqueur à ce concours des prétendants ! Vous pouvez à présent choisir l'épouse qui vous plaît parmi ces beautés ! »

La foule s'écarta, laissant apparaître quatre femmes Gobelins. À ma surprise, aucune n'était repoussante. À vrai dire, elles étaient toutes charmantes. Ou alors je m'étais habitué à l'apparence des Gobelins en passant trop de temps avec Tamina, Yunna et sa petite sœur. Je ne savais pas trop. Quoi qu'il en soit, sans l'ombre d'un doute, Taisha sortait du lot tel un diamant étincelant sur une étendue de graviers grisâtres. Je m'avançais vers elle, sortis de mon inventaire la paire de boucles d'oreilles saphir et or achetée quelques jours avant et, un genou à terre, offris solennellement le précieux présent à la fille du chef.

Mission accomplie : Le jeu des prétendants
Récompense obtenue : 8000 XP

Taisha tendit lentement la main, prit les boucles d'oreilles en or et les examina attentivement.

« Franchement, Amra, d'habitude tu m'offres des cadeaux d'exception », me chuchota très doucement la belle rousse. « Deux dagues coûteuses, une ceinture de valeur, un excellent kit de crochetage… tous ces présents étaient à mon image, et j'ai toujours été comblée. Mais ces boucles d'oreilles, c'est un peu… Bref…. Enfin, pour une occasion pareille, t'aurais pu au moins me dénicher un cadeau à mon goût. Enfin bref. Le vrai cadeau arrivera plus tard, j'imagine. »

Mission reçue : Un présent pour Taisha
Classe de mission : Personnel, requis
Description : Dénicher un objet exclusivement destiné à Taisha
Récompense : Variable

Honnêtement, les mots de Taisha me mirent une claque. Les boucles d'oreilles avaient coûté cinq-mille pièces, plus que tout ce qui circulait au village de Tysh ! Mais après avoir vu la classe « Requis », je me calmais et réalisais que la réaction de la PNJ était un script et qui se serait déclenché quel que soit le cadeau. Taisha se para des boucles, m'adressa un clin d'œil et, pour que tous entendent, annonça haut et fort :

« Ton cadeau a gagné mes faveurs, Amra, et j'accepte de

t'épouser. Dès maintenant, je t'obéirai. Je te jure fidélité et te promets de t'accompagner. »

« Regardez ! Là-haut ! » Le cri de joie de Yunna nous incita Taisha et moi à lever la tête pour observer le ciel nuageux.

Je vis une paire de larges ailes aux membranes rouges brillantes à tire-d'aile, et ma Wyverne sylvestre royale qui volait vers nous ! En passant niveau 15, les ailes de Flammèche avaient enfin poussé ! Le lézard émeraude de deux mètres de long atterrit à mes pieds, ses ailes se replièrent en deux cylindres serrés sur son dos.

« Épatant ! » Max s'accroupit et plaça ses mains palmées sur les ailes de cuir de la wyverne. « Quand pourras-tu la chevaucher ? »

Je haussais les épaules, indéfiniment. Pour l'instant, Flammèche était trop petite pour soulever qui que ce soit dans les airs. Peut-être qu'au niveau vingt, ou vingt-cinq…

Le père de Taisha avança, embrassa sa fille et se prépara à faire une annonce pour l'occasion, mais il renonça quand des larmes lui montèrent aux yeux. Le guerrier, gêné par cette perte de sang-froid, fit volte-face. Moi, en revanche, je profitais de l'occasion et donnais au Gobelin la crème anti-brûlure qui avait déjà fait ses preuves sur Tamina la féroce.

« Amra, quels sont tes projets ? Tu vas aller à Rocbourg pour retrouver le propriétaire du bandeau ? » demanda la Nymphe sylvestre.

« Pas maintenant, Val. Je suis in-game depuis dix-sept heures. Je suis mort de fatigue. Je m'écroule quand je marche. Je vais partir à la maison de Kaiak Patteblaireau. J'ai mon droit de séjour là-bas. Une fois dedans, je quitterai *Boundless Realm*. »

« Amra, tu m'emmènes dans ton monde ? Après tout, je suis ton épouse officielle et je dois t'accompagner partout ! » me supplia Taisha, me mettant dans l'embarras.

Je me tournais vers la PNJ pour l'embrasser. Puis, la fixant des yeux, je lui dis :

« Taisha, j'ignore comment t'amener dans les contrées des immortels. Il y a peut-être un moyen que je ne connais pas. Je te promets que, si je le trouve, je te montrerai notre monde. Pour l'heure, pars à Rocbourg avec Valerianna Prestepas. Je vais affecter la Meute grise à ta protection. Ce soir, nous avons rendez-vous à la Maison maudite. »

Taisha opina du chef d'un air abattu, s'éloigna en traînant des pieds jusqu'aux portes du village. Je me sentis mal à l'aise, mais je n'avais vraiment aucun moyen d'aider la belle Gobelin. Quand je finis de rapporter ses mots à Val, ma sœur, très surprise, se mit à y réfléchir.

« On a parfois l'impression que Taisha est contrôlée par une personne réelle. Son comportement est trop différent de celui d'un PNJ. Tim, t'as pas envie de faire un test de Turing à ton épouse ? »

« Que veux-tu dire ? Ça ne mènerait à rien. Un joueur vivant peut faire échouer ce genre de test volontairement s'il le faut. Et les machines ont plusieurs fois réussi à mettre en difficulté ce genre de tests, si elles sont connectées à un nombre suffisant de bibliothèques et de guides de référence. »

Je m'assis en tailleur sur le sol de la maison du chaman et choisis de « Quitter le jeu ». Je ressortis péniblement de la capsule de réalité virtuelle. Mes bras tremblaient comme ceux d'un vieillard. J'étais éreinté par cette session interminable ! Je m'emparai d'une serviette et fonçai dans la douche. En ouvrant la capsule, une enveloppe blanche scellée, sans aucune écriture à l'extérieur, tomba par terre. Je l'ouvris et découvris une carte en plastique orange avec ces mots : « Pass invité », ainsi qu'une carte de bienvenue avec une souris qui souriait.

« *Timothy, petit rappel : tu es invité aujourd'hui à mon anniversaire et tu joueras le rôle de mon petit ami. Les festivités se dérouleront au 333e étage de la tour nord du gratte-ciel Forteresse. J'ai glissé dans l'enveloppe un pass électronique pour franchir les tourniquets et les portes. Ça commence à 18 heures. Ne sois pas en retard !*

P.S. Si tu ne sais pas quoi m'offrir, pas de panique. Préviens-moi et j'accepterai n'importe quel objet de ton inventaire.

Hâte de te voir,

Kira »

Je consultais l'horloge. Onze heures trente du matin. Il y avait très peu de temps pour se préparer et faire une sieste. Je n'avais même pas le temps de me doucher ou de monter une vidéo sur mes récentes aventures. Je remettais ça à plus tard ! La priorité était d'acheter des vêtements pour l'occasion et un présent pour Kira. Après ça, j'espérais pouvoir dormir quelques heures. J'avais des tas d'idées de cadeaux en tête, mais tous étaient sur commande.

Je n'allais tout de même pas laisser la Reine des harpies farfouiller dans mon inventaire. Clairement, Kira ne s'intéresserait pas à une poignée de plantes forestières ou des fioles d'élixirs alchimiques de noob. Elle devait se douter que j'avais l'œuf de wyverne et espérait sûrement l'avoir. Peu de personnes savaient que la wyverne avait éclos et levelé. Quand

Kira s'en rendrait compte, elle serait forcément très déçue. En dehors de l'Anneau de Fenrir permanent, je n'avais aucun objet de valeur.

L'étage des testeurs était bruyant et bondé. Je m'étais habitué au calme et au vide de la nuit. Mais là, tous les sofas de la salle de repos étaient squattés par des employés qui discutaient et débattaient sur un ton animé. Le grand groupe de personnes ignorait que je me tenais près de la rambarde du long couloir et parlait. En passant devant eux, je surpris une bribe de leur conversation et ne pus m'empêcher de sourire. Ils discutaient d'un moyen de retirer la chaîne des poignets sur la galère des marchands d'esclaves. C'était évident. Face à moi il y avait les nouveaux testeurs de contenus à l'essai. En y pensant, cinq jours seulement s'étaient écoulés depuis ce jour où j'étais à leur place, mais je me sentais presque vétéran.

Un noob m'interpela et me demanda si j'avais réussi à sortir de la galère pirate. Quand je lui répondis que j'avais déjà passé la période d'essai, que j'étais un employé attitré depuis la veille, on m'encercla pour me harceler de questions. Comment avais-je retiré la chaîne ? Comment redesigner le visage d'un personnage ? Comment gérer en même temps les rats de niveau 1 ? Et en gros, que faire pour la période d'essai ? Je ne répondis qu'à la dernière question :

« Il y a trois règles simples. Si tu les suis, tu réussiras la période d'essai, c'est garanti. Premièrement : sois complètement honnête avec l'entreprise. Deuxièmement : n'écoute pas les conseils des autres. Sors des sentiers battus. Troisièmement : passe ton temps dans ta capsule de réalité virtuelle, pas en sirotant une tasse à café dans la salle de repos. »

« Mais il est midi. C'est l'heure de manger ! » objecta un garçon émaillé de taches de rousseur.

Je me retournais et lui dis calmement :

« Il y a cinq jours, il y avait quarante personnes dans notre groupe, tout comme vous. Il n'en reste que trois. Il y a ceux qui réalisent que la vie dans *Boundless Realm* ne s'arrête pas pour un repas. Je sors d'une session de dix-sept heures de jeu. J'ai fui des monstres toute la nuit, fouillé dans des os puants dans un repaire souterrain, je me suis trempé et gelé sous la pluie, j'ai tué des joueurs et j'ai été tué. J'ai déniché quatre objets rares, levelé trois fois et gagné à peu près cinq-mille pièces virtuelles. Oui, je suis à bout, mais c'est la différence entre des joueurs normaux et les testeurs pros. Les premiers profitent simplement du réalisme des graphismes, alors que les derniers savent qu'ils font un vrai travail. »

Les sourires s'effacèrent de leurs visages de noobs. Leurs conversations cessèrent. Plus personne n'avait de questions. Les employés regagnèrent leurs clapiers.

Conclusion

J'ALLAIS ETRE EN RETARD. Je savais évidemment où se trouvait la Forteresse. Là n'était pas le souci. C'était le plus haut gratte-ciel résidentiel de la métropole, du genre château médiéval monumental flanqué de huit tours de deux kilomètres. J'avais sous-estimé la longueur des couloirs de cet édifice colossal, mais aussi le temps nécessaire pour emprunter les quatre « ascenseurs pour charges volumineuses » aboutissant à l'appartement de Kira. Ils fonctionnaient à deux à l'heure et montaient de cent étages chacun. Les ascenseurs rapides sont réservés aux passagers sans bagages. Leurs cages transperçaient la tour nord jusqu'au cinq-centième étage. Impossible d'y caser mon cadeau surdimensionné de deux mètres sur trois sans bloquer le passage.

Six minutes avant les festivités, je trébuchais hors de l'ascenseur pour atterrir sur le palier du trois-cents-trente-troisième étage sans savoir où trouver l'appartement de Kira parmi les seize autres dans le couloir. Ce fut plus facile que prévu. Il m'avait suffi de suivre les flèches colorées placardées au mur affichant « Joyeux anniversaire !!! ». C'était une porte lambda, dotée d'un verrou bon marché, rien d'exceptionnel. Les murs étaient si fins qu'on entendait la musique dans l'appartement. Je regardais tout autour de moi, perplexe. Difficile de croire que la propriétaire de la Crystal noire et de bagouses à soixante-mille crédits pièce habite dans un endroit aussi bas de gamme.

Mes derniers doutes se dissipèrent quand Kira ouvrit la porte. Ma collègue portait un tablier de chef au-dessus de son peignoir, un hachoir à la main.

« Hé ! Te voilà Timothy... » m'accueillit Kira dans l'embrasure de la porte tout en rangeant plus ou moins l'ustensile dans la poche de son tablier. « Pardon de t'accueillir dans cette tenue. Je pensais que c'était ma vieille pote de classe, Inga, et son petit ami. Ils m'ont appelée il y a une minute dans l'ascenseur. C'est quoi ce truc énorme ? »

Je lui souhaitais un joyeux anniversaire et lui offris son cadeau emballé dans du polyéthylène opaque.

« Laisse-moi deviner... un tableau ? » demanda Kira, le sourire aux lèvres. Ça y ressemble beaucoup. Elle ressortit son couteau vibrant et découpa prudemment une longue fente le long du paquet.

L'emballage glissa vers le bas, révélant une peinture. C'était une gigantesque harpie noire et rouge aux griffes acérées, déployant ses larges ailes face à une haute falaise. J'avais pris pour base une image capturée in-game de Kirra'ellita la Chasseresse nocturne, et j'avais commandé en atelier une toile de fond montagneuse. Ça m'avait coûté le double du prix parce que ma requête était urgente, soit la coquette somme de huit-mille crédits. J'espérais que mon présent serait apprécié à sa juste valeur, et que la personne qui fêtait son anniversaire serait conquise... Bon ok, mais ça se tente.

Juste après avoir regardé le tableau avec des yeux exorbités, son sourire se dissipa.

« Ben t'en gonflé ! » s'écria-t-elle qui me giflant sur la joue en se servant de sa main libre de tout couteau (ce qui était mieux que l'autre main, tant qu'à faire).

D'instinct, je ripostai en lui rendant la baffe d'un geste réflexe. Kira tomba et resta assise par terre, comprimant sa main contre sa joue brûlante. Plusieurs secondes s'écoulèrent et nous nous regardions en silence, complètement hébétés. Je fus le premier à me ressaisir.

« Pardon Kira ! C'était un accident. Un réflexe. J'ai vécu trop longtemps dans un quartier craignos, et il faut toujours être prêt à contre-attaquer. Si tu fais pas ça ils ne lâchent jamais l'affaire. »

Je tendis ma main à Kira. Elle la saisit pour se redresser.

« Oublie ça. C'est moi qui ai commencé. La Griffe de harpie est mon attaque principale. Elle paralyse et aveugle l'ennemi. Chez moi aussi c'est devenu une habitude. Une réaction instinctive ». Kira rit jaune, posa sa main sur sa joue et un rictus de douleur déforma son visage. « Ça rougit, non ? Je vais mettre de la crème pour ne pas ressembler à rien ce soir. Eh bah, va dire que ça commence bien... »

~ Testeur de Contenu ~

La sonnette de l'ascenseur retentit, et une belle femme de vingt-trois ans, cheveux bleu foncé et robe rose, en sortit. À côté d'elle, un homme à la beauté brute, les cheveux courts, vêtu d'un uniforme d'officier de marine. Kira retourna aussi sec l'image compromettante contre le mur puis elle ajusta ses vêtements. Les présentations faites, Inga fit remarquer :

« Kira, Timothy, vous avez l'air à cran. Comme si vous sortiez d'une bagarre. »

« Disons qu'il m'a offert un cadeau équivoque », répondit Kira sans me laisser le temps de l'ouvrir. « Un portrait de moi dans une pose assez originale. »

« Allez ! Fais voir ! » s'esclaffa le marin, mais Kira refusa sur-le-champ.

Kira me confia la clé de l'appartement d'à côté pour l'entreposer là-bas en attendant. Quand les hôtes furent à l'intérieur, elle m'offrit spontanément un bisou et chuchota comme à son habitude :

« Timothy, ton cadeau est aussi amusant que surprenant. Peut être que ça me plait. On en reparle ce soir quand tous les invités seront partis. Tant qu'ils sont là, pas un mot sur la harpie des montagnes ! C'est une soirée en petit comité. Il n'y aura que trois amies d'école et leurs copains. »

Mon cerveau me posait en même temps pas mal de questions comme « donc je dois retenir la baffe ou le bisou ? ».

Je compris vite que Kira faisait tout pour dissimuler son vrai travail ainsi que ses vrais revenus. Même si la robe de soirée de Kira était superbe, elle n'égalait pas les tenues hors de prix qu'elle avait l'habitude de porter à *Boundless Realm*. Ses bagues à deux cents carats avaient disparu et étaient remplacées par des brillants très simples. Kira se plaignait à ses amis du montant exorbitant des taxes et du prix de location dans les espaces commerciaux en plein centre de la métropole. Elle alla même jusqu'à dire qu'avec sa boutique de fringues sur mesure, c'était limite la dèche.

Je leur racontais que je bossais dans un labo scientifique pour une célèbre entreprise de chimie. Vu mon cursus, je maîtrisais le sujet sur le bout des doigts et je pus répondre facilement à leurs questions pointues au sujet de mon « métier ». J'étais comme un poisson dans l'eau au milieu de ces personnes. Comme nous avions grosso modo le même âge et le même statut social, je m'intégrais plutôt bien.

Entre la danse, les jeux et le dîner, le temps filait vite. Vingt-deux heures trente à l'horloge. Bon sang ! Je n'avais clairement pas vu l'heure passer. Dehors, il faisait encore bien jour. C'est en m'approchant d'une fenêtre que je compris mon erreur. Ce n'était pas une fenêtre transparente, mais un écran HD diffusant l'image de la ville, foisonnante et inondée de lumière. J'actionnai un interrupteur et basculai sur l'image d'une grotte sous-marine aux multiples espèces de poissons tropicaux.

« Oh ! C'est parfait ! Là, je suis dans mon élément ». Le visage du petit ami d'Inga s'illumina, lui qui avait servi dans une base sous-marine dans l'Atlantique près de l'Équateur.

Mais étonnamment, Kira voulut en changer. Elle m'arracha la télécommande des mains pour zapper sur un bosquet verdoyant où broutaient des rhinocéros immaculés, comme dans un conte.

« Je n'aime pas l'océan », clama Kira haut et fort. Puis elle baissa le ton pour ne s'adresser qu'à moi : « L'eau m'imbibe les ailes. J'ai failli y passer un jour. »

- Testeur de Contenu -

La fête battait son plein. Les couples dansaient, les invités s'amusaient comme des fous et jouaient bruyamment. Inessa, l'amie de Kira, essaya même de me draguouiller. Mais franchement je n'étais pas trop client de ce genre de délire. Je jouais le jeu en souriant et en blaguant, mais je consultais ma montre de plus en plus fréquemment. C'était déjà le milieu de la nuit dans *Boundless Realm* et j'avais promis à Taisha de la retrouver le soir même. Les derniers convives partirent en ricanant avec insistance et me laissèrent seul avec Kira.

« Enfin, c'est fini ! » s'exclama Kira qui s'écroula dans un fauteuil profond. Elle balança ses talons aiguilles, d'épuisement. « T'as assuré, Timothy. Pas une erreur ! Tu n'as pas laissé mes copines insensibles. Ils n'ont pas arrêté de me parler de toi. Inga, Anna et Inessa sont mes seules amies, et j'ai peur de les perdre si elles découvrent la vérité. Du coup, j'ai préféré les inviter dans un appartement en location et non dans ma copro dans le centre. Cet appartement ne me sert que quelques jours par an. Tu peux loger ici avec ta sœur si tu veux. Parce que bon, l'appartement que tu as loué hier, c'est zéro confort et en plus c'est hyper loin de ton travail… »

Je frémis face à l'offre inattendue de Kira. Voyant ma réaction, elle pouffa de rire :

« Tu vois, tu n'es pas le seul à faire ses devoirs. Dans mon cas, c'était vraiment simple. Quand tu m'as offert ton cadeau, j'ai contacté des gens à sécurité pour qu'ils cherchent ton adresse dans base de donnée des employés. Normalement seule la police est habilitée à le faire mais quand on a les bons contacts c'est assez simple. J'ai vu ton nom complet hier, quand tu as accepté mon transfert d'argent. Il m'a suffi de dix minutes pour savoir que tu as enfin déménagé de la périphérie avec ta petite sœur Valeria. J'imagine qu'elle joue la Nymphe sylvestre qui t'accompagne dans tous tes clips vidéos. Maintenant, mettons cartes sur table : comment as-tu fait le lien entre moi et Kirra'ellita la Chasseresse nocturne.

N'ayant rien à cacher, je lui décrivis ma façon de procéder : en épluchant la liste des acheteurs de ma map et en remontant jusqu'à ses relations. Kira se mit à réfléchir et grimaça de dépit.

« Je suis de moins en moins vigilante, et c'est pas bon du tout. Tu sais, Timothy, j'ai un paquet d'ennemis ultra puissants in-game. Plusieurs fois ils ont tenté de prendre d'assaut les Contrées obscures ou d'éliminer la cheffe. Au départ, ils ont fait l'erreur de me confondre avec une simple PNJ avec des tactiques de débutants. Mais après une série d'échecs, entre leurs tentatives de meurtre ratées et leurs attaques contrées par mes défenseurs, ils ont trouvé ça louche. Sur les forums de Boundless Realm, d'éminents chefs de clans offrent une généreuse prime à celui qui démasquera l'identité du joueur qui se cache derrière Kirra'ellita la Chasseresse nocturne. Réponds-moi Timothy, que veux-tu de la part de la gouverneuse des Contrées obscures, in-game ou IRL, en échange de ton silence ? »

Avant même de l'ouvrir, je sus que c'était encore un test. La propriétaire de l'appartement m'avait regardé d'un air soupçonneux à l'instant où les derniers invités étaient partis. Elle tenait fermement un minuscule anneau de plastique doté d'un bouton. Je le distinguais mal, mais ça ressemblait à une alarme. Elle était maintenant assise dans un fauteuil et dissimulait sa main gauche sous sa cuisse.

« J'ai eu une idée pourrie en t'offrant ce cadeau », admis-je, assis face à Kira. « Si j'avais su, j'aurais choisi autre chose. Je ne veux rien et je n'ai pas l'intention de divulguer ton secret à qui que ce soit. En fin de compte, je ne récolte que de la méfiance. T'es sur tes gardes, tu comprimes nerveusement ta télécommande pour appeler des gardes du corps ? Probablement planqués dans un appartement vide à côté, prêts à intervenir. Oui Kira. J'ai remarqué qu'aucun de tes voisins n'est rentré chez lui. Les murs trop fins ont aussi un intérêt. Je parie que tu n'as même pas de voisins. »

Kira se força à sourire et me montra l'anneau de plastique au bouton rouge à son index. En effet, c'était bien une alarme.

« Le tableau, c'était un prétexte pour t'empêcher de fourrer ton nez dans mon inventaire. L'objet de tes convoitises a disparu depuis longtemps. Ma wyverne est née, elle est niveau quinze. Elle a même développé des ailes. »

Soudain, Kira éclata de rire et sa réaction me dérouta. Sans s'arrêter de pouffer, Kira se mit à parler, les larmes aux yeux :

« Oh, Timothy… Toi qui es pourtant si intelligent, si observateur. Pour les gardes, c'est vrai… Mais alors, pour ta wyverne, tu me l'apprends. Réfléchis un peu. Je suis l'un des rares personnages qui n'en a rien à faire d'une monture ailée ! Ça a forcément fait tilt, quand même ?! Figure-toi que j'ai déjà des ailes ! »

Elle se tapa une nouvelle crise de fou rire qui finit par me contaminer. Tout ceci n'avait aucun sens. Nous nous étions mutuellement soupçonnés de choses stupides, et nous étions à côté de la plaque. Je voulus qu'elle m'explique comment elle avait pu incarner un peuple aussi singulier vu que le règlement de *Boundless Realm* interdisait aux PJ de voler. Kira s'expliqua volontiers :

« Il y a fort longtemps, alors que le jeu était encore en bêta, *Boundless Realm* envisageait d'ajouter un mode "héroïque" : zéro respawn et une seule vie. Pour que les joueurs s'intéressent à une version aussi hardcore du jeu, ils avaient l'occasion de jouer des peuples rares : vampires, dragons, harpies, serpents de mer, esprits des montagnes et autres créatures du genre. Au final, ils ont changé de cap, mais certains bêta-testeurs d'origine ont survécu. Il n'en reste pas beaucoup. Les PJ nous voient comme des bots puissants au comportement bizarre, qui mettent de l'ambiance dans *Boundless Realm*. Quant à ton œuf précieux, je m'en contrefiche. Je voulais tout sauf attirer l'attention. Je t'ai proposé de m'offrir un simple objet de ton inventaire pour t'éviter de dépenser trop d'argent. J'avais sincèrement envie que tu viennes. »

Kira retira de son doigt l'anneau de plastique avec le bouton alarme et le flanqua négligemment par terre. Enfilant une seule chaussure, elle l'écrasa au talon. Elle se déchaussa encore et fit le tour de la pièce en tripotant des décorations.

« Avant mes gardes du corps ne pouvaient pas nous voir, maintenant ils ne peuvent pas nous entendre. »

Elle s'avança vers moi et s'assit sur mes cuisses comme dans la voiture volante en sachant clairement ce qu'elle voulait. En tout cas le reste de cerveau qui couinait dans mon crane ne s'opposait pas à l'idée. Nos lèvres s'attirèrent comme des aimants. Fixant Kira droit dans les yeux, à l'affût de sa réaction, je rapprochais ma main de son dos avant de la serrer. Elle et, me fixant des yeux à son tour, lâcha :

« Timothy, merci d'être venu à mon anniversaire et merci

d'avoir joué un rôle pour moi... Non, ce n'est pas ça... Tu as gagné ma confiance. Toujours pas... Je n'ai pas les mots et aucune bonne excuse, je vais être directe. Je veux que tu restes cette nuit ! »

Kira passa sa robe au-dessus de sa tête, déboutonna puis retira son corset qui révéla des courbes parfaites. Me laissant brièvement contempler son corps, elle se redressa et claqua dans les mains pour éteindre la lumière.

Ne trouvant pas le sommeil, je me levais discrètement à deux heures et demie du matin. Kira dormait à poings fermés, bras tendus, le sourire aux lèvres. Ses cheveux rouges cuivrés éparpillés sur l'oreiller rayonnaient tel un soleil ardent de midi. Le plus discrètement possible, je recouvris la belle d'une couverture et me rhabillais. Je fus pris d'un malaise intérieur. Sans trop comprendre, j'avais un mauvais pressentiment. Quelqu'un avait besoin de moi quelque part. Après avoir éteint la lumière, j'arpentais le couloir et verrouillais la porte derrière moi.

Deux grands hommes en uniformes de sécurité bleu marine bondirent de leurs sièges.

« Kira dort. J'ai des affaires à régler, je pars », leur expliquais-je, et ils opinèrent du chef.

« Minute. Il faut débloquer l'ascenseur. Ou alors il ne s'arrêtera pas au bon étage. Vous voulez qu'on appelle un taxi ? »

« Oui merci », fis-je tout en dissimulant mon étonnement quand ils prononcèrent mon nom.

Les portes de l'ascenseur s'ouvrirent et je cheminais

résolument jusque dans le hall du rez-de-chaussée. La voiture promise par le garde du corps m'attendait déjà à l'entrée de l'immeuble. Où aller ? J'indiquais au chauffeur la nouvelle adresse de l'appartement où je vivais avec ma sœur. Ma première pensée fut pour ma sœur, seule dans un appartement qu'elle connaissait à peine. Peut-être se faisait-elle du mauvais sang, sans pouvoir trouver le sommeil, et que cela se transmettait à moi. Malgré l'heure tardive, je décidais d'appeler Valeria. Une voix contrariée et ensuquée me répondit.

« *Tim, tu as vu l'heure ? Il est deux heures trente du matin !* »

« Oui, je sors tout juste de la fête et j'ai eu envie de prendre de tes nouvelles. »

« *Je vais bien. Enfin, jusqu'à ce que tu me réveilles. Tu rentres à la maison ?* »

C'est ce que j'avais prévu à la base, mais je me ravisais et demandai au chauffeur de me conduire à l'entreprise.

« Val, d'abord je retourne au boulot. J'ai des affaires à régler dans *Boundless Realm* avant l'aube. »

« *Bon, très bien. Taisha et moi avons ratissé Rocbourg de fond en comble mais aucune trace de la propriétaire du bandeau. Mais je suis sur une bonne piste. Une ferme lointaine qui recrute des saisonniers. D'après le fermier, certains ont pris la fuite hier avant la fin des vendanges et sans toucher leur salaire. Une dizaine de fugitifs. Parmi eux, une femme enceinte, cheveux foncés, avec ses deux jeunes neveux.*

J'ai cru au départ que c'était le bandeau de la femme enceinte, mais tous les voisins sont formels : elle n'en portait jamais et elle avait les cheveux courts. Les saisonniers en fuite sont sûrement les wargs qu'on a tués. Mais notre enquête sur le bandeau n'a mené nulle part.

Puis avec la voleuse, on a chassé et nourri les loups puis on est rentrées à la Maison maudite avant la nuit. Taisha se languissait de ton retour, mais tu n'es jamais revenu. J'ai essayé de lui expliquer que tu devais avoir des affaires à régler dans le monde des Immortels, mais elle n'a rien voulu entendre. Elle était persuadée que tu reviendrais, que tu tiendrais ta promesse. »

Je me sentis tout honteux. C'était terrible d'avoir trahi Taisha. Même si ce n'était qu'un script, je me sentis coupable. Je n'avais pas assuré, c'est vrai, mais avais-je le choix ? Il n'y avait pas eu de drame non plus. Je lui ferai mes excuses in-game. Je clôturais ma discussion avec ma petite sœur tandis que la voiture fit halte au niveau des marches de marbre du gratte-ciel de *Boundless Realm*. Au moment de régler, le chauffeur me répondit que tout était payé d'avance. Je me mis à courir comme un dératé dans les escaliers, comme un type à la bourre. Le garde de nuit voulut m'en empêcher parce qu'il était tard et que j'empestais l'alcool, mais je finis par le convaincre de me laisser entrer.

Je me retrouvais à l'étage des testeurs. Chose surprenante, une rangée entière de cabines était en service. Sans doute les noobs qui tentaient de boucler la quête Survie nocturne. Que leur dire ? Bonne chance à eux ! Je verrouillai la porte de l'intérieur et me désapai. Allez, chargement du client…

Nom	Amra
Peuple	Gobelin vampire
Classe	Herboriste
Expérience	127 957 sur 131 000

Niveau	26
Points de vie	207/207
Points d'endurance	177/177
Statistiques	
Force (F)	27 (27)
Agilité (A)	28 (78,1)
Intelligence (I)	5(15)
Constitution (C)	28 (34)
Perception (P)	3 (20,5)
Charisme (Ch)	51 (62)
Points à affecter	0
Compétences primaires (6 sur 6)	
Herboristerie (P A)	6
Marchandage (Ch I)	11
Alchimie (I A)	15
Esquive (A P)	9
Furtivité (A C)	13
Armes exotiques (A P)	6
Compétences secondaires (5 sur 6)	
Voile	4
Acrobatie	8
Athlétisme	7
Superviseur	5
Dresseur	4

Eh ouais. Mon petit gob avait bien progressé. Je réalisais que je n'avais plus rien à craindre des mobs diurnes qui peuplaient cette zone. Les nocturnes, c'était une autre histoire...

J'avais reçu trois messages en absence. Je les lus par ordre de réception. Le premier, envoyé à dix-huit heures, venait de Max Sauchenier :

« J'ai rencontré le directeur. Il m'a félicité et m'a proposé de signer un contrat fixe. Merci Timothy ! M. Tobius veut que j'établisse des routes commerciales partant de la structure sous-marine et il veut voir des contenus dans les villes sous-marines. Vu que j'ai validé ma période d'essai, il est temps qu'on s'y mette, toi et moi. »

À neuf heures trente, un nouveau message de Shrekson le bâtard :

« La maison de Tamina la féroce est bientôt prête. Les villageois Gobelins ont mis du cœur à l'ouvrage et ont fini avant l'heure. Elle pourra pendre la crémaillère dès demain. J'ai reçu plein d'autres commandes, je suis complet jusqu'au mois prochain. Eh oui, j'ai décroché un contrat fixe avec Boundless Realm ! Mille-cinq-cents crédits par mois. Je n'ai jamais gagné autant, même quand les affaires marchaient en tant qu'ouvrier du bâtiment ! Fêtons ça au restaurant, avec tout le groupe. C'est moi qui régale ! »

Ravi pour mes amis, je passais au troisième message envoyé le matin même par Valentin Haut-Mage.

« Amra, d'étranges silhouettes rôdent près de ta cabane. J'ai compté cinq individus, mais certains sont peut-être invisibles. Ils ne se sont pas risqués à me toucher moi ou le nécromancien HL, mais ils nous ont cuisinés à ton sujet. Visiblement, ils te *recherchaient. Sois très prudent ! »*

Après avoir lu ça, l'angoisse prit le dessus. Les tueurs me recherchaient et ils avaient trouvé la Maison maudite. C'était pire que tout ! La lose totale ! Même si Tamina la féroce, niveau 80, était sur place et même si de nombreux joueurs la craignaient, ils étaient cinq contre une. En dehors de Tamina, on n'avait pas de défenseurs HL à la Maison maudite. Juste nos loups, dont aucun ne dépassait le niveau trente, Taisha niveau vingt-trois, et les six enfants. Et aucun ne savait utiliser la baliste...

L'image se chargea à l'écran. J'apparus dans *Boundless Realm*, assis sur le sol de la maison du chaman. Kaiak Patteblaireau dormait paisiblement dans son lit. Je ne le réveillais pas. J'ouvris la porte puis en sortis. Le village de Tysh dormait. Le seul son que je perçus venait des sentinelles se faisant écho depuis les tours près des portes principales. Je tentais alors d'appeler la Meute grise pour cavaler jusqu'à la Maison maudite mais... rien ! L'Anneau de Fenrir ne réagissait plus !

Salement remué, je pressais le pas pour rejoindre ma guérite dans les bois. Il fallait déjà que je sorte du village Gobelin. Je savais que les portes principales n'étaient habituellement pas ouvertes la nuit, mais je profitais d'une brèche dans le mur. En une minute à peine, je dégageais les rondins et les planches comblant le trou, et j'étais enfin dehors. Je flagguais la Maison maudite et suivis la flèche à toute vitesse. Je traçais tout droit à travers les bois, sans prendre de précaution, avec un seul objectif en tête. Mais la raison me soufflait qu'il était déjà trop tard, car la Meute grise qui gardait l'abri ne répondait pas à mon appel...

Autant le dire, la chance sourit aux imbéciles. Les prédateurs nocturnes n'osaient pas se frotter à un être assez confiant pour crapahuter tapageusement dans les bois. Les marqueurs rouges de mobs sur la map m'avaient repéré de loin et gardaient leurs distances. Cette façon de foncer hardiment dans ces bois périlleux était efficace, pour l'instant. Durant ma course effrénée, je boostais deux fois ma compétence Athlétisme jusqu'à ce qui je sois épuisé, puis je ralentis le rythme. À proximité de la Maison maudite, j'avalai des élixirs pour faire le plein d'énergie et je me déplaçais alors en mode Furtif.

J'aperçus l'ennemi de loin. Sur la mini-map à l'intérieur du fortin figurait un triangle rouge de PJ hostile. Il avait dû piller mes affaires ou attaquer mes alliés car son timer de criminel restait actif. Pourquoi était-il seul ? C'était très louche. L'illusionniste m'avait dit que cinq joueurs me recherchaient. Le pire, c'est qu'aucun marqueur de PNJ alliés n'apparaissait sur la map. M'attendant au pire scénario, je m'approchais du portail avec prudence.

La scène que je vis confirma mes pires craintes. Non loin du portail abattu gisaient plusieurs cadavres éparpillés. Croc blanc, Blanca, Irek. Sur la tour de guet, non loin de la baliste : les corps de Yunna et de sa jeune sœur, criblés de balles. Ma gorge se noua, mes poings se serrèrent instinctivement. Me préparant psychologiquement tout en surveillant le triangle rouge, je m'approchais du portail béant en mode Furtif. L'ennemi à l'intérieur ne bougeait toujours pas et ne réagissait pas à ma présence.

L'une des portes avait été forcée et le bout de bois qui verrouillait le portail était carrément fendu en deux. Au-delà du portail reposait Tamina la féroce, sa main tenant une vieille lame criblée de trous. Le corps de la puissante Gobelin, hérissé de multiples flèches, révélait d'innombrables lacérations et traces de coups. La mère avait lutté becs et ongles pour protéger sa famille, sans succès. Près de la dépouille de Tamina je vis les corps ensanglantés de Hosh, Shim et Tsak ainsi que celui de l'un de leurs agresseurs.

Morrius Sancœur
Humain
Barbare de niveau 48

La dépouille du PJ n'avait pas encore disparu, le massacre de la Maison maudite devait remonter à moins d'une heure. Je mis plus de temps à repérer le corps du deuxième assaillant. Il était enfoui sous ceux d'Akella et de Lobo. Ce cadavre était assez remarquable, d'ailleurs :

Lilith la pécheresse
Succube
Mage du chaos niveau 64

Une succube ?! Les démons PJ étaient rarissimes. Peu de joueurs les choisissaient car leurs relations avec les humains étaient médiocres et, bien sûr, ils étaient bannis des grandes villes. Malgré la tension qui régnait, je m'approchais du corps et j'ouvris la fenêtre de loot. Vide. Ses alliés avaient déjà récupéré tous les objets de valeur. J'en profitais quand même pour remplir une fiole de sang de succube.

Réussite débloquée : Goûteur (13/1000)

~ Testeur de Contenu ~

Je fouillais la cour du regard, mais le corps de Taisha restait introuvable. J'ordonnai à Flammèche d'attendre et je me mis à avancer dans la maison sans un bruit. D'ailleurs... Ma jauge de Furtivité ne grimpait pas malgré la proximité de l'ennemi. C'était très étrange.

Et là, tout devint clair. Il n'y avait aucun ennemi actif à proximité. Après le massacre de la Maison maudite, les joueurs avaient tout simplement quitté *Boundless Realm*. Ils n'avaient tué que des PNJ donc, d'après le règlement, il leur suffisait de patienter dix minutes avant de partir sans risque. Mais l'un des assaillants était encore in-game, car il avait clairement commis des crimes plus graves. Il avait dû tuer ou piller un PJ récemment.

Je pris mon courage à deux mains, me redressais de tout mon long et me ruais dans la maison. La porte d'entrée avait été calcinée par un sort de feu. Une odeur âcre de fumée planait dans le vestibule. Les murs de bois témoignaient d'un grave incendie. Les poutres étaient carbonisées et le plancher avait brûlé au point de céder sous les pieds. Les escaliers aussi étaient dans un sale état. Et là, je vis Taisha. Je ne réalisais pas immédiatement que, de mon épouse PNJ, il ne restait plus que des restes de vêtements noirs et encore fumants dans un coin de la pièce. Seule une boucle d'oreille or et saphir, étincelant sous le clair de lune, témoignait de la tragédie. Hurlant de rage et de désespoir, je filais à l'étage.

Polichinelle Taupe_Aveugle
Elfe noir
Archer niveau 54

L'Elfe à la peau noire, vêtu d'une tenue brillante et outrancière, était assis au sol au milieu de la pièce, et avait visiblement quitté le jeu. Au-dessus de la tête de l'archer brillait une boule rouge portant le flag du criminel. J'observais tout autour. La voie était libre. Mon ennemi, attiré par la fourrure luxueuse de warg noir sur le lit, l'avait stockée dans son inventaire. D'où le timer de deux heures pour l'Elfe noir. Ayant volé la propriété d'un PJ, il n'avait pas pu s'éclipser avec son comparse. Que dire ? Bien fait pour lui. Je contournais tranquillement l'Elfe noir et le mordis au cou après avoir activé Voile et « infecter avec vampirisme » pour la première fois. Puis je lui assenai le coup de grâce avec une autre Morsure vampirique.

Gain d'expérience : 3780 XP

Capacité de peuple améliorée : Le goût du sang (octroie +1 % à tous les dégâts infligés par créature unique tuée avec Morsure vampirique. Bonus actuel : 7 %)

Réussite débloquée : Assassin de joueur (4)
Réussite débloquée : Goûteur (14/1000)

Avec Voile toujours actif, je nettoyais vite fait bien fait les derniers logs de l'Elfe puis je recopiais une ligne de mes vieux logs :

Dégâts subis : 2757 (Morsure de chauve-souris maudite)

~ Testeur de Contenu ~

Vous êtes mort

Compétence Voile améliorée au niveau 5 !

Je ne pris rien sur l'Elfe noir, pas même la fourrure de warg. Je ne touchais à rien dans la pièce, pas même les plantes rares séchées accrochées tout autour que j'aurais un mal fou à retrouver. Il fallait que tout porte à croire que l'Elfe noir avait été mordu par une chauve-souris maudite. Une espèce très rare mais tristement célèbre dans le bestiaire des joueurs de *Boundless Realm* en raison de son malus punitif : 25 % de chance d'être contaminé par le vampirisme lors d'une morsure.

En tant que vampire, j'avais lu tous les contenus en la matière dans le forum du jeu. Il fallait soigner le vampirisme au plus vite. Il suffisait de boire un Élixir de Guérison de maladie, un anti-venin puissant ou d'avoir recours à un enchantement de guérison juste après l'infection. Mais les effets s'intensifiaient au fur et à mesure, et un jour plus tard, le vampirisme devenait irréversible. Si mon ennemi ne revenait pas in-game au plus vite, il morflerait. Dans quinze heures, la Soif de sang le transformerait en un monstre assoiffé, hors de contrôle, se jetant à corps perdu sur tout être vivant.

Bien que je m'étais vengé, le soulagement fut inexistant. L'apathie et la dépression prirent le dessus. La Maison maudite, mon refuge, était vide depuis que les Gobelins et les loups avaient péri, et provoquait en moi un sentiment de rejet. S'activer ou nettoyer n'avait absolument aucun sens. Je savais pertinemment que d'ici quelques jours les tueurs reviendraient ici en groupe, et je n'avais plus d'attache ici.

Je redescendis au rez-de-chaussée pour dire adieu à Taisha, mais son corps avait déjà disparu. Puis je fis une drôle de découverte. Après l'incendie, certaines lattes du plancher carbonisé révélaient l'existence d'une trappe carrée. Je venais peut-être de découvrir la porte d'entrée menant au sous-sol. Le message du système confirma mes doutes :

Mission renouvelée : La vieille maison hantée
Description. Descendre au sous-sol construit par les Chasseurs ogres et tuer la créature nocturne
Classe de mission : Réputation
Récompense : Renforcement des liens avec le village de Tysh
ATTENTION ! Niveau conseillé pour cette mission : +50

J'aurais sûrement dû bien réfléchir avant de m'engouffrer dans le repaire de la bête qui avait si facilement anéanti le sorcier et le nécromancien ultra levelé, mais je n'avais peur de rien. Rien à faire des conséquences. Étonné par mon propre désespoir, j'activais Vision nocturne, Détection de vie et Apathie des morts-vivants avant d'ouvrir la trappe et de m'enfoncer dans l'obscurité.

La cage d'escalier interminable aboutit à un sous-sol humide tapissé de boue épaisse. En pataugeant dans la boue, je fis un tour d'horizon visuel. Des crochets rouillés pendaient au plafond et des étagères déformées et noircies étaient fixées aux murs. Tout semblait indiquer qu'il avait fait très froid ici. Peut-être du permafrost. Je me trouvais sûrement dans la fameuse chambre froide où les chasseurs ogres stockaient leur viande. Je débouchais sur une autre salle par un trou dans le mur. C'était une grotte naturelle avec une petite mare circulaire. C'est ici que les chasseurs avaient dû s'approvisionner en eau potable.

Je m'approchais d'un étrange objet massif et foncé par delà la source d'eau qui attira mon attention. C'était un vieux squelette géant aux os décharnés. C'était clairement l'un des chasseurs ogres morts ici sous terre. Alors que j'examinais ces vieux os, je perçus un vague mouvement au coin de mon œil gauche. Au même moment, un marqueur rond et jaune de PNJ apparut sur la mini map. Je fis brusquement volte-face puis je m'immobilisais, craignant de faire un faux pas et de déclencher une attaque. À trois pas de moi, une ombre noire et dense planait dans les airs. Elle était surmontée d'un crâne rouge.

Spectre des douze coups
Niveau inconnu

Niveau inconnu... Clairement, la créature me surclassait à tel point qu'il n'y avait aucune information à son sujet. Mais... un instant. Un crâne rouge ?! Ça voulait dire qu'une vingtaine de niveaux nous séparait, mais moins de cinquante. Comment était-ce possible ? L'illusionniste de niveau 96 avait évoqué un crâne noir pour le Spectre des douze coups. Impossible que le niveau de ce monstre obscur fluctue avec le temps, si ? Ou alors... pouvait-il se changer de niveau selon les rencontres ?

Me sentant sur la bonne voie, j'appelais Flammèche. Le serpent ailé trébucha bruyamment en dévalant les escaliers, se heurta contre les étagères qui tombèrent du mur en un horrible fracas, éclaboussant de la boue partout. Puis, au lieu de voler, elle s'élança en courant puis se posta à mes côtés. Je guettais la réaction du Spectre des douze coups mais l'être terrifiant ne réagissait pas au bruit. Je m'écartais un peu et laissais ma monture près du monstre singulier, et la scène devint intéressante. Le crâne rouge du spectre sombre disparut et la créature s'incarna en chair et en os, retombant au sol. C'était désormais un épais filet d'obscurité avec un corps.

Spectre des douze coups
Niveau 30

Il était systématiquement deux fois plus fort que son adversaire ! Ça expliquait pourquoi le Spectre des douze coups avoisinait les deux-cents pour Valentin Haut-Mage, cinquante-deux pour moi et juste trente pour Flammèche ! Partant de ce principe... ça fit tilt. Je pris dans mon sac mon meilleur poison. Il abaissait de quinze points le niveau de la cible pendant trente secondes.

Flammèche vola docilement jusqu'à moi et me laissa même lui ouvrir sa mâchoire pleine de dents avant que j'y glisse le poison. Elle ne s'attendait clairement pas à ce que son maître la malmène autant ! Une seconde plus tard, un long et minuscule serpenteau se faufilait entre mes jambes. Je pointais du doigt l'ennemi :

« Attaque, bébé ! Empoisonne-le !!! »

Le Spectre des douze coups niveau 2 ne ressemblait à rien d'autre qu'un ver de terre épais et noir de trente centimètres de long. Tandis que mon bébé serpent se faufilait jusqu'à lui, je m'éloignais pour éviter de participer au combat sans le vouloir.

Flammèche mordit la première, drainant aussitôt deux tiers de la jauge de PV de l'ennemi. Le serpent infecta le spectre avec du poison qui restait sur ses griffes, abaissant le niveau de l'ennemi à un. La bataille démarrait sur les chapeaux de roues ! Le Spectre n'était plus indifférent. Le ver se tortilla pour éviter la wyverne et planta ses mâchoires rondes et carnassières dans le corps du serpent. Flammèche perdit la moitié de ses PV et le Spectre des douze coups restaura les siens à soixante-dix pour cent. Mon petit serpent, tremblant de douleur, lui infligea une nouvelle morsure. Victoire !!!

Gain d'expérience : 4 XP

Quoi ?! Quatre XP, pas plus ? Le système ne semblait pas super au point pour estimer la puissance de la créature qui tuait même des joueurs ultra skillés. Au fait, pourquoi la mission n'était-elle pas accomplie ?

Ma wyverne grandit brusquement jusqu'à retrouver sa taille normale. Je m'avançais jusqu'à ma monture pour lui administrer une tape affectueuse.

« Brave petite. Tu as tué une vilaine brute ! » Fini. Hein, qu'est-ce que… ?

Là où gisait le Spectre des douze coups, dans une flaque de sang noir et épais, je vis une large pointe de métal provenant d'une flèche ou d'une minuscule lance. Elle était plate, de la taille de ma main et semblait collante, vile et poisseuse.

Fragment de flèche du Chevaucheur sombre (objet maudit)

Le « Chevaucheur sombre » ne me disait rien qui vaille mais, fort de mon expérience en jeux pc, je sus qu'on ne trouvait pas ce genre d'objets à tous les coins de rue. Ce fragment devait attiser bien des convoitises, et je frémis en l'examinant. Refusant de toucher l'objet repoussant à mains nues, je l'enveloppais dans un chiffon avant de le ranger dans mon sac. Les effusions de sang noir suffirent à remplir une fiole alchimique.

Sang de créature sombre (poison)

Sur toutes les fioles de sang recueillies auparavant on lisait « ingrédient alchimique », mais celle-ci était un « poison ». Je voulus quand même la tester et la posai contre mes lèvres.

« À ta place je m'abstiendrais ! » retentit une voix dans mon dos. Je fis brusquement volte-face pour l'affronter.

Une silhouette ailée planait, semblable à un ange transparent. Sa fiche était assez succincte :

Gardien

« Gardien » et rien d'autre. Rien n'indiquait de qui il était le gardien, ni son niveau, ni ses compétences. Je décidais malgré tout d'écouter l'intrus, scellais la fiole et l'écartais.

« C'est plus sage. Les vampires boivent du sang, mais là c'est un cas spécial. Ce sang foncé brûle les créatures de *Boundless Realm* par les entrailles et les transforme en abjections, comme celle que tu viens de tuer. C'était un chasseur comme les autres avant. Après avoir reçu une flèche maléfique dans le torse, il s'est retrouvé sous l'emprise d'un chevaucheur sombre et a accompli sa destinée. Le sang sombre a brûlé l'ogre de l'intérieur et il s'est métamorphosé en monstre. »

« Ce sang peut servir contre des immortels ? » émis-je à voix haute. « Si on badigeonne du sang foncé sur une flèche avant de la décocher ? Ça peut transformer un joueur HL en monstre ? »

Le gardien secoua la tête :

« Le processus de transformation n'est pas instantané et la flèche doit être maudite pour qu'on ne puisse pas la retirer du corps. En gros, cette fonction n'a pas encore été ajoutée in-game. Elle est en phase de test. Il y a trop de facteurs en jeu. Au fait, je ne vois pas de pointe de flèche ici... Elle doit être dans ton inventaire. Amra, désolé mais tu dois me la rendre. »

Je protestais du fond du cœur :

« Hé, c'est hors de question, gardien. Tu as ton travail, moi j'ai le mien. Je suis testeur chez *Boundless Realm*. J'ai déniché le début d'un scénario intéressant ici. Les chevaucheurs sombres, les flèches maudites et le sang empoisonné ont attiré mon attention. Gardien, il me faut cette pointe de flèche. Aussi, c'est quoi ton nom normal, que j'arrête d'en faire des tonnes quand je te parle ? "Numéro de support truc" ? »

« Quoi ? » dit l'ange brillant, troublé, qui éclata de rire. « Non, tu te trompes, Amra. Je ne suis pas du support technique. Je suis testeur tout comme toi, mais au Service de Simulation Globale. On ne joue pas vraiment. On teste la stabilité des modifications globales avant de les intégrer dans l'univers plus vaste du jeu. Un script s'est déclenché pour m'avertir qu'un être noir était mort, je suis venu voir ce qu'il se passait et comment. D'ailleurs, ta tactique était intéressante. Profiter de la compétence Apathie des morts-vivants pour s'en approcher, puis saper son niveau... Parce que, dans la description de quête, ça disait clairement : Niveau conseillé pour la quête : +50. L'être sombre devait être autour de cent. Normalement, ça aurait dû être serré. »

« Je sais », répondis-je en riant. « Mon ami illusionniste niveau quatre-vingt-seize, il est mort trois fois à cause du Spectre des douze coups. »

« Tu parles de Valentin Haut-Mage ? En vrai, il est mort cinq fois, et aux dernières nouvelles, il a ramené un nécromancien niveau cent-soixante-dix, et du coup le Spectre des douze coups dépassait le niveau trois-cents. Ils gisent là, dans le tunnel délavé par le cours d'eau » décrivit la silhouette brillante, désignant un lieu plongé dans l'obscurité. « Il y a même de quoi looter. Fais-toi plaisir. »

Je secouais la tête. L'illusionniste ne m'avait jamais fait de mal, il m'avait conseillé et mis en garde, donc je lui laisserai ses objets droppés après son respawn. Le gardien accueillit mon refus très calmement.

« À toi de voir. Mais revenons à nos moutons. L'invasion de l'être sombre n'en est qu'à la phase de planification. Cette *add-on* sera intégrée à *Boundless Realm* dans trois semaines. Pour l'heure, la mission est de dévoiler des infos sur cette mise à jour au compte-goutte et dans les grandes lignes, rien de concret. On ne peut clairement pas balancer des objets maudits à tort et à travers. Tu veux quoi en échange de la flèche ? »

Croisant les doigts mentalement, je lui fis part de mon souhait :

« Il y a une heure, en surface, à peu près à ce niveau-là, plusieurs PNJ sont morts : quatre loups et huit Gobelins. Tous ces PNJ étaient mes alliés, mes collaborateurs. J'avais des tas de projets pour eux. Mais une rencontre stupide et aléatoire les a tous tués. C'est ce qui à la base m'a attiré vers le scénario de l'être sombre. Peux-tu ressusciter ces PNJ ? La flèche maudite ne me sera plus d'aucune utilité si tu me rends ce service. Je te la rendrais volontiers. »

L'ange brillant réfléchit deux minutes avant de répondre :

« Écoute, Amra. Les loups sont déjà en train de ressusciter. Dans la database, ce sont tes familiers, donc tu devrais pouvoir les appeler une heure après leur mort. Et une autre PNJ est en train de revenir. Je vais checker qui... »

Mon cœur cessa de battre, puis j'entendis le nom tant espéré : « Taisha. » Le gardien, bien au fait de ce qui se passait en interne, émit un sifflement de surprise et lâcha, tout excité :

« Doux jésus ! C'est la première fois que je vois un truc pareil ! Une PNJ de dernière génération, une IA avec autoapprentissage avancé, des rudiments de réflexion abstraite, tout ça. Là, je lis qu'un groupe entier d'employés chapeauté par Alexandro Lavrius développait leurs algorithmes comportementaux. Je ne sais pas où tu l'as dénichée, mais ne t'inquiète pas pour elle. La description indique qu'une fois le test et les phases de débogage effectués, des algorithmes avancés comme le sien seront intégrés à tous les PNJ clés de *Boundless Realm*. L'entreprise a alloué un paquet de ressources à ce projet, les directeurs ne vont pas laisser Taisha mourir comme ça. Elle est trop importante. Je lui affecte manuellement le paramètre Indestructible, pour que ta compagne respawne automatiquement une heure après sa mort, comme un PJ. »

« Oh oui, vas-y, s'il te plaît », le suppliais-je, m'efforçant de dissimuler mon inquiétude. « Et fais pareil avec les deux chevaucheurs de loups morts. J'ai besoin d'eux pour la Meute grise. Quant aux autres Gobelins, tu peux juste les faire revenir dans cinq minutes. »

J'essayais d'avoir l'air sûr de moi pour lui soumettre mes requêtes qui me tenaient à cœur mais au fond de moi je doutais qu'il accepte d'octroyer l'invincibilité à Irek et à Yunna ou de ressusciter les autres. Mais il ne protesta pas. La pointe de flèche maudite avait autant de valeur que ça ? J'aurais dû gratter plus. Mais je me ravisais. L'avidité n'apportait rien de bon.

Le gardien ne bougea plus pendant une minute puis m'annonça que tout était prêt. Ça avait marché ! Je rendis à l'ange la pointe de flèche foncée enveloppée dans du tissu et la silhouette brillante me souhaita bonne chance avant de disparaître.

Mission accomplie : La vieille maison hantée

Récompense : Renforcement des liens avec le village de Tysh

Attention !!! Vous avez atteint le palier maximal d'estime moyenne avec les résidents de Tysh : 100.
Mission cachée accomplie : Socialisation 4/3 (Gobelins)

Récompense : 8000 XP, Charisme augmenté de 2 points, +5 automatiques à l'estime de tous les Gobelins, Hobgoblins et Kobolds

Niveau vingt-sept !
Capacité de peuple améliorée : 60 % de résistance au poison

Je me levai, parcourus les messages du système et me mis à douter de la véracité de tout ça. Avait-il vraiment exaucé tous mes souhaits ? Tous mes PNJ respawneraient ? Taisha, la Meute grise, Tamina et ses enfants… J'enjoignis à ma *Wyverne sylvestre royale niveau 16* de me suivre, puis je retraversais la salle souterraine en sens inverse et gravis les escaliers.

Tout ceci était bien réel ! Un amas de cercles bleus et verts apparut sur la map : PNJ alliés et amicaux.

Un spectacle à ne pas rater ! Gobelins et loups se matérialisèrent les uns après les autres. Certains poussaient des cris d'effroi et de douleur, d'autres protégeaient leur tête avec leur main ou continuaient à combattre. Tamina passa trente secondes frénétiques à fendre l'air avec sa lame avant de s'arrêter et regarda autour d'elle, l'air hébété. La dernière à apparaître fut Taisha. La fille étendue sur le plancher carbonisé se releva timidement, examina ses mains et ses jambes, puis sa tenue brûlée à certains endroits. En me voyant, la belle Gobelin s'élança vers moi et me mitrailla de reproches :

« Amra, où étais-tu parti ? J'ai failli mourir à cause des immortels ! » Taisha s'arrêta soudain, suivit mon regard, et remarqua que l'un de ses seins fermes et verts saillait par l'un des trous de sa chemise. « Hé ! »

Dans *Boundless Realm*, repriser des vêtements était un jeu d'enfant. Il suffisait d'avoir du temps, du fil et une aiguille. C'était sûr, Taisha raccommoderait bientôt sa tenue de voleuse. Mais pour l'aider à garder sa dignité, je lui donnai ma veste et lui dis des mots « rassurants » :

« Les Immortels vous ont bel et bien tous tués. Mais j'ai eu la chance de rencontrer un gardien de *Boundless Realm* qui, en échange d'un objet inestimable, a accepté de vous ressusciter. »

À ces mots, tous se murèrent dans le silence, puis Tamina la féroce tomba à genoux en poussant un lourd grognement. Les six enfants imitèrent leur mère. Taisha hésita puis m'embrassa pour me remercier. J'inspirais une bouffée d'air avant de prendre la parole, sur un ton solennel et puissant :

« Tamina, j'embarque les deux aînés et je les prends sous mon aile. Le gardien a accordé l'immortalité à Irek et à Yunna pour qu'ils partent à l'aventure avec moi. »

Yunna et Irek se redressèrent en jubilant, mais ils se ressaisirent et s'immobilisèrent en attendant la réaction de leur mère vu qu'elle est connue pour son intransigeance.

Test de réaction réussi pour Tamina la féroce
Gain d'expérience : 80 XP

« C'est un grand honneur pour moi, Amra ! », répondit-elle sans relever la tête. Puis elle ajouta en baissant le ton : « Yunna et Irek ont grandi, ils me tannent tout le temps pour explorer le monde. J'ai toujours refusé, mais aujourd'hui, j'accorde mon autorisation parentale et ma bénédiction. »

« Je vous conseille de retourner à Tysh le matin. Votre maison sera prête aujourd'hui. Et elle est grande. Et puis… » Je marquai une pause, en songeant à une autre solution qui me traversa soudain l'esprit. « Le nouveau chef, Tarek GrandPied, n'a pas de toit. Il est veuf, donc il se tournera sûrement vers vous. »

Tamina la féroce rougit d'un air penaud et dit, toute gênée :

« Je comprends, Amra. J'irai parler au chef aujourd'hui. »

Quand les cris de joie s'apaisèrent et que les aînés dirent adieu à leur mère, Taisha demanda calmement :

« Et quels sont tes projets aujourd'hui, Amra ? Chercher les assassins de mes sœurs ? »

Je levais la tête pour observer le ciel, et la lumière commençait à peine à grandir à l'est. Les nuages noirs et denses annonçaient un temps couvert et pluvieux, mais il faisait encore sec. Je devais saisir l'occasion. Comme il n'avait pas plu, je tenterai de gagner Rocbourg et de repartir sur la piste de la femme enceinte aux cheveux noirs. Elle ne se serait pas enfuie de la ferme sans raison valable. Je me doutais bien que le meurtre de ses onze amis wargs et le risque qu'elle se fasse démasquer étaient la source de tout. Cela dit, elle n'aurait pas pu courir vite ou aller très loin. J'espérais pister la fugitive avec l'aide de la Meute grise.

Et puis je ferais un bout de chemin avec Max pour parcourir les villages côtiers et à dénicher le spot idéal pour bâtir une nouvelle maison. Un lieu confortable et sûr, à l'abri des tueurs. Lorsque ma Wyverne sylvestre royale serait plus grande, qu'elle pourrait transporter des passagers sur de longues distances, j'honorerai ma promesse envers Taisha. Je regardais Taisha qui attendait ma réponse avec impatience.

« Oui Taisha. On va partir à l'aventure. Ça craint de rester à la Maison maudite. Les immortels qui ont attaqué ce soir récidiveront à coup sûr. Et d'autres meurtriers pourraient aussi venir pour moi. Je vais appeler la Nymphe sylvestre et nous allons tous faire un grand voyage à dos de loup. J'ignore où nos aventures nous mèneront. Après tout qu'est-ce que ça change ? *Boundless Realm* s'étend à perte de vue, notre voyage ne fait que commencer ! »

Fin du premier volume

Merci d'avoir lu
Testeur de Contenu !

Si vous ne voulez pas rater nos annonces, nos concours et plus encore, vous pouvez:

Souscrire à notre newsletter:
www.eepurl.com/b7niIL

Liker la page Facebook LitRPG Books:
www.facebook.com/groups/LitRPG.books

Liker la page Facebook LitRPG FR:
www.facebook.com/groups/LitRPG.FR

Suivre Magic Dome Books sur Twitter:
www.twitter.com/magicdomebooks

Liker la page Facebook de Magic Dome Books:
www.facebook.com/magicdomebooks

À bientôt !

www.ingramcontent.com/pod-product-compliance
Lightning Source LLC
Chambersburg PA
CBHW051940020726
47501CB00001B/214